Das Buch

Wie auf einem riesigen Wandgemälde erzählt Rafael Chirbes vom langen Weg zweier Generationen in der Zeit vom Ende des Bürgerkriegs 1939 bis zum Ende der Francozeit 1975: von der Familie Amado, deren galicischen Familienbesitz ein Staudamm begräbt; von Raúl Vidal, dem Eisenbahner am Mittelmeer, der sich von seinem republikanischen Bruder im Stich gelassen fühlt; vom Schuhputzer Pedro del Moral, der sich von seinem Sieger-Schicksal verraten glaubt; vom Tagelöhner José Pulido, dessen Frau die Bäckerrechnung im Bett regeln muß; von Gloria, der Großbürgerstochter, die an der Seite eines Aufsteigers die Reichtümer der neuen Zeit genießen möchte; von Luis, dem kleinen Gauner; und von Don Vincente Tabarca, Republikaner und Arzt in Madrid, den die Gespenster der Niederlage verfolgen.

Ihre Kinder begegnen sich in den sechziger Jahren im großen Trichter Madrid. Sie lieben sich. Sie wenden sich gegen ihre Eltern, die Sieger und die Verlierer, sie kämpfen miteinander für eine scheinbar klare und doch ganz undeutliche Zukunft. Und sie schlagen sich herum mit den Bewachern einer Vergangenheit, von der sie ahnen, daß sie ihr gemeinsames Erbe ist.

Rafael Chirbes' grandioses Epos zählt zu den meistbeachteten Romanen des Jahres. Nach Javier Marìas ist ein weiterer spanischer Autor in die Riege der bedeutendsten Schriftsteller seiner Zeit vorgedrungen.

»Sehr schnell merkt man, daß hier ein mit allen erzählerischen Wassern gewaschener Autor am Werk ist, der seine Mittel mit kunstvoller Sparsamkeit einsetzt.« *Neue Zürcher Zeitung*

»Selten konnte man in den letzten Jahren ein so ernsthaftes Buch lesen.« *Die Zeit*

»Rafael Chirbes hat den Roman seiner Generation geschrieben.« *Die Woche*

Der Autor

Rafael Chirbes, geboren 1949 in Tabernes de Valldigna bei Valencia, studierte in Madrid und lebt heute als freier Publizist in Denia und in einem Dorf in der Estremadura.

Rafael Chirbes

Der lange Marsch

Roman

Aus dem Spanischen
von Dagmar Ploetz

DIANA VERLAG
München Zürich

Diana Taschenbuch Nr. 62/0077

Die Originalausgabe
»La larga marcha«
erschien bei Editorial Anagrama, Barcelona

Für die freundliche Förderung der Übersetzung
danken wir der Direccion General del Libro.
Archivos y Bibliotecas del Ministerio
de Educación y Cultura de España

2.Auflage
Taschenbucherstausgabe 11/99

Der Diana Taschenbuchverlag ist ein Unternehmen der
Wilhelm Heyne Verlagsgruppe, München
Printed in Germany 2000

Umschlagillustration: Gabriel Cvalladó
Umschlaggestaltung: Hauptmann und Kampa
Werbeagentur, CH-Zug
Satz: Schaber Satz- und Datentechnik, Wels
Druck und Bindung: Elsnerdruck, Berlin
Gedruckt auf chlor- und säurefreiem Papier.

ISBN: 3-453-16054-1

http://www.heyne.de

TEIL I

Das Ebro-Heer

Es war vier Uhr morgens an einem Tag im Februar. Trotz der geschlossenen Fensterläden war der Wildbach hinter dem Haus zu hören. Mehrere Tage hintereinander hatte es geschneit, dann war die Sonne durchgebrochen, danach hatte es geregnet, und jetzt führte der Bach viel Schmelzwasser und riß unter großem Getöse verdorrte Äste und Steine mit sich. Im Haus war eine besondere Aufregung zu spüren. Die Frauen kamen in die Küche und verließen sie mit dampfenden Töpfen, und im Kamin loderte ein mächtiges Feuer, das die Szene rötlich einfärbte, das Licht der Deckenlampe und auch der Lampe über dem Tisch übertönte, auf den, schweigsam und bewegungslos, ein gut dreißigjähriger Mann die Ellbogen stützte. Um die Schultern hatte er eine gestreifte Decke gelegt. Er saß auf der langen Holzbank, die zwei der vier Wände des Raumes säumte und einen Winkel bildete, in den sich der Tisch einfügte. Zu seiner Rechten rauchte ein anderer Mann eine Zigarette. Er war doppelt so alt, beider Gesichter aber waren – abgesehen von den Unterschieden, die das Alter mit sich brachte – fast identisch: so nebeneinander gesehen, hätten die beiden als Modell dienen können für einen der im Barock so beliebten moralisierenden Stiche, auf denen mit den Lebensaltern das Vergehen der Zeit am Körper der Menschen symbolisch dargestellt wurde. Wo sich die Züge des Sohnes noch der Linie des Kiefers und der Backenknochen anschlossen, verbreiterten sich die des Vaters, wurden in ihrer Zeichnung verschwommen und dadurch eher formlos; auch die Nase des Vaters sah aus, als hätte die des Sohnes gewissermaßen an Halt verloren und wäre zusammensinkend in die Breite gegangen. Die rosig gesunde Farbe der Wangen des Jüngeren war auf dem Gesicht des Alten ins Purpurne übergegangen und wies, vor allem seitlich der stumpfen Nase, Flecken von geplatzten Äderchen auf. Die blauen Augen waren jedoch von gleicher Lebendigkeit, obwohl die des Vaters eingesunken und, umgeben vom Saum dünner Wimpern, in die Feuchtigkeit des Tränensekrets getaucht waren, vielleicht aber gerade deshalb mit größerer Intensität zu glänzen schienen. Beide Körper strahlten eine unmäßige, fast rohe Kraft aus. Die machte sich in der Stimme des Jüngeren Luft, als in der Tür, die den Rest des Hauses mit der Küche verband, ein barfüßiges Kind in einem grün-weiß gestreiften Schlafanzug erschien. »Ich hab dir doch gesagt, daß ich dich hier nicht sehen will, Lolo. Du gehst jetzt sofort ins Bett und bleibst da, bis es Zeit ist, zur Schule zu gehen«, sagte der Mann. Der Junge kam nicht dazu, ein Wort zu sagen, obwohl er den Mund schon geöffnet hatte. Er machte kehrt und tauchte in die Dunkelheit des Ganges ein. Sein Erscheinen hatte das Bild vom Vergehen der Zeit abgerundet. Denn das Gesicht war das der beiden Männer, vor vielen Jahren gesehen. Die drei Lebensalter. »Und Sie sollten sich auch hinlegen, Vater«, fuhr der junge Mann, nun in einem anderen Ton, fort. Der Alte machte keinerlei Anstalten zu antworten. Er führte die Zigarette an die Lippen, nahm einen tiefen Zug, stieß eine Rauchwolke aus und griff dann mit der rechten Hand das Kaffeeglas und trank einen Schluck. Der Kaffee im Glas dampfte. Die Gegenstände erschienen verzerrt im

Wechselspiel von Licht und Schatten, das vom Kaminfeuer ausging, und dann und wann, wenn die Flammen an den feuchten Scheiten leckten, war ein Pfeifen zu hören und, ebenfalls nah, das Tosen des Wildbachs. Es war noch stockfinster. Wahrscheinlich brannten in keinem anderen Haus in Fiz die Lichter. Und vermutlich liefen in dieser Nacht nicht einmal die herrenlose Tiere über die vom winterlichen Sturm gepeitschten Straßen und das Grenzgebiet zwischen dem Wald und den abseits liegenden Häusern, die nichts als eine Schattenmasse unter dem mondlosen Himmel waren. Manuel Amado hatte sich die gestreifte Decke kurz zuvor übergeworfen, als er durch die Hintertür hinaus zum Pferch gegangen war, um zu pinkeln. Draußen hatte er bemerkt, wie kalt es war und daß ein feiner Schneeregen einsetzte, der kaum zu spüren war, ihn jedoch in die warme Küche zurücktrieb. Ein neuer Optimismus beflügelte ihn. Der Unterschied zwischen Außen- und Innentemperatur hatte ihm ein Gefühl von Sicherheit gegeben. Er fühlte sich als Herr und Besitzer dieses angenehmen, vom Küchenfeuer geschaffenen Klimas und alles dessen, was es einhüllte: der riesigen Töpfe, in denen das Wasser kochte, der weißen Laken auf dem Bett im Obergeschoß, von wo man Schritte hörte; seine Frau lag dort und sollte mit Hilfe der Hebamme und seiner ledigen Schwester Eloísa, die bei ihnen wohnte, erneut gebären. Vom Pferch zurückkommend, hatte er seinen Vater betrachtet, der einst das solide Steinhaus gebaut hatte, und er, der Sohn, führte dieses Werk fort, das eines Tages ihm gehören würde; er fühlte sich als Herr über die Granitmauern, das Schieferdach, die strohgewärmten Stuben, die Teller aus Ton, den Nußbaumtisch, das in der Speisekammer verwahrte

Trockenfleisch, das Schmalz vom letzten Schlachtfest, die Würste in den Einwecktöpfen, über die Kühe, die in dem Stall im unteren Teil des Hauses muhten, die Hühner, die er, als er hinausgegangen war, sich im Gehege hatte regen hören. Er empfand für das alles eine zufriedene Zärtlichkeit, und mit ihr, mit der Sicherheit, die sie ihm gab, kam die Gewißheit, daß bei der Entbindung alles gutgehen würde. Sein zweites Kind, das schon seit Monaten im Inneren der Mutter lebte und das er, Ohr und Hand an Rosas aufgeschwollenem Leib, gehört und gespürt hatte, und das jetzt gleich ans Licht kommen mußte, dieses Kind würde ein neu hinzugefügtes Teil des Familienwerks sein, so wie er selbst ein Stück des Werks gewesen war, das sein Vater, die Arbeit der Großväter aufnehmend, fortgeführt hatte; und die Zukunft, wenn auch noch in fernem Dunst liegend, erschien ihm in neuen, hoffnungsvollen Farben. Er liebte dieses Kind, das zweite, das ihm gewährt wurde und das, auch schon vor der Geburt, seiner helfenden Kraft am meisten bedurfte. Auch er war der Zweitgeborene gewesen und hatte vielleicht deshalb zusätzliche Gründe, es zu lieben. Als Lolo – so nannte man im Haus den Jungen, der ab heute der Älteste sein sollte und der, wie er selbst, Manolo hieß – in der Küchentür erschienen war, hatte Manuel Amado das Antlitz seines Vaters und das seines Erstgeborenen mit einem Blick erfassen können, und er war zufrieden gewesen, so wie er auch beim Wasserlassen in der dunklen Nacht Zufriedenheit verspürt hatte. Vom Strahl seines Urins war eine Wärme emporgestiegen, von der Erde als Dampf zurückgegeben, und diese Wärme war Ausdruck des Lebens, das er in sich trug: Es war ihm, als ob die beiden Szenen aufeinander bezogen wären; er, der in der Dunkelheit urinierte, seine Kraft auf den Mist im Pferch fallen ließ, und oben seine Frau, ihr Bett umgeben von Gefäßen voll kochenden Wassers, vom Dunst des Räucherwerks und dem Aroma der Kräuter, die in dem Kohlebecken schmorten; sie hatte teil an seiner Kraft, dieser inneren Kraft, die das, was nun geboren werden sollte, gezeugt hatte, und der anderen Kraft, die jene Landschaft der Gewißheit erschaffen hatte, die sie umgab. Er fühlte sich stark, als er zu dem Alten sagte: »Vater, gehen Sie schlafen«, als gewähre er ihm das großzügige Geschenk des Ausruhens nicht nur für diese Nacht, sondern für alles, was kommen mochte. Ohne sich dessen ganz bewußt zu sein, ließ er ihn wissen, daß nunmehr allein er, der Sohn, über die notwendige Kraft verfügte, den Reichtum des Hauses zu mehren. Er war sich seiner so sicher, daß er in eben dem Augenblick die Gewißheit zu haben glaubte, daß, was da kam, wieder ein Junge sein mußte, und er wußte, welchen Namen er ihm zu geben hatte. Seine Frau und er hatten bei mehreren Gelegenheiten besprochen, welchen Namen sie nehmen sollten für den Fall, daß es ein Mädchen wäre – was seine Frau wünschte –, oder falls es, so wie er es wollte, wieder ein Junge würde, und sie waren sich noch nicht einig geworden. Jetzt, in diesem Augenblick, beschloß er den Namen und auch, daß es nicht mehr wichtig war, ob seine Frau ihn gut fand oder nicht, immerhin wußte er, daß sie, wenn er ihr unzweideutig seinen Willen kundtat, nichts dagegen einwenden würde. Er sollte Carmelo heißen, in Erinnerung an den Bruder, der ihm, dem Zweitgeborenen, vorangegangen war. Dessen Lebenskraft war in der fernen Steinödnis von Tafersit nutzlos vergeudet worden, einem Ort, den er, Manuel Amado, als er zum Militärdienst nach La Coruña beordert wurde, in kaum noch lesbarer Schrift auf einer alten Karte von Marokko entdeckt hatte, die in der Offiziersmesse der Kaserne hing. Tafersit. Dieser winzige schwarze Punkt auf der Landkarte hatte Carmelos Blut getrunken, das nicht einmal dazu getaugt haben dürfte, irgendein Kraut wachsen zu lassen: Carmelo hatte ihnen die Trockenheit jenes wüstenhaften Orts beschrieben, die unfruchtbaren Dünen, die Steine, die Sonne, die unversöhnlich die Böden schlug, auf denen sich Skorpione krümmten, das unheilvolle Lachen der Hyänen, das die Stille der Nächte brach. Dort war er für immer geblieben. Niemand schaffte die Leiche von Carmelo Amado Souto fort, um sie irgendwo würdig zu bestatten, noch schickte jemand den Angehörigen seine Sachen. Einige Zeit lang hatten sie unter dem Dach dieses Hauses die Hoffnung gehegt, daß er, von den Truppen Abdelkrims gefangen, bei einer Kampfaktion oder bei einem Gefangenenaustausch befreit und zurückgebracht würde, doch das Vergehen der Monate nahm ihnen diese Hoffnung. Abends klagte die Mutter um den verschwundenen Sohn, wenn sie in der dämmrigen Küche Kartoffeln schälte, Mais entkörnte, die abgetragenen Unterhosen stopfte, Socken ausbesserte und Pullover strickte. Sein Vater reiste vergeblich nach Lugo und auch nach La Curuña auf der Suche nach jenem Leichnam, der Manuel in seinen Träumen erschien, den Mund voller Sand. Nachts, im Schlaf, sah er diese Leiche, und er hörte den Sand zwischen ihren Zähnen knirschen und wachte schwitzend in dem Schlafzimmer auf, in dem die beiden Brüder das Bett geteilt hatten, bis Carmelo zum Militär gegangen war. Damals, in den langen Winternächten, als der Leichnam sich neben ihn legte und knirschend klagte, so wie der Wind wohl in der endlosen Wüstenlandschaft klagte, dachte Manuel, daß die Dinge auf geheimnisvolle Weise die Präsenz derer bewahren, die sie – Kleider, Räume, Plätze – benutzt haben, und daß dieser Traum sich wiederholte, um sich all dessen zu bemächtigen, was der Tote oft benutzt hatte: das Bett, das Waschbecken aus weißem Steingut, die Seife, den Spiegel in seinem Nußbaumrahmen, das Foto, das den kleinen Carmelo auf einem Papppferdchen zeigte, zweifellos ein Requisit des Fotografen aus Lugo, in dessen Studio das Bild aufgenommen worden war und dessen Unterschrift in einer Ecke des gelblichen Kartons zu sehen war. Die Leiche seines Bruders, die den Tag über friedlich zu schlafen schien, wachte nachts auf und kam, ihm den Schlaf zu rauben; knotige Finger umklammerten Manuels Schulter, und traurig knirschte der Sand zwischen den Zähnen. In seiner Verlassenheit, in den langen Stunden des Schweigens unter der Erde hatte Carmelo Amados Leichnam womöglich Zeit gehabt wahrzunehmen, daß hinter dem untröstlichen Leid seines Bruders sich etwas ganz anderes regte: nicht Genugtuung noch Freude, sondern nur ein bescheidenes und trauriges Gefühl der Erleichterung, als er erfuhr, daß Carmelos Tod ihn zum Erstgeborenen machte und ihm damit den ungewissen Horizont einer unersehnten Ferne, unbekannter Landschaften und auch Menschen ersparte, die, in auffällige Kleider gehüllt, mit fremdartigem Akzent sprachen. Er hatte bei Kirmesfesten die drei Indianos der Gegend gesehen, die in Übersee zu Reichtum gelangten Heimkehrer. Einer von ihnen lebte in dem großen Haus an der Plaza von Fiz; sie unterhielten sich, redeten gleichzeitig aufeinander ein, trugen weiße Kleidung, um den Hals hängende Schals und auffallende Panamahüte. Die Kinder gafften sie neugierig an und liefen um sie herum, während die Frauen und die Erwachsenen wisperten und ihnen scheele Blicke zuwarfen, in denen sich der Neid und die Angst vor dem Fremden mischten. Was hatten diese ermatteten Augen gesehen? Was hatten diese Hände mit den hervortretenden Adern berührt? Was hatten diese welken Münder wohl verzehrt und geküßt? Im Garten des Indiano von Fiz wuchsen fremdartige Pflanzen mit prächtigen Blüten: Glyzinien, Jacarandás, die an Fleischliches und Teuflisches denken ließen. Einer von ihnen hatte eine Frau mit zimtfarbener Haut und blitzenden Augen geheiratet; sie trug farbenfrohe Kleider, ein Kontrast zum monotonen Schwarz, in das sich die Frauen des Städtchens im Alter hüllten. Sogar zur Kirmes kamen sie mit ihrem Personal und ließen sich bedienen; doch La Mulata, so wurde sie im Ort genannt, nahm dann persönlich die Flasche von der Farbe durchsichtigen Goldes aus einem Behälter, in dem der Wein in Eis getaucht abkühlte, und lächelnd kredenzte sie ihn den Männern in hauchdünnen Kristallkelchen mit feinem Schliff. Das Gold der Kelche leuchtete in der Sonne wie eine Versuchung, und Manuel war unwiderstehlich angezogen von diesen Ritualen, die sich vor aller Welt, aber leicht abseits von der zur Kirmes gekommenen Menge vollzogen und den geheimnisvollen Regeln einer Kongregation zu gehorchen schienen. Manuel hatte die Warnung in diesem unheilversprechenden Schauer vor dem Unbekannten – den der Anblick der Indianos in ihm auslöste und der Schuldgefühle in ihm weckte – zum ersten Mal deutlich vernommen, als er mit seinem Vater nach La Curuña gefahren war und sie bei Einbruch der Nacht in einem bescheidenen Gasthof hinter der Calle Real einkehrten. Den ganzen Tag über hatte er in endlosen Gängen mit fahlgrün gestrichenen Wänden gesessen und gewartet, während sein Vater Militärs aufsuchte, die Verwandte von Verwandten oder von Nachbarn und Bekannten aus Fiz waren, und als es Abend wurde, war er mit seinem Vater die Kais am Hafen abgelaufen; er hatte die Schönheit des Meeres von den hochgelegenen Gärten aus bewundern können, wo ein Engländer begraben lag, der – auch er – gekommen war, um fern seiner Heimat zu sterben; er hatte die schreckliche, weiße Vollkommenheit jener riesigen Schiffe gesehen, die mit Amerika ihr Geschäft machten, in ihren Bäuchen eine Fracht von Elend, Verzweiflung, aber auch von Hoffnung. Als es dunkel wurde, hatte er die Schatten derjenigen gesehen, die sich am nächsten Tag einschiffen sollten und nun zwischen Bergen von Frachtstücken und den Kränen am Kai einen Schlupfwinkel für die Nacht suchten; und, als sie schon in der Pension waren, hatte ihn die Traurigkeit der Esser am Tisch angesteckt, die von Amerika mit eben dem Grauen sprachen, das auch sein Bruder empfunden haben mußte, als er den Tod unter der sengenden Sonne nahen sah, die er in seinen Briefen beschrieben hatte. In jener Nacht hatten sein Vater und er in einem Zimmer mit nur einem etwas breiteren Bett geschlafen, und er war, während er die Wärme seines Vaters spürte und das Gewicht seines Armes, der sich im Morgengrauen um ihn legte, und das mühselige Atmen des Rauchers hörte, erleichtert gewesen, weil er sich nun, nach Carmelos Tod, nicht mehr auf diese Reise ins Unbekannte machen mußte; er wußte, daß sein Leben sich auf einer vertrauten Landkarte einschreiben würde: der Weg durch den Eichenwald, der dunkle Stein der Wallfahrtskapelle und die Festabende zwischen den dampfenden Ständen der Schankfrauen aus Ribadeo, der Pferch mit den Kühen, die Weide, die sich bis zum Wildbach senkte, der silbrige Glanz der Forellen und die kalte Flamme des Lachses zwischen den Steinen. Daheim wurde in der Schrankschublade das von seinem Bruder geschickte Foto verwahrt, aufgenommen im Studio eines Fotografen aus Melilla, wie die gepunzte Signatur in der unteren linken Ecke zeigte. Auf die Hintergrundkulisse waren eine Palme, einige Basarbuden und ein Kamelpaar gemalt. In seinem ersten Brief hatte Carmelo die Überfahrt so beschrieben, als sei er der erste Seefahrer der Geschichte: die endlose Wasserfläche, das Unwetter, das sie am Kap San Vicente einholte, das dräuende Profil von Gibraltar und, hinter Kap Espartel, das weiße Häusermeer von Tanger, wie eine Ankündigung des Landes, das ihn erwartete, eingehüllt in einen Schleier von Geheimnissen und gespickt mit Drohungen; er schrieb, wie trostlos ihn die Küste von Almería, die unter der Sonne glühenden Hafenanlagen und die Hütten von La Chanca gestimmt hatten, die zwischen ein paar Pflanzen mit stacheligen Blättern den kahlen Berghang hinaufkletterten, davor das unheimliche Gemäuer der Burg. »Hier trocknet ein Galicier wie Dörrfleisch«, schrieb er im ersten Brief an seine Mutter, »ich versichere Dir, an dem Tag, an dem ich zu Hause durch die Tür komme, werdet ihr glauben, ein echter Mohr kommt, und dabei habe ich Afrika noch nicht betreten. Ich bin schwarz wie Schuhleder.« Er hatte Afrika noch gar nicht betreten. Er hatte nur sein Soldatenkleid angelegt, seinen Rucksack geschultert und sich den Befehlen unterworfen, die, auf spanisch gegeben, für ihn schwierig zu verstehen waren; er verstand auch nicht, aus welchem Grund die Offiziere sie erst antreten, dann aus dem Glied treten ließen, warum sie gestikulieren, auf der Stelle treten und alle gleichzeitig das Gewehr heben und senken sollten. Aus den Augenwinkeln hatte er die Augen der Frauen von Almería gesehen, die sich hinter den Rolläden versteckten, wenn sie die Soldatentrupps durch die Gassen der Oberstadt heraufkommen sahen. »Am Tag, an dem ich zu Hause durch die Tür komme, werdet ihr meinen, ein echter Mohr tritt ein.« Doch Carmelo Amado kam niemals mehr durch die Haustür, noch setzte er sich in den Schatten der Kastanie zum Mundharmonikaspielen (Hohner: Die Marke war in das Etui geprägt und auch auf den glänzenden Rücken des Instruments). Ob die Mundharmonika, die mit ihm verschwunden war, noch irgendwo erklang? Wer blies auf ihr? Welche Hände hielten sie? Welche Musik tönte aus ihr? Und Carmelo belebte auch nie mehr mit seinen Gesprächen die Winterabende am Kamin. Nicht einmal in Form von Nachrichten kehrte die Erinnerung an ihn zurück. Nichts als ein mit Amtsstempeln verschmiertes Dokument, auf dem die Wendung »im Gefecht vermißt« zu lesen war. Das war alles, was die Rückflut des fernen Krieges von ihm zurückbrachte. Ein paar traurige Tintenkleckse. Ein Name und ein paar dunkle Sätze. Nicht mehr. Sie warteten noch Monate auf ihn, doch auch als der Krieg vorbei war, kam er nicht zurück. Die Jahre vergingen, Manuel wurde ein Mann, und Carmelo löste sich allmählich in Dunst auf. Er war nur noch ein kodifiziertes System von Gesten und Worten, an die sich jemand erinnerte, ein konditionales Wenn (»wenn er das gesehen hätte«, »wenn er hier gewesen wäre«, »wenn ihm das passiert wäre«), das gegenwärtigen Ereignissen Möglichkeitsformen entgegenstellte, ein paar Fotos, die dazu beitrugen, daß der Dunst sich nicht ganz auflöste, die Schrift in seinen Briefen, unregelmäßig, ungelenk, sie hob den Gott der Erinnerungen von seinem Sockel und verwies ihn in den beschränkten Raum eines ungebildeten Bauern zurück, der allzuoft die Regeln des Satzbaus und der Rechtschreibung verletzt hatte. Niemand konnte über ihn Auskunft geben. Der Umschlag, in einer Schublade der Anrichte, die Stempel, die Tintenflecken. Schatten auf einem Papier. Nachts kam nichts als ein schwarzer Schemen zurück und ließ Sand zwischen den unwirklichen Zähnen in den Alpträumen des Heranwachsenden knirschen, der seine Schuldgefühle ausschwitzte. Und als der Vater Jahre später Manuel zum nahen Bahnhof begleitete, von wo aus dieser zum Militärdienst aufbrechen sollte, den er dank Empfehlungen in La Curuña ableisten durfte, legte er dem Sohn die Hand auf die Schulter, sah ihm besorgt in die Augen und sagte: »Mit dir kann mir nichts passieren. Es hat mich viel gekostet, aber du kommst mir zurück«, und mit dieser gewaltsamen grammatikalischen Konstruktion und der verbalen Form, die mehr als eine Ankündigung von Zukünftigem ein unabweisbarer Imperativ war, ließ er den Sohn deutlich wissen, daß er ein Teil von ihm war, wie einst die Kinder, die Manuel bekommen würde, und die Kinder seiner Kinder ein Teil von ihm sein würden, sofern ihm Gott die Gnade gewährte, sie noch zu erleben, aber auch wenn er sie nicht mehr erlebte, denn die Familie war der Fluß, durch den das Leben strömte, und es war ein einziger Fluß, der sich rückwärts im Dunst der Vergangenheit verlor und vorwärts im Nebel dessen, was da kommen würde. Die Wiese, die Kastanie vor dem Haus und die Steine, die das Haus ausmachten, und der Wald und das Gehege, das alles war Teil des Mannes, der an jenem Morgen auf dem Bahnsteig zurückblieb, und mußte auch ein Teil dessen sein, der im Zug fortfuhr und für dessen Sicherheit die Familie ein Gutteil ihres Geldes eingesetzt hatte. Manuel begriff an jenem Morgen, daß sein Vater in ihn investiert hatte, genau wie er investierte, wenn er die Dächer reparierte oder einen neuen Stall baute. Er hatte sein Geld in ihn gesteckt, wie man es jahrelang in einen Betrieb steckt und darauf wartet, daß er eines Tages etwas abwirft. Und der Rekrut wußte, daß es seine Pflicht war zurückzukehren, weil der Körper des Vaters keine weitere Verstümmelung vertrug. Jahre später, während des Krieges, als man ihn einige Monate lang als Soldat der Nationalen an die Aragón-Front schickte, mußte er erneut daran denken. Wieder gelang es dem Vater über einen Freund, ihm nach kurzer Zeit einen sicheren Platz in der Intendantur zu verschaffen. Das Haus, der kleine Weinberg am Hang, die Tiere im Stall, sie bedurften seiner Rückkehr. Ein Haus konnte sich nicht auf einen Schwiegersohn oder einen Schwager stützen, auf neu gewonnene Verwandte, die mit Gier auf das blickten, was der Himmel, der Zufall oder – schlimmer noch – kühle Berechnung ihnen in den Schoß hatte fallen lassen. All das ging ihm durch den Kopf, während er den Vater anschaute, der nun, so viele Jahre später, neben ihm saß, und im Labyrinth der Falten sah Manuel jene Augen, die ihn auf dem Bahnhof angesehen hatten und ihn unabweisbar zur Rückkehr verurteilt hatten, und er dachte, daß der Vater die Nachtwache durchhielt wie ein Eigentümer, der sich weigerte, seine Eigentumsrechte aufzugeben. Es war ein Entschluß, der nicht nur in dem Glanz der Augen abzulesen war, sondern auch in den stark ausgeprägten Furchen zu beiden Seiten des Mundes, in der breiten Hand, in der Art und Weise, wie er die Zigarette zwischen die Kuppen von zwei Fingern nahm. Züge und Gebärden waren eine Einheit, die sich mit dem Begriff Eigentümer bestimmen ließ: Eigentümer des Hauses und der Möbel, der Tiere und Felder, all dessen, was sich in einem geografischen Raum bewegte, der strikt der seine war, der, wie der Same, der seinen Kindern das Leben gegeben hatte, aus ihm hervorgekommen war und sich bis zu einer genauen Grenze hin ausgebreitet hatte, die durch Kaufverträge und Geburtsurkunden festgelegt war und auch durch etwas Diffuses, so etwas wie eine Hülle, die alles umgab, die um alles und über allem lag, die mehr als alles und zugleich nichts war, nur eine Art zu begreifen und zu schauen, die Hand zu bewegen, um das Bein einer verletzten Kuh zu heben, mit kreisendem Arm auf Grenzmauern und Erhebungen des Geländes zu weisen, sich auf die Bank zu setzen und die Wärme zu genießen, die von den Holzscheiten in der steinernen Höhlung seines solide gebauten Kamins ausging. Eloísa kam herein, um einen neuen Topf mit heißem Wasser zu holen, und unterbrach Manuels Gedanken. Sie wechselten ein paar Worte – »es kommt schon, es liegt richtig«, sagte die Unverheiratete, die noch einmal die schmerzhaften Mysterien der Mutterschaft erlebte, ohne an ihren Wonnen teilzuhaben –, und dann, ein paar Augenblicke später, hallten Schritte im Obergeschoß, eine Tür wurde geschlossen, ein halbes Dutzend von zerrissenen Schreien war zu hören und danach eine Stille, die das Tosen des Wasserfalls aufsog und die nach und nach von einem fernen Wimmern gestört wurde, das anwuchs, in deutlich erkennbares Säuglingsschreien überging und die Tiefe der Nacht ausfüllte. Die beiden

Männer sahen sich an und standen auf, der Jüngere mit einer einzigen Bewegung, langsam der Ältere, der die Geste, mit der er Schwung genommen hatte, um sich von der Bank zu lösen, nutzte, um den Zigarettenstummel auf die Glut im Kamin zu werfen. Carmelo Amado, der Neffe jenes Carmelo Amado, den die Sandwüsten Afrikas verschluckt hatten, und der letzte Erbe all dessen, was jenem zugestanden hätte, und auch – als Entschädigung oder Anmaßung, wer konnte das mit Sicherheit sagen? – seines Namens, war geboren. Die Uhr auf der Konsole im Gang zeigte sechs Uhr früh an. Es war der 16. Februar 1948. Als die beiden Männer das obere Stockwerk erreichten, wurden sie vor der Tür der Wöchnerin von der Hebamme empfangen, die das Neugeborene in den Händen hielt und es nun den beiden Männern zur Ansicht entgegenstreckte, die es aus einer wie zuvor vereinbarten vorsichtigen Distanz betrachteten, bevor sie es, einer nach dem anderen, in den Arm nahmen. Als diesem Ritual genügt war und sie flüsternd ihrer Zufriedenheit Ausdruck gegeben hatten, blieb der Ältere vor der Tür stehen, während der Jüngere in das Zimmer hineinging und das Neugeborene mitnahm, das nicht aufhörte zu schreien.

Raúl Vidal wusch sich erst die Hände an dem Hahn neben dem Wasserbecken, aus dem ein Schlauch die großen schwarzen Bäuche der Dampflokomotiven füllte. Er machte das jeden Abend, egal ob Winter oder Sommer. Zuvor rieb er Schmierfett und Kohleflecken mit einem Strohwisch ab, und wenn dann die Hände sauber waren, ging er in das Lager, zur Dusche am einen Ende des Raumes, zog sich aus und stellte sich unter den Wasserstrahl, um den ganzen Körper mit kaltem Wasser zu waschen. Es gefiel ihm, in sauberer Kleidung nach Hause zu kommen und die verschmutzte Kluft, die er am nächsten Tag wieder anziehen würde, auf den Bügeln im Magazin zurückzulassen, obwohl daheim seine Frau den Eimer mit heißem Wasser für ihn bereithielt und ihm zuweilen noch den Rücken schrubbte und damit die tägliche Hygiene vervollständigte. Ihm erschien es nicht richtig, in der lumpigen Arbeitskleidung der Bahnarbeiter über die Felder um den Bahnhof und durch die kleinen Gassen zu laufen. Manche Kumpel machten ihre Witze, wenn sie seinen weißen muskulösen Körper unter der Dusche sahen, aber das störte ihn nicht. Er setzte sich zum Abtrocknen auf die Bank vor der schmutzigen Kachelwand, zog die dunkle Hose und das weiße Hemd über, zündete sich eine Zigarette an und machte sich auf den Heimweg. Im Winter färbte sich seine Gesichtshaut nach der Berührung mit dem kalten Wasser rot, besonders wenn er sich dann dem frischen Wind aussetzte, der auf dem weiten

Bahnhofsgelände zwischen den abgestellten Waggons pfiff. An solchen kalten Tagen war es schon Nacht, wenn er das Lagergebäude verließ, und er sah auf seinem Weg das Licht der Kneipe, das ihn manchmal für ein paar Augenblicke anzog. Er trank dort ein Gläschen und ging dann weiter heimwärts. Seit der Geburt seines Sohnes machte er noch kürzer bei der Kneipe halt. Er hatte seine Freude daran, diesen späten und unerwarteten Sohn heranwachsen zu sehen, den Adela empfangen hatte, als sie schon über vierzig war und er sich den Fünfzig näherte. In den ersten Monaten erfreute er sich daran, wie das gierige Mäulchen sich dem großen, dunklen Hof ihrer Brustwarze näherte und Milchtropfen die Lippenränder netzten. Manchmal streckte er unter ihrem empörten Blick den Finger aus, tauchte ihn in die Milch und führte ihn dann zum Mund: Sie war süß und hatte die Wärme jener verborgenen Orte, die er regelmäßig behorchte, nachts oder in den drückenden Stunden der sommerlichen Siesta, wenn das Sonnenlicht durch die Spalten zwischen den Holzblättern der Jalousien unregelmäßige Streifen auf die Wand warf. Manchmal kam er auch näher, um gleichzeitig ihre Brust und das Gesichtchen des Kindes zu küssen. Nach dem Abendessen blieb er am Eßtisch sitzen und las unter der Lampe die Zeitungsseiten, die Fahrgäste auf ihren Sitzen oder in den Gepäcknetzen vergessen hatten und die er sich, wenn er heimging, in die Jackentasche steckte. Bevor die Putzfrauen kamen, machte er einen Gang durch die Waggons und sammelte die drei oder vier liegengebliebenen Zeitungen ein, die niemand mehr wollte, nicht einmal, um irgendeine Ware einzuwickeln. Abends daheim las er sie, murmelnd und mit dem Zeigefinger dem Lauf der gedruckten Zeilen folgend, als habe er Angst, sich zwischen ihnen zu verlieren. Adela, seine Frau, und Ana, die Tochter, nähten auf niedrigen Stühlen nah bei ihm, und er las, mit begieriger Aufmerksamkeit über die bedruckte Fläche der Zeitung gebeugt. An manchen Abenden las die Tochter ihm vor. Raúl schloß die Augen halb, hörte sich die Nachrichten an und bat ab und zu, sie möge einen Absatz, dessen Sinn ihm entgangen war, wiederholen. Er hatte ihr die ersten Buchstaben beigebracht, aber das Mädchen hatte bald gelernt, sie sorgfältig und sicher auszusprechen, zu Worten aneinderzureihen, einige Wörter hervorzuheben und andere auf unauffällige Weise fließen zu lassen. Sie konnte auch bemerkenswert zeichnen, und sie stickte, erledigte als Zwölfjährige schon Arbeiten für die Nachbarschaft und brachte etwas Geld heim, führte auch für die Mutter Buch über die Haushaltsausgaben. Raúl vertrieb sich die Zeit damit, die karierten Hefte durchzublättern, die sie mit Buntstiften bemalte, bis die Figuren entworfen waren, die sie dann auf Stoff stickte: gelbe Entlein und Blumenkörbe, Häuschen mit rotem Ziegeldach und blauen Türen, mit denen sie Bettücher, Kissen, Kittel und Lätzchen für Neugeborene verzierte; verschlungene Initialen zur Auszeichnung der Aussteuer der Bräute oder als Schmuck an manchen Kleiderausschnitten, an den Taschen von Hemden und Pyjamas oder Taschentuchecken. Im Sommer arbeitete Raúl nach Feierabend im Gemüsegarten – er hatte ein Stückchen Land unweit des Hauses gepachtet –, und das Mädchen und die Frau brachten ihm die Vesper und halfen ihm dabei, die Furchen zu ziehen und zu schließen, durch die das Wasser fließen sollte. Zuweilen, wenn er keinen Dienst hatte und das Wetter gut war, verbrachten sie den ganzen Tag im Garten. Eben dort, im Gemüsegarten, hatte er an einem Abend im Frühsommer von der Geburt des Jungen erfahren. Ana war gekommen und hatte gesagt, die Mutter sei plötzlich krank geworden; er war zum Haus gerannt, doch als er ankam, lag das Kind schon sauber und kuschelig auf Adelas Brust. Dieser Junge würde ihm nachschlagen, dachte Raúl, auch er mochte sich nicht verschmutzt den Blicken anderer aussetzen. Am Abend hatte er die Freunde in die Taverne eingeladen, und er war leicht angeheitert und mit einer Zigarre zwischen den Lippen heimgekommen. Das war die Nacht, in der er seinen Bruder am meisten vermißt hatte. Angeregt vom Alkohol, war er an dem Haus, in dem der Bruder wohnte, unter den Balkons entlanggegangen. Beinahe hätte er nach ihm gerufen, um ihn auf ein Glas einzuladen. Er hatte sich nicht getraut. Die Geburt des Sohnes wäre vielleicht ein guter Grund gewesen, sie nach zwei Jahren, in denen sie nicht miteinander geredet hatten, wieder zusammenzubringen. Sorgsam waren sie sich aus dem Weg gegangen, tatsächlich gab es aber kaum noch einen Ort in Bovra, wo sie hätten aufeinandertreffen können, da sie sich inzwischen in unterschiedlichen Kreisen bewegten. Sein Bruder ging zu den Bällen im Kasino, zu den Ausflugsfahrten, die regelmäßig die gute Gesellschaft der Stadt zu Orten wie Fátima, Lourdes, Ávila oder Santiago de Compostela und auch zu mehr oder weniger entfernten Stränden brachte, er dagegen bewegte sich weiterhin in dem beschränkten Raum zwischen Bahnhof, Kneipe und seinem Haus und ging nur ab und zu in die Bars an der Plaza, um sich dort ein paar Stunden lang mit Hermenegildo zu treffen, seinem Freund aus Kindertagen, der nach seiner Heirat vor ein paar Jahren in die kürzlich an der Landstraße erbaute Siedlung gezogen war. Manchmal ging er mit Hermenegildo auch sonntagnachmittags zum Fußball; damit führten sie eine Jugendgewohnheit fort, die sie über Jahre mit Antonio geteilt hatten. Jetzt konnten sie diesen auf der anderen Seite des Feldes, auf der Tribüne, beobachten, wo er umgeben war von all diesen Krawattenträgern, die sich langsam bewegten, so als schauten sie nur in sich hinein. Es war der einzige Ort, an dem er Antonio hin und wieder sah, und manchmal dachte er, daß er vielleicht gerade deshalb mit immer weniger Lust zu den Spielen ging, denn die Tatsache, dort von fern den Bruder zu sehen, wie er sich mit der frisch erworbenen Sicherheit bewegte, brachte sein Blut in Wallung, was dazu führte, daß er an solchen Abenden übermäßig trank. Er kam mit schlechter Laune nach Hause und ließ sie an Frau und Tochter aus. Sie waren nicht schuld an seinen Schwierigkeiten. Nach Kriegsende war er weiter Hilfsarbeiter bei Vías y Obras geblieben, während er diejenigen rasch aufsteigen sah, die von außen kamen, ausgestattet mit Empfehlungen, die stets das patriotische Verhalten im nationalen Lager hervorhoben. Selbst jene kamen voran, die vor dem Krieg mit ihm zusammengearbeitet hatten, aber bei der Bahn als Kollaborateure aufgetreten waren: die aus der fünften Kolonne, wie man im Krieg jene nannte, die den Dienst behinderten, mit verräterischer Unlust arbeiteten oder sogar kleine Sabotageakte am Material der Eisenbahn verübten. Er selbst hatte sich nie politisch hervorgetan. Wie fast alle war er Mitglied in der UGT, der sozialistischen Gewerkschaft, gewesen; er hatte in Teruel und in Gandesa im republikanischen Heer gedient, da Bovra republikanisches Gebiet gewesen war und auch weil es seinen Vorstellungen als Arbeiter entsprach, als Proletarier, wie es in jenen Jahren hieß; er hatte seinen Bruder – der bei der Vereinigten Sozialistischen Jugend aktiv gewesen war und darum eingesperrt und zum Tode verurteilt wurde – die drei Jahre lang unterstützt, die dieser im Gefängnis von Alcoy saß. Und für all das zahlte er jetzt bei der Arbeit. Besonders für letzteres. Denn sein Bruder hatte sogleich begonnen, zu eben jenen, die ihn verraten und eingesperrt hatten, Beziehungen zu knüpfen, er hingegen hatte Distanz bewahrt, und diese distanzierte Haltung erst hatte ihm die Aura eines Roten verschafft. Es war unfaßlich, daß einer, der ein militanter Roter gewesen war, zu Versammlungen gegangen und Fahnen geschwenkt hatte, bei der Beschlagnahmung der Güter von Bürgerlichen und Kollaborateuren geholfen und sogar mit einem Benzinkanister die Kirchenfassade besprengt hatte, so daß die Steinreliefs am Portal vom Feuer rußgeschwärzt waren, daß so einer heute etwas zu sagen hatte und sich auf die Freundschaft von Eduardo Alemany, des Besitzers der Weizenmühle und einer Exportfirma für Früchte, stützen konnte. Antonio war aus dem Gefängnis gekommen und hatte es eilig gehabt, die Jahre aufzuholen, die er darin verloren hatte. An dem Tag, als er entlassen worden war, sagte er, während Adela ihm den Kopf mit Petroleum abrieb, um die Läuse zu entfernen: »Weißt du, Raúl, ich habe bereits genug getan. Du weißt nicht, was ich durchgemacht habe.« Raúl meinte ausreichend Bescheid zu wissen. Obwohl er bei Kriegsende nur ein paar Monate im Gefängnis gewesen war, da nichts Belastendes außer der Tatsache, daß er im republikanischen Heer gedient hatte, gegen ihn vorlag, wußte er sehr wohl, was es hieß, Hunger zu leiden, denn in den drei Jahren von

Antonios Haft war das wenige Geld, das sie verdienten, bei Fahrten zum Gefängnis draufgegangen, wohin sie ihm das Essen brachten, das sie sich vom Mund abgespart hatten. Im Grunde war Raúl davon überzeugt, daß von ihnen beiden er selbst derjenige war, der mehr Hunger gelitten hatte. Wenn Antonio wüßte, wie oft er nach Hause gekommen war und behauptet hatte, nicht hungrig zu sein, um Adela und dem Mädchen das Nötigste zu lassen und dem Bruder ein paar gebackene Süßkartoffeln bringen zu können, ein Brot, Eier (in jenen Jahren war ein Ei so weiß wie ein Wunder) oder ein paar Orangen. Deshalb, und weil die Angst oder der Groll und die Rachegefühle nie gewisse Grenzen überschreiten sollen, da sie sonst den Menschen klein und zum Nichtsnutz werden lassen, hatte er die Hast nicht verstanden, mit der sein Bruder dem ganzen Ort die Abkehr von seinen alten Ideen vorführte. Als man ihm erzählte, daß am Sonntagnachmittag im Kino nach Ende der Vorstellung – und gemäß den von den Siegern erlassenen Normen – die Zuschauer aufgestanden waren, um mit hochgestrecktem Arm ›Cara al sol‹ anzustimmen, und daß Antonio, der zwischen ihnen stand, das gleiche getan hatte, und ein alter Franquist ihn vor aller Welt geohrfeigt und gesagt hatte, ein rotes Arschloch habe nicht das Recht, die Hymne des Falangegründers zu beschmutzen, da hatte Raúl gedacht, daß sein Bruder die Grenze überschritten hatte, die für einen Mann die Schande von der Würde trennt, und daß von nun an irgend jemand ihm ein Stück Brot hinwerfen könnte und er es aufschnappen würde, daß man ihm einen Tritt geben könnte und er, wie ein Hund, aufjaulen und davonlaufen würde. Doch sein Bruder ließ sich nicht beirren. Am folgenden Sonntag ging er wieder ins Kino und sang erneut mit halbgeschlossenen Augen ›Cara al sol‹. Und da sagte schon keiner mehr etwas. Und nach wenigen Wochen lud er die Schwester von Alemany mit ihren Freundinnen zu einem Kaffee ein und scherzte auf dem Paseo mit ihnen, vor den Augen eines Städtchens, das noch nicht zum Scherzen aufgelegt war, vor Männern, die noch ihre Brüder, Verwandten und Freunde im Gefängnis hatten und nur deshalb am Sonntag zu dieser Zeit auf den Paseo kamen, weil hier die Tagelöhner für die kommende Woche angeheuert wurden. Raúl wußte nicht, ob Antonio zuerst Partner von Alemany oder Verlobter von dessen Schwester gewesen war, wußte auch nichts von den Demütigungen, die der Bruder hatte ertragen müssen, bevor er in jenem Haus, das sich durch stolze und militante rechte Gesinnung ausgezeichnet hatte, akzeptiert wurde. Tatsache war, daß er nach kurzer Zeit die einzige Tochter der Familie heiratete und daß er, ganz folgerichtig, nicht einmal daran dachte, Adela und ihn einzuladen, die ihn doch während seiner Haftzeit durchgefüttert und, als er zurückkam, aufgenommen, gewaschen, eingekleidet und ernährt hatten. Raúl empfand Bitterkeit und Verachtung, aber wenn er sah, wie Adela oft bis spät in die Nacht nähte, um das Haushaltsgeld aufzubessern, und wie seine Kollegen bei der Bahn sich auf höher angesehene und bezahlte Posten davonmachten, dann sah er sich selbst auch als armen Mann und fand, daß der Hund, der sich niederkauerte, um das hingeworfene Stück Brot aufzuschnappen, nicht sein Bruder war, der in Alpakaanzüge gekleidet Havannas rauchte und das Ledercetui auf der Tribüne am Fußballplatz herumgehen ließ oder den Hut beim Verlassen der Kirche aufsetzte, nein, er selbst war das, der mit

Schmieröl und Kohle verschmutzt eine Draisine von Vías y Obras lenkte und anschob oder im Schlamm stand und die Tomaten goß, die seine Frau am nächsten Tag unter sengender Sonne zum Markt brachte; ölverschmutzt machte er am Bahnhof die von anderen verachtete Arbeit und sah, wie seine Frau bis zum Morgengrauen sorgfältig Kleider bügelte, die sie nicht einmal im Traum je würde anziehen können. Dann hätte er sich am liebsten einen Strick um den Hals gebunden, wie man ihn den Hunden umbindet (was war er?); aber dann, einige Zeit später, war außer seinen beiden Frauen auch noch der Junge da. Raúl fing schon an, die Dinge mit ihrem Namen zu verlangen, und schmierte mit Buntstiften in die Hefte, die Ana ihm vorlegte, und zeigte mit dem Finger auf die Dinge und sagte Haus, Baum, Wasser und Hund: mit einem noch halbverschluckten H konnte er schon das Wort für Hund sagen.

An Regentagen ging der Verdienst zurück. Die Leute suchten unter dem Bogengang an der Plaza Schutz und brachten den Nachmittag damit zu, unter den Arkaden herumzuspazieren, und dann war es, als bliebe kein Platz für die Kunden oder als ertrügen diese nicht, vor den Augen so vieler Menschen auf dem Stuhl des Schuhputzers sitzen zu müssen, zu dem man über zwei Holzkisten hochstieg. Außerdem, wozu sich die Schuhe wienern lassen, wenn sie gleich darauf in Matsch und Regen wieder schmutzig würden. Nur ein paar Viehzüchter, einige Vertreter und Händler aus der Provinz ließen sich die soeben gekauften Schaftstiefel mit Talg einschmieren, damit das Leder nicht vom Wasser brüchig würde. Pedro del Moral, der Schuhputzer, der sich immer neben den Tischen des Novelty postierte, haßte Regentage. Sofort nach Einbruch der Dunkelheit verstaute er Schuhwichse und Bürsten und packte Kiste und Schemel zusammen, die er für ein paar Gefälligkeiten, Botendienste und ähnliches im Keller des Cafés unterstellen durfte. Er wusch sich vorsichtig die Hände, damit keine Flecken von der Schuhcreme im weißen Waschbecken zurückblieben, kettete die Stühle zusammen und sicherte sie mit einem Schloß und ging die Rúa entlang Richtung Tejares. Bevor er nach Hause kam, machte er drei oder viermal in Tavernen, die auf seinem Weg lagen, halt, und an solchen Regentagen trank er, da er vorzeitig Schluß gemacht hatte, immer etwas zuviel. Seine Frau war vor sieben Jahren an den

Komplikationen nach der Entbindung von José Luis gestorben. Dem Ältesten hatten sie den Namen Ángel gegeben; allerdings stellte sich bald heraus, daß er nicht einem Engel, sondern einem Teufel glich, nun aber war er glücklicherweise auf dem Weg, seine zerstörerischen Instinkte in Bahnen zu lenken: Dank Don Ramiro bekam er mit siebzehn allmählich seinen heftigen Charakter in den Griff. Der ehemalige Boxer sammelte die Jugendlichen ein und trainierte sie in einem verlassenen Schuppen am Rande des Stadtviertels. Auf dem Heimweg, schon im Dunkeln, sah Pedro die Lichter im Lager brennen und hörte die kurzen Schreie, die der Veteran und die Aspiranten ausstießen, und sie erinnerten ihn an die Befehle, die ihnen der Feldwebel beim Militärdienst entgegengeschleudert hatte. Die Schreie verloren sich in der Nacht oder schwebten über den Häusern des Viertels, in deren Fenstern man nur das unstete Licht der brennenden Karbidlampen sah: längliche, seltsame Schatten, als kämen sie von unförmigen Wesen aus einer anderen Welt – enorme Buckel, verzerrte Köpfe, riesige Hände. Den Namen des zweiten Sohnes, José Luis, hatten seine Frau und er ein paar Monate vor der Geburt gemeinsam beschlossen. Sie fanden diesen Doppelnamen elegant. Pedro hatte immer an Namen geglaubt, er meinte, sie prägten in gewisser Weise den Menschen, und daß selbst wenn dem nicht so war, es immer noch leichter sei, mit einem klangvollen Namen wie José Manuel, Juan Francisco, José Pablo oder José Antonio – ein Name, der damals Mode war und vielen Kindern als Erinnerung an den Gründer der Falange gegeben wurde – etwas zu erreichen, als mit einem dieser gewöhnlichen Namen, die zu Witzen herausforderten und denen, schon wenn man sie aussprach, ein trüber

Hauch von Elend anhaftete. Bei Ángel hatte sich bis zum gegenwärtigen Zeitpunkt die Namenswahl nicht gerade als vorausschauend erwiesen, aber wer konnte schon wissen, ob das Schicksal des jungen Mannes nicht eines Tages einen anderen Verlauf nahm. Er stellte sich seinen Namen auf einem Plakat vor: »Der Engel von Tejares«, oder einfach: »Ángel del Moral. Kastilischer Meister im Mittelgewicht«. Oder »Spanischer Meister«. Und die Stimme von Matías Prats oder eines der berühmten Rundfunksprecher würde diesen Namen voller Bewunderung aussprechen, während sie einen siegreichen Kampf aus dem Campo del Gas in Madrid oder vielleicht aus einer Stadt im Ausland kommentierte. In Fuentes de Esteban, dem Dorf, aus dem er bei Kriegsende nach Salamanca gekommen war, hatte er schlicht Pedro Moral geheißen, erst während seiner Zeit im Nationalen Heer hatte er gelernt, wie wichtig es war, ein »del« vor den Nachnamen zu setzen. Diese jungen, überaus sauberen Leutnants, die ihre Studien an der Universität abgebrochen hatten, um dem Vaterland zu dienen, hießen nie einfach Castillo oder Gutiérrez Montes, sondern Del Castillo oder Gutiérrez de los Montes. Also hatte er, als er im blauen Hemd und mit einem Orden auf der linken Tasche (der Seite des Herzens) in Satamanca das Schild malte, das er von nun an jeden Morgen auf den Arbeitssitz stellen sollte, nicht, wie es logisch gewesen wäre, »Pedro Moral. Schuhputzer« geschrieben, sondern »Pedro del Moral. Hygiene und Glanz für das Schuhwerk«. Anfangs lachten die Leute, nicht so sehr wegen des Namens Del Moral, sondern wegen Hygiene und Glanz, was nach Apotheke klang oder nach einem jener Häuser hinter der Clerecia, die, wie man es damals nannte, Hygienegummis verkauften, um bei den Dienstleistungen der Mädchen Ansteckungen zu vermeiden. Im Krieg war man im einen wie im anderen Lager davon überzeugt gewesen, daß der Feind die Huren ansteckte, um die Moral der Truppe zu untergraben. Nach dem Tod seiner Frau war er gelegentlich ins Chinesenviertel gegangen, hatte drei oder vier Gläser getrunken und war mit einer der Frauen hinaufgegangen, um die überschüssige Energie des Witwers loszuwerden. Wenn er wieder herauskam, war er nicht glücklich. Das war nicht die Zukunft, die er sich in seiner Jugend, damals in Fuentes de San Esteban, vorgestellt hatte. Vom fernen Ausguck seiner Armut aus hatte er von schönen Dingen geträumt, die er schon mit den Fingerspitzen zu berühren glaubte, als er aus einem Krieg als Sieger zurückkehrte (»Sieger«, so hatte man sie genannt). Der Krieg hatte ihm zwar gezeigt, daß die Menschen, sogar die besten, zum Bösen fähig waren, dennoch glaubte er, die Nachkriegszeit werde wundervoll sein und ihnen, die der spanischen Flagge gegen die Horden der Republik gedient hatten, gehören. Das versprachen ihnen die hohen Offiziere, wenn sie die Schützengräben besuchten, sie antreten ließen und dann zu ihnen sprachen (»Sieger über die gottlosen Horden des internationalen Kommunismus«), auch jene, die im Radio Reden hielten und deren Stimmen man zu jeder Tageszeit in den Kantinen hören konnte. José Luis del Moral war ein schöner Name für seinen Sohn, so wie dieses Spanien, das, wie er dachte, im Kommen war, schön sein mußte. Es war der Name eines Kaufmanns, eines Viehzüchters, eines Rechtsanwalts, eines Sportlers, Bischofs, Arztes oder eines Gelehrten. Seine Frau und er malten sich die Zukunft dieses Kindes vor seiner Geburt aus, mit Illusionen, die für Asunción nicht lange währen sollten, da sie wenige Tage nach der Entbindung am Kindbettfieber starb. So schmerzlich der Tod der Mutter war, er hätte den Strom der Hoffnung nicht eintrüben müssen, der von jenem unschuldigen Kind ausging, das von Anfang an Ziegenmilch aus dem Fläschchen trinken mußte, von Pedro dreimal aufgekocht, damit der Kleine sich nicht das Maltafieber holte. Er verdünnte die Milch mit Wasser, damit sie für den Säuglingsmagen nicht zu schwer war. Die Ziege hatte Pedro einer Zigeunerfamilie abgekauft, um die Mutter in der Schwangerschaft zu ernähren, und das Tier hatte dann weiter vor dem Häuschen geweidet und ihnen Milch gegeben, bis es im letzten Winter gestorben war. Ángel hatte den Tierkörper in die Müllgrube hinter den letzten Hütten des Viertels geworfen, und die Hunde hatten eine ganze Nacht lang um die Reste gekämpft. José Luis hatte den Vater mit tonloser Stimme gefragt, warum sie nicht selbst die Ziege gegessen hätten, und Pedro mußte ihm erklären, das Tier sei an einer Krankheit gestorben, und man esse die Tiere, die man töte, aber nicht diejenigen, die stürben, obwohl er sich, als er Ángel mit dem Tier auf der Schulter hinter der Rodung verschwinden sah, dieselbe Frage wie sein kleiner Sohn gestellt hatte. Während er die kahlen Erlenstämme der Quinta und die über den Wassern des Tormes schwebenden Kirchtürme betrachtete, dachte er an den Geschmack jenes gebratenen Fleisches, und es war ihm, als gäbe es in seinem Leben jemanden, der Nacht für Nacht das zerstörte, was er den Tag über aufbaute. Er dachte an seine Frau, an den Tag, an dem sie beschlossen hatten, Fuentes de San Esteban zu verlassen und nach Salamanca zu ziehen, weil das für alle das beste schien: für seine Frau, für ihn, für das gemeinsame Kind und für diejenigen, die, so Gott wollte, noch kommen würden. Jene Fahrt im Autobus: Sie trug ein graues Kostüm, selbstgeschneidert aus einem Stück Stoff, das Pedro ihr bei seinem letzten Urlaub von der Aragón-Front mitgebracht hatte, er trug das blaue Hemd und den Orden auf der Brust und war davon überzeugt, daß sich ihm mit diesem Passierschein jede Tür öffnen würde. Er erinnerte sich an die vielen Eichenwälder, die er durchs Fenster gesehen hatte, an die Plätze der Städtchen, in denen der Bus gehalten hatte, um neue Passagiere aufzunehmen. Und vor allem an die entmutigende Ankunft in einer Stadt, auf die ein Regen von Blau und Blech gefallen zu sein schien, denn alle Männer waren angezogen wie er selbst: blaues Falange-Hemd mit Orden. Er meinte, die Welt bräche zusammen, als er die Adressen aufsuchte, die man ihm vor seiner Abreise aus dem Dorf gegeben hatte, und als er vor den Türen die uniformierten Männer (die meisten hatten mehr als einen Orden) in endlosen Schlangen darauf warten sah, daß sie in geheimnisvollen und schlechtgelüfteten Büros empfangen wurden. All diese Leute, so dachte er, hatten bestimmt mehr Empfehlungsschreiben dabei als er, und die waren zweifellos von bedeutenderen Händen unterschrieben als der des lokalen Sekretärs und Führers der Bewegung in Fuentes de San Esteban. Im übrigen hatte der Krieg ihn zwar daran gewöhnt, mit schwachen, kranken und verwundeten Körpern zusammenzuleben, doch hier atmete die Stadt selbst eine Schwäche aus, die ihn verletzte. Dort, in den langen Schlangen, fielen seine aus den blauen Ärmeln ragenden bäuerlichen Hände übermäßig auf. Diese kurzen und kräftigen Finger und die harten, verhornten Handflächen wirkten gewöhnlich neben den bleichen Händen derer, die neben ihm standen, die manchmal um einen Bleistift baten und ihn anmutig nahmen und ebenfalls anmutig die Zigarette zum Mund führten. Wenn das Gefühl zu ersticken unerträglich wurde, mußte er aus dem Stadtzentrum flüchten, all diese alten, in Stein gehauenen Fassaden, die Säulen und Statuen hinter sich lassen, die ihm zu sagen schienen, daß dort seit jeher mit Bleistift und Papier hantiert worden war, schon immer Federn in klebrige Tintenfässer getaucht, Briefe, Hunderte, Millionen von Empfehlungen, wie die in seiner Tasche, geschrieben worden waren. Er beugte sich über die Brücke und sah in den Fluß, sah das Wasser gegen die Dämme schlagen, sah die stillen Pappeln am Ufer und den Flug der Vögel zwischen den Bäumen und die riesigen Türme und Kuppeln der Kathedralen und Kirchen, und ihm ging durch den Kopf, daß er die Rückfahrkarte verpfändet hatte, um hierher zu kommen, ja, er dachte, daß er nicht mehr den Autobus nehmen konnte, der ihn in ein paar Stunden in sein Dorf zurückbrächte, denn er hatte in seinem Dorf nichts zurückgelassen: Rauken und Steineichen, die anderen gehörten, Erinnerungen, die nicht zu kaufen oder zu verkaufen waren und unter denen man keinen Schutz fand bei Regen oder Kälte oder wenn im Winter sanft und grausam der Schnee fiel. Niemand kann ermessen, was Pedro del Moral beim Tod seiner Frau gefühlt hat, als er dieses eben geborene Kind in seinen Händen anschaute und sah, es war nur von ihm: Nur von ihm hing ab, ob das Kind, das noch nicht getauft und noch nicht im Standesamt registriert, daher noch ohne Namen und ohne offizielle Existenz war, einst eine Toga oder eine Mitra tragen oder im Radio perfektes Spanisch sprechen würde (es hieß, das beste Spanisch sei das von Valladolid, aber er war sicher, in Salamanca, mit seiner Jahrhunderte alten Universität, sprach man ein besseres), und ob einst jemand seine Büste in irgendeine Fassade schlagen oder in einem Innenhof oder auf einem Platz aufstellen würde und damit ein neuer Steinbrocken in dieser Stadt der Statuen und der Steine erstünde und so den vielen von Kampf und auch Mutlosigkeit erfüllten Jahren einen Sinn gäbe, oder ob das Kind, winzig wie es war, sich in Staub auflösen würde, um nichts als Staub zu sein, Pedros Träume in namenlosen Staub verwandelnd, wie auch seine tote Frau und zuletzt ihn selbst. Nachts wachte er auf, wenn er es weinen hörte, und bemerkte, daß der Schatten seines Daumens die Wange des Kindes bedeckte. Das machte ihm angst. Soviel Zerbrechlichkeit. Es war, als hätte man ihm mitten in der Schlacht befohlen, einen zerbrechlichen Glaskrug zwischen explodierenden Granaten durch die Schützengräben zu tragen. Wie weit würde er kommen? In welchem Augenblick würde das Glas in tausend Stücke zerspringen? Würde die Explosion ihn verschonen? Beim zweiten Glas Wein dachte er, daß ihn nun zwei Kräfte vorantrieben. Und es erschien ihm merkwürdig, daß die beiden Kräfte so unterschiedlich waren. Die eine Kraft ging von Ángel aus, wenn er frisch geduscht vom Training zurückkam oder ihm den Umschlag mit Geld brachte, den er jede Woche in der Autowerkstatt bekam, wo er als Lehrling angefangen hatte. Ángels Kraft lag in seinen Armen, die immer fester wurden, in seinem Hals, der immer breiter geriet, in seinen harten und behaarten Beinen. Ángel war eine starke Kraft, auf die man sich stützen konnte, die einen aufheben oder umwerfen konnte – sie hatten manchmal gestritten, und er hatte gesehen, wie der Sohn wütend die Fäuste schloß, wie er diese Kraft bändigte, um sie seinen Vater nur im Guten spüren zu lassen –, aber da war dann auch die andere Kraft, die ihm José Luis übermittelte. Das war die Kraft der Zerbrechlichkeit, die in ihm eine unerhörte Energie freisetzte, ihn dazu brachte, jenen Körper zu schützen, der sich allmählich streckte, der sich erst auf allen vieren voranschleppte und sich dann auf zwei Füße stellte, tapsig zu gehen begann und dann zu laufen, und der dennoch zart blieb: schmale Schultern, eingesunkene Brust, kleine, unruhige Augen, Beine wie schwaches Schilfrohr. Und all diese Zerbrechlichkeit war wie ein Gefäß, das an einem langen Strick in ihn hinabgelassen wurde und Kraft aus dem Brunnen zog, der er war, aus seinem schattigen Inneren. Im ersten Jahr hatte er, wenn er nachts den Kopf des Kindes in der Handfläche hielt, manchmal gedacht, daß er die offene Hand nur zu schließen bräuchte. Er hatte gemeint, daß der schattige Brunnen in ihm versiegt wäre. Asunción Capilla. 1917–1948. Das stand auf der kleinen Steinplatte, die er eigenhändig auf den Haufen Erde gesetzt hatte, dem man ansah, daß er erst kürzlich aufgeworfen worden war. Den Stein hatte Andrés bearbeitet, einer der Nachbarn in den Hütten, der als Steinmetz arbeitete und ihm seine Arbeit und auch das heimlich aus der Werkstatt geschaffte Material geschenkt hatte. Am Anfang war er fast täglich zum Friedhof gegangen, um das Grab seiner Frau zu besuchen. Jetzt war er schon seit längerem nicht da gewesen. Wozu auch. Die Toten sehen nicht, hören nicht und verstehen nicht. Und die Lebenden schmerzt, was sie dort sehen. Nun ja, nicht das, was sie dort sehen, sondern das, was sie dort wissen und das an einem anderen Ort sein müßte. Asunción, an einem anderen Ort: an einem sonnigen Nachmittag vor der Haustür nähend, in der Küche über den Eintopf gebeugt, ihm die Hemdbrust für einen Spaziergang zurechtzupfend, an einem Tag, wo er nicht zu seinem Schuhputzerstand gegangen ist, an seiner Seite liegend, das Mondlicht scheint durchs Fenster auf ihr Nachthemd, das ihre weiße Brüste sehen läßt. Gott. Was für ein Scheißgott. Die Erinnerung an ihre weiße Weichheit verfolgt Pedro. Er hat sie in den ungelüfteten Zimmern des Chinesenviertels gesucht. Er sucht sie in dem flüchtigen Anblick von Waden und Armen, wenn die Frauen auf der Plaza Mayor hastig an ihm vorübergehen. Er schaut auf diese Waden von seinem Bänkchen aus, auf dem er, eine Handbreit vom Boden, mit einer Kippe zwischen den Lippen sitzt. Manchmal war es ihm, als erkenne er es. Dieses Fleisch. Aber näher überprüfen konnte er das nie. Dunkle Strümpfe, die das weiße Leuchten des Fleisches umhüllen, Schuhe mit hohen Absätzen, auf denen sich die Muskeln anspannen, die, bei nacktem Fuß, wieder einladend weich werden. Flüchtige Figuren, die einen Augenblick vor ihm aufscheinen, während er auf dem Bürgersteig vor dem Novelty sitzt und auf Kundschaft wartet. Zuweilen denkt er, daß, obwohl es auf der Welt Millionen von Menschen gibt, jedes Fleisch anders ist, eine eigene Farbe, einen eigenen Geruch hat, sich anders anfaßt und nicht zu kopieren ist. Er hat die halbgeöffneten Schenkel von Asunción verloren. Und er hat sie so verloren, wie andere ein Körperglied an der Front verloren haben, das, lange nachdem es abgetrennt und begraben worden ist, immer noch schmerzt. Der Wein ist eine Medizin, die diesen Schmerz erst lindert und dann verstärkt. In manchen Nächten, spät, gibt ihm der Wein das amputierte Glied zurück, und Asunción schmerzt ihn, als würde sie an irgendeinem frostigen Ort erneut von ihm abgetrennt. Eine Winternacht auf den kahlen Bergen von Alcañiz. Er denkt: »Sieger in einem Krieg«, wenn er trinkt, und der Wein bringt ihm das Eis der Sierras von Teruel und auch ihre fiebrige Blässe während der Krankheit zurück, das Bett, ihre Reglosigkeit, den Geruch des ungewaschen und verschwitzt daliegenden Körpers: ein niederträchtiger Geruch, der den der glücklichen Nächte ersetzen will, ihn überdeckt und beschmutzt, bis er ihn ganz zum Verschwinden bringt. In jenen Nächten weiß er, er muß sich im Haus einschließen, denn würde er Trost im Chinesenviertel suchen, könnte er den Schmerz nicht ertragen und begänne vor allen Leuten zu schreien. Dann meint er, daß Asunción, obgleich sie nicht zart war, in der Zerbrechlichkeit von José Luis weiterlebt, und morgens sieht er ihm beim Ankleiden zu, sieht, wie er die kurzen Hosen anzieht, die Hosenträger über die Schultern führt, den von Ángel geerbten Wollpullover überzieht, den dieser ungefähr in seinem Alter getragen hat, der José Luis aber noch zu groß ist. Ihm beim Ankleiden zuzuschauen ist, als sähe er ihr beim Entkleiden zu. Und während der Junge sein Glas Milch trinkt, sagt er zu ihm: »Onkel Andrés hat mir gesagt, du sollst am Sonntag ins Kino kommen.« Andrés ist, auch wenn er ihn so nennt, nicht der Onkel des Jungen. Er ist ein Freund des Vaters, der die Woche über als Steinmetz und samstags und sonntags als Portier im Alamedilla-Kino arbeitet und José Luis an einigen Sonntagen erlaubt, umsonst in der letzten Reihe zu sitzen. Der Junge verläßt frühzeitig das Haus, geht über die Brücke und vertreibt sich die Zeit damit, den Vögeln nachzuschauen, die über das Flußbett des Tormes fliegen, er durchquert die ganze Stadt, erreicht das Kino, bevor die Türen geöffnet werden, und wartet ungeduldig, bis all die Menschen hineingehen, die dort Schlange stehen; er wartet neben der Metalljalousie, bis der Film beginnt, und schleicht, wenn die Lichter gelöscht werden, von Andrés' Hand geschoben, auf Zehenspitzen in die letzte Reihe. José Luis geht gerne ins Kino. Er sieht den Film von ganz hinten und kann den gesamten Kegel leuchtenden Staubs verfolgen, der aus dem kleinen Fenster der Kabine strömt, aber er wäre gern einmal wie die anderen hereingegangen, wie die Jungen, die von klein auf eine Krawatte tragen und, obwohl sie so alt sind wie er, Pluderhosen und eine feine Strickweste unter der Jacke, die den Krawattenknoten hervorhebt: den Sitz wählen, auf den man Lust hat, die numerierte Eintrittskarte am Schalter verlangen, die Gesichter, die Gesten der Schauspieler gut sehen, nicht wie von dort oben, wo man auch kaum etwas hört, weil Kinder, die so angezogen sind wie er, durch die Gänge laufen und spielen, nach unten gehen und sich eine Limonade und eine Tüte Kartoffelchips oder eine Waffel bestellen, dort zu stehen, bis die Wochenschau beginnt, und auf das Klingelzeichen und das Verlöschen der Lichter zu warten und darauf, daß die Neonlichter wie leuchtende Fäden um die Leinwand und die Ränge und um die Stukkaturen der Decke aufscheinen, in Formen, die manchmal an eine Blume und manchmal an einen Fisch erinnern. Er denkt, daß er das einmal schaffen wird, in einer Stadt, wo ihn keiner kennt, wo keiner ihn »Putzer« nennt, weil er der Sohn seines Vaters ist; er denkt, wenn er groß ist, wird er sich in eine der ersten Reihen setzen; von dort aus müssen, streckt man die Hand aus, fast die Gesichter und Haare jener schönen Frauen zu berühren sein, die da lachen, singen und weinen, und man muß die Hitze der rauchenden Pistolen nach einem Schußwechsel spüren. Er wirkt zwar jünger, ist aber schon sieben Jahre alt und kann sehr gut lesen. Nach der Heimkehr vom Kino wartet er unruhig auf seinen Vater, um ihm den Film von vorne bis hinten zu erzählen. Es ist erstaunlich, wie er auf jede Einzelheit achtet, die er auf der Leinwand gesehen hat. Sorgfältig schildert er sie dem Vater und fügt manchmal sogar etwas hinzu, das der Filmregisseur vergessen hat. Der Vater hört ihm erst erfreut zu, hat es aber dann später eilig, die unnötig langgezogene Erzählung soll ein Ende nehmen, und schläft schließlich ein, ohne den Schluß zu erfahren. José Luis fragt sich dann, wie jemand den Anfang einer Geschichte hören und es ihm dann egal sein kann, wie sie zu Ende geht.

Don Vicente Tabarca schläft noch immer schlecht. Er wacht nach Mitternacht auf und bleibt im Dunkeln neben dem Fenster im kleinen Salon sitzen, schaut durch die halbgeöffnete Jalousie hinunter auf die Straße. Unten steht eine Laterne, die um zwölf gelöscht wird. In den langen Stunden, die er wachend verbringt, erkennt er durch die starren Äste der Akazien daher nur das wenige, das der Mond – wenn er denn scheint – beleuchtet: das Schild des Lebensmittelladens gegenüber, die Pflastersteine, irgendeinen späten Spaziergänger. Jedes Mal, wenn er das Geräusch eines Wagens hört und dann die sich langsam von der Ecke Calle Princesa her nähernden Scheinwerfer sieht, schreckt Don Vicente hoch, erhebt sich halb vom Stuhl, beugt sich zur Fensterscheibe vor, schiebt verstohlen und mit zittrigen Händen die Gardine beiseite und spürt, wie sich die Muskeln in seinem Körper anspannen, wie ihn der Mut verläßt, und er hört sogar sein Herz in Hals und Schläfen schlagen. Manchmal denkt er, er wäre vielleicht ruhiger, wenn er in den langen, schlaflosen Nächten ein Buch lesen würde; wäre er erstmal in die Lektüre versunken und dadurch abgelenkt, würde er das Geräusch der sich nähernden Motoren und der in der Kurve quietschenden Reifen nicht mehr wahrnehmen, auch nicht das Licht der Scheinwerfer, die beim Einbiegen in die Straße den unteren Teil der gegenüberliegenden Fassade abtasten, das Schild und die Metalljalousien des Lebensmittelladens, während die Autos bremsen und anzuhalten scheinen. Doch abgesehen davon, daß Strom teuer ist und er sich diesen Luxus nicht erlauben kann, solange nicht einmal genug Geld für Essen, Kleidung und Kohle hereinkommt, würde ein Licht, das Nacht für Nacht zur späten Stunde in seinem Fenster anginge, Verdacht wecken. Also kann er nachts nicht aufs Lesen zurückgreifen. Er denkt nach, erinnert sich und hat Angst. Tagsüber aber liest er. Mehr als ihm lieb ist, da fast niemand in seine Praxis kommt, die er in dem Raum neben der Garderobe eingerichtet hat und die eine kleine Plakette rechts am Hauseingang ankündigt. Eine ebensolche Plakette hängt an der Wohnungstür, unter dem Glasauge des Spions, durch das seine Frau, klingelt es, den Treppenabsatz kontrolliert, bevor sie öffnet. Es sind keine guten Zeiten, um ohne Empfehlungen die Medizin als freien Beruf auszuüben – allein schon das Wort »frei« scheint negativ aufgeladen –, und noch weniger, wenn es demjenigen, der es versucht, nicht nur an diesen unentbehrlichen Empfehlungen mangelt, sondern wenn auch eine Akte über ihn bei der Politisch-sozialen Brigade zur Bekämpfung von Freimaurerei und Kommunismus liegt und sowohl beim militärischen Geheimdienst wie in jedwedem Kommissariat oder jeder Kaserne der Guardia Civil, in der man nachfragen wollte, seine Ablehnung des Regimes aktenkundig ist. Mehr noch, er wird dort als erklärter Gegner des Regimes und, in der Ausübung der Medizin wie auch in seinen Anschauungen, als Anhänger von Dr. Negrín geführt. Die Erlaubnis, eine Praxis für Allgemeinmedizin zu eröffnen, hatte Don Vicente Tabarca nach einem langen Leidensweg durch endlose Gänge und vor unzähligen Schaltern bekommen, nachdem er zahllose Bögen mit Bittschriften gefüllt und alle möglichen Instanzen durchlaufen hatte; und daß sie schließlich erteilt worden war, verdankte er zweifellos der Fürsprache seines Cousins Alejandro Muñoz Tabarca, einst Leutnant des aufständischen Heeres und Held des Alcázars von Toledo und heute, als Sieger, Kommandeur im Nationalen Heer, der den Funktionären, Polizisten, Stadtviertel- und Finca-Chefs erklärt hatte, daß Vicente Tabarcas Vergehen, obgleich schwerwiegend, doch nur auf dem Feld der Ideen stattgefunden habe; daß er während des Krieges als Arzt aus humanitären Motiven heraus gehandelt habe und daß keine Beschuldigung wegen irgendeiner Bluttat vorläge. Alejandro fügte stets hinzu, daß sein Cousin reichlich Zeit zur Reue während seiner Haft im Gefängnis von Dueso gehabt habe und auch davor schon, in den Jahren, die er im Mustergefängnis der Stadt Valencia verbracht habe, wohin er gegen Ende der Kampfhandlungen vom Konzentrationslager Albatera verlegt worden sei und wo er zuvor, nach seiner Rückkehr aus Alcañiz, als Feldarzt in einem mobilen Lazarett gedient hatte. Don Vicente Tabarca hat es kaum gewagt, die Eröffnung der Praxis seinen alten Bekannten mitzuteilen – einige von ihnen waren verschollen, andere tot, andere wiederum so verängstigt wie er selbst und ebensowenig darauf erpicht, mit ehemaligen Kommilitonen gesehen zu werden. Seine Frau – Luisa Montalbán – hat es dagegen schon gegenüber den Nachbarinnen, die zum Einkaufen in den nahen Altamirano-Markt kommen, erwähnt und sogar gegenüber ihren Arbeitskolleginnen, denn seit einiger Zeit arbeitet Luisa in einer Fabrik für Stoffpuppen, die im Untergeschoß eines Hauses in der Calle Blasco Garay untergebracht ist. Bislang haben ihre Informationsaktionen allerdings nicht viel gebracht. Also wartet Don Vicente Tabarca, einst jüngster Chirurg am Hospital Clíico in Madrid, heute Allgemeinmediziner, und liest. In der Wohnung steht noch eine ganze Reihe von Büchern, die er schätzt: ›Episodios nacionales‹, ›La Regenta‹, ›Der Kampf ums Leben‹, ›Tirano Banderas‹. Quevedo, Cervantes, San Juan de la Cruz, und auch Balzac, Tolstoi, Maupassant und Dostojewski. Die Bücher von Alberti, Lorca, Miguel Hernández, Blasco lbáñez, Azaña, Trigo, Hoyos y Vinent, Sender hatte seine Frau zusammen mit vielen anderen ein paar Tage, bevor die Nationalen in Madrid einmarschierten, verbrannt. Sie gehören nicht mehr zur einst reichen Bibliothek, die heute nur noch knapp dreihundert Titel umfaßt, und selbst bei diesen ist es ein Wunder, daß sie von den Bombardements im Krieg und dem Chaos der ersten Tage nach dem nationalen Sieg verschont blieben; daß sie auch, anders als die meisten der seit der Hochzeit angesammelten Möbel, Vernachlässigung (seine Frau wurde aus der alten Wohnung geworfen, als er im Gefängnis saß) und Umzüge überstanden hatten. Trotz der von seiner Frau damals veranstalteten Säuberung liest Don Vicente seine Lieblingsbücher immer noch mit einer gewissen Beklemmung, als ob sich plötzlich die Tür des Zimmers, in dem er sitzt, öffnen und jemand ihn in flagranti ertappen könnte, denn schließlich handelt es sich um Bücher, die zwar nicht verboten, deren Autoren jedoch schon vom Namen her ihn entlarven und beweisen könnten, daß seine Gesinnung sich mitnichten gewandelt hat, daß er weiterhin das Verbrechen begeht, das ihn ins Gefängnis gebracht hatte – ein gedankliches Vergehen –, daß er immer noch zu denen gehört, die man heute in einem grausamen Euphemismus als die »mit der bitteren Schale« bezeichnet: Sie klammern sich an Ideen, die eigentlich ausgemerzt sein sollten, denn auch der Wundbrand verschlingt schließlich das Glied, in dem er sich festgesetzt hat. Diese Bücher in den Regalen des kleinen Wohnzimmers, den Blicken der Patienten entzogen, beweisen, daß er immer noch von einer Denkungsart infiziert ist, die von den Siegern als Seuche eingestuft wurde, die sie mit grausamem und wirksamem Instrumentarium drei Jahre lang in den Schützengräben bekämpft hatten und die sie dann weiterhin an Erschießungsmauern und in Gefängniszellen kurierten. Jedes Mal, wenn Don Vicente ein Buch öffnet, weiß er, die bloße Bewegung beweist schon, daß die schmerzhafte Kur nicht ausgereicht hat, daß er noch nicht entgiftet ist, und er hat Angst vor einem neuen Eingriff jener mitleidlosen Chirurgen, deren Instrumente schwere Stangen, glänzende Lugers, lange, knallende Ochsenziemer waren. Don Vicente fürchtet die Anwendung eines zusätzlichen Brechmittels. Weder das Lager von Albatera noch die Gefängnisse von Valencia und El Dueso haben ihn gebessert, und die Zwangsarbeit hat ihn nicht geläutert. Die Angst verdeckt die Symptome des Übels, während die Bücher seine Fortdauer verraten. Als sie die Wohnung mieteten, hatten Luisa und er gedacht, es sei ein Vorteil, daß alle Fenster nach außen gingen: Das Haus war hell, und von früh morgens an schien die Sonne hinein, was nicht nur die Stimmung hob, sondern auch Strom und Heizung sparte. Jetzt gibt es Momente, in denen er diese Vorzüge bedauert, weil er gerne einen hermetischen Raum gehabt hätte, aus dem, wenn er eine Lampe anzündet, kein einziger Lichtstreif heraustritt, der irgend jemanden aufmerksam machen könnte, einen Raum, in den er sich nachts einmal einschließen könnte, um jene

Bücher zu lesen, die ihm unter zwei Augen recht geben, indem sie in den gleichen Worten zu ihm sprechen, die er in der strikten Intimität seiner einsamen Gedanken verwendet. In diesen Büchern ist Spanien das ewig nächtliche und unduldsame Kainsland, wo stets die eine Hälfte gewaltsam das Ganze besetzt und es in ihren Dienst zwingt, ein elendes Land, das schreit: »Hoch die Ketten!« und die Tyrannen unter dem Pallium trägt und Gottes Namen wie eine Pistole zückt, mit der man auf seinen Nächsten schießt, wo ein blutrünstiges Scheusal, Millán Astray genannt, mit dem Schrei »Tod der Intelligenz« seine Waffe auf Unamuno richtet, und wo Bischöfe die blutbespritzten, mit Einschußlöchern übersäten Erschießungsmauern segnen. Nach dem langen Krieg und der schrecklichen Nacht, die folgte, ist in Spanien nichts übriggeblieben, was Symptome von Lebendigkeit zeigt. Denker, Wissenschaftler und Dichter wurden erschossen oder mußten fliehen. Hier ist nur noch der Abschaum geblieben: schwitzende Trottel, die einem Ball Fußtritte versetzen; der Geruch von Blut und Mist und das Geschrei von Barbaren in einer Rotunde, in der ein Stier gefoltert wird; Sängerinnen, die nach Achselschweiß stinken, wenn sie die Arme heben, um mit den Kastagnetten zu klappern; und Priester, die wie Blut die Ignoranz und die Angst saugen, die sie nach so vielen todbringenden Jahren gesät haben, nur um sich daran zu mästen; Schläger, die in Gruppen arbeiten, sich in Gruppen breitmachen, die in der Gruppe schlagen und töten. Der ersten Tochter (1945 spät geboren, da der Krieg ihnen die Jugend geraubt hatte), gab er den Namen Alicia. Er war erst knapp ein Jahr aus dem Gefängnis, die Todesstrafe war in eine dreißigjährige Gefängnisstrafe umgewandelt worden, von der er nur fünf abgesessen hatte, um dann auf Bewährung freigelassen zu werden, weil die Gefängnisse überfüllt waren und so viele Arbeitskräfte gebraucht wurden, daß der Staat es sich nicht leisten konnte, all die Leute hinter Gittern zu halten, auch dank der Eingaben seines Vetters. In seinem jetzigen Büßerstatus muß Don Vicente sich immer noch jeden Nachmittag bei der Kommandantur des Stadtviertels melden, und jeden Nachmittag ist es so, als komme er erneut ins Gefängnis. Dieselbe Angst, die ihm nachts, hört er das Bremsen eines Fahrzeugs vor seiner Tür, die Beine zittern läßt, und derselbe Haß, der seinen Atem beschleunigt, stellen sich Nachmittag für Nachmittag ein. Seine Frau war verwundert darüber gewesen, daß er darauf bestanden hatte, das Kind Alicia zu nennen, ein Name, der sich auf kein Familienmitglied bezog, und sie wäre, hätte sie seine Beweggründe gekannt, sicher nicht einverstanden gewesen. »Was können wir diesem Kind schon geben? Was hat es schon von der Zukunft zu erwarten?« hatte Don Vicente gefragt, als er erfuhr, daß seine Frau schwanger war und das Kind bekommen wollte. Und Monate später, als er das eben geborene Kind in seinen Armen hielt, dachte er immer noch genauso. Daß es geradezu unverantwortlich sei, jemanden in die Welt zu setzen, solange er keine Arbeit hatte und nicht einmal wußte, ob man ihn bei einem seiner Besuche in der Kommandantur dort behalten oder wieder ins Gefängnis bringen würde. Er dachte: »Armes Mädchen, wir bringen dich ins Wunderland« und beschloß in einem Anflug von Ironie, sie Alicia zu nennen. Die zweite Tochter, die vor knapp sechs Monaten geboren war, nannte er Helena. Gewiß hätte er lieber einen Jungen gehabt. Einen, der das Haus verteidigen könnte, wäre er einmal nicht mehr da; einen starken, gesunden jungen Mann, der seine Gedanken aufsaugen würde, diese Gedanken, die vom Krieg, vom Gefängnis und all dem Leid eingeschüchtert worden waren, bis sie sich in ein geheimes Versteck zurückgezogen hatten und nur bei Dunkelheit, in der Einsamkeit, wie nächtliches Getier hervorkrochen, während er hinter der halbgeschlossenen Jalousie auf die leere Straße starrte. Er hätte gern einen Sohn gehabt, damit, wenn sich die Zeiten einmal änderten und die Ideen aus ihren Schlupfwinkeln hervorkämen, der Junge sich auf seine Seite schlüge und diese Ideen aus den Schützengräben heraus verteidigte: Kunst, Wissenschaft, Politik; aus den Schützengräben heraus, die eines Tages wieder ausgehoben werden müßten, dann, wenn Europa endlich begriff, daß ein zivilisierter Kontinent nicht ewig eine barbarische Tyrannei dulden kann. Hitler und Mussolini waren vor kurzem gestürzt worden, und Franco wartete auf seine Stunde. Nach dem Sieg der Alliierten in Europa mußte Spanien über kurz oder lang kapitulieren, fallen wie eine reife Frucht. Und die Straßen, die sie nach diesen Mördern benannt hatten, die einem demokratisch gewählten Staat den Krieg erklärt hatten, bekämen wieder ihre alten Namen; ja, die alten Namen fänden zu den Geschäften, den Theatern, den Cafés, den Bars und den Läden zurück. Die Faschisten hatten die Cafés und Kinos, die einst Savoy, Montecarlo oder New York hießen, in España, Imperial oder Nacional umbenannt. Sie hatten den Namen »Spanien« in Besitz genommen, und wenn man Spanien sagte, war es nun, als nähme man gestocktes Blut in den Mund. Man sagte nicht mehr Cocktail, sondern Mischgetränk, nicht mehr Russischer Salat, sondern Nationalsalat. Und in den Zeitschriften war das Foto von Celia Gámez, dieser Faschistin, zu sehen, am Arm von Millán Astray. Angesichts des Mangels an Fähigkeiten und Talenten triumphierten die Nullen. Das Gute war ausgewiesen worden, oder ihm waren nach wie vor die Hände gebunden, und im Reich der Blinden bekriegten sich Legionen von Einäugigen auf der Suche nach Erfolg: Leute mit Verbindungen, Emporkömmlinge, Schieber, eine skrupellose Meute, die, in frischerworbene Eleganz gehüllt, durch die Straßen von Madrid flanierte, ein beleidigender Kontrapunkt zu dem Elend ringsum. Alles war korrumpiert, und um zu überleben, blieb nichts anderes übrig, als sich mit unwürdigen Tätigkeiten zu beschmutzen. Don Vicente träumte von einer gerechten Abrechnung. Er war davon überzeugt, daß dem Land eine männliche Kraft nottat, die mit all dem von den Siegern angehäuften Dreck aufräumte. Woher aber diese Energie schöpfen, wo doch das Gute, Gerechte und Edle ermordet oder ins Exil gezwungen worden war? Wer sollte auf diesem Friedhof, durch den die Menschen wie stille Leichen wandelten, die Stimme erheben? Dámaso Alonso hatte ein Buch veröffentlicht, in dem es hieß, Madrid sei eine Stadt von einer Million Leichen. Und er hatte recht, auch wenn er sich nicht durch seine linken Ideen hervorgetan hatte. Wenigstens da hatte er den Finger auf den wunden Punkt gelegt. Er, Vicente Tabarca, war selbst eine Leiche, und seine Frau auch: Leichen, die sich unerklärlicherweise fortpflanzten. Deshalb war er so wütend, als er am Ende von Luisas zweiter Schwangerschaft das Körperchen zwischen den Beinen seiner Frau auftauchen sah und die kleine Wunde des Geschlechts entdeckte. Er dachte: »Noch eine Frau, an der diese Rohlinge ihren Spaß haben können.« Und es durchfuhr ihn ein Schauder, als er sich die Tochter am Arm eines dieser Schläger und Schieber vorstellte, aus denen die High-Society von Madrid jetzt bestand. »Was bleibt einer Frau hier schon anderes übrig? Ohne diese Kerle gibt es für sie nur den Hunger, das Elend.« Sie haben die Zukunft geraubt und tragen sie in ihren Händen davon. Für die anderen haben sie nichts übriggelassen. Sie haben die Geschäfte, die Büros, die Praxen, die Lehrstühle besetzt. Deshalb ist ihm der Name Helena eingefallen. Die Frau, die Achäern und Trojanern entgegentrat, die eine Stadt zerstörte und viele Leben, weil ihre Schönheit eine Rache der Götter war, der gerechte Fluch für eine zuvor begangene böse Tat. »Wenn es eine Frau ist, so soll sie wenigstens der Rache dienen«, dachte er. In Zeiten der Republik hatte er mutige Genossinnen gehabt, Frauen, die wie die Montseny, Victoria Kent, Lina Odena oder die Pasionaria wahre Revolutionärinnen gewesen waren. Wie Madame Curie in Frankreich. Politische Frauen, Wissenschaftlerinnen, groß in ihrem Beruf, männliche Hirne in weiblichen Körpern. Es waren natürlich andere Zeiten gewesen, ganz andere Umstände als im Spanien von heute, wo all die Weiber zu den Prozessionen drängten, an den Kirchenpforten zusammenflatterten, dort jeden Morgen mit Schleier auf dem Kopf und an Feiertagen mit Kamm und Mantilla erschienen. Bigott und unwissend. »Mit H, bitte«, sagte er zu dem Standesbeamten, als er seine zweite Tochter registrieren ließ; mit dem im Spanischen ungebräuchlichen H vor Elena wollte er die klassische, tragische Kraft beschwören, die er der Neugeborenen mitzugeben wünschte. Rache durch stellvertretende Hand.

Wichtig war das Auftreten. Die Jacke, die Krawatte, das Kölnisch Wasser, die wohlgesetzten Worte, das »Erlauben Sie mir« und das »Bitte«. »Ein Mann ist, was er scheint. Ein Mann unterscheidet sich von einem anderen Mann durch sein Auftreten. Nackt sind sie beide gleich und im Inneren ein Sack voll Scheiße, die ekelhaft stinkt, sobald man hineinsticht.« So hatte Hauptmann Varela in Zaragoza gesprochen. Ein Mensch unterscheidet sich von einem anderen Menschen dadurch, wie er spricht, wie er sich bewegt, was er sagt und wie er sich kleidet: Und, was ist das? Äußerlichkeiten, nichts als Äußerlichkeiten. Das war die Lektion, die Luis Coronado im Krieg gelernt hatte. Hauptmann Varela hatte Witz. Er sagte: »Ich stamme nicht vom Affen ab wie die Kommunisten, die das von sich behaupten, und manchmal denke ich, sie haben recht, sie stammen tatsächlich vom Affen ab. Mich hat Gott geschaffen, als Mann und als Spanier, und deshalb habe ich außer den zwei Hoden auch eine Seele, ein Vaterland, eine Fahne und Ideale. Aber die Wahrheit ist, er hätte uns noch etwas unterschiedlicher schaffen können. Denn recht besehen gleichen Menschen und Affen einander wie ein Ei dem anderen, besonders du, Coronado. Du bist doch nicht etwa Kommunist?« Coronado hatte gelernt, daß es die Hauptaufgabe jedes Menschen ist, den Affen hinter sich zu lassen. Den Unterschied hervorzuheben. Sich mit einer Aureole von Äffischem zu umgeben, die einen vom echten Affen unterscheidet.

Bevor er das Haus verließ, bat er daher seine Frau, ihm die Bügelfalte noch einmal zu richten und eine Falte aus der Jacke zu bringen, die schon anfing zu veraffen, nicht menschlich, sondern affenartig zu wirken, mit dem abgewetzten Kragen und diesem Glanz um die Taschen herum und an Ellbogen und Aufschlägen; niemand brachte dieses Glänzen weg, denn der Gang der Zeit hatte es hervorgebracht, das Alter. Die Uniform war das Wichtigste. »Ein Geschenk weckt in dir Erwartungen, sobald man es dir bunt eingepackt und nicht in Zeitungspapier gewickelt übergibt«, sagte Hauptmann Varela, wenn er sie polizeimäßig streng untersuchte, »und die Uniform ist dieses Geschenkpapier, das die Tapferkeit umhüllt und sie schon auf den ersten Blick schön und furchterregend macht.« Korrekt gekleidet zum Eingang des Doré-Kinos zu gehen und lose Zigaretten zu verkaufen, war eine Arbeit, und die Leute, die einem gutgekämmten, wohlformulierenden Mann begegneten, der, korrekt gekleidet, seine Kunden freundlich begrüßte, vergaßen eher, daß das, was sie kauften, nur gehäckselte Kippen waren, die nachts von der ganzen Familie aufgesammelt und von seiner Frau und seiner Schwester eifrig bearbeitet worden waren; und so hatten diejenigen, die sie kaufen konnten und nicht aufsammeln mußten, den Eindruck, daß es sich um Güter handelte, von denen sich ein Herr aus einem rätselhaften Motiv heraus zu trennen beschlossen hatte. Luis wußte allem, was durch seine Hand ging, einen Hauch von Klasse zu verleihen, und so waren die von ihm angebotenen Zigaretten von besserer Qualität als diejenigen, die von jener Legion schlechtgekleideter und sich schlecht ausdrückender Affen denen, die das Kino verließen, unter die Nase gehalten wurden – dabei gab es, genau besehen, keinen Unterschied. Klar, es gibt Leute, die, wenn er sich ihnen gut gekleidet nähert, erstmal erschrecken, weil sie ihn für einen Polizisten oder für den Angestellten eines Geschäfts halten, bei dem sie die Raten nicht bezahlt haben, doch vor die Wahl nach der Art der Kundschaft gestellt, ist es besser, die gute zu wählen. Im Jahr vierundvierzig, um nicht weiter zurückzugehen, hatte ein Herr, dem er sich auf der Gran Via in der Absicht, ihm Tabak zu verkaufen, genähert hatte, gelächelt, mit der offenen Hand den Tabak zurückgewiesen, statt dessen aber eine ganze Weile mit ihm geplaudert, hatte sich für ein andermal mit ihm verabredet, und sie waren sich noch einmal nachmittags begegnet, hatten sich wieder unterhalten und waren als gute Freunde auseinandergegangen. Von da an tranken sie, immer wenn sie aufeinandertrafen, zusammen einen Kaffee, den der andere zahlte, und machten unbestimmte Projekte. Der Herr, der Roberto zu heißen vorgab, kündigte ihm an, daß er bald ein Geschäft für ihn haben würde. Und es verging keine lange Zeit, bis er sich ihm offenbarte: »Du mußt dich mit mir über andere Dinge unterhalten. Du kannst etwas Besseres tun, als Tabak verkaufen.« Und er schlug ihm vor, einen Lieferdienst zu übernehmen; es gab jeden Tag eine neue Route und neue Kunden, aber Coronado verdiente gut dabei. Er nahm an, daß es um Penicillin, Morphium, Kokain oder ähnliches ging, was damals auf dem Schwarzmarkt gehandelt wurde. Er öffnete nie die kleinen Päckchen, die kaum ein paar Gramm wogen. Er meinte, es sei besser, nichts zu wissen, falls man geschnappt würde. Der Polizei genau das zu erzählen, was der Fall war. Daß er nur verteile und nicht neugierig sei, auch keinen Grund dazu habe. Mit dem, was er aus dieser Verteilung zog, konnte er die kleine Mansardenwohnung anzahlen, in der er nun mit seiner Frau wohnte, und die drei Kinder, die sie bekamen, ernähren – Jesús, den Ältesten, Laurita, die 1946 an Grippe starb, und Luis, den Kleinen. Es war ein Jammer, daß es damit ein Ende nahm und der Herr von der Gran Vía nie mehr in der Bar auftauchte, in der sie ihre Verabredungen zu treffen pflegten. Coronado sah sich gezwungen, wieder auf den Tabak zurückzugreifen, um die Abtreibung des vierten Kindes zu zahlen. Es blieben ihm noch zwei Münder, drei, mit dem seiner Frau, vier, mit dem der Schwester, und mit seinem eigenen, dem größten schließlich, waren es fünf. Keine Kleinigkeit, fünf Mäuler in Madrid zu stopfen, einer Stadt, die nichts als Laster produzierte. Die Provinzler klagten über das harte Leben in den Dörfern und kamen auf der Suche nach Neuem in die Hauptstadt, ohne zu bedenken, daß Madrid keine Gemüsegärten, keine Ställe und keine Flüsse mit Forellen hatte. »Hier gibt es weder Landwirtschaft noch Viehzucht«, sagte Coronado den Neuankömmlingen, die verloren über die Calle Atocha, um den Markt von La Cebada, über die Plaza del Progreso, die Calle Carretas und die Puerta del Sol irrten. »Und da es auch keine Industrie gibt, muß man sich seine eigene aufbauen. Man muß sich industrialisieren, sich was industrieren, was anderes gibts nicht«, sagte er zu ihnen und lachte über den eigenen Witz, den die anderen meist nicht verstanden. »Extra Tabak, erstklassig. Importware«, sagte er, aus seinem Jackett heraus, und auch »Pardon, mein Herr«. Und »Sie wünschen?« Und mit einer ebenso eleganten wie diskreten Geste ließ er den Gefragten einen Blick in das von seinem Hals an zwei Lederriemen und nicht wie bei den anderen an zwei Schnüren hängende Holzkästchen werfen und neben den Zigaretten das Feuerzeugbenzin, die gelben Dochtstücke, Bonbons, Lakritzen und ein paar Kondome entdecken, letztere waren so etwas wie das Gütesiegel seines Hauses, der verbotene Teil, nur Eingeweihten vorbehalten. Welcher Habenichts würde schon sein Geld für Gummis verschwenden, sie kosteten ja mehr als die Nutten. »Die sind gut, um Tripper zu vermeiden«, erklärte Coronado, während er von oben herab auf jene Menge sah, die sich elendiglich durch die Straßen im Zentrum wälzte und der es vor nichts grauste. Die aus den nahen Dörfern kamen, um sich im Hospital untersuchen zu lassen, um Papiere in Ordnung zu bringen, um eine Empfehlung zu erbitten, Arbeit zu suchen. Und die anderen. Huren und Gelegenheitsnutten, die dir nebenbei auch noch die Börse leerten, Ladendiebe, Taschendiebe und Typen, die den ersten Unglücksraben, der ihnen in den Weg kam, in die Mangel nahmen, ihn zu mehreren umringten und herumschubsten, ihm dann im allgemeinen Durcheinander den Geldbeutel aus der Tasche zogen, während sie mit dem Finger auf ihn zeigten und »Haltet den Dieb!« schrien. Dann ließen sie ihn, schlotternd vor Angst und überzeugt, die Guardias würden ihn aufgreifen, mitten auf dem Gehweg stehen. Coronado hatte mit solchen Typen nichts zu tun. Er trieb sein Familiengewerbe voran – den Tabak, die Puppenkleider, die seine Frau und seine Schwester für eine Fabrik in der Calle Blasco de Garay herstellten –, und er haßte diesen Dreck, an dem er nur in Maßen teilhatte, nur soweit notwendig, und diese Sprache, die er selbst nur gebrauchte, wenn er sich ärgerte, an den schlechten Tagen, wenn er vier Gläser Wein getrunken hatte, die ihm sauer aufstießen. Dann verlor er die Haltung, schiß auf den Herrgott, und ein Schwall von Flüchen quoll aus seinem Mund. Abgesehen davon hatte er nur selten einmal Hand an eine Geldbörse gelegt, die nicht die seine war, allerdings war das mehr Schuld des Besitzers als seine eigene gewesen. Man hatte sie ihm am Ausgang des Kinos oder in der Straßenbahn, die durch die Calle Atocha fuhr, so unter die Nase gehalten, daß es ein Zeichen von Dummheit gewesen wäre, nicht zuzugreifen. Soldaten, Landarbeiter auf Stadtbesuch und eines Nachts ein Unternehmer aus Zaragoza, mit dem er sich besoffen hatte und den er, nachdem sie aus Las Palmeras gekommen waren, schließlich in der Calle Quevedo in einem Hauseingang liegen gelassen hatte – das waren seine Opfer gewesen. Da hatte er überhaupt keine Gewissensbisse gehabt. Die anderen Male ja. Es ist eine Schweinerei, einen Elenden zu bescheißen, der zwanzig Duros in der Börse hat, aber es ist noch beschissener, nichts zum Essen nach Hause zu bringen. Im übrigen duldete diese Epoche (er liebte solche Worte: Epoche, Gesellschaft) keine Schwachköpfe. Die Dinge schienen sowieso immer schlechter statt besser zu gehen, und nun halfen beim Verkaufen nicht einmal mehr das Jackett, die wohlgesetzten Worte oder der Hostienkelch und die Jungfrau del Carmen. Es war, als befreie das Land sich nicht von einem Krieg, sondern als stürze es sich kopfüber hinein, in diesem Madrid, wo es immer mehr verzweifelte Menschen gab, Menschen auf der Flucht, die glaubten, daß sie ausgerechnet auf dem größten Ödfeld der Nation Zuflucht finden würden. Madrid ohne Gemüsegärten, ohne Ställe oder Forellenflüsse. Seit dem Tag, als er die Börse des Unternehmers hatte mitgehen lassen, war Coronado nicht mehr bei Las Palmeras aufgetaucht und spazierte sogar voller Mißtrauen über die Gran Vía, obwohl der Typ, als er ihn kennengelernt hatte, schon so betrunken und hinüber gewesen war, daß er kaum im Stande sein dürfte, ihn je wiederzuerkennen, selbst wenn sie sich von Angesicht zu Angesicht gegenüberständen. Madrid war eine Stadt, die Menschen verschluckte, ein großes gefräßiges Tier.

Sie hatte die Tür hinter sich zugeschlagen, war die Steintreppe zum Garten hinuntergerannt, und jetzt plötzlich wußte sie nicht, wohin. Sie mußte nur raus, ihren Körper in Bewegung setzen, um den Aufruhr in ihrem Kopf zu beschwichtigen. Sie litt und mußte sich bewegen. Sie konnte nicht stehenbleiben. Bliebe sie stehen, würde sie zusammenbrechen, das wußte sie, es war wie bei diesen Zirkusnummern, bei denen die Geschwindigkeit das Wunder bewirkt, daß die Artisten sich in einer den Gesetzen der Schwerkraft trotzenden Stellung auf dem Motorrad halten, immer am Rande der Katastrophe. Also rannte sie quer durch den Garten, an dem trockenen Brunnenbecken vorbei, öffnete mit nervösen Händen die Eisenpforte und lief die Calle Serrano abwärts auf die großen Gebäude zu, die auf halber Höhe zu sehen waren. Rennen, um nicht zu zerbrechen. Die Sonne war plötzlich verschwunden, und schnelle, schwarze Wolken überzogen den Himmel, legten Blei auf das Zentrum der Szenerie, während an den Rändern die Gebäude weiter in hartem Glanz erstrahlten, metallisch auch sie, aber eher silbrig oder stählern, dräuend und scharf. Es war drückend heiß, eine Gluthitze, und Gloria hätte gern ein Taxi ins Zentrum genommen, zu dem betriebsamen Menschengewühle auf der Gran Vía mit ihren luxuriösen Schaufenstern, aber es war kaum damit zu rechnen, daß nachmittags um diese Zeit ein freies Taxi durch die eher verlassene Wohngegend kam, gerade jetzt, wo die Leute sich an den Toren der Plaza de Ventas zum Stierkampf drängten. In den paar Taxis, die sie überholt hatten, saßen solche Fahrgäste. Männer mit weichen Hüten und Zigarren, Frauen mit Cordobeser Hüten, Wagenrädern oder Mantillas, in sommerlichen Kleidern mit farbenfrohen Blumenmustern, denen ähnlich, die sie selbst aus dem Kleiderschrank holte, wenn sie zu einer Corrida ging. An diesem Nachmittag war der Ausgang des Kampfes ungewiß, da die Wolken sich schon aller freien Flecken am Himmel bemächtigt hatten, sogar der ferne Glanz der Gebäude war jetzt erloschen, und die Stadt tauchte in eine bleierne Lache. Die Corrida. Was ging es sie an diesem Nachmittag an, ob der Stierkampf abgeblasen würde, ob der Wind die schwarzen Mähnen der Frauen zerwühlte, ob schwere Tropfen die frischgebügelten Kleider durchweichten. Sie wollte nur laufen, doch die Hitze ermattete sie, verkürzte ihre Schritte, saugte ihr die Kraft aus den Beinen. Zwei Flecken verdunkelten das Gewebe des Kostüms unter den Achseln, und das Haar, das ihr ins Gesicht fiel, war auch feucht und klebrig, sie spürte nicht mehr das angenehme Kitzeln der einzelnen Haare auf Stirn und Wangen, jetzt waren sie in dicke Strähnen verklebt, die auf und ab wippten. Sich bewegen, schnell laufen oder ein Taxi nehmen und das Fenster ganz herunterdrehen und bei der Geschwindigkeit den Fahrtwind spüren, der zwar nicht kühl ist, aber über diese zehrende Glut, die sich der Stadt bemächtigen und sie zwischen ihren Metallfingern erwürgen will, hinwegtröstet. Stundenlang laufen oder Schaufenster ansehen und sich ablenken. Ins Kino gehen? Aber die Dunkelheit brächte die Gedanken zurück, die sie verbannen wollte, und die Tatsache, dort zu sitzen, gefangen auf einem Sitz, umzingelt von all diesen Unbekannten und auch noch allein, würde sie beklemmen. Sie brauchte die Straße, das Freie, Bewegung. Sinnlos, sich zu wiederholen, was ihr der Vater zu Lebzeiten so oft gesagt hatte: »Was keine Lösung hat, ist kein Problem und muß dir keine Sorgen machen.« Don Pedro Seseña hatte sich geirrt. Es gab Dinge, die nicht zu lösen waren und gerade deshalb zum Problem wurden, das am meisten bedrückte, bis zur Verzweiflung bedrückte, bis alles übrige verschwand und nicht Trost, nicht Linderung, ja nicht einmal mehr Ablenkung verschaffen konnte. Sie sah die Ziegeldächer der Villen, die bei anderen Spaziergängen durch das Viertel ihre Aufmerksamkeit gefesselt hatten, schaute auf die Gitter und die dahinter liegenden Blumenbeete, auf die Ziersträucher, die über den Zaun kletterten, und die Baumkronen, die nun von dem Gewicht der dunklen Wolken erdrückt schienen, aber diesmal interessierte sie nichts: weder wie die Beete verteilt noch wie die Farben von Stiefmütterchen und Levkojen kombiniert waren, noch die Schönheit der Rosen, die sich über die Gartenmauer ergossen und zum Gehsteig hinunterneigten. Nichts davon war heute einen Duro wert. Vielleicht morgen; morgen, wenn sie mit größerer Ruhe überblickte, was alles durch die Schuld von diesem Schwachkopf Roberto auf sie einstürzte, würde sie vielleicht eine Rose im Wasserglas auf die Konsole im Zimmer stellen, würde den Duft einatmen und ein paar Sätze in ihr Tagebuch schreiben, und sie würde melancholisch auf die Gardinen, auf die Glasscheiben, auf den Rasen im Garten schauen und daran denken, daß sie diese Aussicht bald für immer verlieren sollte. Und sie würde den Balsam der Resignation spüren. Vielleicht. Aber jetzt war Krieg. Sie brauchte die Aktion. Die Beine bewegen, merken, wie das Herz Blut pumpte. Es waren Augenblicke, in denen sie sich diese Eigenschaft der Männer wünschte, Dinge gewaltsam lösen zu können, mit der Faust, mit dem Schwert, mit Kugeln, mit Kanonenfeuer. Sie fühlte sich hilflos, lächerlich. Als Frau hatte sie aus dem Haus rennen, die Tür zuschlagen und wie blöd weiterlaufen müssen, um eine Energie zu verbrennen, die sie anders hätte einsetzen sollen: dafür, Roberto zu ohrfeigen, ihn mit den Fäusten zu bearbeiten, ihm das Gesicht und die Knochen zu zerschlagen, ihm zwei Kugeln in den Leib zu jagen, damit er blutüberströmt zusammenbrach, endgültig bewegungslos, um nie wieder zu lächeln mit diesen Zähnen wie aus Porzellan unter dem Schnurrbart wie aus Lackleder, mit seinem pomadisierten Haar und all diesen Requisiten – die Blume im Knopfloch inbegriffen –, die aus ihm auch äußerlich einen Idioten, Nichtsnutz und Halbschwulen machten. Heute nachmittag haßt sie seine Prince-of-Wales-Jacketts auf den Tod, seine Hahnentritt-Hosen, sein Duftwasser aus der Jermyn Street, seinen Akzent, wenn er die Namen der Filmschauspieler ausspricht, seine Gamaschen, seinen Reisekorb, den Bugatti von Mariló, die Manschettenknöpfe, die Unverfrorenheit, mit der er vor einer Weile zu ihr gekommen war und gesagt hatte: »Volltreffer, Schwesterchen, wir sinken. Man hat uns reingelegt.« Zunächst hatte sie es sogar noch als Scherz aufgenommen. »Er wird wohl auf der Rennbahn, beim Roulette verloren haben, er wird sich mit dem Dummchen von seiner Braut gestritten haben, oder Margarita hat seine Bügelfalte nicht richtig geplättet«, dachte sie im ersten Augenblick. So etwas. Aber nein. Diesmal eröffnete er ihr mit dem Gesicht eines Schwachkopfs, daß ihnen nicht einmal mehr das Haus gehörte; daß die Karriere dieses Idioten, den der Vater als Vermögensverwalter eingesetzt hatte, an ihr voraussagbares Ende gelangt war. Nicht nur sich selbst ruinieren und das Familienunternehmen, was er schon seit Jahren tat, sondern sogar das Haus verlieren. Er hatte in seinem Leben nie etwas gearbeitet. Seine einzige Tätigkeit hatte stets darin bestanden, mit allen Mitteln den Ruin zu suchen. Nicht einmal während des Krieges war diese bleiche Teerose dazu fähig gewesen, vor Wut rot anzulaufen, mit der Faust auf den Tisch zu schlagen und eine männliche Initiative zu ergreifen. Er hatte sich eine blaue Mechanikerhose angezogen, ein Tuch um den Hals geknotet, war in einen von seinem Sekretär besorgten Kleinlaster gestiegen und hatte nicht halt gemacht, bis er in Bordeaux war. Unter dem Bezug der Sitze und in den Winkeln unter der Motorhaube die Papiere, das Geld, die Besitztitel, die Aktien, der Schmuck. An jenem Tag hatte er mit geradezu katzenhafter Geschmeidigkeit in den Schubläden des Schreibtischs und in den Schmuckschatullen, die in Nacht- und Toilettentischen lagen, gewühlt. Ihr hatte er unter Zuhilfenahme von Seife sogar den Ring mit dem teuren Smaragd abgezogen, den ihr die Mutter kurz vor ihrem Tod gegeben hatte und der im Haus gehütet wurde wie das Herzstück der Familie, weil er einst das Verlobungsgeschenk des Vaters gewesen war und man davon ausging, daß Gloria ihn an ihre Tochter, so sie eine bekäme, weiterzugeben hatte: ein Talisman der Familie. »Man darf nicht zulassen, daß dieses Juwel in so unsicheren Zeiten verschwindet«, hatte Roberto gesagt, während er ihren Finger einseifte. Ein paar Stunden lang hatte sich dieser träge Mensch in eine behende, schleichende Katze verwandelt, die sich zielstrebig und unbeirrt voranbewegte. Die Colliers schwangen einen Augenblick an seinen Fingern, verschwanden sogleich in der gehöhlten Handfläche und fielen von dort auf weichen, roten Samt oder in Kästchen hinein, die er an den unvermutetsten Stellen des Wagens verbarg. Im Werkzeugkasten versteckte er einen Gutteil dieser Schmuckstücke, nachdem er sie mit Schmierfett bestrichen hatte. Ringe und Ketten lagen da unter Schraubenziehern, Schraubenschlüsseln, Schrauben und Fahrzeugketten. Seine Bewegungen waren präzise, als er all diese Tätigkeiten vollführte, auch als er die Kugeln ins Magazin der kleinen Beretta 6.35 schob, die er an seiner Brust verwahrte. Zum ersten Mal hatte Gloria das Gefühl, ihren Bruder nicht zu kennen. In dem Mann, den sie immer träge auf der Chaiselongue im Arbeitszimmer gesehen hatte, schwach bis in die Bewegungen, mit denen er das Fleisch schnitt oder einen Fisch zerlegte, lebte ein aktives und gieriges, stets berechnendes Wesen. Gloria dachte, das sei die Psychologie eines Spielers, der Begehren oder Panik hinter der Maske lustloser Gleichgültigkeit versteckt, mit der er die Chips auf eine Farbe fallen läßt, während er die Zigarette zu den Lippen führt, den Rauch einzieht und ihn mit einer artistischen Volte wieder ausstößt. Es war die sorgfältige Kunst, Sorglosigkeit herzustellen. Unter der Apathie verbarg sich die Fähigkeit zur minutiösen Beobachtung, unter der scheinbaren Lustlosigkeit die Gier. Roberto versteckte hinter seiner Maske ein leidenschaftliches Wesen, aber auch das Gegenteil: Eine erschreckende Kälte regelte die Ausbrüche seiner Leidenschaft. Diese Verstimmungen, diese schrecklichen Leiden, die ihm in seiner Kindheit und Pubertät den Ruf eines sensiblen, zarten Jungen geschaffen hatten – alles nur methodisch angelegte Auftritte. Als Kind rannte er schreiend die Treppe zum ersten Stock, zu seinem Zimmer empor, warf in seiner nervösen Erregung ein paar Gegenstände zu Boden, knallte Türen zu, sperrte sich schließlich in sein Zimmer ein, und dann lachte er leise ins Kopfkissen, denn Schmerz und Stolz waren nichts anderes als zweckgerichtetes Schauspiel gewesen: die verdeckte und rabiate Einforderung von etwas, das ihm verweigert worden war. Häufig schloß seine Forderung die Bestrafung eines Dienstboten oder sogar Glorias ein. Der zarte Junge setzte immer seinen Willen durch. Im Lauf der Jahre und besonders nach dem frühen Tod der Eltern hatte Gloria diese Fähigkeit zur Verstellung bei Roberto entdeckt, wie er eine schlaffe, zweideutige Haltung einnahm, wie er kaum Stimme und Gesten veränderte, aber doch genug, daß sein Gesprächspartner den Wechsel ausmachen konnte. Der Gesprächspartner war Pedrín Varela, einer der ersten Falangisten in Madrid, der – trotz des ewigen Diminutivs in seinem Namen – bereits vierzig war, als Roberto gerade einmal zwanzig geworden war. Pedrín rief ständig bei Roberto an, und Robertos Stimme bekam dann einen weichen Tonfall während dieser langen Unterhaltungen, in denen es um Pedríns gescheiterte platonische Lieben (unmögliche Lieben, stets hing er an einer verheirateten Frau, die ihren Mann liebte) ging und um männliche Spiele der Gruppe, die von einer Aura der Gewalt umgeben waren: das Trinken im Morgengrauen, das in einer Herausforderung zum Russischen Roulette endete, die schwierigen Bergwanderungen in der Sierra de Guadarrama, an denen Pedrín verschwitzt und schwergewichtig teilnahm und trotz seiner beachtlichen Masse und seines Alters mit all den starken und derben jungen

Männern mithalten wollte, die da sangen, kreischten, sich von ihm auf die Schulter klopfen und schubsen ließen und seine Aufmunterungsschreie und zärtlichen Beleidigungen scheinbar gleichgültig hinnahmen. Sorgfältig angezogen, mit blauem Hemd und Koppelzeug, kam Pedrín immer als erster zu den Treffen in den Arbeitervierteln, die eines der Aktionskommandos anberaumte und deren Zweck es war, Syndikalisten, Anarchisten und Bolschewisten zu bestrafen, jene, die das wunderbare Wort Spanien in den Schmutz ziehen wollten. Pedrín kamen die Tränen, wenn er die melancholische Melodie anstimmte, zu welcher der junge Kamerad Ridruejo einen so ergreifend schönen Text geschrieben hatte. Das neue Hemd, das du gestern rot bestickt hast, hieß es in dem Lied, und die Stickerei war in Pedríns Vorstellung eine Blume aus edlem Blut, gequollen aus der Brust eines Märtyrers. Eine Rose, die Matías Montero auf einem tristen Madrider Bürgersteig Spanien geopfert hatte. Eine rote Rose, von den Kommunisten geraubt, die man dem Vaterland zurückgeben mußte, als Schößling für einen unermeßlichen Garten. Pedrín sang mit ausgestrecktem Arm, den anderen legte er auf Robertos Schulter, und wenn diese wunderbare Hymne, die von siegreichen Fahnen und dem fröhlichen Einzug des Friedens erzählte, zu Ende ging, näherte er, ohne den Arm von Robertos Schulter zu nehmen, das Gesicht dem seinen zu einer kurzen und bewegenden Berührung, bei der sich mehr als einmal – besonders nach einem gefährlichen oder gefühlsstarken Augenblick – beider Tränen vermengten. Roberto ließ sich lieben und einladen, lieh sich Geld, das er nicht zurückgab, oder ging mit ihm einkaufen und gab vor, die Geldbörse vergessen zu haben, wenn er schon einen sündhaft teuren Pullover oder eine Tropenjacke ausgesucht hatte; danach aber verachtete er den aufdringlichen Pedrín, und wenn er sich, zurückgezogen in sein Zimmer, mit Gloria allein unterhielt, hatte er keinerlei Bedenken, ihn die »Witwe des Bataillons« zu nennen. Die Witwe jedoch schlug in einer zornigen und romantischen Gebärde mit der Faust auf den Tisch und floh wenige Tage nach Kriegsausbruch aus Madrid, Pedrín durchquerte die Front, reihte sich mit einer Gruppe der entflammten Jünglinge, deren Gesellschaft er pflegte, der nationalen Truppe ein und starb, der Sache ergeben, kaum einen Monat später, und falls die Granate, die ihn zerfetzte, ihm noch einen bewußten Augenblick gewährt hat, dann hat er sicherlich im Sterben ein letztes Mal das Lied von der roten Stickerei gesummt und mit seinen dicken Fingern die rote Rose befühlt. Er selbst war eine große Blutrosette auf der sonnengedörrten Erde Extremaduras. Witwe und Gefallener zugleich. Armer Pedrín, ein Opfer von Robertos Durchtriebenheit und Verachtung. Auch von Mariló Muñiz bekam Roberto Einladungen und Geld. Er fuhr sie in ihrem eigenen Bugatti (um das Benzingeld zu sparen) spazieren, führte sie ins Kasino, und sie ging zur Kasse, um die Chips zu kaufen, die er dann auf das grüne Tuch fallen ließ. Roberto. Am Nachmittag des 20. Juli, zwei Tage nachdem der unselige nationale Tanz begonnen hatte, zog er sich die blaue Mechanikermontur an, wedelte zum Abschied mit dem Arm und fuhr, begleitet von Ramón, dem Sekretär seines Vertrauens, davon, nachdem er versprochen hatte, zurückzukommen und sie abzuholen, sobald er wisse, daß eine Frau auf dieser schwierigen Strecke, die er mutig auf sich nehmen wollte, gefahrlos reisen könne. »Eine Sache von Tagen«, sagte er zu Gloria, »wir sehen uns in ein paar Wochen, sobald ich dies alles, unsere Zukunft, in Sicherheit gebracht habe. Im übrigen glaube ich nicht, daß es mit den Masern lang dauern wird.« Und sie war zurückgeblieben, wie eine Idiotin, nur in Gesellschaft von Margarita, und das zwei Jahre lang. Zwei lange Winter in einem düsteren Madrid, heimgesucht vom Wind aus der Sierra und von den Alarmsirenen. Jedes Aufheulen war für die beiden verlassenen Frauen wie ein angenehmer Vorgeschmack auf baldige Befreiung, ein Vorgeschmack von perverser Süße, da ihm auch das bittere Gift des Todes folgen konnte, der über ihren Köpfen kreiste. Jene Flugzeuge, die gleichzeitig die Mission hatten, dich zu retten und dich zu töten. Das Haus wurde kaum eine Woche nach Robertos Abfahrt geplündert. Eine Horde zerlumpter Gestalten tauchte mit schweren Waffen auf, die Männer stanken nach billigem Tabak und Anis und nahmen Besteck und Geschirr mit, rissen Fotos aus den Rahmen, die Griffe von den Schubladen und Anzüge von den Kleiderbügeln. Als diese Rasenden wieder verschwanden, war der Boden bedeckt mit Papier, Glasscherben, verstreuten Gegenständen und zerfetzten Kleidungsstücken. Es war eine Orgie des Hasses und der Zerstörung, die sich steigerte, als sie nichts von dem fanden, was sie finden wollten: weder Waffen noch kompromittierende Dokumente, kein Schmuck oder Geld. Gloria wurde gezwungen, die Ohrringe abzunehmen, und Margarita beschimpft, ob sie denn nicht wisse, daß es im republikanischen Spanien keine Sklaven mehr gäbe, weil es keine Herren mehr gab. Zwei lange Winter sperrten sich die Frauen in der Küche ein, heizten den Herd mit den Büchern aus der Bibliothek, mit dem Holz der Möbel, die als Kunstwerke gegolten hatten, solange die Zivilisation die Maßstäbe gesetzt hatte, nach denen die Welt regiert wurde, und die in jenen Jahren der Barbarei dann nichts weiter als Brennholz waren, Nahrung für ein gefräßiges Feuer, das Kilo um Kilo davon verschlang und den Raum trotzdem nur spärlich wärmte. Zwei Jahre Kälte und Angst in einem Madrid unter Schock, wo man nicht einmal die Freunde besuchen durfte, um nicht sie oder sich selbst unfreiwillig zum Tode zu verurteilen. Die wenigen in der Stadt verbliebenen anständigen Leute lebten eingeschlossen, gingen nicht auf die Straße und waren davon überzeugt, daß ihr Leben an einem seidenen Faden hing, den jede Straßenkontrolle, jedes nächtliche Klopfen an ihrer Haustür zerreißen konnte. Die Überwachung eines Verdächtigen konnte Licht auf einen neuen Verdächtigen werfen. Zwei Jahre dauerte es, bis Gloria erfuhr, daß Roberto auf einem Paß in den Pyrenäen die Grenze zu Frankreich überquert und ohne Schwierigkeiten Bordeaux erreicht hatte, daß er dann von Bordeaux nach Paris übergewechselt war und daß Paris wie ein gieriges Maul wochenlang Wechsel, Gutscheine, Aktien und Schmuck geschluckt hatte, schließlich auch den teuren Smaragdring. Paris, die goldenen Mulden des Maxim, der erregende Klang der Bakkarat-Scheiben, das pikante Kitzeln des Dom Perignon, die Ausflüge durch schöne, vernünftige Wälder, die Schlösser mit ihren Bleistifttürmen. Sie erfuhr es, als sie nach San Sebastián kam, begleitet von Ángel Santamarina, einem entfernten Freund der Familie. Er hatte sich der beiden Frauen erbarmt, die eingeschlossen und hungrig in dem trostlosen Haus in Viso lebten und ständig auf das unheilvolle nächtliche Klopfen warteten, und er brachte sie heimlich aus Madrid und nach Burgos in Sicherheit und wenig später dann in die baskische Hauptstadt, wo er sich auf die nationale Seite schlug. Ángel Santamarina setzte das Leben für sie aufs Spiel und verlor es für das Vaterland. Er war der erste Mann, der ihr sagte, sie sei eine Heilige, und sie dann, ohne weitere Worte zu verlieren, wie eine Hure behandelte, oder vielleicht nur so, wie ein Mann eine Frau zu behandeln hat. Eines Abends, schon in San Sebastián, blieb er bis spät in ihrem Zimmer, und als er aufstand, um sich zu verabschieden, nahm er mit einer unvorhersehbaren Bewegung ihre beiden Hände, drückte sie Gloria auf den Rücken und hielt sie dort mit einer Hand fest, während er mit der anderen das Kleid aufknöpfte und dann begann, ihre Brüste zu küssen, und als sie sich aus dem eisernen Griff dieser Zangenhand befreit hatte, um ihm die Arme um den Hals zu legen und sein Haar zu streicheln, fiel er, plötzlich bescheiden geworden im explodierenden Begehren, auf die Knie und befeuchtete mit seinen Lippen die perlfarbene Seide ihrer Unterwäsche. Sein Kopf zwischen ihren Schenkeln erschien ihr nach den vielen Monaten des Grauens wie ein Gottesgeschenk. Ángel war ihre erste Liebe als erwachsene Frau und ihre letzte. Sie erschauerte noch in der Erinnerung an die Sicherheit, mit der er ihre Beine auseinanderbog, sich mit einem Hüftschwung dazwischenstahl und sich dort mächtig wie ein Zentaur bewegte, um dann zart wie ein verirrtes Kind aufzuschluchzen. Der Krieg hatte die Besten dahingerafft. Als Roberto gegen Ende 1938 nach San Sebastián kam, besuchte Ángel sie schon nicht mehr in ihrem Zimmer, ließ unter der Blumenvase nicht länger die gebündelten Scheine zurück, die ihr einige Monate lang erlaubt hatten, in Würde zu leben. Ángel starb am Ebro, und niemand erfuhr je, was das für ein

Tod gewesen war – durch eine Kugel, eine Geschützsalve, eine Granate: auf welche Weise war eigentlich egal, aber es zu wissen, bot einen Anschein von Trost. Auch wußte niemand, wo seine Leiche lag. Ángel, die Spitzen seiner kräftigen, dunklen und unbehaarten Finger spannten die Haut auf ihrem Rücken, als sei ihr ganzer Körper eine Trommel, deren Fell von einem Augenblick zum anderen reißen konnte. Roberto kam nach San Sebastián, im blauen Hemd und ohne Geld. Wenn Gloria mit ihm die Concha entlangspazierte und sich auf die Balustrade lehnte, um das Meer zu betrachten, wunderte es sie, daß niemand diesen jungen Mann zur Rechenschaft zog, der so sorgfältig als Falangist gekleidet, mit seinen glänzenden Stiefeln, dem pomadisierten Haar herumlief und diesen und jenen mit dem zufriedenen Lächeln wer weiß welcher erfüllten Pflicht grüßte. Doch San Sebastián war eine Stadt der Etappenhengste, der Feiglinge und Deserteure, Leute, die vom Vaterland sprachen, es aber vorzogen, darüber zu schweigen, auf welche Weise sie es in den letzten zwei Jahren verteidigt hatten. Roberto war nur einer unter vielen. Und wenn sie so dachte, wünschte sich Gloria, Ángel möge die harte Erde von Mequinenza, die ihn bedeckte, abschütteln, mit zwei Handschlägen den Staub von seiner blutigen Uniform entfernen und wie der Lazarus aus den Evangelien aufstehen und wandeln, und sei es nur, um zu kommen und diesen Schwachkopf zu ohrfeigen, der von einem fast ebenso schwachen Vater die Stellung als Familienoberhaupt und die Verwaltung des Vermögens übernommen hatte. Ihn ohrfeigen, sie umarmen und sie mit seinen toten, harten Lippen küssen, die ausgedörrt waren vom unfruchtbaren Staub der Monegros, vom eisigen Nordostwind. Sie empfand Spanien als ein Land der Männer, in dem den Frauen nichts blieb als zu warten, ein Land, das aber dennoch das Blut wirklicher Männer begierig aufsog. Roberto und Mariló in San Sebastián. Wie war Mariló Muñiz nach San Sebastián gelangt? Woher kam sie? In welchem Schlupfloch hatte diese Puppe mit den braunen, wohlgeformten Schenkeln, die jedesmal graziös ein Bein hob, wenn sie den Tennisball schlug, die Angst überlebt? Aus welchen geheimnisvollen Krippen hatte sich das Ungeziefer in den zwei langen Hungerjahren genährt? Gloria setzte sich in einen Klappstuhl und hörte Marilós Lachen und den trockenen Klang des Balls auf dem Schläger, die kurzen Schreie, die jeden Schlag begleiteten, und den Applaus zum Spielende. »Set«, rief Roberto, und San Sebastián war ein sorgloser Winkel in einem fernen und sauberen Land, die grünen Wiesen erstreckten sich bis zum Meer, der Weidenkorb lag geöffnet auf dem Gras, und auf Tischtüchern standen das Picknick und die Kühltasche mit dem Wein und die Thermosflasche mit dem heißen Tee. Spanien war weit weg, auch wenn die Plakate mit dem Bild des Caudillos und die Embleme der Bewegung einen Großteil der Fassaden in der Stadt bedeckten, es auf den Gehsteigen des Boulevards von Uniformen wimmelte und Lastautos vorbeifuhren, die über Lautsprecher feierliche und kriegerische Hymnen abspielten. Das alles geschah in der äußeren Stadt, doch es gab auch eine innere Stadt, in der die Uniformen einen sorglosen Hauch von Operette bekamen und in der Roberto und Mariló Tennis spielten oder ihre Lippen an einen Kelch mit einem Mixgetränk in auffälligen Farben setzten: Der Krieg ertrank in grünen oder roten, gelben, blauen, orange- oder rosafarbenen Mixgetränken. Wo blieb der Krieg hinter einem so zarten Glas, einer Zitronenscheibe, einer süßen, mit glänzendem Zuckerguß bedeckten Kirsche? Wo die trockenen Felder von Aragón, das schwarze Eis von Teruel, die dräuenden Himmel über dem schlaflosen Madrid, die Felder mit Espartogras, die Frauen in Trauerkleidung, die Leichen unter der Sonne? Roberto spielte Tennis oder sah vom Hotelfenster aus den Regen auf die Leinwand des Meeres fallen, sah die Karten auf dem grünen Filz des Pokertischs, während um ihn herum die Stadt in einer erregenden Schachpartie befangen war; alle hatten es eilig, ihre Figuren zu bewegen oder ein Bankett zu veranstalten: Der Krieg und das Land, das Tag um Tag erobert wurde, erschienen von diesem privilegierten Ausguck aus wie ein gigantischer Kuchen auf einem Buffet, zu dem jedermann Zugang hatte. Die eben erst befreiten Dörfer, in denen Hunger und Krankheit herrschten, mußten ernährt werden, man brauchte Partien von Medikamenten für die Verwundeten, Saatgut und Setzlinge, um die so lange brachgelegenen Felder wieder zu bebauen, Zement und Gips, um ganze Viertel, die verlassen und zerstört waren, neu zu errichten; Landstraßen mußten instandgesetzt, Telefon- und Stromkabel verlegt werden. Diese gigantische Aufgabe, das Land wieder aufzubauen, verlangte Anstrengungen, Kapital, Unternehmer, Mittelsmänner. Und aus der Not gingen Initiativen hervor, Gesellschaften, an denen sich Geschäftsleute beteiligten, aber auch Politiker des neuen Regimes und Militärs, die die Fäden für das komplizierte Gewirk der neukonstituierten Macht zogen. Es genügte, sich mit der geeigneten Person zusammenzutun, um eine entsprechende Erlaubnis zu erwirken, das passende Wort vor jemandem auszusprechen oder zweckmäßig über etwas zu schweigen. Bei mehreren Gelegenheiten war Gloria auf Ramón getroffen, Robertos langjährigen Vertrauensmann, der ihn nach Bordeaux begleitet hatte, und sie hatte festgestellt, daß auch er sich dieser frenetischen Betriebsamkeit hingab, von der die ganze Stadt geprägt war. Immer war er umgeben von Leuten, die jetzt »Gewicht« oder »Einfluß« hatten: Sie sprachen über Projekte und über Geld. Er war gut gekleidet und teuer parfümiert, seine Umgangsformen waren zwar noch immer ungeschliffen, doch im Gespräch zeigte er die Sicherheit eines Mannes von Welt, ganz anders als jener einsilbige junge Mensch, der noch als Angestellter der Familie in das Haus in Viso gekommen war. Sogleich und schon beim ersten Mal sprach er sie mit Du und Gloria an, das war alles, nichts von Señorita Gloria, wie er sie immer genannt hatte. Seine breite Hand nahm die ihre, die nicht zart, aber doch gepflegt und feminin gebildet war, drückte sie etwas stärker, als die Benimmbücher es vorsahen, doch diese Berührung war Gloria nicht unangenehm, sondern erschien ihr als Ausdruck jener männlichen Energie, an der es Roberto mangelte und die ihr ein paar Monate lang Ángel eingeflößt hatte. Sie fühlte sich angezogen von der Mischung aus Sicherheit und Ungeschicktheit, die dieser Mann ausstrahlte, und sie stellte sich vor, daß das durch Jahre hindurch aufgestaute Verlangen ihn begehrlich machte und daß die neu erworbene soziale Stellung ihn in den Stand versetzte, alles, was er wünschte, zu fordern, allerdings stets in einer durch die Unsicherheit seines Standes gedämpften Form. Jede Seidenfalte konnte ihn erregen und die Gewißheit in ihm freisetzen, daß er nun endlich alles, was er wollte, in Reichweite hatte, und jeder Blick, jede Geste konnte ihn wieder ängstlich machen, ihn in das Schneckenhaus seines rauhen Naturells zurücktreiben. Diese Gegensätze ergaben für Gloria die perfekte Mixtur, um eine Frau wie sie zu erregen, um, warum nicht, jede Frau zu elektrisieren. Zugleich beherrschen und beherrscht werden, fürchten und gefürchtet sein und sich in einen Kampf begeben, der versprach, lang zu dauern, bevor es Sieger und Besiegte gab, ein Du zu Du, das nur Teilsiege und Teilniederlagen kannte. Die neue Stellung mußte Ramón Zugang zu einer ganzen Reihe armer Mädchen verschafft haben, Gelegenheitsnutten, Frauen, die eine Gefälligkeit brauchten, etwas Geld, eine Empfehlung oder vielleicht auch nur ein wenig Vergessen. In jenen Nächten von San Sebastián und im eben befreiten Madrid, als er von Geld und Geschäften sprach, hatte er zweifellos mit mehr als einer Berufsdame Umgang gehabt; vielleicht hatte dieser breite Körper, den mehr noch als Urbanität und Geld die Arbeit geformt hatte, auch Zugang zu zivilisierten Leibern gefunden, zu Frauen aus der guten Gesellschaft, die einen Augenblick der Leidenschaft suchten, für den es ihren zerstreuten Ehemännern an Zeit und Energie mangelte. Doch zu spüren, daß eine richtige Frau sich für ihn interessierte, sich langsam von ihm verführen ließ, ihn wieder und wieder auf die Probe stellte, ihm zugleich ja und nein sagte und ihn vorsichtig herankommen ließ, wie durch einen gefährlichen Wald, wo man bis zum Schatz vordringen oder aber ihn für immer verlieren konnte, das hatte Ramón wohl noch kaum erlebt (wie war noch sein Nachname? Giner? Ja, Ramón Giner). Bei diesen Begegnungen, erst in San Sebastián, dann in Madrid, hatte Gloria sich in irgendein Café führen und einladen lassen, um sich dann aber bald unter irgendeinem Vorwand von ihm zu verabschieden. Sie wollte nicht den Eindruck einer Frau vermitteln, die leicht zu haben war, schließlich war er ein paar Jahre lang Angestellter – ja, nicht mehr als das – des Hauses gewesen. Wenn sie sich Ramón allzu willfährig zeigte, sah er darin womöglich einen weiteren Beweis für den Niedergang ihrer Familie, was in ihm den Wunsch wecken konnte, sich durch eine voreilige Demütigung Glorias selbst zu bestätigen. Es könnte in ihm den Wunsch auslösen, sie zu benutzen und wegzuwerfen, davor fürchtete sie sich; vor ihm mußte sie sich stark zeigen, das Ausmaß ihrer Zerbrechlichkeit verbergen. In Madrid war die Distanz, für die Gloria bei jedem Treffen gesorgt hatte, noch größer als in San Sebastián gewesen, denn wenn sich die baskische Stadt in ein demokratisches Niemandsland verwandelt hatte, bedeutete die Heimkunft nach Madrid die Rückkehr jener aus den Wirren des Kriegs geborenen Welt zur Ordnung. Rückkehr zu einer Normalität, in der sich jeder wieder an seinen Platz, auf sein Niveau und zu seinem Stand begeben mußte. Eines Nachmittags jedoch, im Chicote, war er aufgestanden und war von weit hinten im Saal zu dem Tisch gekommen, wo sie mit ein paar Freundinnen saß. Gloria hatte langsam die Hand ausgestreckt, die er sich zu küssen beeilte, er führte sie nicht zu seinem Gesicht, sondern küßte sie, legte seine vollen Lippen auf den Rücken ihrer Hand und pries ihre Schönheit in einem Ton, der ihr leidenschaftlicher als zulässig erschien und den sie der Anregung durch zuviel Alkohol zuschrieb. Später, als er sich umdrehte, um auf seinen Platz zurückzukehren, bemerkte sie nur, das sei ein alter Angestellter der Familie gewesen. Tatsächlich aber war es ihr, als sie Ramóns Lippen auf ihrem Handrücken gespürt hatte, so vorgekommen, daß die Hand sie selbst sei, ihr Rücken, den Lippen dieses Mannes hingegeben, der sie mit schwarzen, lebhaften Augen anschaute, der sicher und schwach zugleich war. Zweifellos waren es diese Gedanken, die in der Hitze jenes Nachmittags, an dem sie nervös die Calle Serrano entlanglief, hartnäckig wiederkehrten und die, ohne daß sie recht wußte, warum, an einem gewissen Punkt ihre Schritte noch mehr beschleunigt hatten; es waren diese Gedanken, die sie den plötzlichen Entschluß fassen ließen, in die Calle Maldonado einzubiegen, bis zur Calle Velázquez, dort die Fahrbahn zu überqueren und noch ein Stück abwärts zu laufen, jetzt auf dem linken Gehsteig der Straße, die zum Retiro führte, und gerade in dem Augenblick vor einem Portal stehen zu bleiben, als das Grollen des Gewitters mit dem Matschen der ersten dicken Tropfen auf die Fliesen des Gehwegs zusammenfiel. Ein Beobachter hätte meinen können, daß die blonde Frau im cremefarbenen, mit blauen und roten Rosen bedruckten Kostüm nur einen Platz suchte, wo sie vor dem Regen geschützt war; die Frau ging jedoch durch das Portal, steuerte auf die Portiersloge zu und fragte den Mann hinter dem Fenster, ob Don Ramón Giner daheim sei und ob er allein sei oder Besuch habe. Als sie eine bejahende Antwort auf die erste Frage und eine verneinende auf die zweite bekommen hatte, ging sie zu dem alten Holzaufzug, der sie in den zweiten Stock brachte. Dort angelangt, drückte sie die Türklingel links vom Treppenabsatz. Ramón Giner war, als er sie sah, einen Augenblick überrascht, bat sie aber dann gleich herein. »Was ist, Gloria? Hast du geweint?« fragte er sie, während er ihr Gesicht mit Daumen und Zeigefinger hochhob, »du zitterst ja.« Worauf sie in Tränen ausbrach und den Kopf in das weiße Männerhemd vergrub. Ramón legte ihr den linken Arm um die Schultern und drückte sie an seine Brust. So, in dieser Stellung, konnte er den Duft riechen, den ihre Haare ausatmeten. Es war ein teures Eau de toilette, das nach welken Blumen roch, ein Duft, der etwas aus der Mode gekommen war, wie das bedruckte Kostüm, das sie trug und das aus der letzten Saison stammte.

José Pulido würde gerne von der Höhe eines Maultieres herab auf die ausgebleichte Erde sehen, die zu dieser Zeit des Sommers nicht einmal mehr mit trockenem Gras bedeckt ist, nur mehr die rissige Erde und ein paar Dornbüsche, weiß von soviel Trockenheit, und Ameisen graben sich ins Erdreich und in die gedörrten Exkremente der Tiere, in denen es vor Insekten wimmelt, und die Skorpione winden sich, wenn man einen Stein hochhebt oder man sie unter irgendeinem Heuballen aufstöbert: Sie verdrehen den Schwanz und zeigen ihre giftige Zange, und ihm kommt es so vor, als ob das Gift des Skorpions, der am Boden kriecht, auf den Kopf desjenigen wirkt, der unter dem Hut geht, und der Hut geht unter der Sonne, die auf ihrer täglichen Reise zu dieser Nachmittagsstunde schon den Weg über die Hügel von Burquillos sucht, jedoch immer noch brennt, mit Feuerzähnen zuschlägt. Graue Erde rechter Hand, und weiter hinten die Lehmflecken, wo Melonenpflanzen verdorren, die schon seit ein paar Monaten keine Frucht mehr tragen – nur noch die ledrig gewordenen Schalenstücke der Früchte, die längst schon die Strandläufer gefressen haben; und linker Hand türmen die Eichen dunkle Flecken über die Erde. Auch auf dieser Seite ist kein Gras geblieben, wenn auch bald, nach dem ersten Regen, dieses leicht dunklere Eichenland das erste sein wird, das wieder grünt. José Pulido weiß das seit vielen Jahren: Er weiß, in Montalto beginnt das Leben nach dem ersten Regenschauer am Fuß der Eichen. Wie das

Blut im Körper, fließt das Grün durch die Adern des Baumes, steigt den Stamm hoch, umschließt die Krone und breitet sich von dort aus wie eine Ölschicht, bedeckt die Hügel und ergießt sich über die Straßengräben, wächst in die Breite und auch in die Höhe, und das ist das Leben. Die Tiere beugen sich zu den Gräsern, und die Menschen kriechen suchend zwischen den Dornen der Spargelbeete und unter den Eichen herum und tauchen beladen mit Spargelbündeln und Säcken voller Eicheln wieder auf, die sie an den Grenzmauern verstecken, bis die Nacht kommt und sie die Säcke ins Dorf schleppen können, ohne von der Guardia Civil entdeckt zu werden. Das ist das Leben. Ein verletzliches Leben, fast wie ein Wunder, das sich jeden Tag praktisch bewähren muß, an einem Faden hängt und dennoch weitergeht, trotz der Schreie in der Kaserne, wenn der Feldwebel mit der Rute ausholt, um diejenigen zu schlagen, die er dabei überrascht hat, wie sie, mit den Säcken prall von Eicheln, jene Wege abgehen, die kärglich die daheim wartenden Münder nähren. José Pulido hätte gern ein Maultier, um ihm die Säcke aufzuladen, aber er hat nur sich selbst; er ist sein eigenes Maultier; sein Rücken ist der Maultierrücken, der die Säcke vom einen zum anderen Hügel schleppt (man muß fern vom Dorf sammeln gehen, da die angrenzenden Güter – von der Beleta, von der Señorita Loli – zu gut bewacht werden). Am härtesten sind die ersten Herbsttage, weil das wenige Gemüse aus den bescheidenen Gärten aufgebraucht ist und die Bäume neben dem Tümpel keine Früchte mehr tragen, nicht einmal die Feigenbäume, und den ganzen Tag über nichts anderes zu tun bleibt, als von irgendeinem sonnengeschützten Platz aus in den Himmel zu starren und auf den ersten Platzregen zu warten, der neuen Spargel bringt, dem Fluß die Strömung zurückgibt und mit ihr die Fische und die Schnecken und die Frösche. Wartend lange Siestas halten, die zu Fallen werden, da sie ungewünschte Kinder bringen; was soll ein Mann, der zu Hause sitzt, schon tun, außer beten, daß bald das Wasser kommt, bald die Oliven dicker werden und die Eicheln süßer, weil die Rechnung in Andreas Laden wächst, bereits mehrere Seiten mit unverständlichen Zeichen füllt und noch zusätzliche Unruhe schafft, da weder José noch seine Frau lesen können und keine Ahnung haben, wie viele Säcke mit Eicheln, wie viele Bündel Spargel, wie viele Tagewerke in den Oliven oder beim Wein oder wie viele Frösche oder Fische vonnöten sein werden, um jene Zeichen zu tilgen, die in Andreas Heft schon mehrere Seiten bedecken. José Pulido hätte gern ein Maultier gehabt und auch ein Schwein, um es im Stall bis zum Winter zu füttern, und Hühner, Schafe und Ziegen, sogar eine Kuh, aber er hat nichts. Seine Hände und seinen Rücken, seine Beine und seinen Buckel. Und den Blasebalg seiner Lunge, der es übelnimmt, wenn er nachts die Berghänge hochsteigt, im Schatten der aus Steinen aufgetürmten Grenzmauern, auf denen Stacheldraht entlangläuft, damit die Tiere nicht ausbrechen. Die Männer müssen die Drähte ab und zu wegdrücken, damit sie zum Dorf zurücklaufen können, mit dem Sack Eicheln, den sie heimlich in der Nähe von Jerez gesammelt haben und den Andrea ihnen dann abkauft oder auch nicht abkauft, nach geheimnisvollen Regeln, die sie nicht richtig verstehen, wie sie auch das Gekritzel im Heft nicht verstehen, das sie aber wohl oder übel akzeptieren müssen, weil mit jedem Sack, den sie heranschaffen, ihnen ein paar Zeilen aus dem Heft gestrichen werden und sie wieder ein Kilo Kichererbsen oder einen weiteren Liter Öl mitnehmen dürfen. Mehr als einmal hat Andrea schon José Pulido, der gerade die Schwelle zum Laden überschritt, aufgeregt zugerufen, die Guardia Civil sei da, und hat ihm geholfen, durch die Hintertür zu entwischen; er ist dann im Mondlicht die Stallmauer heruntergesprungen und am nächsten Morgen, als er zurückkam, um sich den Sack bezahlen zu lassen, den er am Vortag auf der Schwelle zurückgelassen hatte, hat sie sich bekreuzigt und die Jungfrau vom Berge angerufen und behauptet, er könne von Glück sagen, daß die Guardias den Sack mitgenommen hätten, sie ihnen aber gesagt habe, sie wisse nicht, wer ihn dort gelassen habe, und daß sie ihn gesucht hätten, weil sie ihn aus der Ferne erkannt haben wollten, und daß er diesmal glücklicherweise dem Schlagstock von Feldwebel Cardona entkommen sei. José Pulido hegt den Verdacht, daß sie den Sack für sich versteckt hat, traut sich aber nicht, irgend etwas zu sagen, weil der Küchenschrank daheim leer ist, Andreas Heft dagegen voller Anmerkungen unter seinem Namen, und in den Regalen des Ladens stehen die Ölkrüge, die er braucht, und die Säcke mit Kichererbsen, die er ebenfalls braucht, weil die, die er auf der Finca der Beleta geklaut hat, schon zu Ende gehen und dieses Jahr die Weinlese kurz gewesen ist, da es wegen der Trockenheit weniger Trauben gegeben hat und in Torremejía auch noch Leute aus Valencia und Barcarrota eingestellt worden sind, so daß die aus Montalto nur knapp eine Woche lang haben arbeiten können. Außerdem steht Quica mal wieder kurz vor der Niederkunft – das Fünfte –, und der Älteste ist noch keine elf Jahre alt, und obgleich der Junge den Schnittern das Wasser und das Brot bringt, verdient er nicht mehr als das, was er zu Mittag ißt – er arbeitet für das Brot, den Speck und den Gazpacho –, und abends verlangt er nach wie vor zu Hause seinen Anteil. Mit einer Wut, die ihm die Sicht vernebelt, schaut José Pulido den Bäcker an, der fett ist und jedesmal, wenn er sich bückt, das Rückenfleisch unter dem Hemd sehen läßt und in der Bar zu ihm kommt und sagt, man werde irgendeine Lösung finden müssen, da seine Frau schon seit zwei Monaten nicht mehr Mehl und Brot bezahlt hat.

Rosa Moure verstand sich gut mit ihrer Schwägerin Eloísa, obwohl Mutter und Schwester sie am Vorabend der Hochzeit vor der »Teeblume« gewarnt hatten, die, so die beiden Frauen, seit dem Tod der alten Amado im Haus das Heft in der Hand hatte: »Die ist wie eine Ameise, klein aber immer bereit, Lasten zu schultern, die zehnmal schwerer als ihr eigener Körper sind.« So hatte man sie ihr beschrieben. Äußerlich sanft und zart, doch mit einem eisernen Willen. Am Anfang hatten die beiden Schwägerinnen sich aus der Distanz beäugt, doch im Lauf der Tage, als sie mehr miteinander umgingen, hatte Rosa feststellen können, daß ein Gutteil dessen, was man von Eloísa gesagt hatte, zutraf. Ihre Ausdauer bei Haus- und Gartenarbeit, ihre penible Buchführung und die gründlichen Berechnungen, mit denen sie das Haushaltsgeld der Familie bis auf den letzten Heller kontrollierte, hatten ihr in allen Geschäften des Städtchens einen besonderen Ruf verschafft, denn sie ließ es nie durchgehen, wenn man ihr eine überreife Frucht gab, und hatte keinerlei Bedenken, eine ganze Weile das Packpapier zu mustern, auf dem die Inhaberin die von Eloísa soeben gekauften Dinge addiert hatte. Bedächtig zählte sie die Waren in ihrem Beutel und verglich das Ergebnis mit der Anzahl der Posten auf dem Papier, und nachdem sie sich davon überzeugt hatte, daß beides einander entsprach, wiederholte sie in Gedanken die arithmetische Operation, bis sie zufrieden war, weil ihre Berechnung mit der auf dem Papier übereinstimmte. Schon beim Schatten eines Zweifels bat sie die Inhaberin darum, das Ganze noch einmal durchzugehen. Es machte ihr nichts aus, die Kunden hinter sich warten zu lassen. Als Rosa noch nicht mit Manuel verlobt war, hatte sie Eloísa sonntags oft eilig in Richtung Dorf laufen sehen, stets sorgfältig gekämmt und einen Hauch von Kräuterparfum zurücklassend. Sie sah sie beim Bäcker und beim Gottesdienst, und oft kreuzten sich ihre Wege. Eloísa zerrte die Kühe hinter sich her, grub den Garten um, trug die Milchkanne auf dem Kopf, und jede einzelne dieser Arbeiten schien sie zu überfordern, doch sie übernahm sie alle, als fürchte sie ein ganzes Heer weniger als einen einzelnen Soldaten. In den Monaten, die der Hochzeit vorausgingen, hatte Rosa sie zu fürchten begonnen. Aufrecht und still, stählern die blauen Augen, rechnend an der Marmortheke der Bäckerei oder mit der Hacke in den schmalen Händen. Rosa durchfuhr ein Schauer, wenn sie dachte, daß all diese Energie sich gegen sie richten könnte, und sie dachte auch, daß diese Frau wie ein umgestülpter Handschuh war; daß sie nach innen lebte; daß diese Augen und auch ihr Geist immer mit etwas beschäftigt waren, was die anderen nicht sehen konnten. Als Manuel Rosa zu Hause vorstellte, reichte Eloísa ihr von weitem die Hand, aber später kam sie plötzlich zu ihr, küßte ihr Gesicht, ohne ihre Hand, die sie davor ergriffen hatte, loszulassen, und so zog sie Rosa hinter sich her durch das ganze Haus und sprach über jedes Möbelstück und jede Aufgabe und begann dann alles aufzuzählen, was bis zum Hochzeitstag noch vorbereitet werden mußte. »Man wird einiges nähen müssen, auch wenn wir hier noch die von Mutter genähten Bettücher, die Tisch- und Weißwäsche haben und auch das, was ich im Lauf der Zeit gemacht habe. Was willst du Zeit und Geld verschwenden?« Und begann aus den Schubfächern im Zimmer und aus der Kommode und aus den Laden der Anrichte Laken und Decken und Tischtücher und Servietten und weiße Männerhemden hervorzuholen. »Aber ich muß doch meine Aussteuer mitbringen«, sagte Rosa, und Eloísa antwortete, das alles gehöre ihr. »Diese Wäsche ist von deiner Mutter und von dir«, wandte Rosa erneut ein. Und Eloísa erwiderte schneidend: »Das ist die Wäsche des Hauses, und ab jetzt gehörst du zum Haus.« Was noch gemacht werden mußte, waren ein paar Stücke für sie, für Rosa, was sie eben brauchte oder auf was sie Lust hätte, und wenn ihr das recht wäre, könnten sie das zusammen nähen. Das Mißtrauen gegen jene Frau hatte sich noch an eben dem Tag verflüchtigt, als Rosa sah, daß diese harten Augen, fest wie zwei Mandeln, jedesmal, wenn sie sich ihr zuwandten, glänzten. Der Glanz war, wie jener, den die Bürste auf eingekremtem Schuhleder hervorbringt, ein Schutz. Das sah man auf den ersten Blick. Seit Manuel seine Eheschließung angekündigt hatte, gehörte Rosa zum Haus – und das Haus, das merkte Rosa sogleich, war der einzige Motor für Eloísas Tun, und auch für ihre Gefühle, die sich nie in Worten, sondern in Tätigkeiten äußerten. Eloísa bereitete jede Kleinigkeit für die Hochzeit so vor, als sei es ihre eigene. Rosa war ein Teil von Eloísa geworden, so wie die Hausmauern, die Möbel und das Feuer, das in der Küche brannte, und auch Stall und Pferch, der Gemüsegarten, und vor allem aber etwas ganz Besonderes, unsichtbar wie die Luft, doch fest wie ein Stein, etwas, das sie hundert Mal auf das schlichte Kleid schauen ließ, das Rosa und sie gemeinsam für die Hochzeit zu nähen begonnen hatten, das sie eine Naht etwas enger fassen oder am Ausschnitt eine kleine Falte beseitigen ließ; dies besondere Etwas war der Grund dafür, die Gäste für das Festessen sorgfältig durchzuzählen, den Platz, den jeder einnehmen sollte, zu bedenken, oder am Vortag die Hühner zu schlachten und zu rupfen und das Garen der Schweinskeule zu überwachen. Darin, daß all diese Dinge in Ordnung waren, lag das geheimnisvolle Fluidum, das die Würde des Hauses ausmachte. Die Ordnung, die Sauberkeit, die beherrschte Haltung, die pünktlichen Mahlzeiten, die perfekt gebügelte Wäsche, bis hin zu den intimsten Stücken, waren Bestandteil jenes schützenden Fluidums, das sich nicht nur zwischen dem Haus und der Außenwelt – den übrigen – ausbreitete, es füllte auch die Gänge und die Zimmer, drang bis zu Tellern und Schüsseln vor, wanderte durch den Kohleschuppen, lief durch die Reihen der Beete im Gemüsegarten und legte sich in die Schubladen der Schränke und zwischen die Laken auf das Bett. Die Dinge konnten nur auf eine bestimmte Weise existieren, taten sie es nicht, ging etwas zu Bruch und beschädigte das Ganze, denn alles war in geheimnisvoller Weise aufeinander bezogen, und wenn etwas nicht stimmte, war das wie ein Steinchen im Inneren eines feinen Räderwerks. Jedes Glas mit Eingewecktem hatte seine Jahreszeit und seinen eigenen Tag zum Öffnen, jede Rübe bestimmte Blätter, die abgezupft werden mußten, jedes Stück Fleisch sein Rezept, jeder Löffel sein Fach in der Schublade der Anrichte, jeder Topf seine Funktion, jedes Kleidungsstück seine Gelegenheit, jeder einzelne seine Aufgabe. Nur in der letzten Abteilung zerbrach Eloísas eiserner Ordnungssinn, weil sie selbst sich über diese geheimnisvolle Vorbestimmung hinwegsetzte und auch noch die Aufgaben an sich riß, die jene Ordnung für die anderen vorsah, doch nicht als Vorwurf, was naheliegend gewesen wäre, war das gemeint, sondern es geschah mit großherziger Hingabe. Rosa hatte oft darüber nachgedacht. Eloísa bedrängte niemanden, übte keinerlei Druck aus und hatte keinem jemals den geheimen Plan offenbart, nach dem jedes Teil in dieser Maschinerie seinen Platz fand. Sie schaffte, daß alles mit der gleichen Natürlichkeit vonstatten ging, mit der das Wasser durch das Bett des nahen Wildbachs floß, und niemand wunderte sich darüber, daß der Wasserfall anschwoll, wenn es mehr als üblich regnete, wie sich auch niemand darüber wundern konnte, daß Eloísa sich noch mehr anstrengte, wenn die Aufgabe es zu erfordern schien. Sie war nicht stark, aber sie war unermüdlich. Sie war so wie ihre Ordnung, aus einem unbestimmbaren Material geschaffen, weder Fleisch noch Knochen, das sich in dem Maße, wie die Sache es verlangte, biegen konnte. Das Holz des Bodens glänzte, der Spiegel im Flur, die Möbel im Eßzimmer, die Küchenplatte, an der sie wochentags aßen, und es gab kein Stäubchen auf den Fensterscheiben, doch niemand hatte Eloísa für irgend etwas zu danken. Dieses Haus war so. Mit der Zeit begann Rosa die Schwägerin für einen Teil von sich, für eine Verlängerung ihrer selbst zu halten. Eloísas Arme waren andere, eigene Arme, die sich zuweilen entfernten, um in einem Winkel des Hauses etwas zu erledigen oder, seit sie Lolo bekommen hatte, um seine Windeln zu wechseln, ihn zu waschen, zu wiegen und ihn dann auszufahren. Oder er schaute zu, wie sie die Kühe molk oder Wäsche am Fluß wusch oder im Garten mit der Hacke die Kartoffeln aus der Erde holte. Nicht, daß sie sich nicht hätte vorstellen können, wie das Haus ohne Eloísa geführt werden konnte. Sie dachte an Eloísa einfach nicht als an ein eigenes, von ihrem, Rosas, Körper unabhängiges Wesen. Sie sah sie das Essen bereiten, das Manuel und Lolo mit aufs Feld nahmen, Carmelos Nägel überprüfen und ihm die Haarwelle richten, bevor er zur Schule ging, dem Großvater den Vormittagskaffee hinstellen, und sie hatte das Gefühl, daß sie selbst all diese Dinge machte und daß Eloísa hingegen das tat, was sie selbst in dem Augenblick gerade erledigte: der Brühe das Fett zufügen, zum Stall hinuntergehen und die von den Hühnern am Morgen gelegten Eier einsammeln, den Kohl im Garten ansäen. Das Haus war wie ein Tier mit vielen Armen und Beinen und einigen Köpfen, jedoch mit nur einem Gehirn, das die Bewegungen von Organen und Gliedern aufeinander abstimmte. Wenn Carmelo aus der Schule kam, las er ihnen laut einen der Romane vor, die Eloísa am Kiosk im Dorf kaufte oder eintauschte, und auch andere, alte, dicke Bücher mit schweren Pappeinbänden, die im Nußbaumschrank in der Dachkammer aufbewahrt wurden. Lolo ging mit Freunden fort, Manuel ging ins Dorf, wo er sich nach dem Verkaufspreis für Milch oder Kälber umhorchte, und manchmal begleitete ihn der Großvater. Carmelo aber blieb bei ihnen, das Buch zwischen den Händen, den Kopf auf den Arm seiner Tante Eloísa gestützt, und las jene Romane, die Rosa nur zuweilen mitanhörte, die von Tante und Neffen jedoch gierig aufgesogen wurden. War die Lektüre beendet, sprachen sie noch weiter darüber, um herauszufinden, welche der Figuren recht hatte und welche nicht, wer der Gute und wer der Böse war, wer wahrhaft liebte und wer sich nur einfach lieben ließ. Manchmal kam es zu leidenschaftlichen Diskussionen, die dazu führten, daß sie einzelne Passagen noch einmal lasen, auch ganze Kapitel, um zu sehen, wer von ihnen recht hatte, oder auch nur, um sich an der Schönheit der im Buch beschriebenen Landschaften zu erfreuen: verlassene Wüsten, in denen die Helden, Opfer der Spiegelungen, die ihnen der schreckliche Durst vorgaukelte, umherirrten, ferne Meere, die nachts im Mondlicht mit eisigem Korallenglanz leuchteten, undurchdringliche Wälder, düstere Städte, in Nebel gehüllt, Berge, die mit ihren kalten, weißen Gipfeln den Himmel berührten. Sie sprachen über die Figuren der Bücher, als handele es sich um Nachbarn oder alte Bekannte der Familie, und von den Landschaften so, als suchten sie diese täglich auf. Der glitzernde Ozean unter dem Mond und die Kokospalmen, dort hinter den Kastanien; die Wüste jenseits des Wasserfalls; der Urwald hinter der Kapelle. Und die Worte aus den Büchern schienen sich auf die Fotos auszudehnen, die Eloísa aus den Schubladen holte und auf dem Tisch ausbreitete. Fotos vom armen Onkel Carmelo – »du mußt ihn lieben, dafür trägst du seinen Namen«, sagte sie zu dem Kind, obwohl sie sich selbst kaum an ihn erinnern konnte –, Carmelo in Almería und in Afrika, der Großvater am Hafen von La Coruña, die Brüder des Großvaters in weißen Jacken, Hüten und Westen auf einem Boulevard am Meer, in Havanna, wo sie gelebt hatten und gestorben waren, Fotos von den Hochzeiten entfernter Vettern und Onkeln, die in Lugo, in Mondoñedo oder in Ribadeo lebten, von den Großtanten aus Padrón, deren komplizierte Frisuren wie auf dem Kopf getragene Torten aussahen, dazu die geschnürten Kleider aus ferner Vorkriegszeit. Die Großtanten aus Padrón (von der Familie aus Havanna hatte man seit Jahren nichts mehr gehört) waren reich geworden. Die beiden waren als Dienstmädchen dorthin gegangen, doch die eine heiratete einen Apotheker und nahm die Schwester bei sich auf. Der Apotheker und die Unverheiratete waren bereits vor Jahren gestorben, aber die Witwe gab es noch, sie hatte den Besitz der Apotheke um eine Getreidemühle vermehrt, die zugleich etliche Dörfer mit Strom versorgte. Carmelo wurde nicht müde, diese Fotografien anzusehen und nach jedem einzelnen Detail zu fragen, was das für ein Ort sei, warum alle Männer für die Fotos den Daumen in die Tasche oder in den Ausschnitt der Weste steckten, ob alle Frauen in Padrón Hüte trügen oder was das für eine Blume am Kragen der Tante Adelina sei, eine Kamelie, erklärte ihm Eloísa, wie sie an dem Baum hinter der Gartenmauer des Hauses der Indianos an der Plaza wachse. Am mächtigsten war der Gedankenfluß, der das, was auf den Fotos zu sehen war, mit dem, was die Bücher erzählten, verband, bei den Fotos, die Onkel Carmelo mit der in die Stirn baumelnden Fransenschnur der Soldatenkappe zeigten und im Hintergrund Kamele und Männer in langen Umhängen erkennen ließen. Aus diesen Fotos und aus der Geschichte des Onkels, die man ihm so oft erzählt hatte, speiste sich des Jungen Sehnsucht nach Exotik und Abenteuer, Begriffe, die sich ihm in das dunkle Tuch von Leid und Tod gehüllt vermittelten, nicht nur in den Büchern, die er las, sondern auch auf den Ankündigungen der Filme im Dorfkino. Onkel Carmelo sprang aus den Fotos auf die Buchseiten und von dort auf die Filmleinwand, und manchmal glichen seine Züge denen von Gary Cooper, während sie bei anderen Gelegenheiten denen von John Wayne oder Errol Flynn ähnelten. Und es war, als ob Tante Eloísa und Onkel Carmelo ein Paar wären, so wie Shelley Winters, Virginia Mayo, Rhonda Fleming oder Janet Leigh (die ihm mit ihren Rehaugen am besten gefiel) mit jenen Abenteurern Paare bildeten. Für Carmelo war Tante Eloísa wie die Heroinen all jener Filme, die zuweilen in einem der Abenteuer den Tod fanden, ohne daß sie das daran hinderte, einige Monate später in einem anderen Film wieder zu leben. Tatsächlich hatte er immer geglaubt, daß Onkel Carmelo, der in einer Geschichte gestorben war, wiederkehren würde, um in einer anderen seinen Part zu spielen. Er käme, ganz unerwartet, plötzlich zurück. Und bis es soweit war, vertrat er ihn – dafür trug er schließlich seinen Namen –, genau wie Don Joaquín, ein jüngerer Lehrer, der Don Pedro, wenn dieser krank wurde, vertrat und aus dem tiefergelegenen Dorf Cerdeira kam, das an der Landstraße nach Lugo lag und durch das er einmal gekommen war, als er seine Mutter und seine Tante zum Stoffeinkauf begleitet hatte. Eines Tages würde Onkel Carmelo zurückkehren, und dann würden sie gemeinsam Abenteuer bestehen, wie Roberto Alcázar und Pedrín, Batman und Robin, wie der schwarze Panther und der kleine schwarze Panther. Nachts, wenn er das Licht in seinem Zimmer ausmachte und durch das Fenster die Sterne betrachtete, meinte er, er könne sich, wie er es im Kino bei Peter Pan gesehen hatte, auf einem Lichtstrahl reitend davonmachen; in anderen Nächten glaubte er Geräusche von unten her zu hören, und dann dachte er, sein Onkel Carmelo käme zurück; aber es kam auch vor, daß ihn der Onkel im Traum besuchte, doch nicht in Uniform oder mit einer Rüstung und einem gefederten Helm, nein, bei diesen Besuchen war er ein Gerippe, das seine knochigen Hände nach ihm ausstreckte und kräftig an ihm zog, um ihn an einen düsteren, stillen Ort mitzunehmen. Dann wachte er weinend vor Angst auf, und Lolo, der neben ihm schlief (sie lagen in eben dem Zimmer, in dem jahrelang sein Vater und Onkel Carmelo geschlafen hatten), wurde böse. Manchmal, wenn er an der Bar vorbeikam, wo Lolo mit seinen Altersgenossen Tischfußball spielte, rief Lolo ihn herein und steckte ihm ein paar Münzen zu, damit er sich Süßigkeiten kaufte, und in solchen Momenten fühlte er sich wohl dort, inmitten all der größeren Jungs, er fühlte die Hand seines Bruders auf der Schulter, während die Kleineren von der Straße hereinsahen. Manchmal allerdings wurde er dem Bruder lästig. So ging er ihm lieber in einiger Entfernung nach, ohne daß Lolo es merkte, und machte sich ein Vergnügen daraus, die Regeln, die das Verhalten der Größeren bestimmten, zu erraten und sie später seinen Klassenkameraden zu beschreiben. Er beobachtete ihn beim Tanz und beneidete Lolo darum, wie er sich den Mädchen näherte, wie er sie umfaßte und die Füße in alle Richtungen setzte, ohne mit den ihren oder mit den Paaren, die sich um ihn herum bewegten, zusammenzustoßen. Er hatte Lolo ›En el mundo‹ tanzen sehen, eine Melodie, die er sehr mochte und die er jedesmal, wenn sie auf dem Tanzfest gespielt wurde, mitträllerte; er fand, es sei ein Jammer, daß es keinen Text dazu gäbe, also nur Instrumente, denn zu so einer hübschen Musik müßten sich doch wunderbare Dinge sagen lassen. Eines Tages nach dem Tanz sah er, wie Lolo ins Freie ging und eine Frau an der Hand hielt. Er war ihnen nachgegangen und hatte gesehen, wie Lolo sie zu Boden drückte. Ein paar Tage später erzählte er seinem Banknachbarn Fernando, was er gesehen hatte, und während er es erzählte, begann er die Gesten nachzumachen, die er bei Lolo gesehen hatte, legte seine Arme um Fernando, kam ihm mit seinem Gesicht nahe, und merkte plötzlich, daß er zitterte, daß ein noch nie gespürtes Kribbeln ihn hilflos machte. Fernando legte ihm die Hand zwischen die Beine, doch er schlug danach, lief weg und hörte nicht auf zu rennen, bis er bei sich auf dem Zimmer war. Zum ersten Mal spürte er, daß etwas Unbekanntes mit ihm geschehen war, etwas, das von ferne dem gleichen mußte, was die Kinohelden spürten, wenn sie eine Festung überfielen, einen Indianer mit einer Kugel durchlöcherten oder wenn sie eine Frau mit ihren Armen umfingen. Im Morgengrauen wachte er auf und versuchte erneut diese Empfindungen in sich hervorzurufen, spürte jedoch nichts. Er spürte auch nichts Vergleichbares, außer einer ungeheuren Erregung, als er sich einige Tage später unter dem Bett seiner Tante versteckte, um heimlich zuzuschauen, wie sie ein Bad im Zuber nahm. Die großen dunklen Flecken der Brustwarzen und das Haarbüschel, das zwischen ihren Beinen hervorsah, machten ihm angst, und er erstarrte bei dem Gedanken, sie könnte ihn entdecken, was würde sie mit ihm machen, wenn sie merkte, daß er ihre Geheimnisse kannte. Als sie längst gegangen war, lag er immer noch an den Boden genagelt unter dem Bett, unruhig, irgendeinen Muskel zu bewegen. Er wünschte, er hätte das alles nie gesehen, und war überzeugt, daß seine Strafe – wie es in bestimmten Büchern zu sein pflegte – eben darin bestand, auf etwas gestoßen zu sein, was er auf konfuse Weise fürchtete, das wiederzufinden er jedoch sehnlichst verlangte. Von dem Tag an war sie nicht mehr seine Komplizin, sondern vielmehr eine Verdächtige, deren Geheimnis Carmelo auszuspionieren hatte. Er überwachte sie streng durch das Schlüsselloch des

Aborts, bis er eines Morgens entdeckte, daß sie unter ihrer Wäsche eine Blutrosette verbarg. Seitdem suchte er zwischen den Fingern Tante Eloísas nach Spuren dieses Bluts und glaubte auch jedesmal welche zu entdecken, wenn sie lachte und ihre rote Zungenspitze sehen ließ.

Das Schlimmste war die Untätigkeit. Die Stunden in dem kleinen Praxisraum zu verbringen, ein Buch in den Händen, die verschiedenen Essensgerüche in der Nase, die aus der Küche kamen und die Wohnung durchzogen; die Speisefolge des Tages am Geruch zu erkennen, während er dort still vor dem Schreibtisch saß, ab und zu einmal im weißen Kittel über den Flur ging, um ein Stück Brot mit ein wenig gesalzenem Stockfisch und ein paar Tropfen Öl zu essen, den Hahn aufzudrehen und ein Glas mit Wasser zu füllen und zu trinken. Diese Vormittage des Wartens überzeugten Don Vicente Tabarca davon, daß er für sein Überleben einen – so nannte er es ergeben – »zivilen Tod« eingetauscht hatte. »Leben, um nicht mehr man selbst zu sein«, sagte er manchmal zu seiner Frau, wenn sie im Bett lagen; er hörte sie neben sich atmen und spürte, daß es Lebensformen gab, die schlimmer als der Tod waren. »Leben, aber nicht mehr man selbst sein«: Das war die Abmachung, welche die Überlebenden mit dem Sieger eingegangen waren, aber es betraf nicht nur ihn, sondern ein halbes Land. Das Leben hatte sich also in nichts als Schein verwandelt. Es hatte keine Aufhebung der Todesstrafe gegeben, sondern den Tausch eines Todes für einen anderen. Er sah sich, wie er einst an Konferenzen mit Chirurgen aus aller Welt teilgenommen hatte, wie er, umgeben von Büchern, seine Vorträge in der Bibliothek der eben erst eingeweihten Medizinischen Fakultät vorbereitet hatte, deren Fassade jetzt von Einschüssen gezeichnet war. Einmal hatte er nachmittags mit seiner Frau einen Spaziergang durch die Universitätsstadt gemacht und den Schutt gesehen, die Überreste der Schützengräben, er hatte sich an die Nächte ohne Licht erinnert, als man auf die Schüsse wartete, und hatte allem bisherigen den Totenschein ausgestellt. Aus dem jungen, brillanten Dr. Tabarca war ein reifer, unfähiger Mann geworden, der den Besuch irgendeiner Mutter mit ihrem unterernährten Kind in den Armen erwartete, irgendeiner Frau, die unter Migräne litt, von Männern mit grünlicher Haut, die mit dem Zeigefinger auf die Stellen deuteten, wo der Schmerz sich eingenistet hatte. Die Sonne schien durch das Fenster der Praxis, dessen Gardine wegen der Abwesenheit von Patienten nicht zugezogen wurde, und er nickte bei der Lektüre eines Baroja-Romans ein oder über einer Abhandlung zur Pathologie, die er in einer nahen Bibliothek ausgeliehen hatte, und dann wurde ihm mit einem schmerzhaften Stich bewußt, daß er selbst schon ein Leichnam war, der nicht einmal mit dem Zeigefinger auf den Fokus seiner Schmerzen zeigen konnte, weil er schon nicht mehr deutlich genug fühlte, auch nicht litt. Sein Vetter Alejandro Muñoz Tabarca hatte ihm nicht das Leben gerettet, sondern an die Stelle eines raschen Todes durch Gewehrkugeln diesen langsamen, trostlosen Tod in Schmach und Schande gesetzt. Nach und nach im Nichts sterben, nichts anderes als ein bitteres Gespenst sein, für das alles aus und vorbei ist: die Gänge zwischen den Betten des Hospitals, die Krankenschwestern, die ihm das Handtuch reichen, damit er seine Hände abtrocknet, und die ihm helfen, die Handschuhe überzuziehen, die Instrumente, die Hefte, in die eventuelle Zwischenfälle bei einem Eingriff notiert werden, die

Heimfahrt im Auto, die Treffen im Café Lyon, die Fachkongresse in Barcelona, Paris oder Lissabon. Jetzt liest er, streicht durch den Gang seines Hauses wie ein Geist durch eine Grabkammer oder durch das verlassene Schloß, in dem er einst gewohnt hat, und verschreibt allenfalls einmal ein Brechmittel, eine Schachtel Aspirin, einen Hustensaft, ein paar Tage Erholung oder ein paar Stunden Bettruhe. Nachmittags setzen seine Frau und er sich zusammen, um die Einnahmen zu zählen, die anstehenden Zahlungen zu überschlagen und dann zu sehen, ob es noch reicht, um Brot zu kaufen, Milch für die Kinder, Linsen, Käse, ein Stück Speck oder Schweinerippchen. Sie überlegen, ob es diese Woche sinnvoller ist, den Metzger statt den Bäcker zu bezahlen, weil bei ersterem der Kredit aufgebraucht ist, während er bei dem anderen noch für ein paar Tage reicht. Mehr als alles andere erstickt Vicente Tabarca diese Mittelmäßigkeit, das Elend, in das ihn seine neue Lage gezwungen hat. Dieses Überleben, das sich ihm nach dem Leben eröffnet hat und das eben nicht das Leben ist. Er hatte Forscher, Wissenschaftler werden wollen. Den Anfang hatte er gemacht. Seine Arbeiten wurden in ausländischen Fachzeitschriften publiziert. Im ›Correo Médico‹ in Buenos Aires war etwas veröffentlicht worden, aber auch in der ›Santé‹, die in Bordeaux verlegt wurde, und in der Mailänder ›Medizina‹. Alles dahin. Und jetzt träumt er von Mikroskopen und Reagenzgläsern, von Viren und Bakterien, von Proteinen und Aminosäuren, von Herzklappen und Schließmuskeln, Zangen, Scheren, Mullbinden und Watte, und diese Sehnsucht wird von seinem schlimmsten und häufigsten Alptraum überlagert, der Erinnerung an jenen Tag, als das erwartete Schiff nicht den Hafen von Gandía anlief, an die endlose Reise nach Alicante, die Landstraße voller umgestürzter Lastwagen, liegengebliebener Autos, Wagen mit gebrochenen Achsen, unbrauchbar im Graben, und an die Masse der schmutzigen und verängstigten Frauen, an die sich dahinschleppenden Verwundeten, sie bettelten um einen Platz in dem alten Automobil, das sich nur mühsam durch jenes Meer aus Elend seinen Weg bahnte, vorbei an Soldaten mit dreckigen und zerfetzten Uniformen. Auch nach Alicante kam kein Schiff, das in seinem Bauch die Menschenflut, die vor dem Furor der Niederlage floh, aufnahm. Die Masse strömte von allen Landstraßen her auf der Hafenmole und den angrenzenden Klippen zusammen, ohnmächtig vor der unüberwindlichen Barriere des Meeres. Einige waren zwischen den Blöcken der Wellenbrecher heruntergeklettert und streckten die müden Füße ins Wasser. Das Meer leuchtete makellos, kein einziges Schiff durchbrach die sauber gezogene Linie des Horizonts. Ein kleines Flugzeug flog über die Köpfe der Menge hinweg, und das Gerücht verbreitete sich, daß darin hohe Funktionäre der Republik flüchteten. Die Gerüchte kamen wie Wellen, die über der verzweifelten Masse kurz zusammenschlugen und dann wieder abebbten: Eines löste das andere ab. Von Mal zu Mal wurden die Vermutungen schlimmer. Die Menschen drängten nach vorn, ans Ende der Mole, als ob sich dort, an der Grenze zum Wasser, das Wunder ihrer Rettung ereignen könnte. Manche fielen, gestoßen von den Nachdrängenden, hinunter, zappelten im Wasser, vergeblich um Hilfe rufend. So nahm der große Traum sein Ende, die am 14. April 1931 eingeläutete Utopie der Trikoloren und der roten Fahnen, der Musikkapellen, der Reden und Umarmungen. Als die Nachricht durch die Menschen lief, daß die Falangisten begonnen hatten, die Stadt zu besetzen, fingen einige an, ihre Köpfe gegen die Steinblöcke zu schlagen, und ein Mann zog eine Pistole aus der Jackentasche und setzte den Lauf an seine rechte Schläfe. Ein Schuß fiel, und die Menschen stießen und drängten von dort weg, ein Kreis öffnete sich um den Körper des Mannes, der nun am Boden lag und dessen Blut diejenigen bespritzt hatte, die ihm am nächsten standen. Zum ersten Mal in seiner Laufbahn grauste es Vicente Tabarca vor Blut, als er es, lau und dickflüssig, auf seiner rechten Hand entdeckte – ein Tier, das gierig seine Vergangenheit verschlang, so wie der Anblick dieser Menschenmenge, die keine Kraft zur Bewegung fand, ihm auf immer seine Zukunft entrückte. In diesen wandelnden Leichen, die sich in Lumpen gehüllt voranschoben, sah er sich selbst, ein Bild, das ihm zum Glück kein Spiegel zurückwarf. Auf den ersten Blick unterschied er sich durch nichts von ihnen. Auch er war schmutzig, unrasiert und stank. Und wer hätte in dieser Menge schon einen ehemals vielversprechenden Arzt, einen kühnen Ingenieur, einen Philosophie-Professor oder einen Romanisten erkennen können. Alle waren sie schon Leichen, bettelten um eine Barmherzigkeit, die, wie die Zeit lehren sollte, nicht gewährt wurde. Ob die Falangisten vom Westen her in die Stadt einfielen, wie es zunächst hieß, oder von Albufereta her oder aus dem Süden, von Elche – was lag schon daran, von wo aus der Tod seine Krallen ins Herz der Stadt schlug. Raubvögel aus dem Norden oder aus dem Süden oder dem Westen. Wahrscheinlich würden sie aus allen drei Richtungen gleichzeitig einfallen. Und sicherlich würden nicht nur Falangisten, sondern auch afrikanische Soldaten, Karlisten und Christen aus der CEDA dabei sein, vielleicht sogar verkappte Italiener und Deutsche. Raubvögel, gierig nach mehr von jenem Blut, das schon auf die Hafenmole getropft war und weiter in Kellern, an Lehmmauern, im Sumpfland und in Müllkippen fließen würde. In jenem Augenblick spürte er zuerst, daß ein Mensch, seiner Vergangenheit beraubt, nichts ist: eine Bestie. Es wurde ihm klar, als er, auf seine kaputten Stiefel schauend, diejenigen zu beneiden begann, die neue trugen, als er vom Boden aus derjenige sein wollte, der auf dem Luftweg floh, als er vom Land aus sehnsüchtig auf das Meer starrte. Er schaute über die Wellenbrecher hinweg auf die Linie des Horizonts. Er sah auf das Meer und dachte, er werde es nicht wiedersehen. Würde er sich mit verbundenen Augen vor der Erschießungsmauer an jene horizontale Linie erinnern, an die er sich in den letzten Kriegsmonaten, die er auf Befehl in Valencia zubrachte, gewöhnt hatte? In jener Zeit, die ihm jetzt unendlich fern erschien, war er in seiner freien Zeit auf die Dachterrasse des Hospitals gestiegen und hatte die Ziegeldächer der Stadt, die Türme und weiter weg das Grün der Obstgärten und das Blau des Meeres gesehen. An was würde er sich erinnern, wenn es ihm gelang zu überleben? Jene horizontale Linie begrenzte heute den Bühnenvorhang, der die Freiheit schützte, das Leben; dahinter lagen die Laboratorien, die sauberen Hospitäler, die Universitäten. Dort lag die ganze Welt. Das Meer war das Tor, das zu den Palmenhainen von Oran führte, zu den Minaretts von Kairo, zu den Kuppeln von Istanbul, den zerbrochenen Säulen von Rom und Athen, zu den Gärten im Nildelta, den belebten Gassen des Marseiller Hafens, und das Tor war verschlossen; der metallische Glanz eines Meeres ohne Schiffe, eine gnadenlose Metallplatte, und er hier, ein Bettler, von Angst und Läusen befallen, inmitten dieser Menge von Menschen, die sich stießen, sich beschimpften und beleidigten, sich für das übten, was kommen sollte: für den Verrat, die Lüge, den Betrug. Das Beispiel der Übergabe von Madrid war schon im Umlauf, als Oberst Casado gemeint hatte, wenn man die Stadt übergäbe, würde sich die Rache gegen Kommunisten und Anarchisten wenden und die Sozialisten aussparen: Sie meinten, sich retten zu können, indem sie andere verurteilten, doch dann traf sie derselbe Tod und die Schmach dazu; und Vicente Tabarca glaubte auch, daß, hätte ihn der Tod im Schützengraben ereilt, er ein Held gewesen wäre, versteinert für die Zeit, und daß sein Bild in der Erinnerung von irgend jemandem (aber wer konnte sich schon so vieler Toter erinnern?) leben würde, aber nein, nicht einmal diese Möglichkeit war ihm geblieben. Jene, die bis zum Ende widerstanden hatten, traf das Schlimmste, der Verlust der Würde im Chaos. Wieder Motorengeräusch, ein Kleinflugzeug schwebte langsam über ihren Köpfen, die Bikolore am Heck: die Nationalen. Panik breitete sich aus. Ein Raunen: »Sie werden uns bombardieren!« Er wünschte es sich. Er wünschte sich, dort liegenzubleiben, zerfetzt. Aber sie hatten ihnen einen schmerzhafteren und langsameren, endlosen Tod zugedacht. Jetzt, Jahre später, wußte er es ganz sicher: Die Toten hüllt die Erinnerung in einen Mantel der Würde, diejenigen jedoch, denen es gelingt zu überleben, versinken im Elend eines erbärmlichen Schicksals. Auch er, er ganz persönlich, jetzt dazu verdammt, Aspirin zu verschreiben, hinter dem Schreibtisch sitzend die Sonnenstrahlen zu empfangen, einen Roman in der Vormittagsstille zu lesen, unterbrochen nur von den Schlagern aus dem Radio, die ihn über den Lichtschacht erreichten: *Mi jaca galopa y corta el viento cuando pasa por El Puerto, caminito de jerez.* Vicente Tabarca durchlief in Gedanken wieder die Gänge des Hospital Clínico, in den weißen Kittel gehüllt, hoheitsvoll; er antwortete im Vorbeigehen auf die Fragen der Studenten, verwandte lateinische Begriffe, hielt einen dicken Band in der Hand, den er sich in der Bibliothek geholt hatte, und plötzlich, inmitten der Erinnerung, sprang ihn jener Gestank von der Ladefläche der Eisenbahnwaggons an, die keine Tiere mehr transportierten, sondern eine Menschenherde, falls man diese Kreaturen überhaupt als Menschen bezeichnen konnte, die um einen steinharten Brotkanten stritten und kämpften, die einander niedertrampelten, um einen Augenblick den Kopf aus der Belüftungsluke des Waggons herauszustrecken, die bedenkenlos die Hosen herunterließen, um ihre Notdurft in einer Ecke zu verrichten und das Intimste und den Schmutz vorzuzeigen, die ein ganzes Land jahrhundertelang schamhaft verborgen hatte. Wer gestorben war, hatte Glück gehabt, auch seine Kollegen, denen die Flucht gelungen war und die jetzt in Labors in der Schweiz oder den USA arbeiteten und Artikel für wissenschaftliche Zeitschriften schrieben, denen die Krankenschwestern dabei halfen, vor einer Operation die Hände zu waschen und die Gummihandschuhe überzuziehen und die von ihnen die Bänder des Mundschutzes zugebunden bekamen. Dieses Gefühl der Würdelosigkeit war fast schlimmer als die Angst; nein, es gehörte zu diesem Kaleidoskop der Angst, das auch die Abwertung alles dessen einschloß, was man einst hatte werden wollen, zu sein begonnen hatte und nun nicht mehr war und nie wieder sein würde. Die Angst, nichts zu sein. Seine Frau ließ ihn mit den Töchtern zurück, wenn sie das Bestellte in der Puppenwerkstatt in der Calle Blasco de Garay abgab; Vicente blieb zurück, bis sie wiederkam und aus dem Portemonnaie die gefalteten, schmutzigen Scheine zog, die zerknitterten Pesetas, die sie verdient hatte und sorgfältig einteilte: das hier für den Bäcker, das für den Milchladen, dies für die Stromrechnung, alles genau bemessen, doch nicht einmal dieses Maß galt etwas, denn beides zusammen – ihre Näherei und seine Praxis – reichte nicht aus, um das Notwendigste abzudecken, es gab nichts für Tinte, nichts für Papier, man konnte weder einen neuen Rezeptblock bestellen noch Visitenkarten drucken, und es reichte auch nicht für einen zweiten Kittel (seiner mußte abends gewaschen und in der warmen Küche getrocknet werden, damit er ihn am nächsten Tag wieder benutzen konnte). Benutzen? Einfach überziehen, in der Hoffnung, daß irgendein Patient kam: traurige Frauen mit Migräne, mit Drüsenentzündung, Kinder, die vor allem Hunger hatten, Mißbildungen und Mangelerscheinungen aufgrund von Unterernährung, und er legte das Stethoskop auf diese schwachen Brustkörbe und hörte den Hunger atmen, er übertrug sich durch die Schläuche von Körper zu Körper – von dem fremden zu seinem und umgekehrt –, denn auch er sah jenes Gespenst, das seine Frau, seine Töchter, ihn selbst bedrohte. In Bettler hatte man sie verwandelt, nicht in Helden. Die Fachzeitschriften trafen nicht ein, er hatte keinen Zugang zu den Labors, er konnte nicht einmal Bücher kaufen, mußte zur Bibliothek gehen, um alte Themen aufzufrischen oder wenigstens nicht allzuviel zu vergessen: die Gestalt der Viren, die Textur der Bakterien, das Gewicht der Angst. Alles war ein Kampf gegen das Vergessen: nicht zu vergessen, wer man selbst gewesen war, bevor sie einem das Kreuz brachen und zu dem schreckhaften Trottel machten, der nachts verstohlen die Scheibengardinen beiseite schiebt, um nachzusehen, ob der Wagen, der gerade gebremst hat, eine Gruppe von Männern auf den Gehsteig speit, vor seine Haustür, ob die Männer bewaffnet sind und einen Elenden suchen, der einmal Arzt gewesen ist und sich im Café Lyon mit seinen Freunden getroffen hat, um über die wissenschaftlichen Neuigkeiten aus London und Paris zu diskutieren, aber auch über die künstlerischen Moden – Art déco, Surrealismus, Proust, Aragón, Filme, Buster Keaton, Greta Garbo –, und der jetzt nur noch mit seiner Frau über den Preis der Kichererbsen redet, darüber, ob sie hart oder nicht hart sind und ob es eine Handvoll für jeden geben wird und wie sie die paar Eier, die sie mitgebracht hat, zubereiten sollen, vielleicht braten und mit Brot auftupfen, und die besten, gut mit Eigelb durchtränkten Stückchen den Töchtern geben, obwohl Helena lieber das Eiweiß mag, und darüber, ob sie aus der Hühnerbrust Kroketten für zwei Abende hintereinander machen soll.

Ángel hatte ihm nichts gesagt, und er selber hatte es auch nicht ansprechen wollen, doch in der Stadt klebten an einigen Stellen Plakate mit seinem Namen, und so hatte er erfahren, daß sein ältester Sohn sich in »erbittertem Kampf«, (so die Plakate) mit einem anderen Anfänger messen würde, und er hatte den Trainer heimlich um zwei Eintrittskarten, für José Luis und für sich selbst, gebeten. Tagelang hatte er schon die blauen Blätter mit der Ankündigung an der Mauer gesehen und die Glückwünsche der Kunden in Empfang genommen: »Gratuliere, Perico« oder »Sieh an, unser Schuhputzer«, und dann, mit dem Trinkgeld, hatten sie ihm einen aufmunternden Klaps auf die Schulter gegeben: »Wer weiß, vielleicht bringt der dich voran« und »Obacht mit dem Schuhputzer, irgendwann sagt er dir, mach's doch selbst, und scheißt auf seinen Stand«, und das schmeichelte ihm, aber, wenn er ehrlich war, auch wieder nicht. Einem hatte er geantwortet: »Mich bringt niemand von meiner Arbeit weg, weder mein Sohn noch sonst wer«, und dann hatte er eine merkwürdige Gefühlsaufwallung gehabt. Denn er war einerseits dankbar dafür, daß man seinem Sohn etwas zutraute, andererseits schmerzte es ihn jedoch, daß man von ihm selbst annahm, er sei nur dort, weil er nirgendwo anders hinkonnte, daß sie seine Arbeit nicht ernst nahmen: Als ob jeder das machen könnte, die Schutzblätter einschieben, damit die Socken sauber blieben, die Bürste in die Luft werfen und dort kreiseln lassen und sie im Flug wieder fangen, nachdem man laut in die Hände geklatscht hatte, die Hand wechseln, während man die Bürste auf den Schuhen tanzen ließ, »eine Kunst«, hieß es, und wenn er an dieses Wort – »Kunst« – dachte, spürte er plötzlich, wie der Boden unter seinen Füßen nachgab. Es kamen ihm Bilder aus seiner Jugend in Fuentes de San Esteban in den Sinn, die Sichel über dem Weizen, das Maultier, das seine Kreise auf dem Dreschplatz dreht, die Arbeit. Und diese Jugend schaute mit Verachtung auf ihn und spottete über ihn und über diejenigen, die zu ihm sagten: »Was für geschickte Hände, Schuhputzer.« Kunststückchen von jemandem, der sonst zu nichts nütze ist. Die Bürste, die in der Luft kreist, er, der in die Hände klatscht, bevor er sie wieder auffängt. Eines Morgens hatte er José Luis dabei ertappt, wie er daheim auf einer Kiste saß und die Bürsten in die Luft warf und wieder auffing, und er hatte ihm eine Ohrfeige gegeben. Der Junge hatte ihn überrascht angesehen und dann losgeweint. Er hatte nicht begriffen, weshalb er ihn geschlagen hatte. Vielleicht hatte er gedacht, der Vater befürchte, sein Werkzeug könnte beschädigt werden. Vielleicht war es besser, er glaubte so etwas und nicht, daß sein Vater ein Hanswurst war, der es nicht ertrug, seinen Sohn die gleichen Späßchen machen zu sehen. Eigentlich schlug Pedro seine Kinder nicht. Wenn er trank, rutschte ihm mal die Hand aus, aber eigentlich schlug er damit auch nicht sie, sondern sich selbst und vor allem seine Frau. Ja, diese Ohrfeigen meinten immer Asunción, weil sie ihn verlassen hatte, und ihn selbst, weil er sie zum Sterben hergebracht hatte und weil er sich selbst verlassen hatte, denn auch er war hergekommen, war gestorben und hatte diesen Mann allein und verloren zurückgelassen, der seinen Gemüsegarten in Fuentes de San Esteban bestellt hatte, der über Grenzwälle gesprungen war, um Pilze, Hasen und Rebhühner aufzuspüren, der früh am Morgen auf der Plaza erschienen war und darauf gewartet hatte, für einen Tag angeheuert zu werden, und um den sich die Vorarbeiter gestritten hatten, auf daß er in ihrem Trupp das Korn schnitte. Der Trottel, der die Bürsten in die Luft wirbelte und Witze auswendig lernte, um sie seinen Kunden erzählen zu können, und selbst darüber lachte, auch wenn er sie überhaupt nicht witzig fand, der zackig aufstand und mit ausgestrecktem Arm zum »Heil, Kamerad« sonor aufstampfte, hatte den ernsthaften jungen Mann beiseitegedrängt, der zehn Kilometer mit einem Sack Weizen auf der Schulter laufen konnte, nur um sich eine Peseta zu verdienen. Jetzt ließ er die Bürsten für die Viehzüchter tanzen, damit sie ihm ein paar Kröten mehr in die Büchse warfen (»ganz nach Belieben, Don Manuel«), für die Hochschullehrer, die Krämer, die Studenten. Wo war der junge Mann geblieben? Wo war er gefallen? In Belchite? In den Bergen von Santander, als sie in ein Haus drangen, so ärmlich wie jenes, das er damals in Fuentes de San Esteban besaß, um die drei verschreckten Frauen herauszuprügeln, und der Sergeant hatte ihn gerufen: »Los, Pedro«, und ihm eine kleine Maschine gegeben und ihm gesagt, er solle sie scheren, »mach diese rote Nutten kahl«, und er war nicht fähig gewesen, nein zu sagen, obwohl die jüngste fast noch ein Kind war und die älteste eine Greisin, und danach, als er das ›Cara al Sol‹ hörte, hatte er an sie gedacht und in das fließende Wasser des Baches am Ausgang jenes Dorfes geschaut, das er noch nie gesehen hatte und auch niemals im Leben wieder sah. War dort der junge Mann gestorben, der Pedro gewesen war? Oder war er schon vorher tot gewesen? Hatte ihn dieser Mann ersetzt, in dessen mit Schuhcreme beschmierten Händen keiner das Glück erwartete, wohl aber in den Fäusten seines Sohnes, weil alle Welt davon ausging, daß der Vater nicht fähig war, es zu suchen oder zu finden, dieses Glück, das unsichtbar, aber an denjenigen leicht zu erkennen war, die es wie ein milder, duftender Lufthauch begleitete. Er nahm es in der Schuhqualität derer wahr, die sich auf seinen Schemel setzten, und verspürte deshalb Kummer, aber auch Stolz, und er merkte, daß sein Groll in den Fäusten seines ältesten Sohnes lebte und daß die Schläge, die sein Sohn an jenem Nachmittag austeilen würde, von ihm kamen – genau wie er die Ohrfeigen empfing, die er an die Söhne austeilte –, und er wollte sehen, wie diese Schläge jemanden trafen, jemandem die Nase zerschmetterten, auch wenn das nur ein Junge wie sein eigener war; deshalb also hatte er beschlossen, an jenem Nachmittag sein Geschäft (»Hygiene und Glanz für das Schuhwerk«) zu schließen, sich zu rasieren, Pomade ins Haar zu streichen, das blaue Hemd überzuziehen und zum Kampf zu gehen, für den die Organisatoren einen Ring in einem schäbigen Lagerraum am Flußufer improvisiert hatten, wo ein halbes Dutzend junger Männer zum Wettkampf antreten sollte. Seit einer Woche kündigte er seinen Kunden bereits an, daß er sich am Mittwoch ab sechs Uhr den Abend freinehmen würde. Er hatte auch beschlossen, dem Sohn nichts zu sagen, um ihn nicht nervös zu machen, hatte aber vor, mit José Luis hinzugehen. Er war davon überzeugt, es würde José Luis mit Stolz erfüllen, zu sehen, wie sein Bruder, der Sohn des Schuhputzers, den ›Blonden von Ciudad Rodrigo‹, so hieß Ángels Gegner, besiegte. Es war das erste Mal seit dem Tode seiner Frau, daß er auf etwas Bevorstehendes wartete. Man kann Schuhputzer sein, auch so dient man dem Vaterland, und doch einen Menschen zeugen, der Spaniens Ruhm in die ganze Welt tragen kann, der von Ministern empfangen, von Schauspielern begleitet wird, sogar dem Caudillo die Hand geben darf, am Tag, an dem er bei einem Empfang in La Granja oder El Pardo einen Orden überreicht bekommt. So hatte er es José Luis langatmig erklärt, der es seinerseits seinen Klassenkameraden erzählt hatte und ebenfalls den Sieg des Bruders für eine abgemachte Sache hielt. Keiner von beiden zweifelte daran: Sie erwarteten, daß der Schiedsrichter Ángels Arm hochstrecken würde, genau wie sie das auf Fotografien oft gesehen hatten, auch bei den internationalen Boxern, die umgeben von brüllenden Massen im Ring kämpfen und auf die das Scheinwerferlicht wie aus goldenen Sternen fällt, der grandiose, der wahnsinnige Moment, wenn sie die Bademäntel überziehen, die glänzen, als wären sie aus Lack, und wenn der Schiedsrichter ihre Faust hochreißt und die Menge über die Seile des Rings schwappt und der Saalordner sie bändigen muß, weil, ja, weil es das Chaos ist, der Wahnsinn, der Ruhm. Die Kunden, von Pedro über den bevorstehenden Kampf, den nahen Triumph seines Sohnes, informiert, ballten vor seinem Stand die Fäuste, holten mit den Armen aus und schlugen ihn auf die Brust, auf den Bizeps, und er antwortete mit einer Reflexbewegung, machte das Spiel mit, aber er schlug nur in die Luft, hütete sich davor, mit seinen schwarzen Schuhputzerfäusten die weißen Hemden oder die Sakkos der Kunden zu berühren, die sich ihr Schuhwerk polieren ließen. An jenem Abend richtete er José Luis, der schon unruhig auf ihn gewartet hatte, das

Haar, bauschte ihm mit zwei drei Kammstrichen eine Tolle auf, richtete ihm den Kragen des weißen Hemdes, das etwas zu groß war und daher den Hals des Jungen noch dünner erscheinen ließ, kaufte ihm eine Tüte mit Kürbiskernen an der Bartür, trank derweil selbst ein paar Gläser Wein, um das Blut in Wallung zu bringen, als ob sein heißes Blut sich in dem des Boxers wiederfinden würde, der sich zu dieser Zeit wohl schon umzog und auf und ab sprang, um warm zu werden, und dann blieben sie vor einer anderen Bar stehen, gleich neben dem Lagerraum, wo der Kampf stattfinden sollte, und da bestellte er sich einen Cognac, den er bedächtig trank, während er sich mit den anderen Gästen unterhielt, von denen die meisten sich ebenfalls die Zeit bis zum Kampf vertrieben, und er schaute auf die Uhr, war nervös, empfing die Glückwünsche und die Scherze und die Schläge auf die Brust, und als er sah, daß die Leute aus der Bar hinaus und zu dem Schuppen gingen, bestellte er sich noch einen Cognac, den er mit einem Schluck hinunterstürzte, und dann, als er vor dem Eingang der Halle (so hieß es auf den Plakaten, und nicht Lagerschuppen) stand, mußte er José Luis darum bitten, dem Türsteher die Eintrittskarten zu geben, weil seine Hände so sehr zitterten, daß er die Brieftasche, in der er sie verwahrt hatte, nicht öffnen konnte, also sagte er zu José Luis: »Nimm du sie heraus, Sohn«, und der Junge hatte sie herausgeholt und dem Mann gegeben. Als sie hereinkamen, hatte der erste Kampf schon begonnen, war aber sofort aus, weil einer in roter Hose mit zwei Angriffen einen anderen in grüner Hose fertigmachte, der sofort an der Augenbraue blutete, und die Leute brüllten empört, und der nächste Kampf war schon der seines Sohnes, alle konnten das sofort merken, weil er am lautesten schrie, aufstand und von denen aus den Reihen dahinter aufgefordert wurde, sich zu setzen, und er brüllte, »Los, Junge, gib's ihm!«, und alle drehten sich nach ihm um, und dann fiel ihm ein, nach rechts zu schauen, zu seinem anderen Sohn, der neben ihm saß, und er sah, daß der zusammengesunken und schweigsam dahockte und den Blick nicht vom Boden hob, auch nach rechts gerutscht war, so daß er näher bei seinem Nachbarn mit dem grauen Mantel als bei seinem Vater saß: Zwischen ihnen beiden klaffte eine Lücke, und er fühlte sich allein beim Schreien, und es war, als ob auch seine Stimme von Hand zu Hand sprang, wie die Bürsten, und als der Schiedsrichter den Kampf abbrach und Ángel zum Champion erklärte, wußte er nicht, was tun; er blieb sitzen und hörte den Mann hinter sich sagen, jetzt, jetzt, müsse er aufstehen, nicht während des Kampfes. Er gehorchte: Er stand auf, nahm José Luis an der Hand und sagte, »Gehn wir«, und als er hinaus in die frische Luft kam, merkte er, daß er schwitzte und zugleich fror und diese beiden Empfindungen ins Gleichgewicht bringen mußte, also gab er dem Kind, das blaß und still neben ihm stand, den Schlüsselbund und sagte: »Warte zu Hause auf mich, ich komm bald nach.« Und während er das sagte, spürte er, wie das Gefühl der Kälte zunahm und die Hitze überdeckte, vielleicht hatte er die Worte deshalb schneidend hervorgebracht, so wie der Sergeant, als er zu ihm gesagt hatte: »Ich hab dir gesagt, du sollst sie kahl machen, du sollst die roten Nutten scheren«, denn dieser bleiche Junge war sein Spiegelbild, und so löste er sich auch mit einer barschen Bewegung von der Hand des Kindes, die an ihm zu zerren schien, um ihn daran zu hindern, die Bar zu betreten, ja, er riß sich brüsk von der Hand des Kindes los, um in eben die Bar zu gehen, die er kurz zuvor verlassen hatte und die nun leer war, weil in der Halle nebenan weitere Kämpfe ausgetragen wurden. An diese Nacht hat er sich nie genau erinnern können. Er bringt die Dinge durcheinander. Er erinnert sich daran, wie sich die Bar erneut füllte, nachdem die Veranstaltung vorbei war, und wie einige Bekannte und Kunden zu ihm kamen, um ihm zu gratulieren, und daß er sie einlud und auch eingeladen wurde, und daß später – ziemlich viel später – Ángel, sein Sohn, der Triumphator des Abends, auftauchte und daß er von dem Trainer und von einigen Männern begleitet wurde, die Trenchcoats mit Gürteln und dunkelblaue oder graue Mäntel trugen, und als er hinging, um den Sohn zu umarmen und zu küssen, der gerade einen Kampf für ihn gewonnen hatte, packte ihn einer dieser Männer an der Schulter, um ihn wegzuschieben, und er erinnert sich daran, daß der Trainer sagte: »Laßt ihn, er ist der Vater des Jungen.« Und er erinnert sich auch daran, daß sein Sohn ihn etwas fragte oder etwas zu ihm sagte. Das ist das letzte, an das er sich zu erinnern glaubt, oder nein, es war nicht genau so, denn sein Sohn sagte nichts zu ihm, sondern wandte sein Gesicht ab, oder nein, er selbst hatte sich abgewandt, er folgte dem Schwung der Hand, die ihn an der Schulter gepackt hatte, um ihn nach hinten zu ziehen, und er wich zurück und sah den Sohn in einer Entfernung von einem Meter, dann von zwei Metern, nur noch den Kopf, weil die Leute sich um den Jungen drängten, und dann, als er sich umdrehte, sah er die Nacht, die Glühbirnen, die kaum das freie Feld erleuchteten, hier eine, dort die nächste, und einen Hund, der an einer Mauer entlanglief, und das Gesicht einer Nonne, die ihn fragte:

»Aber, Menschenskind, wer wird denn so etwas tun?«, oder nein, die Nonne hatte nichts zu ihm gesagt, niemand hatte in der ganzen Zeit irgend etwas gesagt, niemand, weder sein Sohn noch die Nonne, die ihn still ansah, und er war es, der etwas unter dem Laken bemerkt hatte, oder nein, es war etwas unter dem Laken, was er nicht bemerkte, aber er war müde, und es war nicht der Augenblick, sich zu fragen, warum seine Beine nicht dort lagen. An so etwas erinnerte er sich. Denn ihm wäre es nie im Leben eingefallen, sich vor den Zug zu werfen.

Die Karten müssen von beiden unterschrieben und die Umschläge von Hand addressiert werden, das sind nun einmal die Regeln, Ramón, wie könnte ich der Beleta, den Nuñez del Arco, der Schlange Mariló oder der Muñizbrut einen getippten Umschlag schicken, nein, das geht von Du zu Du, Hochzeitseinladungen, die flüstert man ins Ohr, sie werden so übermittelt, als erfahre davon nur der Empfänger, erst recht, wenn sie nicht an ihn, sondern an sie, die Frau, geht, verstehst du? Man muß förmlich riechen, daß eine Million Gäste kommen werden, sie also bei dieser Hochzeit nicht fehlen darf, weil sie die sonst als einzige verpaßt, und zugleich, daß sie für dich etwas Besonderes ist, daß du es ihr anders gesagt hast, mit einem Augenzwinkern, einem vertraulichen Hall in der Stimme, daß du gesagt hast: »Schau, Mädchen, du weißt ja, wie das ist, eine Prüfung, wenn es nach mir ginge, würdest nur du kommen, na ja, die eine oder andere familiäre Verpflichtung, und dann du, also, wenn das so ginge, würden mein Verlobter und ich heiraten, und nur du würdest was zu sehen bekommen, das Tüllkleid, den Spitzenschleier, die Blumen, alles exklusiv für dich, du könntest als einzige davon erzählen. Es ist ein Jammer, aber mir bleibt nichts anderes übrig, ich muß auch andere einladen.« Gloria lacht, wenn sie Ramón das so darstellt, als ob er nicht Bescheid wisse, als hätte er in den letzten Jahren nicht ausreichend Gelegenheit gehabt, der Hochzeiten und Kommunionen überdrüssig zu werden. Aber er tut so, als gäbe es nichts Schöneres, als sich von ihr Umgangsformen beibringen zu lassen, zwar gibt er sich den Anschein, als seien sie ihm egal, unterschreibt eine Einladungskarte nach der anderen, schnaubt, als wären das für ihn Kindereien, die er nur für sie macht, aber herzlich gerne. Es ist wirklich sehr angenehm, an diesem Herbstmorgen vor dem Toilettentisch zu sitzen, während die Sonne sanft und zärtlich durch die Scheiben hereinscheint und draußen diesen goldenen Glanz auf die Blätter legt, die ein Weilchen schweben, bevor sie sich auf das Gras im Garten betten, das alles zu sehen und neben sich den Krug mit den frischgeschnittenen Rosen zu haben und diese angenehme Stille wahrzunehmen und den Duft seines Toilettenwassers und das Gewicht seines Armes und seiner Schulter, ein Schutzwall an ihrer Seite, die Sicherheit zu spüren, die ein Mann voller Kraft und Initiative ausstrahlt. Es ist angenehm und tröstlich, sich in solchen Augenblicken an jenen entscheidenden Nachmittag zu erinnern: »Mach dir keine Sorgen«, hatte er gesagt, während in seinem Wohnzimmer das Maiunwetter an die Scheiben prasselte, und dann, ein paar Stunden später, sie war schon wieder zu Hause, klingelte das Telefon, Roberto hing eine Weile am Hörer, machte sich dann überstürzt fertig und rief ihr beim Hinausgehen zu, »Ich bin bald wieder da«, dabei wußte sie, daß es länger dauern sollte und daß, von dem Moment an, als er spät nachts heimkam, alles – vielleicht zum ersten Mal seit vielen Jahren – wieder in Ordnung war. Ja, das waren ihre Gedanken gewesen in jener Nacht. Daß nun wieder Ordnung herrschte im Haus, im Garten. Die Schatten der Bäume waren in Ordnung, der Mond, der zum Fenster hineinschien, sorgte für Ordnung zwischen den Möbeln, den Teppichen, und endlich glänzte das Silber wieder ordentlich. Als Mann war Roberto für sie in jener Nacht der Versager, für den sie ihn immer schon gehalten hatte, vielleicht sogar noch ein bißchen mehr, denn er tat genau das, was sie vorausgesehen hatte, er brachte es nicht einmal fertig, zu Bett zu gehen und mit der Nachricht bis zum nächsten Tag zu warten, nein, er mußte betrunken, taumelnden Schritts und mit geröteten Augen in ihr Zimmer eindringen, das Licht einschalten und sie aufwecken – so glaubte er, in Wahrheit hatte sie nicht geschlafen, sie kannte ihn zu gut und wartete, bis er kam, um ihr zu sagen, daß Ramón die Schulden übernahm und daß sie nicht länger um den Besitz des Hauses fürchten mußten. Das waren seine Worte gewesen, als sei das Treffen auf seine Initiative hin zustande gekommen, als habe er etwas »unternommen« (dieses Wort benutzte er oft). Er setzte sich an ihr Bett, nannte sie »Schwesterchen« und sagte: »Siehst du? Schon ist alles in Butter. Es wird nichts so heiß gegessen wie gekocht«, und küßte sie auf die Wange, und sein Atem roch nach Whisky und nach etwas Bitterem, nach einem mißhandelten Organ, das erschöpft davon war, Aufgaben zu erfüllen, die von der Natur nicht vorgesehen waren. Gloria ließ sich küssen und sah ihn mit spöttischen Augen an, was er nicht bemerkte, weil es spät war und er sich in diesem Zustand befand, in dem der Alkohol einen schwarzen Tunnel schafft, der einen nur das sehen läßt, was man sehen will. Natürlich hatte er in jener Nacht nicht den Mut gehabt, ihr zu erzählen, daß Ramón die Bedingung gestellt hatte, er müsse binnen einer Woche verschwinden und Gloria das Haus überlassen, das vom Tag seines Verschwindens an auf ihren Namen laufen, ihr Haus sein würde. Das hatte

Gloria am nächsten Tag erfahren, als sie hörte, wie Roberto mit Mariló Muñiz telefonierte und forderte und bettelte, sie möge ihn nicht auf der Straße sitzen lassen, und als er den Hörer auflegte und sah, daß Gloria neben ihm stand und zuhörte, hatte er es ihr gesagt, daß er gehen müsse, daß Ramón das für die Übernahme der Hypothek auf das Haus verlangt habe und daß das Haus dann ihr gehören solle. Beiden, Mariló und ihr, verschwieg er an jenem Morgen jedoch, daß Ramón ihm Geld gegeben hatte, eine bedeutende Summe, damit er sich eine provisorische Bleibe suchen konnte, aber die müsse weit weg sein, »am Arsch von Madrid«, hatte Ramón gefordert, und Roberto waren neben der Tanzfläche im Morocco die Augen feucht geworden, während das Panama-Orchester aufspielte, daß fast der Stuck von der Decke über der Bühne fiel, und er hatte Ramón bitten müssen, die Bedingungen zu wiederholen, weil er sie beim Schmettern der Trompeten nicht habe verstehen können; er hatte darum gebeten, weil er glaubte, der andere würde es nicht wagen, aber warum sollte Ramón es nicht wagen, er wiederholte alles mit sicherer Stimme, die hart in die schrillen Blechinstrumente, und die hohen und spitzen Schreie der Musiker fiel. Zum zweiten Mal hörte Roberto »am dreckigen Arsch von Madrid. Egal wo, nur weit weg muß es sein.« Und da hätte er fast hemmungslos losgeweint. Es war dasselbe Gefühl, das ihn erfüllte, wenn das Morgengrauen den Horizont hinter den roten Gardinen des Salons färbte, in dem sich all diese Leute um die Tische des illegalen Kasinos nahe von Torrelodones drängten, und er feststellte, daß er nicht einmal genug Geld für die Heimfahrt im Taxi hatte, und dann herumzulaufen begann, von hier nach da, Freunde bedrängte, Bekannte, Leute, mit denen er noch nie gesprochen hatte, deren Gesichter ihm aber von ähnlichen Morgendämmerungen her bekannt vorkamen, und sie schamlos um dreißig Duros, vierzig Duros bat, er werde sie noch heute zurückzahlen, er habe die Geldbörse zu Hause vergessen und wolle ein bißchen sein Glück probieren, weil er ein Vorgefühl habe, weil gerade die Pechsträhne zu Ende sei, ein wahrer Jammer, in zehn Minuten, was sage ich, in fünf Minuten, haben Sie Ihr Kleingeld wieder, vierzig Duros, fünfzig, nicht mehr. Und schon brach das Sonnenlicht herein, kletterten die ersten Strahlen über den Hügel, krochen auf Bodenhöhe näher, erreichten durch die starren Zweige der Bäume das kleine Chalet, wo dieses heimliche Kommen und Gehen von Spielern stattfand, Roulette-Tische, Chips, eine Pokerhöhle zwischen den Granitmassen jenes Gebirgszugs, den nun die Sonne zu beleuchten begann, kapriziös geformte Steine, hart, abweisend wie all diese Leute, die, kaum näherte er sich, um sie anzubetteln, den Kopf zurücknahmen, sich in die Brust warfen wie hinter einen Schutzwall, und das Weite suchten. Als Roberto Gloria erzählte, daß Ramón das Haus auf ihren Namen umschreiben lassen wolle und daß er zur Bedingung mache, er, Roberto, solle von dort verschwinden, da merkte Gloria, daß Ramón sie auf die Probe stellte, um herauszufinden, ob sie nur besitzgierig war, ob sie ihm, sobald sie das Haus in der Hand hätte, den Laufpaß gab. Aber sie wußte bereits, daß es Gloria und Ramón eine ganze Weile lang geben würde, nein, keinen Laufpaß, nichts dergleichen, dafür kurz, sehr kurz die Zügel, also ging sie am nächsten Morgen hin, sagte, das käme nicht in Frage, wenn er die Hypothek für das Haus bezahle, so sei dieses auf den Namen Ramón

Giner einzutragen, und während sie das mit der schneidenden Stimme einer Frau sagte, die sich von unabänderlichen Prinzipien leiten läßt, dachte sie, ja, das Haus sollte Eigentum von Ramón Giner werden, doch Ramón Giner würde ihr Eigentum sein. Am ersten Nachmittag in seiner Wohnung, als das Unwetter draußen hinter den Fensterscheiben tobte, war ihr der Gedanke gekommen, daß die Natur sich selbst wiederholt, und wer die Gesetze der Natur zu entdecken weiß, wer Augen und Sinne offen hält, in den Genuß einer zweiten Chance kommt, denn als Ramón ihr die Tränen trocknete, sie umarmte und sie wiegte, wie man ein Kind wiegt, und die Hysterie, die sich ihrer bemächtigt hatte, zu beruhigen versuchte, stellte sie fest, daß diese Arme, die sie umgaben, die Haut dieses Gesichts, das sich gegen das ihre lehnte, und der Atem, den diese Lippen auf die ihren übertrugen, die von Ángel Santamarina waren. Die Natur wiederholte sich, und das Leben gewährte eine zweite Chance. Ihr schwanden die Sinne, und sie gab sich hin. Sie schloß einen Augenblick die Augen, und als sie sie wieder öffnete, entdeckte sie, daß leuchtend und berauschend das Verlangen in diesem Mann funkelte, der gierig einatmete, als drohe er ihretwegen zu ersticken.

Elvira Rejón Valencia. Cervantes achtzehn, vierter Stock. Neunzehnhundertvierundzwanzig. Und sie ist meine Schwägerin: Lolita, ich meine, Dolores Coronado Márquez. Selbe Adresse. Ja, wir wohnen zusammen. Ihr Geburtsjahr weiß ich, ehrlich gesagt, nicht. Ich glaube zwanzig oder einundzwanzig, denn sie ist drei oder vier Jahre älter als ich.« In der Schneiderei legten sie großen Wert auf die genauen Daten aller, die dort arbeiteten, und sie hatten sicher ihre Gründe dafür. Sie gaben eine bestimmte Anzahl von Stücken pro Person und Woche aus, keines mehr, aber auch keines weniger. Sie hatten kein Interesse – weil sie, wie sie sagten, keine Pfuscherinnen wollten – an Frauen, die übertrieben schnell arbeiteten, und auch nicht an solchen, die trödelten, weil sie die Arbeit zum Zeitvertreib in freien Stunden erledigten. Elvira war jedoch davon überzeugt, daß sie nur Angst hatten, es könne sich eine der Frauen mit den ausgehändigten Stoffbahnen davonmachen, und daß dies der Grund für das Interesse an Namen und Adressen war; deshalb wurde auch von Zeit zu Zeit jemand aus der Werkstatt überraschend vorbeigeschickt, angeblich, um etwas Dringendes abzuholen, aber wohl eher, um zu überprüfen, ob man auch tatsächlich an der angegebenen Adresse wohnte; und wenn sie die Stückzahl begrenzten, so geschah das, um zu verhindern, daß Unterverträge mit Dritten geschlossen wurden, die dann weniger bekamen, als die Firma zahlte. Es gab genug Schlauberger in Madrid, die sich den Stoff unter den Nagel rissen oder gleichzeitig Aufträge von drei oder vier Werkstätten annahmen, um sie dann unter Nachbarinnen zu verteilen, die es nicht wagten, den Mund aufzumachen, oder nicht für die pünktliche Lieferung garantieren konnten, weil sie noch andere Verpflichtungen oder irgendeine Krankheit hatten, oder weil sie nicht gut nähen konnten und für jedes Kleid sehr viel Zeit brauchten, und die Gerisseneren gaben diesen armen Frauen dann drei oder vier Pesetas pro Kleid und behielten selbst ebenso viel, ohne einen Finger zu rühren. Auch Elvira hatte das mit einer Nachbarin auf ihrem Treppenaufgang so gemacht, aber nicht, weil sie daran verdienen wollte, sondern weil die andere es brauchte und nicht die Voraussetzungen erfüllte, um sich bei einer Werkstatt zu verdingen. Dafür bedurfte es schon Feenhände, wenn man, neben der Näharbeit, auch noch Mann und Kinder versorgen mußte: Die Nachbarin hatte vier bereits erwachsene Söhne, die jeden Tag ein gewaschenes Hemd und eine volle Proviantbüchse für die Arbeitspausen verlangten, dazu hatte sie eine invalide Schwiegermutter, wie konnte sie sich da zu irgend etwas verpflichten? Wenn sie nachmittags ein Weilchen frei hatte, kam sie zu ihr und zu Lolita in die Mansarde hoch und half ihnen. Und wenn sie, Elvira, ihre Verpflichtungen einhalten konnte, dann nur, weil sie mit Lolita rechnen konnte, die zwar keine besonders geschickten Hände hatte, sich aber um die Kinder kümmerte und ihr fast die gesamte Hausarbeit abnahm, mit Ausnahme des Kochens, weil Lolita noch nie gut gekocht hatte, das war nicht ihre Stärke, und wenn Elvira einmal krank war und im Bett lag und die andere die Mahlzeiten übernahm, dann waren entweder die Kartoffeln versalzen, die Kichererbsen hart oder die Linsen angebrannt, und, was immer sie in den Eintopf warf, sie schaffte es jedes Mal: Er schmeckte fad, wäßrig, lasch. Luis bekam das meistens gar nicht mit, weil er öfter außerhalb als daheim aß, je nachdem wie die Arbeit lief. Aber er nahm nur ein belegtes Brot fürs Mittagessen mit, keine kalte Mahlzeit in der Blechbüchse. Das Brötchen schon, das aß er am späten Vormittag in irgendeiner Bar oder auf einer Bank an der Plaza del Progreso, doch die Büchse nahm er nicht mit, weil er immer sagte: »Wenn ich kann, komm ich heim«, auch wenn er dann nicht kam, weil es plötzlich ein guter Tag wurde, die Leute in den Bars beisammen standen und die Gespräche sich bei Vermouth und Bier bis in den Nachmittag ausdehnten und er doch nicht nach Hause gehen wollte, wenn sich die Zigarettenschachteln schon leerten, wenn die Zündhölzer an der Theke ausgingen oder wenn die Leute sich nach dem Kaffee ein paar Bonbons mit ins Büro oder ins Kino nehmen wollten. Sie mochte es nicht, wenn er außerhalb aß, weil er mit jedem Tag dünner wurde, aber sie konnte es ihm nicht sagen, denn wenn sie sagte, »du wirst jeden Tag dünner«, dann wurde er wütend, schrie sie an und sagte, er sei dünn, weil ihm die Galle hochkäme, die Scheiße, und ob es vielleicht ein Vergnügen sei, höflich etwas feilzubieten und dafür von den Leuten angeekelt abgewiesen oder gleich gemieden zu werden wie ein Bettler. Die Schuld an allem gab Luis den Bauerndeppen, diesem Gesindel, das von auswärts gekommen war und »den Markt verdarb« (so drückte er sich aus); von nichts hatten sie eine Ahnung und wollten alles machen, und dann, wenn sie mit der Stadt einfach nicht fertig wurden, begannen sie um den Atocha-Bahnhof herum zu betteln und kamen mit der Ausrede, sie müßten davon die Rückfahrkarte bezahlen oder das Billett nach Barcelona, wo sie einen Vetter, einen Bruder oder einen Schwager hatten. Und das waren nur die Deppen, aber es gab schlimmere, ganz ausgeschlafene Leute, die schon vier Tage nach ihrer Ankunft in Madrid herumkommandierten und dir ständig in die Quere kamen, die dir den Platz rechts von der Eingangspforte des Doré nahmen oder sich in deine Bar drängten, in der du seit Jahren gearbeitet hast, ein Platz, den dir niemand in ganz Madrid streitig machen würde, und die drückten sich einfach vor, drängten dich beiseite, nahmen dir die Kunden weg. Solchen Schlaubergern sagte Luis: »Hör mal, Tiger, wenn du mir Schatten machen willst, dann merk dir, ein Schatten geht hintendrein und auf der Straße.« Und sie, erst vier Tage in Madrid, regten sich auf, behaupteten, jeder Mensch habe ein Recht zu leben, dies sei ein freier Markt, und ob er etwa einen Sitzplatz im Parkett reserviert hätte. Der Krieg hatte viele Menschen verdorben. Menschen, die in ihrem Leben nichts anderes als einen Maultierarsch gesehen hatten, entdeckten jetzt, weil sie zum Pflügen keine Lust mehr hatten, andere Dinge: Autos, Frauen, Laster, vor allem aber hatten Männer wie Frauen fern von daheim die Scham verloren und gaben sich jetzt nicht mehr damit zufrieden, daß der Krieg zu Ende war; sie waren davon überzeugt, daß das Plündern weiterging, daß immer noch Schonzeit für Diebe und Lumpen herrschte, aber dem war nicht so, das Land hatte jetzt Frieden, und jeder mußte sehen, wie er durchkam, aber mit Köpfchen, nicht mit Gewalt; wie Menschenwesen, nicht wie Bestien. Selbst der edelste, gerechteste Krieg weckt die Bestie im Menschen, doch wenn der Krieg vorbei ist, müssen diese Tiere zurück in den Käfig, und man hat wie ein zivilisiertes Wesen zu handeln. Die Umgangsformen, auf die sich Capitán Varela bezog und die im Laufe der Geschichte das ausgemacht hatten, was den Menschen vom Affen unterschied. Trotz aller Unsicherheit, die in Madrid herrschte, nützten ihm noch immer die Umgangsformen. Ja, sicher, Don Roberto war verschwunden, und er hatte auch das Geschäft mit den Lieferungen verloren, bei dem es ihm so fabelhaft gegangen war, doch nun war Don Joaquín Rabasa aufgetaucht, und seit ein paar Monaten hatte er wieder Hoffnung geschöpft. Er sah ihn oft mittags im Progreso oder im Mesón de Paredes. Nie hatte er Zigaretten bei ihm gekauft, denn Don Joaquín holte sich seine kubanischen Zigarren im Tabakladen, aber er kaufte bei ihm Zündhölzer, Bonbons und Süßholz, das er kaute, wenn er genug von seiner Zigarre hatte, und irgendwann einmal sogar Kondome. Mindestens vier Mal war Luis zu Don Joaquín hinübergelaufen, wenn der gerade mit einem Zahnstocher die Zigarre vor dem Anzünden anpiekte, Luis hatte ihm die Streichholzschachtel zum Anzünden in die Hand gelegt und gesagt: »Behalten Sie nur«, und hatte kein Geld dafür gewollt, denn es gibt Verluste, die sind Gewinne, ein ums andere Mal, immer, und bei Don Joaquín wußte man, daß man auf lange Sicht gewann, vom Geld her, weil er bei allem, was er kaufte, noch ein Trinkgeld gab, aber auch vom Umgang her, von der Beziehung, weil er ihn schon seit längerer Zeit Luis nannte, ihn grüßte und ihn sogar hin und wieder zu einem Glas Wein einlud. Er bemühte sich, die Einladung zu erwidern, denn bei zwei Gläsern ließ es sich besser als bei einem plaudern, und ihm nützte das Plaudern mit Don Joaquín. Der kam immer allein, in einem grauen Anzug mit Weste, und hatte eine Art, am Tresen zu stehen, die zugleich zerstreut und neugierig wirkte; es sah so aus, als sei er völlig in die *ABC* vertieft, die er vor sich auf dem Tresen ausbreitete, doch auf einmal merkte man, daß er den Kopf nur ein paar Millimeter einem Gespräch zuneigte oder daß er einen Moment den Blick hob, um ihn dann auf jemanden fallen zu lassen, und daß er allein durch diesen Blick so etwas wie ein Foto davontrug. Am Anfang hatte Luis ihn für einen Polizisten gehalten. Die meisten Polizisten, die sich in Zivil durch das Viertel bewegten, kannte er. Im Krieg auf der rechten Seite gestanden zu haben, half ihm nicht wenig bei diesem Umgang und war entscheidend dafür gewesen, daß er sich bei seinem Geschäft frei bewegen konnte, ohne daß irgend jemand ihn störte; mehr noch, wenn sie einmal in bestimmter Absicht zu ihm gekommen waren und nicht nur, um ihn flüchtig zu grüßen oder wegen einer Zigarette, weil sie keine mehr hatten, dann immer, weil sie ihn um Hilfe bitten wollten. Und er hatte sich immer kooperativ verhalten, hatte ihnen erzählt, mit wem Hinz an jenem Nachmittag gesprochen hatte und ob Kunz die Bar seit Tagen nicht mehr betreten hatte oder doch, ob er diesen oder jenen zu einem Glas eingeladen und ob er mit Kleingeld, Fünf-Duros- oder Hundert-Pesetenscheinen gezahlt hatte. Das Übliche. Deshalb hatte er zunächst gedacht, Don Joaquín Rabasa sei Polizist, das war aber ausgeschlossen, denn das hätte ihm jemand gesteckt oder zu verstehen gegeben. Die Guardias, die manchmal in die Bar kamen, wenn Don Joaquín da war, die Zivilstreifen, die ihm auch begegneten, die Kameraden aus dem Viertel, die dortigen Falange-Leute, irgend jemand hätte ihm etwas gesagt, aber nein, er selbst mußte fragen, um zu erfahren, daß Don

Joaquín Geschäftsmann war, Baubranche, wurde ihm gesagt, und es kam ihm rätselhaft vor, daß ein Bauunternehmer keinen Mittag ausließ, um in aller Ruhe seinen Vermouth mit Miesmuscheln einzunehmen, die *ABC* in den Händen, denn Luis stellte sich vor, daß ein Bauunternehmer ständig unterwegs war, in seinem Lancia saß, und daß diese Zigarre am Fuße eines Baugerüsts geraucht werden mußte, während er dem Polier und dem Bauleiter etwas zurief; Luis sah ihn, wie er, Papiere in den Händen, auf den Bauschuppen zuging und sich leise mit dem Architekten unterhielt, die Köpfe ganz nah beieinander. »Na ja, auch etwas mit An- und Verkauf«, sagte man ihm ein anderes Mal, und das erschien ihm schon besser, weil er ihn an manchen Tagen mit einem Hehler vom Rastro-Markt hatte sprechen sehen. Seitdem Luis aber wußte, daß dieser Mann auf die eine oder andere Weise Geschäftsmann war, suchte er noch dringlicher das Gespräch, und es verging kaum ein Tag, an dem er nicht zu ihm ging, um ihn zu begrüßen und unerhebliche Bemerkungen über Wetter oder Fußball fallen zu lassen (er hatte ihn die Sportseiten anschauen sehen und wußte schon, daß Don Joaquín sich für Real Madrid interessierte, hatte ihn auch gleich wissen lassen, daß er ebenfalls hinter diesem Verein stand), er ließ fast unmerklich Klagen in das Gespräch einfließen (niemand kann es leiden, wenn der Tabakmensch kommt und einem was vorheult), sprach über die eigenen Fähigkeiten und darüber, daß er nicht immer von Bar zu Bar verkauft hatte, über seine Zugehörigkeit zur Bewegung, sagte, daß er nie vor etwas Angst gehabt hätte, auch nicht bei den schwierigsten Aufträgen, und daß er unschuldig wie eine Taube sei, ein Ehrenmann, dabei listig und verschwiegen, »ich weiß, was man mir im Vertrauen erzählt und was nicht, auf mein Wort ist Verlaß, ich kann ein mir anvertrautes Geheimnis bewahren.« Don Joaquín schienen diese schnellen und abgehackten Erklärungen nicht zu stören (»für das Brot meiner Frau und meiner Kinder übernehm ich alles«), die, Tag um Tag und Wort um Wort, eine lange Argumentationskette ergaben, die sich erst im Lauf der Tage (»ich kann einen Wagen, einen Kleinlaster fahren, habe ich beim Heer gemacht«), ja der Monate zusammenfügte. Daher war Luis nicht verwundert, als Don Joaquín ihn plötzlich eines Tages so ansprach, als ob er ihn schon lange kenne. In Wirklichkeit hatte er ihm wie mit der Pipette seine Erkennungszeichen eingeträufelt, hatte ihn wissen lassen, wer er war und wie weit er zu gehen bereit war, und hatte, Tropfen um Tropfen, das Glas gefüllt. An dem Tag sagte Don Joaquín: »Luis, du bist nicht am richtigen Ort. Ich im Augenblick übrigens auch nicht, ich muß mit dir sprechen, aber vertraulich.« Sie verabredeten sich auf ein paar Tage später, und an dem Nachmittag wirkte Don Joaquín auf Luis nicht nur wie ein Bauunternehmer, sondern wie ein großer Bauunternehmer. Denn er hatte den Wagen nah der Plaza del Ángel geparkt, und der Wagen war kein Lancia, sondern ein imposanter Delage; Luis scheute sich erst, Platz zu nehmen und versank dann in dem Sitz wie in einem frisch aufgeschüttelten Federkissen. Und Don Joaquín war anders gekleidet, noch eleganter, er trug einen schwarzen Anzug mit einer Nardenblüte im Knopfloch, und sein breites Gesicht, das von vielen befriedigten Wünschen berichtete, leuchtete rosig, und sein Haar war perfekt mit Festiger geformt und zeigte Glanzreflexe von der Brillantine. Und seine Schuhe glänzten, und im Inneren des Autos roch es, als habe jemand einen Korb mit frischgeschnittenen Blumen im Fond vergessen. Und bei jeder Bewegung seiner Hände am Steuer funkelte der Siegelring mit dem grünen Stein, groß wie eine dicke Kichererbse. Luis schmiegte sich in den Sitz und hatte Gelegenheit, an die Feinheiten zu denken, von denen Hauptmann Varela gesprochen hatte, an das Auftreten, das den Mann ausmacht und ihn vom Affen unterscheidet, an die Kutte, die den Mönch macht, und er sah sich die Ärmelkanten seiner Jacke an, die ebenfalls glänzten, aber das war ein Glanz von Fett und Zeit, und er sah seine abgelaufenen, schmutzigen Schuhe und die auf Kniehöhe ausgebeulten Hosen. Und das war sein bester Anzug, den er sich für das Treffen angezogen hatte. Auf einmal fragte er sich, was er in diesem Wagen eigentlich machte, bei diesem Mann, was war das für ein Traum oder Alptraum, und er bereute alle Behauptungen, die er die ganze Zeit lang in seine Beichte (er sah es jetzt als Beichte) bei Don Joaquín eingeflochten hatte. Er hätte die meisten Aufschneidereien (jetzt erschienen sie ihm als solche) gern einschränken oder gar zurücknehmen wollen. Er hätte gern erklärt, fand aber nicht den rechten Augenblick dafür, daß er für Frau und Kinder alles machen würde, aber – und auf das Aber legte er jetzt besonderen Wert – nur bis zu einem bestimmten Punkt, nichts, was gegen die Ordnung war, und bitte ohne Risiko und ohne daß auf ihn der Schatten eines Verbrechens oder das Gewicht des Gesetzes fiele; während er solches dachte, dämmerte ihm allmählich, daß er letztlich ein armer Schlucker war, einer, der es nie zu etwas bringen würde, denn wenn er imstande gewesen war, für Don Roberto diese Umschläge und Päckchen zu verteilen, von denen er ziemlich genau wußte, was sie enthielten, und wenn er das für ein Nichts getan hatte, und wenn er sich dabei in Gefahr gebracht hatte, ein halbes Dutzend Brieftaschen zu klauen, die fast so leer waren wie seine eigene, und wenn er alles mögliche für nichts getan hatte, warum verspürte er dann jetzt, wo sich ihm plötzlich der Kontakt zu einer ganz anderen, betörenden Welt bot und wo noch niemand von Gefahr, Verbrechen oder sonst etwas gesprochen hatte, eine irrationale, blöde Angst; denn es war nicht wirklich die Angst vor dem Verbrechen, noch vor den Folgen von etwas, was er tun könnte, nein, es war die Angst vor etwas anderem, vor einer Welt, die, wie er selbst wußte, nie die seine werden konnte, in der er sich nicht zu bewegen wußte, es war Unsicherheit, Angst vor dem Luxus, Angst vor dem Reichtum. Als ihm dieser Begriff durch den Kopf schoß, »Angst vor dem Reichtum«, spürte er, wie das Selbstmitleid sich in seiner Brust ausbreitete, bis es sie fast sprengte, denn dieser Begriff war die Münze, mit der er sein Leben bezahlen würde, und die Münze hatte zwei Seiten, und wenn auf der einen Seite »Angst vor dem Reichtum« stand, mußte zwangsläufig auf der anderen Seite »Neigung zum Elend« stehen, Anhänglichkeit zu den Türen der Kinos mit fortlaufendem Programm, den Ausgängen der öffentlichen Pissoirs, den Parkbänken, den Winkeln der Stadt, wo sich Zeitungspapier und Lumpen häuften, dem langen Stab, mit dem er jahrelang nachts durch die Straßen gegangen war, um die auf den Gehsteig geworfenen Kippen aufzupieken, aus denen sie am nächsten Morgen die Zigaretten herstellten, die er dann verkaufte. Sie fuhren die Calle Doctor Cortezo hinunter, bogen in die Calle Magdalena ab, und an der Ecke Calle Olivar schlug ihm Don Joaquín mit der Hand aufs Knie, um seine Aufmerksamkeit zu wecken, und zeigte auf eines der Häuser auf der linken Straßenseite. »Dort bin ich geboren«, sagte er. »Mein Vater ist sehr jung gestorben, und meine Mutter mußte alle Last tragen. Ich war ein junger Mann wie du: anständig, genauso arm, aber nicht so gut gebaut.« Luis öffnete die Wagentür und sprang, während Don Joaquín schon wieder anfuhr, auf den Gehsteig.

Das Haus nicht verlassen zu müssen, sondern es statt dessen neu herzurichten. Das hatte etwas Anregendes. Gloria wachte früh auf, und sobald sie mit dem Fühstück fertig war, setzte sie sich in einen Morgenmantel gehüllt vor den Toilettentisch in ihrem Zimmer, beugte sich über ihre Hefte und stellte Listen mit den Namen derer auf, die zur Hochzeit eingeladen werden mußten, und notierte auch unverzichtbare Details für die heranrückenden Tage; vor allem aber schrieb sie das auf, was ihr noch wichtiger erschien, nicht weil es zeitlich vorrangig gewesen wäre, sondern weil es das, was nach den Mühen kam, prägen würde. Es handelte sich um das, was – nach all den Verpflichtungen und dem Fest – das Muster ihres eigenen Lebens ausmachen würde. Deshalb wollte sie, daß jedes Detail festgehalten würde, das Ramón bei der Restaurierung des Hauses berücksichtigen mußte, denn es handelte sich nicht um eine bloße Renovierung, woran sie zunächst gedacht hatten, oder um eine anspruchsvollere Gartenpflege (Kletterpflanzen zurückstutzen, die durch Läßlichkeit und Trägheit als Folge der wirtschaftlichen Schwierigkeiten frei in jedwede Richtung gewachsen waren, neue Rosenstöcke setzen, die Verkleidung des Schwimmbeckens, das seit Anfang des Krieges nicht mehr gefüllt worden war, von Grund auf säubern und erneuern, die rückwärtige Mauer, die teilweise zusammengebrochen war, reparieren, ebenso die Umkleideräume, deren Ziegeldächer fast herunterrutschten), es ging jetzt um wichtige Umbauten am Hauptgebäude, darum, das Haus zu renovieren und zu modernisieren. In einem ihrer Hefte fertigte Gloria Zeichnungen an. Mit dem Heft in der Hand stand sie von ihrem Schreibtisch auf, stellte sich in die Mitte jedes einzelnen Zimmers und zeichnete einen Plan, maß Türen und Fenster ab, Länge und Höhe jeder Wand, und wurde dabei von Aurelio, einem von Ramóns Angestellten, unterstützt, der auf einer Klappleiter balancierte und ein Maßband hielt, und von Margarita, die immer noch bei ihr war und in jenen Tagen das Ende des ausziehbaren Meßbandes an die von Boden und Wand beschriebenen Winkel legte, getreu den Anweisungen, die Gloria oder Aurelio ihr gaben. Man mußte einige Zwischenwände verschieben und die morschen Fensterrahmen auswechseln und die Badezimmer neu ausstatten, alte Kacheln, Hähne, Waschbecken und Badewannen ersetzen. Danach (denn nachmittags machte Gloria sich gewöhnlich zurecht, um ins Zentrum zu fahren) nahm sie ein Taxi zur Gran Vía und ging zu Girod, wo sie sich nach dem Fortgang der exklusiven Juwelierarbeiten erkundigte, die sie, um bei der Zeremonie zu glänzen, in Auftrag gegeben hatte, und auch das Collier und das Armband, die sie (einige Details des Originals ummodelnd) passend zum Reisekostüm ausgesucht hatte, und dann ging sie bei Loscertales vorbei, wo sie die Stücke auswählte, die in die zuvor ausgemessenen Räume ihres Hauses kommen sollten: Spiegel, Rahmen, Tische, Leuchter, Sessel, Lampen. Nach langem Hin und Her hatte sie sich zu einer Einrichtung entschlossen, in der sich verschiedene Stile mischten. Die Möbel sollten modern sein, ohne daß sie deshalb auf Klassisches verzichten wollte. Für den Saton dachte sie an die ganz neuen Möbel, die damals in den Geschäften, die up to date waren, auftauchten: aus Metall und Glas die Tische, dazu Sofas in gewagten Kurven, so wie die, die sie in einem Katalog gesehen hatte, der ihr fast zufällig in die Hände gekommen war, von Bloomingdale's aus New York. Sie hatte diese Stücke bestellt – darunter einen Tisch in Form einer Niere oder einer Malerpalette, mit ganz dünnen Beinen, Stühle aus Metallrohr, auch sie beweglich, leicht, sehr ausgefallen – als Kontrast zu dem alten Mobiliar des Hauses, das die Zerstörung im Krieg überstanden hatte und aus schweren Stücken voller Schnitzwerk bestand: Der Schreibtisch ihres Vaters war mit Gesichtern und Motiven vom Chor der Kathedrale von Salamanca geschmückt und nahm jetzt einen Vorzugsplatz in dem Raum ein, der Ramóns Arbeitszimmer werden sollte, das alte Ehebett mit seinen gedrechselten, salomonischen Säulen, die einen Himmel stützten, der dringend restauriert werden mußte, was sie aber nicht in Auftrag gab, weil sie keine Lust hatte, unter einem Pallium zu schlafen. Modernes würde die öffentlichen und belangloseren Räume bestimmen: den Salon, in dem sie empfangen wollte, die Bogengänge und die Laube am Schwimmbecken, die Vorhalle, die sich zum Garten hin öffnete und als Säulengang die eine Seite des Hauses begleitete. Der Ernst wurde in den kleinen, intimeren Salons und in den Arbeitszimmern bewahrt, deren Einrichtung sie nach ihrem Geschmack verändert und mit Antiquitäten aus dem Laden ihres Freundes Suso Martin ergänzt hatte: eine romanische Tafel, eine Truhe mit maurischen Intarsien, eine römische Büste aus Sagunt, ein paar Amphoren, die auch vom Mittelmeer hergebracht worden waren und deren rauhe und mit alten Muscheln bedeckte Oberfläche Gloria faszinierte und für sie eine Lektion darüber darstellte, wie die Zeit Formen bildet und verändert, ohne sie zu zerstören, fast eine Parabel für das, was sie sich von ihrem ganzen Haus wünschte; es sollte ein Spiegel ihres eigenen Lebens sein. Für das Schlafzimmer hatte sie etwas auf halbem Wege zwischen Neu und Alt gewählt: Ein Art-déco-Bett mit luftigen Linien und einen Toilettentisch sowie einen Schrank aus Rosenholz, leicht, leuchtend, feminin, die in diesem Umfeld die Aufgabe hatten, Ramóns Kraft zu besänftigen, seinen robusten Körper mit einer Schärpe der Delikatesse zu umgürten. Aber es war nicht leicht, Entscheidungen zu treffen. Vieles war zu bedenken, und nichts wäre schlimmer gewesen, als wenn die Einrichtung einen falschen Beiklang bekommen hätte, von einem Möbelhauskatalog etwa. Nicht eintönig sollte sie sein, das war Glorias Wunsch, aber niemand durfte beim Anblick auf den Gedanken kommen, dies sei das Haus von Neureichen, und erst recht nicht (noch schlimmer) eine Hinfälligkeit konstatieren, die allein durch die Kraft des neuen Geldes abgestützt wurde. Nein, Gloria wollte in ihrem Haus – wie auch in sich selbst – die Idee einer langen, glücklich angenommenen Geschichte verwirklicht sehen, die wohl von Mäandern bestimmt war, aber keine Risse oder Brüche kannte. Eine spielerische Freude sollte darin walten, die nichts besonders wichtig nahm, gerade weil sie aus dem Herzen des Ganzen kam. »Wahrhafte Klasse liegt darin, zu wissen, wie man sich wandeln und den Zeiten anpassen kann, so wie die Pflanzen sich den Jahreszeiten anpassen«, hatte sie von oben herab zu Sole Beleta gesagt – sie stand und Sole saß befangen, die Beine sorgsam aneinandergedrückt, auf einem der frisch erstandenen Sofas –, »die alten Bäume im Garten verlieren ihre

Blätter im Herbst und werden im Frühling wieder grün. Aber es sind alte und edle Bäume, Sole, ganz ohne Zweifel: Das Land und die besten Familien, wir haben unseren langen Winter im Krieg durchlebt, und jetzt erleben wir einen wunderbaren Frühling. Sollen wir uns dessen schämen? Werden wir deshalb aufhören, den alten Stamm zu bilden? Um Himmels willen, nein. Die harten Zeiten haben wir durchgestanden, warum sollen wir nicht ein wenig die leichteren genießen?« Sie wußte, Sole würde zwei- bis dreideutige Witze über den alten Stamm (sie, Gloria) und den frischen Saft (ihn, Ramón) machen: bei ihren Treffen mit Betschwestern, beim Ein- und Ausgang der Messe, bei ihren Wohltätigkeitssammlungen und der Verteilung von mildtätigen Gaben oder im Café los Vieneses oder im El Nacional, bei Schokolade und Sahnetörtchen, doch das machte Gloria nichts aus, denn das wollte sie ja gerade, es denen von der Frauensektion und denen von der Katholischen Aktion (zunächst zwei unterschiedliche Gruppen und jetzt ein und dieselbe) laut und deutlich sagen, daß sie wohl ab und zu mit ihnen zusammen sein konnte, aber doch nicht immer, denn sie war einen Schritt weiter als sie alle gegangen und hatte einen Sprung nach oben gemacht, und daß sie, weil sie schon jenseits von all dem war, weiter oben und weiter weg, dieser Mantel der Aristokratie, den sie ausführten, kalt ließ, denn was verbarg sich schon darunter: Staubwolken über Weideland in Andalusien oder der Extremadura, Unwissenheit und Elend von Vorarbeitern und Tagelöhnern und nach Mist stinkende Ställe und die Ruine einer Privatkapelle, die muffig und nach einer am Fuß des Altars begrabenen Familienleiche roch. Nein, man möge ihr mit San Sebastián, der Costa Brava, Mallorca oder Santander kommen, aber, bitteschön, nicht mit Pferdeställen oder Adelsbriefen; Ramón mochte die Basken, die Katalanen und die Leute aus Valencia (er selbst stammte von dort) ob ihrer Tüchtigkeit. »Ranzig«, sagte Ramón über die Beletas und die Nuñez del Arco, »ranziger als Schweineschmalz.« Sie mußte diesen Gedanken des alten Stammes, der sich mit der Freude der neuen Blätter schmückt, unter die Leute bringen, ein Bild, das den Verdacht wegwischte, den die anderen hegten, verbreiteten und ins Licht zu rücken bemüht waren: Sie vermuteten eine morganatische Ehe, eine Katastrophe, den Ruin, der nur durch das Gerüst des mehr als zweifelhaften Geldes von Ramón aufgefangen wurde. Der Kampf gegen diese Vorstellung bestimmte auch ihre Entscheidung für die Art der Hochzeitsfeierlichkeiten, die sie organisieren mußte. Anfangs hatte sie an eine diskrete, intime Feier gedacht. Sie hatte sogar erwogen, niemandem Bescheid zu geben, um dann nach zwei Wochen die Nuñez del Arco unter irgendeinem Vorwand anzurufen und ihnen wie nebenbei zu sagen, alles bestens, das Eheleben sei sehr angenehm (»Es gibt dir Gelassenheit«, war der vorgesehene Satz), und angesichts der Befremdung auf der anderen Seite mit großer Bestimmtheit zu versichern, man sei überzeugt gewesen, es längst erzählt zu haben, »natürlich, am vierten April, aber das habe ich dir doch gesagt, und ich habe auch gesagt, daß wir nicht feiern wollten, sondern das Geld für das Hochzeitsbankett lieber dem Pater León spenden wollten für sein Hospital für tuberkulöse Kinder in Guadarrama«, so wollte sie es erzählen, wie etwas Nebensächliches, »ja, wir sind doch keine Kinder mehr, weder Ramón noch ich, wir müssen uns nicht als verliebte Jugendliche verkleiden.« Aber dann hatte sie gedacht, nein, es sei einfach notwendig, daß sie von der ersten Station an den Kreuzweg durchlitten, sie am Arm des ehemaligen Sekretärs ihres Bruders zu sehen, sie durften gar nicht erst auf den Gedanken kommen, daß sie, Gloria, sich vor irgendwem oder irgendwas verstecken wollte, sie sollten vielmehr kapieren, daß sie aus purer Freude heraus eine Feier veranstaltete, weil sie ihr Vertrauen in die Modernität von Metall und Glas setzte, in leichte und klare Formen (heute sagte man »urban« dazu), über die man nur einmal mit dem Staubtuch fahren mußte, damit sie glänzten, aber deshalb würde sie noch lange nicht auf Mahagoni, auf Teak verzichten, auf die zierlichen Schnitzereien des Kunsttischlers und nicht einmal auf die Ewigkeit einer Marmorbüste oder einer Amphore, die jahrtausendelang im Meer gelegen hatte. Das bedeutete, an der Spitze des Pfeils der Entwicklung zu sein, der immer schneller der Zukunft zuschwirrte, und sie, Gloria Seseña, schwebte auf diesem Pfeil über die anderen hinweg, ließ sie hinter sich zurück, wie sie da knieten und eine Novene beteten und im Familienpantheon die Perlen des Rosenkranzes weiterschoben. Die Zukunft war ein kräftiger, gutaussehender Mann (Ramón war beides), der etwas anpackte, auf dessen Gebärden hin Gebäude emporwuchsen, Landstraßen sich öffneten, und der mit dieser Hand, mit der er so viel in Gang setzte, ihren Arm nahm und sie an sich zog, um ihre Wange zu küssen und ihr zu sagen, ja, er wolle sie zur Frau, und die ganze Zeremonie über würde die Orgel der Jerónimos-Kirche erklingen, und beim Ausgang würde ein Hofstaat, angeführt von einem halben Dutzend Fotografen, auf sie warten und ein Regen von Blumen und Reiskörnern auf den langen Teppich fallen, der ins Vestibül des

Ritz hinein und im Zickzack weiter bis zum Speisesaal führt, wo es trotz der wirtschaftlichen Beschränkungen einen Pinselstrich echten Kaviars gäbe (»der Überfluß, Señorita de Beleta, das moderne Antlitz eines Landes, das es müde ist, vor den schwarzen Soutanen der Priester auf die Knie zu sinken, und sich nun vor dem geheimnisvollen Glanz der Kaviarperlen verneigt«, hätte sie ihnen allen gerne gesagt), und dreihundert oder vierhundert geladene Gäste, die ihren Namen auf den Tischkarten suchen, auf ein Zeichen warten, um vor den weißen Tischtüchern, dem silbernen Besteck und den Tafelaufsätzen mit Rosen, Lilien und Gladiolen Platz zu nehmen, zunächst, während des Essens, ein Streichquartett zu hören, etwas Europäisches, wienerisch Elegantes, und danach eine Gruppe feuriger Trompeter aus der Karibik: tropische Rhythmen für den Tanz bis in den Morgen, denn die Hochzeit findet nicht am Vormittag, wie es immer gewesen ist, sondern am Nachmittag statt; nachmittags, das hat einen Hauch von Kühnheit: Kanapees (die man, seit die Amerikaner den Krieg gewonnen haben, schon wieder Sandwiches zu nennen wagt), Cocktails vor dem traditionellen Bankett mit der Suppe, dem Lachs und dem Puter, der Karamelcreme und dem Kaffee, und danach Whisky und Gin und Trompetenmusik, wie von Negern gespielt: das Klassische und das Moderne, der Stamm und die Blätter. Sie, Gloria Seseña. Und er, Ramón Giner. Ihre alten, ranzigen Freunde aus ewigen Zeiten und die kräftigen und frechen Freunde von ihm, laut, vulgär, aber sehr, sehr reich. Gestern und Morgen im eiligen Heute vereint, das sie ermöglicht. Den Fehdehandschuh der Kritik aufnehmen und up to date sein können, der letzte Schrei. Sie hatte sogar das ungeheure Glück, daß Roberto und

Mariló Muñiz (die sie eigentlich umgekehrt nennen mußte, denn das Haupt der Familie war zweifellos und in jedem nur möglichen Sinne Mariló; allzuviel Haupt beziehungsweise Köpfchen dann allerdings doch nicht) nicht zum Fest kommen konnten, nachdem sie aus Gründen, die sich jeder vorstellen konnte und die sicherlich durch Robertos berechnende Überlegung zum Tragen kamen, überstürzt geheiratet hatten und nun seit zwei Monaten in Rom lebten, wo Mariló sich ihren Weg als Malerin bahnte und wo Roberto, nach dem Ereignis, das die Zeitungen Befreiung nannten, sicher für die fröhlichen Besetzer der ewigen Stadt die Dollars verwaltete, die diese auf den grünen Filz der Casinos fallen ließen. Dennoch, in irgendeinem Winkel, vielleicht tief im Grunde ihrer Seele, beneidete Gloria die beiden, über deren Abwesenheit sie sich freute, auch ein wenig, weil auf ihnen nicht die Atmosphäre der Kontrolle lastete, die das Leben für die Frauen der Madrider Gesellschaft so erstickend und welk machte, da es sie dazu verdammte, Orte zu meiden, an denen sich die Intelligenz entfalten konnte.

Am Anfang waren es nur Gerüchte gewesen, doch später kamen Kleinlaster und darin ziemlich extravagant gekleidete Männer, in landfester Montur, die aber kein Landarbeiter angezogen hätte. Sie trugen Baumwollhosen, die olivgrün waren, zuweilen leicht pluderig, und sie trugen Jacken mit vielen Taschen und kleinkarierte Mützen, dazu Brillen, und das erste Mal beschränkten sie sich darauf, am Ufer des Wildbachs entlangzuspazieren und (das hatte Manuel Amado nicht mit eigenen Augen gesehen, aber in der Bar gehört) noch etwas weiter unten, dort wo, etwa sechs Kilometer von Fiz entfernt, hinten im Tal von Meira der Wildbach mit dem Sil zusammenfloß. Sie liefen herum, zeigten mit ausgestrecktem Arm auf die eine oder andere Stelle, machten raumgreifende Handbewegungen, als umfaßten sie damit Parzellen der Landschaft, um dann wieder in ihre Wagen zu steigen und für ein paar Tage zu verschwinden. So gewannen die Gerüchte Gestalt, daß der Grund des Tals und auch der der Täler von den vier oder fünf Wildbächen, die in diesem Gebiet in den Sil mündeten, von einem Stausee überflutet werden sollte. Genaugenommen konnten solche Gerüchte nur als Scherz betrachtet werden, denn die Fläche, die angeblich überflutet werden sollte, umfaßte ein halbes Dutzend Dörfer, die am Ufer der Wildbäche oder des Flusses verstreut lagen. In der Bar wurden Witze gemacht: »Miguel, ich tausch die Kühe gegen eine Angelrute«, oder: »Ich habe schon die Räder vom

Wagen montiert, und meine Frau näht jetzt das Segel«, in der Art, auf etwas Absurdes, Unmögliches anspielend, das sich niemand ausmalen konnte, das jedoch langsam Gestalt anzunehmen begann, als jene Männer, die von außerhalb kamen, sich nicht mehr auf Spaziergänge beschränkten, sondern auf den Wiesen seltsame Instrumente ausluden, mit denen sie eigenartige Manöver ausführten, Messungen, deren Ergebnisse sie dann in ihren Heften notierten. Nach der Schule liefen die Kinder hinter ihnen her, bestaunten die komplizierten Apparate und fragten sich, was wohl die Männer in der extravaganten Kleidung dadurch sahen. Dann schien es, als ob Kälte, Regen und die winterlichen Schneefälle die geheimnisvollen Besucher fernhielten, statt dessen kamen einige Guardias und quartierten sich in der alten Kaserne von Fiz ein, die seit Kriegsende (wie das ganze Dorf scharfsinnig bemerkte) leergestanden hatte. Auch die Garnisonen an anderen Orten im Tal wurden verstärkt (das erzählten in der Bar die Besucher naher Dörfer und solche, die vor kurzem aus familiären oder beruflichen Gründen in der Umgebung herumgekommen waren). Dennoch wurde ein Zusammenhang zwischen den frisch angerückten Guardias und den Gerüchten um die Männer mit den Lastern erst Anfang April festgestellt, als die Fremden mit ihren Apparaten zurückkamen. Nun wurde überall bestätigt und galt bereits als sicher, daß bald die ersten Arbeiten am Fluß beginnen würden und daß die Guardia Civil dort sei, um zu garantieren, daß niemand diese Arbeiten behinderte, in deren Verlauf – und das wurde bereits offen in der Bar ausgesprochen – einige Dörfer verschwinden würden. Anfang Mai kündigte ein Anschlag Enteignungen an, ohne das in Frage kommende

Gebiet näher zu bestimmen, der Umfang der Entschädigungen für betroffene Eigentümer wurde jedoch festgesetzt. Der Inhalt jener Bekanntmachung ließ diejenigen aufbrausen oder verschreckt reagieren, deren Besitz am Ufer des Wildbaches lag, während diejenigen, die weiter oben und nicht so nah am Flußlauf Land besaßen, erleichtert aufatmeten. Einige unter denen, die sich begünstigt wähnten, machten in der Bar weiter ihre Witze, bis sich – wie vorauszusehen war – heftige Diskussionen ergaben, die immer häufiger in Handgreiflichkeiten endeten. Vorfälle, die es den Witzbolden ratsam erscheinen ließen, fortan zu schweigen. Von einem bestimmten Augenblick an, der mit dem Anbruch des Sommers zusammenfiel, blieben also jene, die ihr Land sicher glaubten, der Bar fern. Sobald sie mit ihren Arbeiten auf dem Feld fertig waren, gingen sie heim und schickten dann ihre Frauen in den Krämerladen oder direkt in die Bar, um die nötigen Flaschen Wein zu kaufen. Sie meinten jetzt bestimmt, daß es sich für sie, die einen Erbhof zu verteidigen hatten, dessen Wert durch den Bau des Staudamms noch steigen würde, nicht rentierte, mit jenen Streit zu bekommen, die nun allmählich einsehen mußten, daß sie ihren ganzen Besitz verlieren würden, deshalb Probleme nicht mehr scheuten und von jener destruktiven Lebensanschauung befallen wurden, die Menschen dazu bringt, andere mit sich in den Untergang zu reißen. Anfangs hieß es, der Stausee werde die Fabrik an der Brücke unterhalb des Dorfes bedecken, nicht aber die obere Brücke überschwemmen, da selbst im schlimmsten aller Fälle die Verbindung zwischen beiden Ufern aufrechterhalten werden müsse. Diese Theorie wurde von all jenen für vernünftig gehalten, deren Wiesen oberhalb der zweiten Brücke lagen, darunter der Wirt, der sie denen erläuterte (»das können sie niemals überfluten«), die so etwas gerne hören wollten: In seiner Argumentation lag eine Mischung aus Trauer (um die Armen, die ihre Wiesen und Gärten verlieren würden) und Befriedigung (derer, denen das Privileg zuteil wurde, sie zu behalten; er rechnete sich zu letzteren, die plötzlich zu einer Art Elite geworden waren). Obwohl immer mehr Nachbarn von Pessimismus erfaßt wurden, war noch niemand auf den Gedanken gekommen, das ganze Dorf könnte vom Stausee bedeckt werden, und keiner erkannte, daß die Verbindung zwischen beiden Ufern im Tal für jene, die in irgendeinem Büro in La Coruña oder in Madrid an ihren Plänen zeichneten und ihre Berechnungen anstellten, keinerlei Bedeutung hatte. Die Überzeugung, daß kein einziges Gebäude des weitläufigen Dorfes von dem Wasser verschont bliebe, kam erst viel später, als die Guardias schon ihre Familien im Kasernengebäude untergebracht hatten und mit den Nachbarn ihr Schwätzchen über die Kühe und das Heu hielten, als ob alles um sie herum ewig dauern würde und sich nicht bereits an dem Tag aufzulösen begonnen hätte, als die Schaufelbagger mehrere Kilometer flußabwärts in Meiras, in Cerdeira und auch in Foz de Congos, wo sich der Sil diesseits von Cerdeira staute, aufgetaucht waren. Damals kam Carmelo immer häufiger sein verschwundener Onkel in den Sinn. Erst wußte er nicht so recht warum, aber dann wurde ihm bewußt, daß diese Erinnerung von der Präsenz jener Männer ausging, die Uniformen und Gewehre trugen, ähnlich denen auf den Fotos, die er sich so oft mit Tante Eloísa angesehen hatte. Aber es waren nicht nur die Karabiner, die seine Erinnerung belebten: Es waren auch die Verhaltensweisen, die Schnurrbärte, etwas Unbestimmtes, das in der Art lag, wie sie sich bewegten und liefen, vor allem aber in dem Spanisch, das sie sprachen, in dem Ton und dem Akzent, mit dem diese Männer es aussprachen, die offenbar, das hörte er von den Erwachsenen, aus dem Süden stammten und die Buchstaben streichelten, s und c verwechselten, ein Akzent, der an fremde und aufregende Gegenden wie aus Filmen denken ließ: Dschungel und Urwald, Wüsten, unendliche schneebedeckte Flächen, Orte, bevölkert mit Helden, die, wie die Neuankömmlinge in Fiz, Angst in den Dörfern erzeugten, in denen sie lebten oder in die sie kamen, manchmal gewaltsam eindrangen. Auch die Guardias weckten Angst im Dorf, er merkte das. Es war eine Angst, die sich als Respekt äußerte, denn die Ortsansässigen gingen nie an ihnen vorbei, ohne die Hand zur Mütze zu führen, den Schritt zu verkürzen und »einen schönen guten Morgen für Sie« oder »einen schönen guten Abend für Sie« zu wünschen. Carmelo wußte, das Wort »Sie« hatten die Kinder den Erwachsenen gegenüber zu benutzen, doch die Erwachsenen benutzten es nur bei dem Pfarrer, dem Lehrer, dem Notar, der aus Mondoñedo kam, oder bei dem Indiano im Haus an der Plaza. Es gab aber auch etwas eindeutiger Bestimmbares, eine augenfälligere Ähnlichkeit, die ihn hartnäckig an Onkel Carmelo denken ließ. Eines Tages entdeckte er, wie Tante Eloísa sich in der Waschküche mit einem dieser Männer unterhielt. Sie saß mit angezogenen Beinen auf dem Boden, neben sich die Wanne mit nasser Wäsche, und der Guardia stand aufrecht vor ihr. Er hatte nichts auf dem Kopf – was Carmelo unerhört erschien und ihn auf noch unerklärlichere Gedanken brachte –, er hatte den Dreispitz an einen der Eschenäste gehängt, und sein Haar war zu sehen, das dünn, aber tiefschwarz wie sein Schnurrbart war. Carmelo hörte Tante Eloísa laut lachen als Antwort auf etwas, was der Mann gesagt hatte, und dieses Lachen ließ ihn an die andere Frau denken, die Eloísa in sich trug und die er an die Fliesen gedrückt von seinem Versteck unter dem Bett aus gesehen hatte.

Der Älteste hieß Gregorio, weil er am Tag des Heiligen Gregorius geboren war, wenn in La Atalaya gefeiert wird, und auch weil José meinte, daß sein eigener Name nicht besonders viel versprach: Bis jetzt hatte sein Leben nur daraus bestanden, sich Säcke voll Eicheln aufzubuckeln und sie wie ein Lastesel zu schleppen, die Hänge der Eichenhaine hoch oder bis zum Hals im Fluß watend, der im Winter allzuoft Hochwasser führte, und dann lief man Gefahr auszurutschen, die Strömung konnte den Sack mitreißen und einen selbst hinterher, was noch schlimmer war, klar, aber wer wagte es schon, über die Brücke zu gehen, den Ort, den sich die Guardia Civil zur Überwachung ausgesucht hatte, wo sich die beiden Guardias versteckten, um die Unglücklichen zu erwischen, die aus Fregenal und Oliva kamen, oder auch aus Rosal, mit portugiesischem Kaffee oder mit Mehl, und die gleich vielen anderen – des Nachts, wie die Tiere, unterwegs waren. Darüber dachte José manchmal nach: Am Tag lag das Land ausgestorben da, nur das Vieh weidete unter dem blauen Himmel und der Sonne still vor sich hin, nachts aber wurde es hier lebendig, man begegnete Schatten, hörte Gezischel, das Schleifen von Füßen im Gras. Das wahre Leben des Weidelands fand nachts statt. Man lernte es, sich im Dunkeln zu bewegen, scheute sogar das Mondlicht, hütete sich vor dem Vollmond und suchte die düsteren, sternlosen Nächte, die Bewölkung, die Mond und Sterne zudeckte. Dann aber, in der Dunkelheit, war, wenn man darauf achtete, das Geräusch des Lebens zu hören, das über die Hügel streifte. Man hörte die leichten Schritte derer, die in Stoffschuhen die Felder überquerten, auch das Quietschen der Lederstiefel und das Knarzen von den Patronengürteln der Guardias. Nachts hörte man den Fluß und wußte, welche Furt man wählen mußte, denn an dem Rauschen war zu ermessen, wie hoch das Wasser stand, ob man den Fluß zwischen den Oleanderbüschen durchqueren konnte – das war das Sicherste, dort war man am besten vor Blicken geschützt –, oder ob nichts anderes übrigblieb, als die große Furt zu nehmen. Nur die große Furt konnte ein Mensch bei Hochwasser sicheren Fußes durchqueren, das Dumme war nur, daß die Guardias das auch wußten und sich in solchen Nächten unter die Straucheiche setzten und still warteten, sich nicht einmal eine Zigarette anzündeten, da sie wußten, daß es sicherlich Großwildjagd geben würde, daß ihnen irgendein auswärtiger Pechvogel ins Netz gehen würde, keiner aus Montalto, hier kannte man die Gewohnheiten dieser Uhus, die ebenfalls die Nacht liebten, um ihre Flügel auszubreiten, sie sahen tatsächlich wie große Vögel aus, wenn der Wind ihre Capes blähte. José Pulido sagte Gregorio, wohin er jeweils nachts ging, der Junge sollte dann in der Nähe der Kaserne warten, bis die beiden Guardias zu ihrer Runde aufbrachen, und herausfinden, welche Richtung sie einschlugen, und Gregorio machte alles so, wie sein Vater es ihm auftrug. Er spielte so lange am Brunnen links von der Kirche, bis er sie die Kaserne verlassen sah, dann ging er ihnen in beträchtlichem Abstand hinterher, und wenn er beobachtete, daß sie sich dem Gebiet näherten, in dem sich sein Vater in dieser Nacht aufhalten wollte, oder der Furt, durch die er, wie er gesagt hatte, auf dem Rückweg von den oberen Feldern gehen würde, dann lief er den Guardias voraus, um dem Vater Bescheid zu geben, und sie beide hockten sich dann in einen hohlen Stamm oder zwischen die Granitblöcke oder drückten sich flach auf den Boden unter die Dornenbüsche, wohin, wie sie wußten, die Guardias nicht kommen würden, und manchmal lagen sie dann zusammengekauert da, Vater und Sohn, und hielten den Atem an, und die Guardias sprachen leise miteinander, man hörte sie ihre Koppel bewegen und die Mauserpistolen, an deren metallischer Oberfläche das trockene Gestrüpp oder die Stacheln der Spargelbeete kratzten. Dort, von ihrem Versteck aus, hatten sie die Guardias manchmal eine Zigarette anzünden hören (das Feuerzeug knallte wie ein Schuß in der Stille der Nacht) und über Versetzungen, Sold und die Gemeinheiten des Wachpostenführers Cardona sprechen. Wenn José mitbekam, wie sie über den Korporal Cardona schimpften, ihn einen Hurensohn nannten, dem seine Frau mit einem nach Zafra versetzten Beamten die Hörner aufsetzte, überlegte er sich schon mal, was wohl geschehen würde, wenn er plötzlich herausspringen, sich zwischen sie stellen und sagen würde: »Ich habe alles gehört, laßt uns das unter Männern regeln«, aber dann wurde ihm gleich klar, daß es sich um einen absurden Gedanken handelte, da die Guardias keine Männer sind; sie sind etwas anderes, eben Guardias, so wie auch die Armen nur unter sich Männer sind, ihr Wort und ihre Mannesehre gilt nur in der Bar, auf der Plaza, im Arbeitstrupp, wenn sie Oliven oder Wein ernten oder wenn sie in die Nähe von Sevilla hinunterfahren, um den Reis zu schneiden, zur »Insel«, wie sie sagten, wo er sich vor ein paar Jahren die Malaria geholt hatte, das nannten sie Wechselfieber, weil Hitze und Kälte sich ständig abwechseln, und dann zitterst du, in Decken gehüllt, die nicht helfen, weil sie gegen das Zittern am ganzen Leibe überhaupt nichts ausrichten können. Dir klappern die Zähne und du hast Alpträume, in denen Menschen erscheinen, die schon lange tot sind, und du träumst auch, daß man dich gerade begräbt, und hörst, wie die Erde schaufelweise auf dich fällt und einen schrecklichen Lärm auf dem Holzsarg macht. Ihm war das widerfahren. Er hatte gehört, wie die Schaufelladungen Erde auf ihn gefallen waren, und er hatte geschrien, bis er aufwachte und feststellte, daß seine Frau dieses Geräusch machte, sie rührte mit dem Löffel den Zucker um, den sie in den Zichorienkaffee geschüttet hatte. Daher hatte er kein gutes Gefühl, als er eines frühen Morgens Gregorios Kopf an seiner Schulter spürte und wie der Kopf bei jedem Schlagloch, durch das der Laster fuhr, gegen seine Schulter schlug. Er sah den Sohn im phosphoreszierenden Licht des Mondes, elf Jahre alt, schlief er neben ihm, an ihn gedrängt; er spürte seine Wärme, ihre beiden Körper inmitten all der anderen auf der Ladefläche des Lasters, der Richtung Reisinsel fuhr, unter einem gleißend hellen Mond, der nicht der Nacht, sondern dem Tag anzugehören schien, einem geheimnisvollen Tag aus bebendem Silber, das die Eichen benetzte, die in dieser Nacht nicht Schatten, sondern, wie die Erde, Licht atmeten. Nicht daß Gregorio nicht arbeiten konnte. Er konnte arbeiten. Aber er kam José plötzlich so klein vor. Und der Laster brachte sie so weit weg. Gregorio, der mit dem Mund gegen seine Schulter atmete und ihm eine weiche Wärme übertrug, die noch etwas von der Milch zu haben schien, mit der er gestillt worden war, hatte noch nie das Dorf und seine Umgebung verlassen. Er kannte den Fluß, die Eichen, die Grenze zu den wilden Stieren, den Steinbruch und die aufgegebene Mine, aber all das blieb jetzt zurück, weit zurück. José dachte an die feuchten Ebenen, denen sie entgegenfuhren, an das Wechselfieber; an all diese Leute, die wer weiß von wo kamen und sich auf der Reisinsel zusammenfanden; daran, wie in den Baracken die ganze Nacht lang die Moskitos sirrten, die die Krankheit in sich trugen; er dachte, daß, wenn sie nach einem Monat nach Montalto zurückkamen, womöglich auch Gregorio periodisch unter den Decken zittern würde, die nicht vor dieser Kälte schützten, die Krankheit holte sie aus dem Körper wie aus einem Brunnen hervor, der in den Menschen versteckt ist. Vielleicht war das der Tod: daß der Brunnen, den alle in sich tragen und den er beim Fieber sich füllen und tropfen gespürt hatte, überfloß und den ganzen menschlichen Körper vereiste. Es gab vier oder fünf Jungen in Gregorios Alter, verstreut zwischen den Haufen von schlafenden Männern und Frauen, zwischen den mit Seilen festgezurrten Körben und Kisten, in denen die Vorausschauenden Pfanne, Topf, eine Scheibe Speck, ein Säckchen Kichererbsen, andere nur die Sensenblätter und den Schleifstein verwahrten. Er schloß die Augen und versuchte sich Gregorio vorzustellen, wie er hin und her lief, eingehüllt in Wolken von Moskitos unter der stechenden Sonne der ersten Septembertage, von einem Arbeitstrupp zum anderen, und den Schnittern den Wasserkrug brachte, und die schnauzten ihn an, ob er den Krug mit dieser Brühe etwa in der Glut habe stehen lassen, das Wasser sei heißer als der Schwanz eines Bräutigams. Und andere schrien ihn an, weil er zu langsam war, und rissen üble Witze über ihn.

Der Junge wäre allein, während er selbst sich an irgendeinem Ort der Ebene unter seinem Strohhut über die trockenen Reisbüschel beugte. Einen Diener von Knechten hatte er zur Welt gebracht, dachte er, schluckte den Speichel herunter und begann sich eine Zigarette zu drehen. Über der Ladefläche des Lasters bleichten die Sterne, während die Nacht sich langsam verflüchtigte und auch sein Bewußtsein, denn nach den letzten Zügen aus der Kippe schlief er ein. Als er aufwachte, war das Licht vom Silber ins Gold übergegangen. Gregorio stand auf einem der Bretter, die als Verstärkung für die Ladeflächenbegrenzung dienten, und schaute von dort aus auf die Landschaft. Er stieg ebenfalls hinauf und stellte sich neben den Jungen, als gerade am Horizont das endlose weiße, flache Häusermeer von Sevilla auftauchte, über das sich still der Turm der Giralda erhob. Der Laster ließ die Stadt linker Hand liegen und fuhr weiter Richtung Süden.

Es fiel ihm schwerer, als er zunächst gedacht hatte, sich mit dem Gefährt, das ihm sein Freund Andrés gebaut hatte, vorwärtszubewegen. Zuweilen ließ er sich morgens von José Luis begleiten, der sich anbot, ihn von Zeit zu Zeit zu schieben, zweifellos weil er damit beim Laufen eine Tätigkeit ausüben konnte, die es ihm erlaubte, den Blick starr nach vorn zu richten und nicht die Schulkameraden zu begrüßen, die ihm auf dem Weg begegneten. Pedro del Moral ermüdete beim Bewegen der Griffe der Riemenscheibe, verzagte bei jeder auftauchenden Schwierigkeit und hatte jeden Tag, wenn er das Haus verließ, das Gefühl, er würde die Plaza Mayor nie erreichen. Die Stadt war anders, wenn man sie vom Rollstuhl aus sah. Sie hatte unzählige Gehsteigkanten, Unebenheiten, Steigungen, die ihm früher gar nicht aufgefallen waren; und sie hatte Treppen: so waren einigen Zugängen zur Plaza Mayor steile Treppen vorgelagert, die er, wenn er von Tejares aus kam, nicht mehr schaffte. Jetzt wußte er, daß er um die Türen zum Großmarkt einen Bogen machen und bis zur Calle San Pablo herumfahren mußte, um auf die Plaza und bis zum Novelty zu kommen, und er wußte auch, ganz sicher, daß er nie wieder nach Fuentes de San Esteban zurückkehren konnte. Wenn es zu regnen begann, streckte er die Arme hoch und entfaltete über seinem Kopf ein Wachstuch, und während er die Kurbeln drehte, die die Riemenscheibe bewegten, die wiederum die Räder in Gang setzte, dachte er, daß er nach und nach abzahlte, was er seiner Frau schuldig geblieben war, als er sie zum Sterben nach Salamanca gebracht hatte. »Du siehst, Asunción, ich habe dich begraben, aber inzwischen habe ich angefangen, mich auch selbst zu begraben. Ich hab dir schon ein gutes Stück von mir rübergeschickt. Schließlich und endlich zahlen wir alle«, sprach er nachts im Bett zu ihr. Und er überlegte sich, wo wohl seine Beine begraben lagen, falls die Ärzte oder die Wärter, oder wer auch immer dafür zuständig war, die verstümmelten Glieder der Menschen überhaupt irgendwo begruben. Als er noch im Hospital lag, hatte er es nicht gewagt, jemanden zu fragen. Er war aufgewacht, hatte gesehen, daß die Beine nicht dort waren, wo sie hätten sein müssen, und hatte es nicht gewagt zu fragen, wer das Teil von ihm weggebracht hatte. »Der Zug«, hatte die Nonne zu ihm gesagt, während er wieder die Augen schloß und bat, der Schlaf möge kommen und ihn ablenken. »Der Zug.« Er schloß die Augen und sah eine Lokomotive, die seine Beine, die am Metall des Puffers hingen, in die Ferne davontrug, und er spürte, daß der Rest des Körpers folgsam hätte mitgehen müssen, auf der Suche nach einem unerklärlichen Glück, dem Schlafe nah, der sich jede Nacht seiner bemächtigte. Morgens, wenn er sich auf seinem Rollkarren durch die Stadt bewegte, wünschte er oft, dieser Zug, der seine Beine mitgenommen hatte, möge ihn wieder zurück an den Ebro nach Mequinenza bringen, zu den grausamen aber unschuldigen Nächten des Krieges, voller Sterne, die mit einem rötlichen Leuchten erzitterten, wenn in der Ferne ein schweres Geschütz feuerte; an jenen Ort in Santander, zu dem Fluß, in dem die Soldaten nackt badeten, die Kleidung unter den Kastanien verstreut, und zu den Frauen, die still weinten, während er ihnen mit der Haarschneidemaschine über den Schädel fuhr. Auf das Pflaster der Plaza waren die schwarzen Haarbüschel gefallen, die der Abendwind davongetragen hatte. Er wollte, daß die Lokomotive ihn zurückbrächte, zu seinem alten Haus in Fuentes de San Esteban, zu den Sonntagnachmittagen damals, als Asunción nach ihm Ausschau hielt. Von der Straße aus sah er, wie sich vorsichtig die Gardine bewegte, und er wußte, sie wartete auf ihn und daß sie sich die Fingerkuppen leckte, um sich das Haar zu richten, bevor sie ihm die Tür öffnete. Jetzt halfen ihm die Frauen aus dem Chinesenviertel die Stufen bis zur Schwelle des Bordells hochzukommen. Jedesmal, wenn er auftauchte, war der Akt, den Stuhl emporzuschieben, ein weiterer Grund zur Belustigung. Sie lachten, während sie ihn zu mehreren hochhielten, und scherzten mit den Kunden, und er trug mit Rufen und Gefuchtel zum allgemeinen Gelächter bei. Danach rollte er, ohne auszusteigen, durch den Gang bis zu einem der Zimmer, robbte auf das Bett, blieb dort auf dem Rücken liegen und wartete.

Eines Tages wurde Raúl aus der Grundschule abgeholt. Später sollte er es José Luis del Moral im Internat erzählen und, ein paar Jahre später, seiner Freundin. Es erschien eine Tante, sehr nervös, als die Schüler gerade die Fibel aufgeschlagen hatten und so lange und schwierige Worte wie Schneckenhaus, Moskito oder Straßenbahn lasen, deren Bedeutung sie oft nicht kannten. Seine Tante trat in die Klasse, unterbrach die Lesestunde, ging zum Tisch von Doña Amelia, der auf dem Podium stand, die beiden flüsterten eine Weile, schauten ihn derweil drei, vier Mal aus den Augenwinkeln an, und die Lehrerin sagte endlich: »Raúl, ja, du, Raúl, komm, man wartet auf dich«, und er sammelte seine Bücher ein, steckte sie in die Schulmappe, griff nach dem hölzernen Federkasten, den man ihm zu den Heiligen Drei Königen geschenkt hatte und der auf der Oberseite ein kleines Rollo aus Brettchen hatte, das sich beim Öffnen zusammenzog und beim Schließen auseinanderzog. Während er den Federkasten schloß und ein paarmal aufschaute, bemerkte er auf einmal, obwohl er doch weit weg saß, sieben oder acht Reihen vom Podium entfernt, daß seine Tante weinte, und er überlegte, was er wohl Böses getan hatte, daß sie zu Hause so wütend waren und ihn sogar aus der Schule holten. Er ging im Kopf alles durch, was er in den letzten Stunden angestellt hatte, aber da war nichts, was eine solche Aufregung hätte rechtfertigen können, obwohl, wenn er gründlicher darüber nachdachte – und da lief er schon vor zum Podium –, fiel ihm ein, daß er am Nachmittag zuvor den Ellbogenschoner seines Pullovers abgepult hatte, wobei ein Loch im Ärmel entstanden war. Während er vor seiner Tante und seiner Lehrerin stand, wartete er darauf, daß sie von dem Loch im Pullover anfing, und er wunderte sich, daß die Lehrerin ihm mit der Hand über das Gesicht strich und ganz freundlich und leise zu ihm sagte: »Nur zu, Raúl, geh mit deiner Tante, und sei sehr lieb zu deiner Mutter, denn du bist jetzt schon ein kleiner Mann.«

Das erste Mal war es bei einer Frau, die für dieselbe Schneiderwerkstatt in der Calle Blasco Garay wie seine Frau arbeitete. Sie hieß Elvira Rejón, war brünett, hatte dunkles Haar und tiefschwarze Augen, ihre Haut war jedoch glatt und sehr weiß. Später hatte er in vielen schlaflosen Nächten an sie denken müssen, wie sie sich vor ihm ausgezogen hatte und sich in seinem Ordinationszimmer dann auf das Bett hinter dem Wandschirm gelegt und angstvoll die Schenkel geöffnet hatte. Sie war an einem Morgen in Begleitung von Luisa gekommen und hatte gesagt, sie habe Schmerzen in der Brust, Husten und habe Blut gespuckt. Das war noch im Gang gewesen, in Gegenwart seiner Frau, aber später, als er sie in die Praxis gebeten hatte und sie abzuhören begann, fing sie an zu weinen und sagte: »Verzeihen Sie mir, Don Vicente, aber es ist nicht der Husten, der mir Sorge macht, ich habe ihre Frau angelogen, ich weiß, das ist schlecht, aber ich habe sie angelogen, was sollte ich machen, ich habe noch nie im Leben Blut gespuckt, aber ich war schon ein paar Mal schwanger und ich weiß, daß ich es wieder bin.« Er stand da und spielte mit dem Metallinstrument in seinen Händen und legte es dann auf diesen Unterleib, der noch keinerlei Anzeichen einer Schwellung zeigte, und er fragte sie nach dem Ausbleiben ihrer Menstruation, tastete sie ab, hörte sie ab und schaute in ihren Augenhintergrund, zog ihr mit dem Daumen die Lider beiseite, und während er vor dem Waschbecken die Seife durch die Hände gleiten ließ, sagte er, ja, in der Tat, sie sei höchstwahrscheinlich schwanger und solle auf sich aufpassen, sie aber weinte weiter still vor sich hin, als gehorche das Weinen seinem eigenen Gesetz und wolle von sich aus heraus, als sei es ein fremdes Weinen, von einer anderen Frau, die aus anderen Gründen weinte, und sie zog sich langsam an, und als sie sich schon die Bluse wieder zugeknöpft hatte und nach dem Pullover griff, der über der Stuhllehne hing, sagte sie: »Aber ich will nicht auf mich aufpassen, ich habe nämlich schon zwei Kinder, wissen Sie?« Er wandte das Gesicht ab, um ihrem Blick nicht zu begegnen.

Die langen Nächte mit Ramón brachten ihr die Erinnerung an jene Nächte zurück, die sie mit Ángel Santamarina im Norden verlebt hatte. Wenn sie nachts aufwachte, dann lag sein Knie auf ihrem Körper, und sie spürte seine Kraft und seine Wärme. Am Anfang waren seine Küsse ihr fremd erschienen: Seine Lippen hatten eine andere Dichte, sie waren fleischiger und weicher; und von seinem Atem ging ein anderer Geruch aus. Es hatte sie auch die Art befremdet, wie er sie um die Mitte faßte und zu sich emporhob, und die Eile, mit der er in sie eindrang, und das Wimmern, mit dem er die Umarmung beendete; im Laufe der Zeit wurde ihr das alles jedoch unverzichtbar, so wie ihr die Ausstrahlung des neu belebten Hauses unverzichtbar geworden war. Der Gedanke, daß irgend etwas kommen und dieses Gleichgewicht stören könnte, machte sie traurig. Es hatte damit begonnen, daß sie Ramóns Energie gebraucht hatte, und damit geendet, daß sie ihn brauchte. Zunächst war Ramón ein auf die Erinnerung an Ángel Santamarina gelegtes Abziehbild gewesen, doch er hatte sich schließlich gegen das Original durchgesetzt und es noch übertroffen. Gloria fand, das Leben habe ihr tatsächlich die zweite Chance gegeben, es sei wie ein Traum, und sie könne jeden Augenblick aufwachen, und dann, wenn in ihr das Gefühl von Zerbrechlichkeit heranwuchs, fühlte sie sich vage gestört von dieser Abhängigkeit, die sich in einer Sorge um Ramón niederschlug, die sie nicht zu überspielen vermochte.

Sie hätte es gern gehabt, daß er sie etwas ferner, etwas abwesender, etwas stärker auf andere Dinge bezogen gesehen hätte und am Anfang hatte sie versucht, dem Zaun zu entfliehen, mit in sie dieser Mann umgab, ihr Mann (sie sagte gerne »Mein Mann«), aber die Verpflichtungen und Ablenkungen, die sich eine Frau allein suchen konnte, waren rar und immer die gleichen. Auch wenn sie das Gegenteil behauptete, die Wohltätigkeitsveranstaltungen, die Laienschwesternschaften, die religiösen Gesellschaften, die mildtätigen Werke, all das interessierte Gloria herzlich wenig, geschweige denn, daß es sie ausfüllte, auch wenn solche Aktivitäten ihr zuweilen durch irgendein Konzert, eine Premiere im Kino oder im Theater zugunsten von irgend etwas versüßt wurden. Auch die Nachmittage, die sie mit den Núñez del Arco oder mit der Beleta beim Einkaufsbummel verbrachte – nichts als Kindereien rund um eine Tasse Schokolade und einen Teller Sahnetörtchen im Nacional oder dem Los Vieneses. Keine dieser Aktivitäten oder dieser Geselligkeiten machten sie schöner, zeichneten von ihr das Bild einer geheimnisvollen und freien Frau, das sie Ramón bieten wollte, um ihn wach und begehrlich zu halten, wie sie selbst es war. Mehr noch, wenn Ramón abends nach Hause kam, fragte er lustlos, was sie den Nachmittag über getrieben habe, und wenn sie davon erzählte, dann lachte er über ihre albernen Beschäftigungen und ihre spießigen Freundinnen. Das Eheleben hielt für Gloria allerdings eine Rolle bereit, die sie mit Stolz und Präzision spielte: Sie hatte ein unvergleichliches Talent, in ihrem Haus Abendgesellschaften zu geben, sich stilvoll zwischen den Gästen zu bewegen und mit Manieren zu glänzen, über die die Gattinnen der Partner und Kunden von Ramón nicht verfügten. Ihr Refugium war der Stil: ein Dekolleté mit Eleganz tragen. Sich sanft bewegen, zum richtigen Besteck greifen, die passenden Weine auswählen, die Konversation mit tänzerischer Leichtigkeit führen. Das war nicht wenig, aber es war nicht genug, und dieser Mangel wurde ihr seit der Geburt der Tochter noch deutlicher, als sie Ramón nicht mehr zu den Arbeitsessen begleitete, zu denen er aus geschäftlichen Gründen ständig gehen mußte. Ramón war nicht dafür, daß das Kind dem Personal überlassen bliebe. »Kinder müssen von der Mutter und nicht von Dienstboten aufgezogen werden«, sagte er. Und Gloria spürte in jenen Nächten, wenn sie allein neben der Wiege zurückblieb, Zeitschriften las oder Radio hörte, daß das Kind, das sie zunächst stärker verbunden hatte, sie nun voneinander trennte. Sie schaute ständig auf die Uhr und glaubte die Garagentür zu hören oder Schritte im Garten, dabei war es nur irgendein Auto, das zu dieser späten Stunde noch unterwegs war, oder der Wind in den Zweigen. Sie wußte genau, was die Männer machten, wenn sie nachts ohne Frauen beisammen waren. Sie wußte, daß die Abende im Chicote und O'Clock verlängert und nach Mitternacht dann an zweifelhaften Orten wie dem Pidoux, dem Madame Teddy oder in einigen Häusern an der Calle de las Naciones fortgesetzt wurden. Gloria war mit Ramón zu den Geschäftsessen gegangen, bis der Arzt ihr gegen Ende der Schwangerschaft absolute Ruhe verordnet hatte. Zunächst knurrte Ramón, wenn sie ihm noch einmal den Krawattenknoten vor dem Spiegel in der Garderobe zurechtzupfte. Er klagte darüber, daß er nachts und allein das Haus verlassen mußte. Dann rief er sie ein paar Mal vom Restaurant aus an, erzählte ihr von den Einzelheiten des Abends und erschien kurz darauf wieder daheim, den letzten Schluck Kaffee noch im Mund. »Ich wäre am liebsten schon vor dem Dessert gegangen«, sagte er, »komm, schenk mir ein Glas ein.« Er zog sich Jackett und Krawatte aus, machte es sich in seinem Sessel bequem und dachte laut nach: »Fünfzehn Stunden Arbeit, um sich diesen Augenblick erkaufen zu können. Nicht schlecht. Kommt mir fast billig vor.« Er streichelte sie, wohl auch vom Alkohol animiert. Aber das war am Anfang gewesen. Im Laufe der Monate wurden die Anrufe aus den Restaurants seltener, und wenn er jetzt einmal durchrief, dann nur, um ihr zu sagen, sie möge doch ins Bett gehen und nicht auf ihn warten, weil das Treffen länger als vorausgesehen dauern würde. Oft gab er ihr nachts nicht einmal Bescheid, und sie wartete vergeblich auf das Klingeln des Telefons. Sie wollte nicht so sein wie ihre Freundinnen, die mit den Männern schimpften, wenn sie spät nach Hause kamen, die jammerten und anderen Frauen ihr Herz ausschütteten und damit die Furcht und das Mißtrauen, das sie erstickte, an die Öffentlichkeit brachten. Um nicht zu sein wie sie, scherzte Gloria mit Ramón am Telefon und lachte herzlich über irgendein Detail, das er ihr vom Verlauf des Abends erzählte. Aber im Grunde verspürte sie eine Unruhe, die, da sie es nicht wagte, sie mit irgend jemandem zu teilen, noch schmerzhafter wurde. Nicht einmal sich selbst gestattete sie den Verdacht, der sich immer mehr, wie der Handschuh der Hand, dem Wort Eifersucht anzupassen schien. Einige Zeit lang sagte sie sich, daß ihr nur die hygienische Frage Sorgen bereite: daß Ramón sich bei einem Kurzabenteuer womöglich eine der Krankheiten holte, die an jenen Umschlagplätzen häufig waren, und daß er sie oder sogar das Kind damit anstecken könnte. Andere Male meinte sie, die Entdeckung sei schmerzhaft, daß sie den Mann, mit dem sie seit nun fast drei Jahren verheiratet war, nicht kenne. Sie überlegte, inwiefern der Ramón in ihrem Herzen demjenigen glich oder nicht glich, der Autos fuhr, Projekte leitete oder sich auf Bartheken stützte und unter Neonröhren mit seinen Geschäftspartnern stritt. Daheim, wenn sie allein waren, behandelte er sie mit Zartheit und Leidenschaft. Und gerade das war es, was ihr weh tat, ihr einen Schmerz bereitete, den sie nicht wahrhaben wollte. Daß er diese Zartheit und diese Leidenschaft auch anderen gegenüber verschwenden, eine Frau umarmen könnte, die nicht sie war, sie um die Taille nehmen und zu sich hoch ziehen und sie mit jenen Lippen küssen, die sie später in der Dunkelheit suchte. In solchen traurigen Nächten dachte sie an Mariló Muñiz in Rom und stellte sich vor, daß die Schwägerin an einer unbestimmten Freiheit, Frau zu sein, teilhatte, die sie, Gloria, sich hier versagte, wenn sie den Gesellschaftsklatsch in den Zeitschriften las und neben der Wiege des Kindes Radio hörte, und sie fühlte sich als Gefangene von etwas, das des Morgens Gestalt gewann, wenn Ramón ins Büro ging und sie die Taschen seines Jacketts nach Beweisen durchsuchte (»Die Wahrheit ist, selbst wenn sie schmerzt, besser als der Verdacht«, sagte sie sich, auch wenn sie wußte, daß sie diese Wahrheit, vor der sie Angst hatte, nicht würde ertragen können) oder an den Hemden schnüffelte, die er in den Wäschekorb geworfen hatte, um herauszufinden, ob sie nach einem fremden Parfum rochen. Eines Nachmittags, auf der Suche nach geheimer Linderung, wagte sie es, ihrem Beichtvater von ihrer Angst zu erzählen, und während sie sich über ihre Unruhe und ihre Befürchtungen ausließ und die Stimme des Geistlichen hörte, der ihr von Resignation sprach, spürte sie, daß sie dabei war, sich in die gleiche Niederlage wie die anderen Frauen zu schicken, und das war unerträglich.

Es dauerte ein paar Monate, bis Gregorio erfuhr, warum man ihn den Bäckerling nannte. Dazu mußte ihn sein Vater nach der Rückkehr von der Reisinsel ein paar Mal nachts darum bitten, er möge ans Kasernentor gehen, um die Bewegungen der Guardias zu überwachen, während er selbst Eicheln sammeln ging, und Gegorio mußte dann nach einer ganzen Weile feststellen, daß der Vater nirgendwohin gegangen war, sondern an der Bartheke die Zeit totschlug. So fand er allmählich heraus, daß der Vater zu gewissen Zeiten die älteren Brüder mit verschiedenen Aufträgen davonschickte, daß nur die beiden Kleinen daheim zurückblieben, und dann Lucas, der Bäcker, sich durch die Stalltür ins Haus zu seiner Mutter schlich. Bäckerling. Als ihm das erste Mal gedämmert war, was das Wort bedeuten sollte, war er über die Weiden gerannt, bis er keine Luft mehr bekam, und dann zum hinteren Hauseingang zurückgekehrt, wo er sich zwischen den Schwarzfichten hinwarf und geduckt liegenblieb, vor Wut und Erschöpfung schwer atmend, bis er ihn herauskommen sah, fett, er konnte kaum die Jacke über dem Bauch zuknöpfen, und als er ihn so herauskommen sah, ging ihm das Bild durch den Kopf, wie dieser Mann sich nackt auf seiner Mutter bewegte, so wie er gesehen hatte, daß sich die Tiere aufeinander bewegten, sich stießen, rieben, und er sah das Bett im Schlafzimmer vor sich und daneben die Wiege, darin der kleine Bruder, und das kleine Mädchen, die Luisi, stand daneben, sah und hörte zu, und Gregorio fing an zu weinen, wie er dort auf dem Boden lag, und biß sich in die Fäuste. Er verstand nun die Bemerkungen, die er gelegentlich gehört hatte, wenn er auf der Plaza an den Gruppen schwatzender Männer vorbeigegangen war, Sätze wie »in den Reisöfen wird das Weizenbrot besser«. Seitdem beobachtete er seinen Vater in der Bar, vor der Weinflasche oder auf dem Feld, die Vogelleinen herrichtend, und die Tränen, die er in jener Nacht geweint hatte, verwandelten sich in Gifttropfen: Er sah die knotigen kräftigen Hände des Vaters, sah seinen breiten Nacken, die Schenkel, von der Hose umspannt, wenn er auf einem Stuhl saß, all diese Energie, die von ihm ausging, und er begriff nicht, daß der Vater nicht das verteidigte, was er zu Hause hatte, und nicht verhindern konnte, daß seine ernste, scheue Frau, die den Kleinsten in den Schlaf wiegte und stillte, die alle Kinder frühmorgens wusch und kämmte, die das Haus aufräumte, schrubbte und wusch, dann, wenn sie allein war, den Mund öffnete, um die dicken, widerlichen Lippen des Bäckers zu küssen, und sich sodann ganz öffnete, um ihn zu empfangen. Er konnte es nicht glauben. Jetzt sah er sich seine jüngeren Geschwister an und meinte an ihnen Züge jenes Mannes zu entdecken, der ihm schon immer unsympathisch gewesen war, mit seinen schlichten Scherzen, dem brüllenden Gelächter und der hohen, selbstherrlichen Stimme. Er nahm Züge bei seinen Geschwistern wahr, die sein Mißtrauen weckten, auch wenn die eingebildeten Ähnlichkeiten wechselten, er an dem einen Tag glaubte, ein Lächeln zu identifizieren, am anderen den Klang der Stimme und am nächsten eine Geste, ein Funkeln im Blick oder den Schnitt der Nase. Wie ein rollender Stein zu einem Erdrutsch führen kann, so hatte seine Entdeckung fast alles, was ihn umgab, schließlich einstürzen lassen, denn er hatte sich immer eins mit seiner Familie gefühlt, hatte gedacht, daß sein Vater, seine Mutter, seine Geschwister und er etwas Eigenes darstellten, sie selbst waren und für sich selbst, jetzt aber hatte er den Eindruck, daß die Haustüren sperrangelweit offen standen und daß diese Eßecke mit den ungleichen Stühlen, auf die sie sich zur Mittagszeit setzten, bevölkert mit Gästen war, die von draußen hereinkamen, und daß die zärtliche Geste seiner Mutter, wenn sie ihm mit dem Kamm durchs Haar fuhr, um ihm die widerspenstige Haarsträhne zu glätten, eine käufliche Gebärde war, die in einem Schaufenster lag, wie die Hemden und Schuhe, die in den Läden von Zafra verkauft wurden, die von den Frauen betastet wurden, bevor sie erstanden wurden, und daß jemand, wenn er zahlte, Zugang zu diesen Dingen hatte. Auf der Reisinsel hatte sein Vater ihm gesagt: »Schau dem, der dich anheuern will, nie in die Augen, da kannst du nur verlieren, schau lieber, wie dick seine Brieftasche ist«, aber er konnte es nicht lassen, dem Bäcker in die Augen zu schauen, und er haßte es, wie sie jedesmal aufglänzten, wenn er Brot kaufen gehen mußte, die verknitterten Scheine aus der Tasche holte, und der Mann dann sagte: »Ich schreib's auf die Rechnung und regle das später mit deiner Mutter.« Und wenn er »deine Mutter« sagte, dann glaubte Gregorio in seinen grauen Augen einen höhnischen Glanz zu entdecken. Er sagte sich, daß diese Fremdlingsaugen ihren Körper besser kannten als er, der daraus hervorgegangen war, und dieser Gedanke fügte ihm einen Schmerz zu, der jedes andere Gefühl lähmte. Die Armen sind nur unter sich Männer, haben nur untereinander ein Wort und eine Würde, dachte er und sah sich selbst als Bäckerling und sah auf seine Hände und nahm an, daß auch sie so aufquellen würden wie die jenes Mannes und daß sie am Ringfinger einen wuchtigen Ring mit einem roten Stein tragen würden, wie er an diesem anderen dicken Ringfinger steckte. Bäckerling. Die Hände des Mannes waren weich und weiß, während seine knochig und voller Kratzer waren.

In den Nächten, in denen sein Vater spät heimkam, kroch José Luis ins Bett und wartete dort auf ihn, still, fast ohne zu atmen. Seit über einem Jahr wohnte Ángel nicht mehr bei ihnen. Er war in eine Wohnung nah der Calle Toro gezogen und pflegte abends auszugehen und mit ein paar Geschäftsleuten oder Viehzüchtern Wein zu trinken, die jeden Vorwand nutzten, um dem immer bekannter werdenden Ángel de Tejares auf die Schulter zu klopfen. Ángel hatte sich sehr verändert. Er arbeitete jetzt als Mechaniker in einer Autowerkstatt bei der Alamedilla, und der Werkstattbesitzer, dessen Wort in den Wettbüros etwas galt, zahlte ihm das Training. Er war es, der Ángel überall hin begleitete und ihm täglich neue, einflußreiche Menschen vorstellte und ihn mit nach Madrid nahm, damit er die großen Boxer sah, die im Campo del Gas auftraten. Sogar Ángels Gesicht war verändert, denn man hatte ihm einen Schlag auf die Nase versetzt, oder sie war operiert worden (das sagte man an der Schule, daß den Boxern die Nasen operiert wurden, und José Luis schaute in den Spiegel und drückte seine Nase mit dem Daumen platt, um zu sehen, wie sein eigenes Gesicht aussehen würde, wenn er groß wäre und sie ihm bei einem Kampf zerschlagen würde oder man sie ihm operierte). José Luis schälte gewissenhaft die Kartoffeln, achtete darauf, daß die Schale möglichst dünn wurde, schnitt sie auf einem Brett in gleichmäßige Scheiben und zündete, vorsichtig, um sich nicht zu verbrennen, den Petroleumkocher an, auf dem er jeden

Abend seinem Vater das Abendessen bereitete: Er legte ihm ein Spiegelei mit Kartoffeln und ein Paar Würste auf einen Teller, deckte diesen mit einem anderen Teller ab, damit die Fliegen nicht an das Essen kämen, dann legte er eine Serviette über das Stück Brot und stellte die Flasche Wein dazu und ein Glas daneben. Wenn der Vater aber zu spät kam, dann deshalb, weil er zu viel getrunken hatte, und dann rührte er das Abendessen nicht an: Erst nach mehreren Versuchen gelang es ihm, die Tür zu schließen, er stieß mit dem Rollstuhl gegen die Möbel, sprach mit sich selbst, jammerte und redete zu José Luis von Dingen, die dieser nicht verstand. Seitdem der Zug ihm die Beine abgefahren hatte, hatte er ihn nicht mehr geschlagen. Wenn er getrunken hatte, bat er José Luis nun, zu ihm zu kommen, zog ihn an den Armen zu sich heran, legte den Kopf des Jungen in seinen Schoß, auf die Beinstümpfe, die von dem mit Sicherheitsnadeln zugesteckten Hosenstoff umschlossen waren. Dann streichelte er sein Haar, nannte ihn »Sohn«, sagte auch »Asunción«, die Frau rufend, die José Luis nicht kennengelernt hatte und die doch seine Mutter gewesen war. »Asunción« sagte er mit verschwimmenden Augen und heiserer Stimme, während er den Kopf des Jungen drückte, »was haben wir dir getan?« José Luis verharrte dort, bemerkte, daß selbst die Hosenbeine nach Wein und Tabak rochen und auch nach Urin. Um solche Situationen zu vermeiden, kroch er, sobald er merkte, daß sein Vater sich verspätete, ins Bett, machte das Licht aus, deckte sich gut zu und kauerte sich zusammen in der Erwartung, den Schlüssel in der Türe zu hören und das metallische Scheppern der Räder, die gegen die Stühle stießen. Aber dann baten ihn einmal sein Vater und Andrés darum, er solle doch noch ein wenig bei ihnen sitzen bleiben, und die beiden redeten dann einen ganzen Nachmittag lang auf ihn ein, um ihm nach vielem Drumherum zu sagen, es sei besser, ihn nach León zu schicken, in ein Internat, wo er weiter lernen könne, und daß er dort im Internat gut versorgt wäre und daß aus ihm ein brauchbarer Mensch werden würde, er vielleicht sogar an der Universität studieren und dann Geld verdienen könnte, um seinem Vater zu helfen, so ging das stundenlang, sie hatten immer neue Argumente, und er hörte zu, ohne ja oder nein zu sagen, aber dann war er es gewesen, der – als Andrés gegangen war und das Haus still wurde – sich auf den Boden gesetzt, seinen Kopf auf die verstümmelten Schenkel seines Vaters gelegt und ihn darum gebeten hatte, bei ihm bleiben zu dürfen. »Vater, ich will nicht weg«, wiederholte er, das Gesicht in den Stoff der Hose gedrückt. »Laß nicht zu, daß sie mich fortbringen.« Und ihm tat die Kälte weh, mit der sein Vater seinen Kopf wegstieß und in schneidenden Worten von ihm verlangte, »ein ganzer Mann zu sein«. José Luis stand auf und ging zu seinem Bett, neben dem er sich schweigend auszog. Nicht einmal als er schon im Dunkeln lag, wagte er zu weinen, obwohl er überzeugt war, er sei allein und niemand werde ihm helfen. Er erfuhr nie, daß es Tage gedauert hatte, bis Andrés seinen Vater von der Notwendigkeit, sich von dem Sohn zu trennen, überzeugt hatte, erfuhr nicht, wie oft der Vater gesagt hatte: »Aber ich kann ohne den Jungen nicht leben«, noch daß er, nachdem das Licht gelöscht war, die ganze Nacht lang still vor sich hin geweint hatte, während das Mondlicht die Laken netzte und sie mit dem selben phosphoreszierenden Glanz leuchten ließ, den sie gehabt hatten, als Asunción noch an seiner Seite schlief, das Nachthemd halb offen.

Elvira Rejón streckte ihm einen kleinen Haufen zerknitterter Scheine entgegen, die hatte sie dem Bündel entnommen, das sie, mit einem Gummiband zusammengehalten, in ihrer Tasche hatte. Sie war sehr bleich gewesen und hatte mit einer schmerzhaften Gebärde die Augen geschlossen, als sie den Körper abknickte, um sich von der Liege aufzurichten. Vicente Tabarca wies die Scheine mit einer Handbewegung zurück. »Dafür habe ich es nicht getan«, sagte er zu der Frau, »Sie (plötzlich siezte er, Don Vicente, diese verängstigte Frau) wissen das.« Doch sie legte dem Mann das Geld in die Handfläche und schloß dann selbst seine Hand zur Faust. Aus der Küche drangen Essensgeruch und der Lärm, den die spielenden Mädchen machten. Luisa war nicht da. Sie hatten für den Eingriff eben diesen Vormittag gewählt, an dem seine Frau für ein paar Stunden in die Schneiderwerkstatt mußte. Mit der freien Hand (die andere war die geschlossene Faust, darin ein paar Scheine, die er nicht in die Tasche zu stecken gedachte) half er ihr aufzustehen und stützte sie, während sie die ersten Schritte durch das Zimmer machte. Das ging eine ganze Weile so. Elvira lief, seine Hand hielt ihren Arm, sie setzte sich, stand wieder mit seiner Hilfe auf und ging wieder ein paar Schritte. Als sie sich kräftig genug fühlte, um wieder hinaus auf die Straße zu gehen, führte er sie bis zum Treppenabsatz und half ihr, in den Aufzug zu kommen. Als der Aufzug sich jedoch in Gang setzte, fragte er sich, ob er nicht darauf hätte bestehen müssen, daß sie sich gleich unten an der Eingangstür ein Taxi nähme, und es tat ihm leid, daß er sie nicht bis zur Straße gebracht hatte, am Ende fühlte sie sich auf einmal schlecht. Es konnte ja etwas passieren (eine Ohnmacht, eine Blutung), irgendein Zwischenfall, der sie beide in eine ebenso peinliche wie gefährliche Lage brachte. Er schob die Gardinen beiseite und beugte sich vorsichtig aus dem Fenster. Er sah sie auf dem Gehsteig und wie sich ihr ein schlanker Mann in einem schäbigen Anzug näherte, der ihr den Arm um die Taille legte, während er den anderen ausstreckte, um ein herankommendes Taxi anzuhalten. Don Vicente beruhigte sich, und ihm fiel plötzlich ein, daß er immer noch die zerknitterten Scheine in der geschlossenen Faust hielt.

Auf seiner Reise ins Internat sah Raúl zum ersten Mal in seinem Leben Schnee. Gegen Abend, bei der Ausfahrt aus Madrid, wo sie umsteigen und vom Atocha-Bahnhof, wo die Züge aus Valencia ankamen, zum Príncipe-Pío-Bahnhof mußten, wo die Züge aus dem Norden ankamen, hatte er vom Zugfenster aus diese leuchtende Fläche gesehen, die von den Fenstern der Waggons im Vorbeifahren angeleuchtet wurde und die sich auch jenseits des erhellten Streifens in einer milchigen Woge fortsetzte, von Hügeln und ebenem Land Besitz ergriff, bis diese hinter undeutlichen Grenzen von der Nacht verschlungen wurde. Der Schnee sollte in den ersten Monaten im Waisenheim sein Begleiter sein. Die ganze Nacht über hatte er ihn durchs Zugfenster betrachtet und dann, als sich das Tageslicht allmählich ausbreitete, sah er ihn glitzern, zuweilen rosa schimmern, entdeckte, daß er an manchen Stellen golden leuchtete, an anderen von blendender Weiße war, und dann sah er ihn am Bahnhof von León über das Vordach hängen und den eintönigen Weg, der zur Schule führte, einhüllen. Die starren Äste der Bäume und die wattig bedeckten Büsche gaben eine Dekoration ab, die ihm die erste praktische Lektion über einen Winter gab, den er bisher nur im Kino und in Buchillustrationen gesehen hatte, denn in seiner Heimat war der Winter grün von Bäumen, die ihre Blätter nicht verloren, von Orangenbäumen, Palmwedeln, Johannisbrot und Pinien. Erst hatte er den Schnee gesehen, und jetzt, seitdem er die Füße auf den Boden gestellt hatte, trat er darauf, nahm das Knirschen wahr, wie der Schnee weich nachgab, und gleich darauf die Kälte, die sich seiner Füße bemächtigte, und ihm war, als ob seine Zehen schrumpften und dieses Schrumpfen den heftigen Schmerz bereitete. Er blieb beim Laufen einen Schritt hinter seiner Mutter zurück. Den Koffer trug er in der linken Hand, und mit der rechten klammerte er sich an die Hand der Mutter. Das Internatsgebäude erhob sich hinter einer Granitmauer: eine riesige Steinmasse, gekrönt von einem steilen Schieferdach. Den Haupteingang erreichte man über eine breite Treppe, von der jemand den Schnee hatte verschwinden lassen. Kaum hatten sie das Gebäude betreten, kam ein robust wirkender Mann auf sie zu, der Studienleiter, wie er später erfahren sollte, streckte der Frau die eine Hand hin und legte die andere auf Raúls Kopf. »Gib deiner Mutter einen Kuß, verabschiede dich von ihr«, sagte er nach ein paar Minuten, winkte jemanden heran, der in die Halle hineinschaute – ein Mann mit dünnem, rötlichem Haar, anscheinend zuständig für das Vorratslager –, er solle den Jungen mitnehmen. Raúls Mutter küßte ihn mehrmals und konnte sichtlich die Rührung kaum verbergen, denn ihr wurden die Augen feucht. »Señora, der Junge wird hier besser als zu Hause aufgehoben sein«, brach der Studienleiter den Abschied auf eine Weise ab, die Raúl fast schroff erschien. Der Junge verließ den Raum, begleitet von dem Mann mit den rötlichen Haaren. Hinter ihm durchquerte er abermals die Eingangshalle, in deren Mitte die Fliesen aus weißem und schwarzem Marmor eine Windrose bildeten, und dann gingen sie die Haupttreppe hoch. Als Raúl die Hand auf das Geländer legte, das aus einem goldschimmernden Metall war und im Schein einer riesigen Deckenlampe glänzte, drehte sich der Mann um, sagte, er solle die Hand da wegnehmen: »Du wirst schon Zeit genug haben zu erfahren, daß man das Geländer nicht berührt.« Raúl war betreten und fühlte sich wie ein ungeschickter Tölpel. Und in diesem Augenblick spürte er ein Gefühl in sich wachsen, das er bis dahin noch nicht empfunden hatte. Er merkte, daß ihm die Tränen in die Augen stiegen. Was noch alles würde er nicht wissen, welche Fehler würde er noch begehen. Einen Moment lang meinte er den weiteren Aufstieg nicht zu schaffen, er wollte umkehren, zu seiner Mutter zurücklaufen und sie anflehen, ihn nicht allein zu lassen bei all diesen sonderbaren Menschen, deren Sitten er nicht kannte. Doch er erreichte den Treppenabsatz des zweiten Stockes, schritt durch einen schlechterleuchteten Gang bis zu einem weißgekachelten Raum mit zwei Reihen kleiner Kabinen, über denen die Metallsilhouetten der Duschen hervorragten. Der Mann forderte ihn auf, sich zu entkleiden, reichte ihm ein Stück Seife und einen Strohwisch, und während Raúl sich wusch, zog der Mann den Vorhang beiseite, betrachtete ihn und gab ihm Anweisungen. »Du mußt stärker schrubben, nur keine Angst«, sagte er. Raúl gehorchte, so wie er der Anweisung gehorchte, die Kleidungsstücke anzuziehen, die er sich im Nebenraum ausgesucht hatte, auch die dicken Lederstiefel, in denen ihm nach kurzer Zeit schon wieder die von der Kälte gepeinigten Füße weh taten. An einer Holztheke mußte er den Pappkoffer abgeben, in dem die Kleidung lag, die ihm seine Mutter hergerichtet hatte, und auch ein paar Schokoladentäfelchen, etwas Teures von Nestlé, die sie und seine Schwester ihm ausnahmsweise für die Reise gekauft hatten und die er in seinem Dorf noch nie gekostet hatte, obwohl er ähnliche in den Händen bessergekleideter Mitschüler gesehen hatte, die sie langsam auf dem Schulhof öffneten; vorsichtig hatten sie die Papierblätter getrennt und das Silberpapier später zwischen Buchseiten gelegt. Im Koffer waren auch ein halbes Dutzend Heftchen mit Farbillustrationen, aus Reihen, die er mit dem bescheidenen Taschengeld eines Witwensohns in Bovra nie hatte kaufen können, denn ein einzelnes Exemplar kostete mehr, als seine Mutter ihm für die sonntäglichen Ausgaben, Kino inbegriffen, gab. Diesen Koffer, den er unausgepackt im Lager abgeben mußte, sollte er bis zum nächsten Sommer nicht mehr sehen, als er ihn für die Ferien abholte, aber da sah der Koffer schon nicht mehr so schön aus wie damals, als seine Mutter ihn mit in das Geschäft genommen hatte, um ihn zu kaufen. Die Pappe hatte gelitten. Auf der gelben Oberfläche waren bläuliche Feuchtigkeitsflecken; und von den Schokoladentäfelchen und den Heftchen, an die er in jenen Monaten so oft gedacht hatte und die er beim Öffnen wiederzufinden hoffte, war keine Spur geblieben.

Rosa Moure, die jahrelang Gelegenheit gehabt hatte, Eloísas tugendhaftes Gesicht kennenzulernen, entdeckte in den Wochen, die der Räumung des Hauses vorausgingen, daß die Rückseite dieser Tugend ebenso kraftvoll wie ihre Vorderseite war. Mit der gleichen Hingabe, mit der Eloísa den Besitz der Amados verteidigt hatte, mit der gleichen buchhalterischen Genauigkeit und wie immer ohne jede Hast, verlangte Eloísa nun ihren Anteil am Verkauf der Tiere und an den staatlichen Entschädigungen für das Land, das nach Vollendung des Staudamms unter Wasser liegen würde. Eloísa kämpfte auch um ihren Anteil an den Möbeln und der Aussteuer, geriet mit ihrem Bruder in bitteren Streit über die Aufteilung der wenigen Wiesen der Familie, die weiter oben im Tal lagen und daher nicht von der Überflutung betroffen waren. Für den, der sehen wollte, war alles ganz klar. An eben dem Tag, an dem sie ihre bevorstehende Hochzeit mit Martín Pulido, dem in Fiz stationierten und in Montalto geborenen Guardia Civil ankündigte, hatte Eloísa beschlossen, daß ihre Familie jetzt eine andere war, nämlich die ihres künftigen Mannes, und daß sie für diese jetzt mit der gleichen Kraft kämpfen mußte, wie sie es für die ihrer Eltern und Geschwister getan hatte. Ihre Familie, das war dieser fast zehn Jahre jüngere Mann, der dunkle Augen hatte und manche Buchstaben verschluckte, als sei ihm von einem alten Hunger die Gier zurückgeblieben. Eloísa verteidigte blind die Interessen eines Nachnamens, als dessen

Verkörperung sie einzig diesen nervigen Leib kannte und dessen sonstige Bewohner – die Bewohner dieses Nachnamens – für sie und alle Amados nicht mehr Präsenz hatten als die von Martín ab und zu fallengelassenen Äußerungen, denen man glauben konnte oder auch nicht und die sich auf Menschen bezogen, die viele, viele Kilometer weiter unten wohnten, in einem Gebiet, das die Amados sich schrecklich vorstellten in seiner Dürre unter einer ewig glühenden Sonne. Die Pulidos. Für Manuel war es wie ein Alptraum, und manchmal hoffte er, plötzlich daraus aufzuwachen; daß das, was sie in Jahren mit so viel Mühen aufgebaut hatten, sich plötzlich auflöste, durfte nicht sein. Das wenige, was ihnen das Wasser des Stausees gelassen hatte, fiel jetzt dem Feuer von Eloísas plötzlicher Leidenschaft zum Opfer. Das Haus, die Wiesen, der Gemüsegarten und die Tiere waren zum Verschwinden verdammt, und Manuel fühlte sich in einen traurigen Schatten seiner selbst verwandelt. Seine letzten Kräfte verbrauchte er bei dem Versuch, Eloísa umzustimmen, und hätte er es geschafft, wäre er vielleicht wieder er selbst geworden, aber als er ihr sagen wollte, daß er diesem Mann nicht traue, der mit seinen Kasernenkameraden in der Taverne zuweilen endlose Lieder sang, in denen sie wer weiß welches Hunger-, Liebes- oder Armutsleid beklagten, bat Eloísa ihn, sich neben sie an den Kamin zu setzen, auf die Küchenbank, und schaute ihn ohne Groll oder Ärger an, nahm seine rechte Hand in ihre Hände, und so, die Hand in den ihren, sagte sie ihm, daß sie nicht die Frau ausgesucht habe, die er geheiratet hatte, diese aber wie eine Schwester behandele, und eben solche Behandlung erwarte sie für ihren künftigen Mann. Eine brüderliche Behandlung. Manuel aber konnte sich diesen Mann mit den schlechten Manieren einfach nicht als seinen Bruder vorstellen, einen Mann, der beim Sprechen mit den Händen, die eine Zigarette hielten, herumfuhrwerkte und Leute, die er kaum kannte, als Freunde bezeichnete, ihnen den Arm um die Schulter legte, eine Gebärde, von der man nie genau wußte, ob sie Zuneigung oder Drohung bedeuten sollte. Es gelang ihm nicht, Eloísa zu überreden, die Hochzeit zu verschieben, um sich alles noch ein paar Monate lang zu überlegen, also sahen sie sich gezwungen, zu der überstürzten Zeremonie in eine Kirche zu kommen, die der Gemeindepriester schon auszuräumen begonnen hatte, und mußten das Hochzeitsmahl auf Brettern richten, die sie als Tische benutzten (auch sie hatten schon den Hauptteil des Mobiliars verpackt) und vor der Haustür auf der Wiese aufbockten, damit drumherum die Verwandten aus Mondoñedo und Padrón Platz nehmen konnten sowie einige Nachbarn, die, wie sie selbst, noch nicht das Dorf verlassen hatten. Ein paar Monate später, als der Lastwagen kam, der den Hausrat der Amados nach Madrid bringen sollte, blieb Eloísa in Fiz zurück, das bereits eine Geisterstadt war, in der nachts der Wind die Fenster und Türen der verlassenen Häuser hart schlagen ließ. Aber sie blieb nicht in ihrem Elternhaus, sondern in der Wohnung in der Kaserne der Guardia Civil, in die sie am Abend ihrer Hochzeit gezogen war. Zu dieser Zeit hatte Manuel bereits eine Weile in der Hauptstadt verbracht und die Zeit genutzt, um Kontakt mit Bekannten aus Fiz, die nun in Madrid wohnten, zu knüpfen, und es war ihm gelungen, mit der Entschädigungssumme eine heruntergekommene Wohnung in der Calle de la Cruz anzuzahlen; nach einigen Umbauten glaubten Rosa und er, dort eine Pension aufziehen zu können. An dem Tag, als sie endgültig aufbrachen, als der Lastwagen, in dem Manuel mitfuhr (Frau und Sohn fuhren ein paar Tage später mit dem Zug) und der mit Möbeln und Gerätschaften beladen war, in die Landstraße nach Cerdeira einbog, trafen sie an einer Wegbiegung auf die beiden Guardias, die mit geschultertem Gewehr den Straßengraben entlang patrouillierten. Der Fahrer drosselte die Geschwindigkeit, und als Martín Pulido im Fahrerhaus seinen Schwager entdeckte, drehte er sich um und winkte. Im Talgrund begann das Wasser schon das Flußbett zu füllen und sich langsam über die Wiesen auszubreiten. An einigen Stellen sahen die Dächer untergegangener Anwesen aus dem Wasser hervor, und einige Kilometer talabwärts tauchte der Glockenturm der Kirche von Cerdeira auf, er schwebte über einem See, den der Sonnenuntergang an mehreren Stellen in Flammen setzte, eine glühende Metallplatte, die man, selbst wenn man wollte, nicht hätte überqueren können. Still und funkelnd lag die metallene Wasserfläche in der Dämmerung vor ihm. Manuel fiel der Klang eines anderen Metalls ein, der Klang der Hohner-Mundharmonika, die sein Bruder gespielt hatte, aber er konnte sich an keine Melodie erinnern. Neben dem Fahrer sitzend, schlief er kurz nach Einbruch der Dunkelheit ein und wachte erst wieder auf, als der Laster scharf bremste. Da hatten sie schon die Berge hinter sich gelassen, und der Wagen fuhr über eine einsame Ebene, die sich durch das Wagenfenster im Mondlicht zu erkennen gab und die mit der metallischen Wasserfläche, die er Stunden zuvor gesehen hatte, verschwistert schien. Auch hier ragten zuweilen am Horizont über der Fläche, die das Mondlicht im Schnee abzeichnete, Kirchtürme auf und das Schweigen. »Ein

Hund ist über die Straße gelaufen, deshalb mußte ich so stark bremsen. Hat mir einen ganz schönen Schreck eingejagt«, rechtfertigte sich der Fahrer. Manuel konnte danach nicht mehr einschlafen. Er hörte das Geräusch des Motors, metallisch wie die Musik einer verstimmten Mundharmonika, und versuchte sich vergeblich an die Melodie eines Liedes zu erinnern, das sein Bruder vor vielen Jahren gespielt hatte.

Es war eine kalte Nacht. Er hatte eine Weile im Vorhof der Kirche geschlafen, war dann vom Hunger aufgewacht und unter dem Vollmond durch die verlassenen Gassen der Stadt getrottet, bis er zum Flußufer kam, wo er in den Abfallresten unter den Pappeln grub. Reste von Vögeln, Federn und Knochen hatten ihn eine Zeitlang beschäftigt, aber bald hatte er genug von dieser Arbeit, die zwar aufregend, aber wenig zweckdienlich war, da sie nicht dazu führte, seinen Hunger zu stillen, und war dem Weg gefolgt, den ihm die Mauern von Gebäuden und Ställen außerhalb des Dorfes wiesen, bis er nach Mitternacht die Nähe von ein paar Hühnern gewittert hatte und, erregt vom Geruch des Geflügels, die Geräusche ausgekundschaftet hatte, das kurze Aufgackern und den heiseren Klang der Flügel. Auch ging von jenem Ort eine angenehme Wärme aus – sie wurde von den Tieren an das Stroh weitergegeben, das sie vor der intensiven Kälte schützte – und auch die Ahnung von unsichtbar fließendem warmen Blut, das durch ihre Körper glitt. Erregt von dieser vielversprechenden Mischung von Geräuschen und Gerüchen, sprang er an einer Stelle über die Mauer, wo diese bröckelte und die herumliegenden Steine den Zugang ins Innere der Einfriedung erleichterten. Schnell überquerte er das vom Mondlicht erleuchtete Viereck des Pferchs und erreichte die von den Dächern beschattete Zone, unter der sich die Tiere vor dem Frost schützten. Als er dort war, stürzte er sich ohne Zögern auf eines der Hühner, das da, die Krallen um eine der Stangen auf der Hühnerleiter geschlossen, schlief. Doch in dem Augenblick, in dem er den Körper des Huhnes erreichte und zwischen seinen Zähnen den warmen Fluß des sprudelnden Blutes schmeckte, wurde er von hinten angefallen, und der Schmerz eines Bisses durchzuckte seinen Körper. Er jaulte auf, während er herumfuhr. Seine Augen stießen auf die des Hofhundes, der sich auf ihn gestürzt hatte. Er zeigte ihm seine blutigen Zähne, stellte sich ihm, doch der andere war stärker und besser vorbereitet als er, der diesen Überfall unternommen hatte, ohne damit zu rechnen, daß er um die Beute würde kämpfen müssen, also wich er geschickt dem Körper aus, der sich zwischen ihn und die Mauer gestellt hatte, jagte davon und sprang über dasselbe niedergebrochene Mauerstück zurück, über das er in den Pferch gekommen war. Der Hofhund sprang hinter ihm über die Mauer, verfolgte ihn ein paar hundert Meter, immer noch unter wütendem Geknurre, aber dann wurde er ruhiger, kläffte nur noch und verlor das Interesse an der Verfolgung. Inzwischen trottete er selbst hechelnd weiter, bis die Grenzmauern und Pferche hinter dem Dorf verschwunden waren und um ihn herum sich nur noch die leuchtenden Eisflächen zu beiden Seiten der Landstraße ausdehnten, so weit der Blick reichte. Die Kälte verstärkte den Schmerz in seinem Rücken und trieb ihn voran, hinderte ihn anzuhalten, denn jedes Mal, wenn er haltmachte, wurde der Schmerz unerträglich. Hechelnd lief er Stunde um Stunde, während das Mondlicht durch ein anderes, perlmuttfarbenes verdrängt wurde, das Schnee und Eis glitzern ließ. Er lief immer noch, als die Sonne herauskam und mit ihrer schwachen Wärme vergeblich gegen die vereisten Flächen ankämpfte. Er hatte Angst und trottete trotz der Erschöpfung weiter, mit heraushängender Zunge und brennenden Wunden. Er floh vor den Fangzähnen, deren Anblick ihn einen Augenblick lang geblendet hatte, vor einer unbestimmten Gefahr, vor dem Hunger, der ihn zwickte, oder vor dem Schmerz in seinem Rücken, der ihm überallhin folgte. Bei Einbruch der Dämmerung blieb er einen Moment stehen, um Luft zu schöpfen, nahm jedoch sogleich seinen ziellosen Lauf wieder auf. Als es schon Nacht war, leckte er einen Reflex des Mondlichts vom Eis, weil er dachte, er bewege sich, zog jedoch sogleich die von der Kälte versengte Zunge wieder in die Schnauze zurück. Als wieder ein neuer Tag anbrach, war sein Lauf schwankend geworden. Vom Randstreifen der Landstraße aus, auf dem er lief, hörte und sah er die Laster vorbeiziehen, die ihm am Anfang Angst gemacht und ihn mehr als einmal zu einem rettenden Sprung in den Straßengraben gezwungen hatten, jetzt aber keine zusätzliche Bewegung mehr bei ihm auslösten, abgesehen von ein paar Gelegenheiten, bei denen er versucht hatte, auf die andere Seite des blauen Bandes überzuwechseln, und ihn der Klang einer Hupe am Boden festgenagelt hatte. Einmal hatte der Laster, der sich mit großer Geschwindigkeit näherte, ein paar Meter vor ihm gebremst und die Spur seiner Räder im Asphalt hinterlassen. Er lief weiter mit geschwollener Zunge, den Körper mit Erde und Blut bedeckt, durstig, obwohl ihm das Eis die Zunge verbrannte, und verließ jenes blaue Band nicht, das nicht ganz so kalt war wie der Rest der Landschaft, die ihn umgab. Er hatte so viel Angst und Schmerz und Hunger, daß er schon gar nicht mehr ans Fressen dachte. Er lief mit schwankendem, doch regelmäßigem Tritt, ohne anzuhalten, drehte ab und zu den Kopf nach hinten, und jedes Mal, wenn ein Fahrzeug vorbei kam, durchlief ihn so etwas wie ein Fieberschauer, doch er hielt nicht an. Der Mond glänzte auf dem Asphalt, und an einigen Stellen hinterließen die erschöpften Pfoten des Hundes undeutliche Blutspuren.

TEIL II

DIE JUNGE GARDE

Ein Bildnis der Jungfrau von Lourdes stand unten am Aufgang zur weißen Marmortreppe. Die schob sich in einer Spirale empor, von der sich, blickte man von oben herab, deutlich das goldene Geländer abhob, das glänzend den Umriß einer riesigen Schnecke nachzeichnete. Auf dieses Geländer, das man nicht einmal beim Treppensteigen anfassen durfte, setzten sich manchmal vorwitzige Internatszöglinge, stießen sich kräftig mit dem Fuß ab und ließen sich dann vom obersten Stockwerk hinuntersausen. Nicht selten wurden Wetten abgeschlossen, schließlich handelte es sich um eine gefährliche Rutschbahn (vor Jahren, hieß es, sei ein Schüler dabei ins Leere gestürzt, in den Tod, und habe dabei noch eine Statue zertrümmert, deren Ebenbild offenbar jetzt dort stand). Ein Reiz für die Schüler bei dieser Rutschpartie war auch das damit verbundene disziplinarische Risiko, denn falls man dabei erwischt wurde, setzte das die höchste Strafe, die gleiche, die der Studienleiter verhängte, wenn er Schüler beim Rauchen oder Trinken ertappte, und darüber hinaus durfte man drei Monate lang nicht zum Spielen in den Hof und Sonntag nachmittags nicht zur allwöchentlichen Kinovorführung in die Aula. Wie die meisten Schüler fühlte sich José Luis vom Geländer und dem schwindelerregenden Rutschabenteuer angelockt, mehr jedoch lockte ihn der Sonntagsfilm, also bemühte er sich, sein Verlangen zu zügeln, nicht nur was diese Übertretung anbelangte, sondern auch andere, die ebenfalls die für ihn so schmerzhafte Entbehrung der Kinovorstellung bedeuteten. Seit er ins Internat gekommen war, konnte er die Filme von der Empore aus sehen – die unteren Sitze waren für das Küchen- und Reinigungspersonal reserviert und da er einer der kleinsten war, durfte er bei den Vorführungen in einer der ersten Reihen sitzen. Einer seiner Wünsche hatte sich erfüllt, die Befriedigung darüber war aber nicht so groß, wie er es sich noch in Salamanca vorgestellt hatte, und vielleicht hing diese Ernüchterung damit zusammen, daß das strenge Schulleben ihm ein Gefühl der Verletzlichkeit gab. Ständig war der ersehnte Augenblick des Kinos bedroht, bis zuletzt gefährdete ihn jeder Fehler, und zahllos waren die Anlässe für eine Bestrafung in dem durch eine komplizierte Kasuistik fast bis ins Unendliche reglementierten Alltag. Man konnte bestraft werden, wenn man zum Fenster schaute, während der Lehrer etwas an die Tafel schrieb, wenn man beim Beten des Rosenkranzes in der Kapelle den Kopf umgedreht hatte, wenn die Stiefel schmutzig waren, man das Bett nicht ordentlich gemacht hatte, zu spät zur Aufstellung gekommen war oder die Schublade des Tischchens nicht richtig geschlossen hatte. Die Gelegenheiten, einen Fehler zu machen oder sich nicht vorschriftsmäßig zu verhalten, folgten einander auf dem Fuß, und selbst wenn man stets auf der Hut war, fiel es schwer, nicht doch in irgendeine Falle zu tappen. Weder bester Wille noch dauerhafte Aufmerksamkeit genügten. Im Verlauf der vierundzwanzig Stunden der einzelnen Wochentage gab es immer eine Sekunde der Disziplinlosigkeit oder Unachtsamkeit, einen Grund, den Schüler als abschreckendes Beispiel vorzuführen. Sogar wenn man schon auf seinem Sitz in der Aula saß, konnte man wegen eines Gewispers oder ungehörig lauten Lachens während der Vorführung sofort des Saales verwiesen werden, und das mitten im Film, auf den man eine ganze Woche lang gewartet hatte und dessen Szenen man sich schon lebhaft ausgemalt hatte. Die Strafe bestand darin, im Gang zu stehen, das Gesicht zur Wand, und die Stimmen und die Musik, die aus den Lautsprechern in der Aula drangen, mit anhören zu müssen. Diese Nähe machte die Strafe noch schlimmer. Doch abgesehen von den Ungewißheiten um das Schulkino, gab es noch andere Unterschiede zwischen den Filmvorführungen im Waisenheim und denen, die José Luis früher in Salamanca erlebt hatte. Die Leinwand in der Schulaula war viel kleiner als die im Alamedilla-Kino von Salamanca, in der Schule gingen vor der Vorführung nicht zuerst ein roter und dann ein durchsichtiger Vorhang auf, es gab auch keine Neonlämpchen um die Bühne herum oder in den Kassetten der Decke. An der Decke gab es nicht einmal Vertiefungen, sondern nur ein paar alte Lampen, die in den Pausen ein fahles Licht auf die Gesichter der Schüler warfen, und der Saal roch nicht nach Raumdufter, sondern nach feuchter Wolle, nach Kinderschweiß und -urin, wodurch die Vorführung etwas von einem Kinderspiel in einem riesigen Schuhkarton bekam. José Luis hatte sich der Internatsdisziplin mit einer Mischung aus Staunen und Angst angepaßt. Am ersten Tag hatte er eine lange Reihe von Tischen mit Tischdecken gesehen, darauf lagen vor jedem Stuhl diverse Teller und ein vollständiges Besteck, der kleine Löffel für den Nachtisch inbegriffen (bei ihm zu Hause wurde die Gabel nur benutzt, um die Fleischstücke aus der Pfanne zu holen, die wurden dann zwischen Brotfladen gelegt; auf dem Tisch lag nur ein Messer, das sowohl er wie sein Vater benutzten oder auch alle drei, als

Ángel noch bei ihnen gewohnt hatte). José Luis war auf die schimmernden Marmorfliesen in der Halle getreten und auf die farbigen Kacheln, die einen Seitenfries in dem Gang zu den Klassenzimmern bildeten, und er hatte in dem ordentlichen Schlafsaal, dessen Sauberkeit allerdings weniger beklemmend als die in der Halle und im Besucherzimmer war, die Betten entdeckt, alle mit gleichen Decken, und da war es ihm so vorgekommen, als ob er in dieser Schule ein besseres Leben hätte, als ihm zustand, es mußte sich um ein Mißverständnis handeln. Es kam ihm so vor, als müßten all diese fremden Leute, mit denen er nun zusammenwohnte, davon überzeugt sein, daß er schon immer solche Gabeln gehabt hatte, Schlafanzüge, grünweiß karierte Decken, eigene Handtücher (zu Hause trockneten sich sein Vater und er mit dem selben Handtuch ab), farbige Plastikgläser und Dosen mit Borsalz, die mit der Nummer des Benutzers ausgezeichnet waren. In den ersten Tagen hatte ihn dieses Gefühl der Anmaßung immer wieder beschlichen: wenn im Hof die Glocke läutete, es plötzlich still wurde und die Schüler sich in langen Reihen aufstellten, wobei der jeweils hintere seinen Vordermann mit den Fingerspitzen der ausgestreckten rechten Hand an der Schulter berührte, wenn die Hilfslehrer vollkommen gerade Reihen und absolute Stille verlangten oder wenn jeden Samstagabend am Fußende des Bettes saubere Wäsche auf sie wartete. José Luis bewegte sich vorsichtig in dieser neuen, ordentlichen Landschaft, in der er sich wie ein Eindringling vorkam, und spürte sogar einen gewissen Kummer, weil es so schön gewesen wäre, wenn sein Vater sich Tische, Decken und Wäsche hätte anschauen können, gesehen hätte, wie der Sohn den Arm ausstreckte, um sich, bevor das Licht gelöscht wurde, mit den sauberen Laken zuzudecken. Sähe sein Vater ihn dort, so meinte er, würde dessen Respekt vor ihm steigen und die Zuneigung wachsen, und er würde ihn wieder bei sich haben wollen. In vielen Nächten, wenn die Lampen im Schlafsaal gelöscht wurden und nur noch ein Notlicht brannte, das die Dunkelheit in rötliches Zellophan einhüllte, dachte er an seinen Vater. Wer kaufte ihm Tabak, wenn das Paket zu Ende ging? Wer bereitete ihm das Abendessen, wenn er abends zurückkam? Wer fegte und wer brachte ihm die Schüssel mit warmem Wasser fürs Rasieren? Er versuchte ihm Fragmente dessen, was ihn jetzt umgab und was er allmählich als ein weiteres Rad im großen Getriebe zu betrachten begann, in seinen wöchentlichen Briefen zu vermitteln; und nicht nur indem er ihm von dem, was ihm besonders bemerkenswert erschien, berichtete, während er verbarg, was ihm gemein oder häßlich vorkam, er achtete auch darauf, daß das Blatt, das er beschrieb, sauber blieb, und bemühte sich darum, daß die Adresse auf dem Umschlag klar und wie mit geraden Linien gezogen wirkte. All diese Details waren ein Teil der neuen Persönlichkeit, die er in sich wachsen fühlte. Ihr widmete er sich mit Energie, war eifrig bemüht, die Mechanik der Veranstaltungen zu durchschauen, die Rituale, die Texte der Gebete, die gebetet, und der Lieder, die gesungen wurden, zu erlernen. Sein Vater antwortete dann und wann auf seine Briefe, und diese Antworten, die im übrigen recht ausdruckslos und mit rhetorischen Formeln (»Ich hoffe, daß Du Dich bei Erhalt dieses Briefes guter Gesundheit erfreust, mir geht es gut, Gott sei gedankt« und ähnliche Wendungen) durchsetzt waren, freuten ihn – tatsächlich trug er die Briefe des Vaters tagelang in der Hemdtasche bei sich, las sie mehrmals, faßte sie an, roch an ihnen –, aber es machte ihn auch etwas betreten, daß der Postbeauftragte die krakelige Schrift auf den Umschlägen sah und die Blätter voller Flecken, Durchstreichungen und Rechtschreibfehler (die ganze Post wurde den Schülern geöffnet übergeben, nachdem der Studienleiter sie gelesen hatte). Er hatte Ángel mehrmals geschrieben und ihn um ein Foto in Boxermontur gebeten, um es, wenn er mit allen vertrauter war, den Jungs zu zeigen, denn er war davon überzeugt, daß so ein Foto bei bestimmten Gelegenheiten wie ein Freibrief sein könnte, doch sein Bruder antwortete ihm nie, und schließlich schickte der Vater das gewidmete Foto des Boxers, um das er gebeten hatte. Für José Luis war es ein außerordentliches Erlebnis, wenn seine Stimme sich mit der von anderen in jenen Gesängen vereinte, die sie wieder und wieder in der Kapelle und in der Aula üben mußten und die jeweils zu einem Zeitpunkt, den er nie genau voraussagen konnte, vom Chorleiter, war dieser mit der Darbietung zufrieden, abgebrochen wurden, um die Unterrichtsstunde zu beenden. Es gab andere Neuheiten, die ihn überraschten: daß sie gesiezt wurden (ja, auch er wurde mit Sie angesprochen) und daß sie nicht mit ihrem Namen, sondern mit dem Nachnamen gerufen wurden, bei gewissen Gelegenheiten auch mit der Nummer, die jedem Schüler am ersten Tag zugeteilt wurde und die auf allem, was er benutzte, auftauchte: auf Socken, Hemden und Unterhemden und auch auf den Büchern, die jeder bekam; auf den Gläsern und Löffelchen für die morgendliche Pulvermilch, in der Kleidung und auf der Bettwäsche. Neuartig erschien ihm auch die Art und Weise, wie Strafen verabreicht wurden. Sein Vater hatte ihn ein paar Mal geschlagen, das waren aber Schläge gewesen, die auf eine Verärgerung, eine Irritation folgten, und ihnen waren Geschrei und Drohungen vorausgegangen. Hier dagegen sprach einer der Aufpasser deinen Nachnamen oder deine Nummer aus, du hattest durch den Mittelgang des Schulzimmers bis zum Podium zu gehen und dort bekamst du ganz sachlich und ohne weitere Worte einen Schlag mit dem Riemen auf die Beine, einen Schlag mit dem Lineal auf die zuvor trichterförmig zusammengedrückten Finger, eine Ohrfeige, nach der dir den ganzen Vormittag über das Gesicht brannte, und dann mußtest du dich wieder in deine Schulbank setzen, und es war deine Pflicht, von dort aus dem, was der Lehrer an die Tafel schrieb, so aufmerksam zu folgen, als sei nichts geschehen, und dich darum zu bemühen, die Tränen zurückzuhalten. Die Spiele hatten etwas ebenso Sachliches wie die Strafen. Man kam hinaus auf den Hof, und da lagen schon die Bälle wartend in einem Netz neben den Toren bereit, und es begann, kaum daß ein Wort gewechselt wurde, das Fußballspiel, das ebenso abrupt mit dem Läuten der Glocke endete. Es war verboten, über die Granitmauern zu steigen, die das Gebäude umgaben, man durfte auch nicht zum Fluß gehen, der nah der Schule vorbeifloß und dessen Ufer, von Gestrüpp und geradlinigen Erlen bewachsen, zum Abenteuer einlud; man durfte nicht in den Abfallgruben jenseits der Mauern nach etwas unvorhergesehen Wertvollem suchen und auch nicht die Pärchen beobachten, die im Grünen Intimität suchten. Im Internat geschah alles innerhalb der Grenzen, die von den Drähten oberhalb der Granitmauer um das Gebäude herum gezogen wurden, und zudem mußte sich innerhalb dieser Grenzen die Aktivität stets an einem Ort abspielen, und man konnte sich nie woanders als dort, wo sich die anderen sammelten, aufhalten, sondern war strikt verpflichtet, genau da zu bleiben, wo die anderen waren, und das gleiche wie sie zu tun. Eine sorgsam festgelegte Ordnung regierte über die Stimmen und das Schweigen und führte dazu, daß die Schüler beim Klang einer Glocke oder einer Pfeife auseinander- oder zusammenliefen, daß sie aufstanden, wenn eine ihnen übergeordnete Person eintrat, daß sie auf einen Wink des messelesenden Priesters niederknieten, daß sie sich bückten, um am Fußende des Bettes die gleichen Stiefel ordentlich hinzustellen, oder daß sie sich hinlegten und über ihre mit identischen Schlafanzügen bekleideten Körper die Decke fallen ließen. Zunächst waren für ihn die Logik und die Zweckdienlichkeit vieler der Rituale, die von dieser Ordnung zeugten, schwer erkennbar gewesen, als er sie aber schon übernommen hatte und wußte, in welchem Augenblick man die Knie zu beugen und sich auf den Boden der Kapelle fallen zu lassen hatte oder aufstehen und einen Gesang anstimmen mußte, fand José Luis in diesen Riten und in dem, was sie auszudrücken schienen, einen geordneten Frieden, den er nie zuvor genossen hatte und der aus der Orgel zu strömen schien, aus den Blumen, die auf dem Altar standen, aus der Klarheit des Katechismus mit seinen präzisen Verhaltensregeln und seinen Wahrheiten, aus der Süße der morgendlichen Hostie und dem leichten Knistern, mit dem sie zerbrach, wenn man die Zunge bewegte, aus dem Trost, daß man auch Gott Vater nennen konnte und daß die Jungfrau den leeren Winkel einnahm, den die Mutter bei ihrem Tod in seinem Herzen hinterlassen hatte; da aber mußte der Junge plötzlich erfahren, daß diese angenehme Ordnung leicht zerbrechlich war.

Gloria Giner war das erste Mädchen der Bertrand-Schule, die in einem von ihrer Mutter chauffierten Auto zum Unterricht kam. Es gab Schülerinnen, die von ihrem Vater oder einem Fahrer gebracht wurden, und manchmal saßen die Mütter dann mit im Wagen, aber es gab keine andere Mutter, die ihr eigenes Auto fuhr und beim Aussteigen die Autoschlüssel in der Hand klimpern ließ und die, wenn sie, an das teilweise von Efeu überwachsene Gitter gelehnt, darauf wartete, daß die Schülerinnen herauskamen, sich gelegentlich sogar eine Zigarette anzündete: Das machte nur Doña Gloria Seseña de Giner, Mutter von Gloria Giner. Sobald Doña Gloria am Schultor erschien, gab es in den Grüppchen älterer Schülerinnen einen kleinen Wirbel, sie schauten neugierig hinüber und kommentierten die Farbe ihres Kleides oder die Marke ihrer Zigaretten, bestimmt importiert und sehr feminin, der Schaft war blaßblau oder rosa und das Mundstück golden. Manchmal rauchte sie auch normale, blonde Zigaretten, Marlboro oder Winston, aber die Aufmerksamkeit, die sie erregte, war deshalb nicht geringer. Die Älteren sahen gerne diese Frau, die den Arm hob und ihn nach außen kreisen ließ, die Zigarette zwischen den Fingern der rechten Hand, um sich einer der anderen Mütter zuzuwenden und sie zu küssen, und die auch ein Weilchen mit ihnen plauderte, den Ellbogen des rechten Armes auf die linke Hand gestützt, mit der sie zugleich ihre Taille hielt, und mit der rechten periodisch die Zigarette zu den Lippen führte.

Nicht nur durch die Präsenz einer so eigenwilligen Mutter erwarb Gloria sich bei ihren Schulkameradinnen bald den Ruf, modern zu sein, und dieser Ruf wuchs von Schuljahr zu Schuljahr. Zweifellos durch die Art, sich zu kleiden – sie war die erste, die sich wie eine Erwachsene anzog und Damenparfums benutzte –, aber auch durch andere, nicht weniger wichtige Dinge, darunter die regelmäßigen Auslandsreisen, die sie mit ihren Eltern oder sogar alleine unternahm. Mit ihren Eltern war sie in London und Paris gewesen – Weihnachten dreiundsechzig und Sommer vierundsechzig –, und deshalb hatte sie als erste die Texte der Lieder von Chubby Checker, Elvis Presley, Paul Anka und Frank Sinatra auswendig gekonnt, die waren besser, für reifere junge Leute, als jene Schlager, die von den anderen Mädchen gesungen wurden, und sie lernte auch den Text eines Chansons von Yves Montand, dem französischen Freund von Marilyn Monroe; das Lied hieß »Feuilles mortes« und sprach von der Zerbrechlichkeit der Liebe und davon, wie das Meer die Spuren auslöscht, die Liebende beim Abschied im Sand hinterlassen haben. Und noch eins, »La plage«, auch französisch, gesungen von einem Mädchen mit wunderhübschen Augen, das Marie Laforet hieß. Die Texte der beiden Lieder hatte sie in ein Heftchen geschrieben, das sie als Tagebuch benutzte, und sie schrieb sie dann für ihre Freundin Helena ab, damit die sie auch lernen konnte. Manchmal sangen sie die Lieder im Duett auf dem Schulhof. Im Sommer fünfundsechzig fuhr Gloria allein nach Rom, zu Onkel und Tante, und brachte einen Schwung romantischer Platten mit, von denen man manche auch schon hier in Spanien gehört hatte, aber ohne darauf zu achten, was sie bedeuteten (»Una lacrima sul viso«). Nach diesen Sommerferien der sechsten Klasse Oberschule konnte Gloria ganze Lieder von Pino Donaggio, Celentano, Eduardo Vianello, Milva und Mina auswendig und hatte außerdem vieles andere gelernt, wie sie sich Helena zu erzählen beeilte; zum Beispiel, wie man richtig küßt, »man läßt die Zunge des Mannes, den man liebt, in den eigenen Mund und spürt die Wärme seines Atems und seines Speichels«, so schrieb sie in ihr Tagebuch, mit absichtlich schwer lesbarer Schrift, die ihr Vater aber schließlich doch entzifferte, mit dem entsprechenden Familienskandal; erst war sie mit Vorwürfen und Drohungen überhäuft worden, dann kam es zu einem Streit zwischen ihrem Vater und ihrer Mutter, bei dem er die Mutter als zu nachgiebig und unachtsam hinstellte und diese ihn starrsinnig nannte. Doch die Kunst des Küssens war nur eines der vielen Fächer gewesen, die Gloria in jenem heißen römischen Sommer als externe Schülerin belegt hatte, zwischen Museen und unglaublichen Ruinen, die man niemandem erklären konnte, weil man das einfach »sehen mußte, diese endlosen Gänge des Vatikans mit all den Statuen aus dem Kunstgeschichtsbuch, die stehen einfach so da, zack, zum Anfassen nah, diese vollkommenen Marmorleiber, die wie echte aussehen, und die Bilder und die Fresken von Raffael und Michelangelo, unglaublich«, besonders wenn man an der Hand des geliebten Mannes dort entlanglief, und das war das Schlüsselwort, »der geliebte Mann«, denn eigentlich war der Kurs, den sie in diesem Sommer bestanden hatte und der so viele Fächer umfaßte, von der Kunst des Küssens bis zur Architektur, der Musik, der Bildhauerei und der Malerei, nichts anderes als einer in Liebe. Gloria Giner hatte sich verliebt. Und diesmal ernsthaft, so wie sich eine erwachsene Frau verliebt, eine wahrhafte, tiefe Liebe, kein Zeitvertreib, kein Spielchen von Kindern, die sich über Freunde in der Clique Briefchen schicken, sondern eine »erfüllte, vollständige, reife Liebe« (auch diese Adjektive tauchten in verschnörkelten Buchstaben in dem Heft auf), da bekam man Bücher gebracht (›Gog‹, von Papini, »ganz toll«, ›Die Haut‹, »eklig, du kannst dir nichts Unanständigeres vorstellen, aber sehr gut«; ›Die Gleichgültigen‹, von Moravia, »schrecklich, sehr stark«), da wird man ins Kino geführt und sieht Vittorio Gassman in ›Il sorpasso‹, das ist der modernste und gewagteste Film, den es zu sehen gibt, und diese Twists und die Mädchen am Strand, in Bikini, und er mit seiner Tochter, die von Catherine Spaak gespielt wird, sie trägt das Haar wie Gloria (oder besser gesagt, Gloria hat sich deren Frisur vor ihrer Rückkehr nach Spanien für das Abschlußjahr an der Bertrand-Schule machen lassen), glatt, gebügelt, und sie ist wie Gloria, schlank, groß, nicht so wie all die Pummelchen in der Klasse, bei denen sich schon der Schimmer eines Schnurrbarts über der Oberlippe ankündigt. Das ist die Liebe, die Gloria kennengelernt hat, die ihr, Fach für Fach, ihr Vetter Roberto Seseña beigebracht hat. Die Liebe, die im Gras liegt und von dem Winkel eines Kusses aus die Säulen auf dem Forum betrachtet. Die Liebe, die den Klängen einer Musikbox in einer Bar folgt, während sie, ohne die Hand des Freundes loszulassen, ein Eis schleckt. Die Liebe, die Briefe vollkritzelt, keine kleinen Botschaften oder Zeichnungen, nein, lange Briefe, mehrere Seiten lang, voller leidenschaftlicher Worte und sogar mit Versen von Poeten angereichert (Alberti, Pavese). Einen Film in den Kinositz gekuschelt ansehen, seinen Arm zwischen deinem

Kopf und der Lehne, und seine Hand spielt mit deinem Haar. Gloria hat ihren großen Frühling im Sommer erlebt. Sie ist aufgeblüht. Tante und Onkel sind fabelhaft, so offen. Die Tante ist Malerin. Und kurz bevor der Kurs begonnen hatte, war Gloria bei der Vernissage einer Ausstellung gewesen, ganz eigenartige Bilder, wie mit Neonfarben gemalt, die das Licht reflektieren: blendendes Grün, intensive Rottöne, phosphoreszierendes Blau, wie aus der Haut eines jener tropischen Fische gewonnen, die man in den Dokumentarfilmen im Kino sieht. Der Onkel hat einen Rennstall. Sie war beim Pferderennen gewesen, mit einem breiten Strohhut, von dessen goldenem Geflecht sich die Spur eines schwarzen Seidenbandes abgehoben hatte; sie hatte ein blauweiß gestreiftes Kleid mit einem viereckigen Ausschnitt getragen, mit einem blauen und einem weißen Träger, ein Kleid, das auch Audrey Hepburn, falls sie es sich anzöge, nicht übel stehen würde, Audrey Hepburn, das war ihre Lieblingsschauspielerin, die elegante Prinzessin, auch sie hat unvergeßliche Ferien in Rom verbracht, mit keinem geringeren als Gregory Peck, dem bestaussehenden Mann der Welt. Und dann hat Gloria in diesem römischen Sommer auch noch ›Frühstück bei Tiffany‹ gesehen, und Roberto war an dem Abend bei ihr (seine Finger spielten in ihren Haaren), und sie konnte sich an seinen Geruch erinnern, den Geruch von Aqua di Mare, so hieß das Duftwasser, und Audrey Hepburn war so, wie sie eines Tages sein wollte, frech, rebellisch, amüsant, exzentrisch (was für ein hübsches Wort, auf eine Frau bezogen: »Sie ist nun mal so, sehr exzentrisch«) und voller Liebe und Einsamkeit, was für eine wunderbare Szene, die drei im Regen, George Peppard, die Katze und sie, alle drei völlig durchnäßt, finden sie sich an den Toren der Einsamkeit wieder, als sie einander schon verloren glaubten. All das erzählte Gloria so, wasserfallartig, Helena Tabarca und zeigte ihr den Umschlag des Briefes, den sie gerade von Roberto bekommen hatte und der nach diesem Aqua di Mare duftete, weil er ihn in den Händen gehalten hatte, und sicher (»das macht er immer«) hatte er den Brief sogar geküßt, bevor er ihn in den Briefkasten warf (»in einen römischen Briefkasten, verstehst du. Dieser Umschlag hat Roberto berührt und hat Rom berührt, du darfst ihn auch küssen, nicht wegen ihm, ist das klar, sondern wegen Rom, und riech daran, merkst du den Duft?« – »Ja, klar, ein wenig spürt man ihn schon«). Sie mußte aufpassen, daß ihre Eltern diese Umschläge nicht in die Hände bekamen, nicht nur weil Roberto keinerlei Bedenken hatte, eine sehr ehrliche, direkte, kühne Sprache zu gebrauchen, sondern auch weil ihre Eltern nicht so offen wie Onkel und Tante waren, die waren das Leben im Ausland gewöhnt und hatten den ganzen Sommer über ein Auge zugedrückt; ihre Eltern waren nicht so, sobald sie nur das Kleinste rochen, besonders nachdem ihr Vater das Tagebuch, das sie in ihrem Zimmer verwahrte, gelesen hatte, schrien sie Zeter und Mordio, vor allem ihr Vater (»kann denn ein Mädchen in diesem Haus kein Geheimnis haben?« hatte Gloria an dem Tag geschluchzt, als der Vater mit ihrem Tagebuch wedelnd im Eßzimmer aufgetaucht war), der vor Gloria mit der Mutter lautstark gestritten hatte. Anscheinend, und das kam erschwerend hinzu, verstand er sich mit Onkel und Tante nicht und war schon dagegen gewesen, daß Gloria den Sommer dort verbrachte; daher war er außer sich gewesen, als ihm auch noch zufällig einer von Robertos Briefen in die Hände fiel (Gloria weiß nicht, wie das hatte passieren können, zwei Fehler hintereinander), und hatte Sachen gesagt wie: »Soll ich diesen Lumpen denn mein Leben lang bezahlen? Dem Vater mußte ich Lösegeld für die Mutter zahlen, und jetzt soll ich dem Herrn Sohn Lösegeld für meine Tochter zahlen, oder was zum Teufel geht hier vor?« Die Mutter verließ das Eßzimmer und knallte die Tür hinter sich zu, nachdem sie ihren Mann eine Bestie genannt hatte, und Gloria verharrte mit gesenktem Kopf leise schluchzend vor ihm, obwohl sie eigentlich nicht recht wußte, ob sie weinen oder lachen sollte, denn wenn sie ihren Vater so wütend sieht, dann überkommt sie ein kaum zu bändigendes nervöses Lachen. Und das, obwohl der Vater ihr angst macht. Nicht daß er sie schon einmal geschlagen hätte, das hat er nie getan, aber er gebietet Respekt, breit wie er ist, im Unterhemd oder auch feierlich im dunklen Anzug mit Zigarre, die ihn mit diesem Geruch imprägniert, der Kraft und Autorität zu bedeuten scheint. Man merkt, daß ihre Mutter diese Kraft und diese Autorität nicht aushält. Sicher hätte auch sie es gerne, wenn ihr Mann etwas feinfühliger wäre und man mit ihm über bestimmte Themen sprechen könnte, über einen Film oder über ein Lied, das auch ihn bewegt hat. Tatsächlich sind Männer nur sensibel, wenn sie jung sind, und verlieren diese Sensibilität, wenn sie heiraten (würde das bei Roberto auch so sein? sorgte sich Gloria); obwohl, manchmal scheint es, daß ihr Vater sich eine gewisse Jugendlichkeit bewahrt hat. Wenn man nur daran denkt, wie er beim letzten Geburtstag ihrer Mutter, den alle im Haus übersehen hatten, mit einem Geschenk angetreten war und, bevor er es ihr übergab, eine Platte aufgelegt und sie in die Mitte des Salons zum Tanzen gezogen hatte und sie beim Tanzen umarmt und ihr einen langen Kuß auf den Mund gegeben hatte. »Hast du deinen Vater und deine Mutter je sich küssen gesehen, so einen richtigen Zungenkuß?« fragte Gloria Helena und Helena sagte, nein, auf das Gesicht schon, auf die Stirn, »aber auf den Mund, ehrlich gesagt, nein, das habe ich nie gesehen«. – »Auf die Stirn, das ist ein Kuß für einen Bruder oder einen Kranken«, sagte Gloria, und da fing Helena an zu lachen: »Klar, mein Vater ist ja auch Arzt.« Dann war sie es, die Gloria etwas fragte: »Und, Roberto und du, habt ihr es gemacht?« Gloria stellte sich dumm: »Was gemacht?« Und als sie merkte, daß Helena rot wurde, wollte sie sich ausschütten vor Lachen: »Was bist du für ein Dummchen, na klar haben wir es gemacht. Soll ich dir erzählen, wie es ist?« und nahm Helena um den Hals und kitzelte sie an den Hüften, und beide lachten und tobten wie besessen auf dem Sofa herum.

Er wurde im April als Hilfsarbeiter bei Doña Sole Beleta eingestellt, und da die Familie den Sommer woanders zu verbringen pflegte, hatte er in den ersten Monate kaum Gelegenheit, die Patrones zu sehen, Doña Sole und die alte Doña Soledad, die ein paar Jahre später starb, und den Señor Eugenio, der überhaupt nichts zu befehlen schien, außer daß man ihm früh morgens, bevor die Sonne stach, das Pferd satteln und ihm am späten Nachmittag ein leichtes Mahl ins Arbeitszimmer bringen solle. Das war alles, ganz im Gegensatz zu Doña Sole, die keine Ruhe gab. Sie verbrachte den ganzen Tag in den Ställen, zählte die Tiere, fragte nach den Würfen der Säue und den Lämmern. Da sollte es jemandem einfallen, sich eins zu greifen und für einen Fleischtopf nach Hause zu schaffen. Überall hatte sie ihre Augen. Selbst wenn ein Tier, aus welchem Grund auch immer, starb, wollte sie den Kadaver sehen und ständig fragte sie nach dem Fuchs, dem Gefleckten, nach dem, der mit dem Bein im Drahtzaun hängen geblieben war und nun ein bißchen hinkte. Sie kannte jedes Kalb, jedes Schaf und jedes Ferkel und die Eigenart jedes einzelnen Landarbeiters. Sie wußte, welche Schweine hinkten, und kannte auch die Schwachstellen eines jeden, der für sie arbeitete, welches Laster er hatte, womit er sich zu lange abgab, welche Arbeit er gerne und welche er nicht so gerne verrichtete. »Man muß alle Arbeiten mit dem gleichen Eifer erledigen«, pflegte Doña Sole zu sagen, die über vierzig war, obwohl sie das mit Make up überspielte und ihr Gesicht mit Cremes und Tüchern schützte, damit die Sonne ihr nicht die Haut verdarb, »alle Arbeiten müssen sein, und man kann nicht sagen, diese gefällt mir mehr als jene, wenn man erst einmal damit anfängt, macht man am Ende nur die, die einem gefällt, und läßt die, die man nicht mag, für später, für morgen.« Im Sommer verschwand die Familie, aber zuvor brachte Doña Sole alles auf Trab. Sie fuhren in den Norden, nach Santander, auf ihren Besitz am Meer, den sie vor etwa sechs Jahren erstanden hatten, ein wunderbar gepflegtes Anwesen mit einer Allee aus Magnolienbäumen, die von der Küstenstraße bis zur Freitreppe vor dem Eingang des Hauptgebäudes führte. Wenn sie Besuch von einer Bekannten aus Zafra oder Jerez bekam, erzählte Doña Sole gerne, daß sie »für die Badesaison in das Haus im Norden« fuhren. Sie hatte es durch Vermittlung ihrer Freundin Gloria bekommen. Auch Gloria pflegte einen Teil des Sommers in dieser Gegend zu verbringen, die Familie besaß ein kleines Chalet in Comillas, wo Ramón und sie die Tochter, solange sie noch klein war, alljährlich ein paar Monate lang zurückließen, während sie selbst die Zeit nützten, um ein paar Tage nach Biarritz, Deauville oder Paris zu entwischen, »um etwas Luft zu schöpfen«. Auf einem Ausflug mit Gloria zur Besichtigung des Hauses hatten ihr an der Gegend, die sie zum ersten Mal sah, die kaum wahrnehmbaren Abenddämmerungen gefallen, die vom Geräusch der Blätter in der Allee begleitet wurden; eine sanfte Brise schien das Licht davonzutragen und dieses Grün und die Feuchtigkeit, die von den Kastanienblättern mitten im Sommer tropfte, und auch die zeitweilige Gegenwart des Meeres, das bei jeder Biegung der Landstraße zwischen den Wiesen auftauchte.

Aber als sie sich nach reiflichen Überlegungen schließlich dort niedergelassen hatte, stellte sie fest, daß sie sich an diesem Erholungsort langweilte, sie hatte hier kaum etwas zu tun, allenfalls ein paar Rosensträucher zurechtzuschneiden oder den beiden Gärtnern Anweisungen zu geben, in der verglasten Bibliothek des ersten Stocks Romane zu lesen und die stählerne Oberfläche des Meeres zu betrachten, wenn sie den Blick vom Buch hob. Und die Privatkapelle des Hauses zu schmücken und jeden Nachmittag zum Rosenkranz zu kommen, den der Pfarrer von Suanzes für ihre Mutter, für sie und für die Dienstmädchen betete; ihr Bruder zog es vor, in seinem Arbeitszimmer zu bleiben und zwischen Heften, Büchern und Platten herumzufaulenzen, er kam nur am Sonntagmorgen zur Pflichtmesse in die Kapelle und das nur, weil die Familie sonst bei den anderen reichen Familien, die Fincas in der Region besaßen, in Verruf geraten wäre; der Priester, ein neuer Freund der Beletas – ebenfalls durch Vermittlung von Gloria –, hätte bestimmt Alarm geschlagen. Die ganze Zeit über, die der Umbau des Hauses dauerte, war Doña Sole äußerst erregt, als würde sich nach so vielen Jahren der Monotonie endlich etwas in ihrem Leben ändern. Später aber, als sie sich dort eingerichtet hatte, mußte sie plötzlich entdecken, daß die Spaziergänge durch den Wald und die hastigen Bäder im eisigen Wasser des kantabrischen Meeres eine Leere und eine absurde Trostlosigkeit in ihr hinterließen, die sich immer dann ausbreiteten, wenn der Tag sich neigte und ihr klar wurde, daß sich weder in ihr noch um sie herum irgend etwas verändert hatte. Vielleicht hatte sie sich anfangs davon verführen lassen, daß sie, bei dem ersten Besuch mit Gloria, plötzlich von interessanten Leuten umgeben gewesen war: der ehemalige Besitzer, Musiker und Witwer; der Bauunternehmer, ein Partner von Ramón Giner, der die Restaurierung übernahm; Suso Martín, Glorias Vertrauter und Ratgeber in Fragen des künstlerischen Geschmacks; dann noch einige Nachbarn aus der Region sowie gelegentliche Besucher; alle begrüßten sie in jenen ersten Monaten mit kleinen Reverenzen, führten ihre Hand zum Mund, blickten ihr tief in die Augen, während sie sprachen und lächelten. Das ging, solange die Bau- und Einrichtungsarbeiten dauerten, mit denen sie betraut waren, danach jedoch verschwanden diese Menschen und ließen Sole wieder mit ihrer Mutter und ihrem Bruder allein. Das Schlimmste war, daß all diese interessanten Männer, die in den ersten Monaten um sie herum waren (während sie den Verkauf und die Übertragung des Hauses in die Wege leitete und sogar blieb, bis alles fertig eingerichtet war), sich behutsam verabschiedet hatten, als sagten sie zu ihr: Nun, wir sind mit unserer Aufgabe hier fertig, und jetzt werden wir Sie wie vereinbart in Ruhe lassen, damit sie endlich glücklich die Einsamkeit genießen können, die Sie hier zwischen Wald und Meer suchen, und Sie müssen entschuldigen, daß wir nicht schon früher verschwunden sind, daß wir so viel auf Sie eingeredet haben, Sie zum Champagner eingeladen haben, daß wir gelächelt und mit Ihnen geflüstert haben und etwas länger als gebührlich Ihre Hand in der unseren hielten. Einer nach dem anderen änderten sie den Ton, aus dem das anfänglich Samtige entschwand, und dann änderte sich auch die Bedeutung der Worte, sie meinten plötzlich Geschwader von Zahlen, Bataillone von Quadratmetern und Heerscharen von Pesetas. Nach und nach präsentierten sie – ebenfalls behutsam, doch mit präzisen Gebärden – ihre

Rechnungen, in denen detailliert aufgeführt war, wie viel sie für sie, Sole Beleta, getan hatten (Friese, Kacheln, Armaturen, Vorhänge, Mahagonitäfelung, Wandschirme, Markisen, Heizungskörper), und dann traten sie ab und ließen Sole vor dem verglasten Ausblick zurück, und sie sah die Wolken heranziehen, die aus der Tiefe des Meeres aufstiegen, und dachte, daß einmal in ihrem Leben nicht sie es gewesen war, die jemandem etwas verkauft hatte. Dieses Gefühl der Passivität machte sie kraftlos, als sei das Rückgrat gebrochen, das sie in den Schützengräben des Alltags aufrechterhielt. Kurzum, nachdem die erste Aufregung ein enttäuschendes Ende gefunden hatte, zog Doña Sole, gefangen in der Monotonie ihres Hauses im Norden, dann doch, auch wenn sie stets das Gegenteil behauptete, die Aufregungen auf ihrer Finca in der Estremadura vor: das Geschrei der Landarbeiter, den Gestank der Pferche am Tag der Schur oder der Kastration, oder wenn geschlachtet wurde oder wenn die Kleinlaster von den Mantequerías Alba aus Madrid oder Barcelona kamen, um Schinken, Lenden und Rauchfleisch abzuholen, die auf der Finca für die Geschäfte hergestellt wurden, zu denen die Familie schon seit vielen Jahren Verbindungen unterhielt. Jeden Sommer unterbrach Doña Sole ein paarmal ihren Aufenthalt im Norden, um überraschend auf dem Hof zu erscheinen (einmal kam sie schon fünf oder sechs Tage nach ihrer Abfahrt wieder und stellte die Finca auf den Kopf). Alle Landarbeiter und mehr noch der Verwalter und der Vorarbeiter, sie alle wußten, daß diese periodischen und überraschenden Besuche keinen anderen Zweck hatten, als ihnen klarzumachen, daß keiner auch nur eine Minute in der Erfüllung seiner Pflichten nachlassen dürfe; daß die Feldarbeit, das Tagwerk in Ställen und Pferchen sowie die Büroarbeit und die Buchführung – egal ob Doña Sole da war oder nicht – mit der Pünktlichkeit eines Uhrwerks erledigt werden müßten. Das war eines der ersten Dinge, die Gregorio, als er für das Haus zu arbeiten begann, aus dem Mund des Vorarbeiters vernahm, er hatte es aber schon früher von Nachbarn im Dorf, die das Gut kannten, gehört. Und diese Vorstellung wurde ihm in den letzten Septembertagen zur Obsession, als Doña Sole aus dem Norden zurückkehrte, um sich um die Vorbereitung der Feria in San Miguel de Zafra zu kümmern, an der sie mit eigenem Vieh und auch einigen Pferden ihres Bruders Eugenio stets teilnahm. Doña Sole war gleich dieser Junge aus Montalto aufgefallen, der Säcke schleppte, Körbe zog, das Steinpflaster vor dem Haus fegte und die Tränken auffüllte. Sie beobachtete ihn drei, vier Tage lang, erkundigte sich, erfuhr, daß er Gregorio hieß, aber bei allen als Bäckerling bekannt war, erfuhr von anderen sowie durch eigene Beobachtung, daß er fleißig war, und kam zu dem Schluß, daß, wenn der Junge im Moment auch nicht übermäßig sauber wirkte, er doch anstellig war und sogar gut aussah und daß er ihr, entsprechend gewaschen und gekleidet, als Bursche bei der Feria dienen könnte. Sie befahl, ihm ein paar weiße Hemden, Unterwäsche und schwarze Tuchhosen zu geben und ihn in ein Bad zu stecken, und der Vorarbeiter bekam den Auftrag, das zu überwachen und ihm nahezulegen, sich den häßlichen Flaum abzurasieren, der in seinem Gesicht zu sprießen begann. »Du kommst mit, José, und dieser Junge, die anderen kommen nicht in Frage. Sie machen den Leuten nur Angst oder wirken irgendwie ekelhaft. Wen sollte ich dieses Jahr sonst schon mitnehmen, sie sind doch wie die Tiere, nicht wie

Menschen. Also sorg dafür, daß der Junge lernt, was er zu tun hat und wie er sich herrichten muß«, sagte sie zum Vorarbeiter, der alles, worum sie gebeten hatte, gewissenhaft ausführte, woraufhin Gregorio Pulido sich in den schmucksten Arbeiter des Gutes verwandelte. Von dem Augenblick an begann er unmittelbar, ohne zwischengeschaltete Vorgesetzte, unter den Anforderungen von Doña Sole zu leiden und dann auch gleich noch unter denen von Doña Soledad und Don Eugenio, die ihn von früh bis spät auf Trab hielten. Alles, was an Arbeiten im Haus anfiel, sollte er erledigen: Holz für den Küchenherd bringen und Holzkohle für die Kohlebecken, die Säcke aus der Vorratskammer tragen, die Möbel an den Großreinemachtagen verrücken, die Mülleimer hinaustragen. Er lernte, die Pferde von Don Eugenio zu striegeln und zu satteln, und manchmal begleitete er ihn auch bei den Ausritten über das Gut, und er aß auch nicht mehr in den Schuppen neben den Ställen, wo die Familien der Landarbeiter wohnten, sondern in der Hauptküche zusammen mit dem Hauspersonal. Seine neue Stellung gefiel ihm, aber er fühlte sich zugleich jenen entfremdet, mit denen er in den ersten Monaten und auch schon früher, als er noch seinen Vater zur Ernte oder zur Schafschur begleitete, zusammengearbeitet hatte. Vor allem aber war er froh, von daheim entkommen zu sein, trotz des Heimwehs nach dem Dorf, das ihn nachts manchmal plagte. Er streifte dann unter den Sternen durch die Sierra, versteckte sich hinter den Steineichen am Bergweg, um den Vater heimgehen zu sehen, der, vom Alter, der Arbeit und dem Alkohol gezeichnet, jedesmal schwerfälliger aus der Bar kam, mit Mühe den Berg hinaufstieg, schwankte, auf dem schlammigen Boden ausrutschte, mit sich selbst sprach und auf dem Weg zur Kapelle Drohungen gegen die Schatten der Eichen und Eukalyptusbäume ausstieß oder die von den Wolken im Vorüberziehen auf die vom Mondlicht beschienene Erde geworfenen Flecken beschimpfte. Manchmal schon hatte Gregorio gedacht, wie leicht es wäre, einfach dort zu bleiben, bis ihn jemand am nächsten Tag fände. Büßen sollte der Vater für den Spitznamen Bäckerling. Immer wenn er sich von solchen Gedanken davontragen ließ, spürte er jedoch in Wirklichkeit das Bedürfnis, ihm entgegenzutreten, mit ihm von Mann zu Mann zu sprechen und ihm seine Schulter zu bieten, damit der Vater sich darauf stützen könnte. Er erinnerte sich an den Geruch des Rauchs von feuchtem Holz daheim und an das Familienbett, das er mit seinem Bruder Tomás geteilt hatte, dem ihm nachgeborenen, der jetzt schon anfing, als Wasserträger zu arbeiten, und er erinnerte sich an seine anderen Geschwister, an Lola und an die Luisi, und fragte sich, warum die Eltern ihnen, den Kindern, eine Krankheit übertragen hatten, deren Symptome periodisch, wie die des Wechselfiebers, auftraten. Er meinte, daß die Entfernung ihn vielleicht heilen könnte, und deshalb sah er die Mutter nur an den Tagen, an denen er ihr den Lohn brachte, und ging ihr die übrige Zeit aus dem Weg. Er lieferte den größten Teil des Geldes ab, das ihnen, einem nach dem anderen, der Verwalter aushändigte, nachdem er sie im Hof rechts vom Haupthaus in einer Reihe hatte Aufstellung nehmen lassen. Er kämpfte gegen den Wunsch zurückzukehren an und blieb oft nachts hinter dem Gutshof im Gras liegen, schaute in die Sterne und rauchte. Bis er eines Abends, als es zu kalt war, um draußen im Hof zu bleiben, sich eins der Fahrräder aus dem Werkzeugschuppen nahm und hinunter zur Bar fuhr, die an der Kreuzung der Landstraße lag, drei oder vier Kilometer vom Dorf entfernt. Das war der einzige Ort, die Dorfkneipe ausgenommen (zu der sein Vater ging), wo man im Winter zu dieser Stunde Menschen begegnen konnte. Er stützte die Ellbogen auf den Tresen und bestellte einen Anis. Die Landarbeiter kamen heran, nannten ihn Bäckerling, aber auf eine sanfte Art, die nicht weh tat, und sie luden ihn zum Trinken ein und sagten ihm Dinge, die im Lärm untergingen und die er nicht ganz verstand, aber es waren Worte; einer, der besonders angeheitert war, stellte sich neben ihn und sang ihm sogar ein Lied von Pepe Pinto ins Ohr, das Gregorio auch schon gelegentlich im Radio gehört hatte. Er entdeckte, daß ihm etwas an diesem Ort gefiel. Einen großen Teil der Wand hinter dem Tresen füllte ein mit Fliegendreck bedeckter Spiegel. In ihm spiegelten sich die Flaschen und auch sein Gesicht. Er konnte es betrachten, als er noch ein Glas Anis bestellte (»Junge, das erste, was ein Trinker lernt, ist nicht zu mischen«, sagte der Landarbeiter, der ihm ins Ohr gesungen hatte). Und als er diese Worte hörte, tat es ihm leid, daß er nicht schon früher in das Lokal gekommen war, nicht den Spiegel und sich darin gesehen hatte, nicht diese Lieder gehörte hatte und nicht das Geräusch der Gläser und Flaschen. Wie hatte er leben können, ohne den Tabakrauch einzuatmen, der die Luft erfüllte, der mit jedem Augenblick dichter wurde und sein Bild, das er im Spiegel betrachtete, allmählich im Nebel untergehen ließ. Es war angenehm zu beobachten, wie das Bild sich entfernte, verschwamm, wie es auf dem Weg zu einem abgelegenen, wolkenumhüllten Ort zu sein schien, längliche Wolken, die ob ihrer Unbeweglichkeit manchmal wie aus einem festen Stoff gemacht schienen und doch nichts als Luft waren. Indes sein Gesicht sich in jenem Spiegel entfernte, entfernte sich auch die Pein. Er kam in anderen Nächten zu dem Spiegel zurück und tauchte im Tabaknebel unter und in einem noch mächtigeren Nebel, der von dem Anis aufstieg, einem Nebel, der von innen kam, sich nicht vor den Augen ausbreitete, sondern den Motor der Glieder besetzte und sich in das Getriebe einnistete, es geschmeidiger machte und die dort gesammelte Müdigkeit des Tages auflöste. Manchmal konnte er nicht umhin und griff sich schon nach ein paar Gläsern das Fahrrad und fuhr dann in Richtung Elternhaus. Im Schatten der Steineichen versteckt, sah er den Vater kommen. Eines Abends hatte einer, den er schon aus seiner Zeit als Wasserträger kannte, dem Wirt gesagt: »Schenk dem Bäckerling noch einen ein«, und hatte Gregorio den Arm um die Schulter gelegt, und so hatten sie sich dann stundenlang unterhalten, bis es schon sehr spät war und es hinter den Berggipfeln hell zu werden begann und er sich unruhig fragte, ob man ihn auf dem Gutshof wohl schon vermißt hatte; sie waren dann hinaus auf die Straße gegangen, und der andere lief neben ihm her, während Gregorio das Rad am Lenker hielt und schob. Der andere hatte gesagt: »Wir können beide aufsteigen. Keine Angst. Wir fallen nicht hin. Ich lenke«, und setzte sich auf den Sattel, und Gregorio setzte sich auf die Stange und spürte die Arme und Beine des anderen um seinen Körper, während sie in Schlangenlinien über den schlammigen Weg fuhren. Seit diesem Morgengrauen hatte er das Gefühl gehabt, daß er in der Kneipe die Kraft fand, die ihm daheim verweigert worden war. Der Anis, der Wein, das Gläschen Schnaps, der milchig trübe Spiegel und das

Geräusch der Stimmen und das trockene Klappern der Dominosteine, wenn sie auf die marmornen Tischchen fielen. Die Kraft, die er mit anderen teilte. Drinnen war es warm, während draußen der Regen die Fensterscheiben hinunterlief. Drinnen roch es nach feuchter Wärme wie aus dem Bügelzimmer des Guts und auch nach Schweiß und Tabak. Kaum war er mit seiner Arbeit fertig, hüllte er sich in eine gefütterte Jacke oder in ein Stück Plastik, und dann radelte er zur Kneipe an der Landstraße. Er trat in die Pedale, und man hörte das Pfeifen des Dynamos, und das Fahrradlicht erleuchtete kaum den Lehmweg, die Pfützen, teerfarben in der Nacht, die Baumstämme. Ab und zu kreuzte er sich mit einer Gestalt, die wie er aussah, auch in Wolle oder Plastik gehüllt, und ihn mit der Fahrradklingel begrüßte. Gregorio grüßte zurück, auch wenn er in der Dunkelheit meist nicht erkennen konnte, um wen es sich handelte. Wenn er in das Lokal hineinging, schaute er als erstes zum Tresen, um zu sehen, ob dort der Mann auf ihn wartete, den er auf der Reisinsel kennengelernt hatte, der den Arm um ihn gelegt hatte und mit dem er sich nun jeden Abend unterhielt. Julián hieß er. Draußen fiel der Regen, und man hörte das Geräusch auf dem Dach, und manchmal sagte Julián zu ihm: »Was ist los, Bäckerling?« und manchmal nannte er ihn auch Gregorio: »Was ist los Gregorio? Du kommst jeden Abend später«, und lachte. Das stimmte nicht. Er beeilte sich mit den Arbeiten auf dem Gutshof, um so früh wie möglich zu kommen, und wenn Doña Sole ihn mal abends rief, damit er noch Brennholz hereinholte, oder ihn unter irgendeinem Vorwand aufhielt, dann wurde er ungeduldig und machte sich nur unwillig an die Arbeit. Julián hatte einen sehr wachen Blick. Er brachte ihm bei, wie man Dame spielt, und an manchen Abenden standen sie nicht nur am Tresen, sondern setzten sich irgendwann an einen Tisch und bewegten die Steine auf dem Brett. An anderen Abenden hatten sie das Brett auf dem Tresen und spielten dort, auf den Barhockern sitzend. Gregorio gefiel es, daß jemand auf ihn wartete, wenn er kam, und auch, daß der Wirt oder andere Gäste fragten, wo geht ihr hin, was macht ihr. Es war, als ob das Wort – Ihr – ihm Verantwortung abnahm, ihn von der täglichen Pflicht, sich anzustrengen, befreite. Jetzt genügte es, dort mit Julián zu spielen und ab und zu aus dem Augenwinkel in den trüben Spiegel zu schauen. Später schlenderten sie unter dem Sternenhimmel einher, und manchmal redeten sie miteinander, bis sich am Horizont das erste Tageslicht zeigte. Dann ging er zum Gutshof und richtete, fast ohne geschlafen zu haben, das Nötige her, bevor der Vorarbeiter und die Herrschaften aufwachten. Hin und wieder machte sich Julián über Gregorios Arbeit lustig und fragte ihn, ob es ihm nicht auf den Sack gehe, als »Dienstmädchen« für eine alte Jungfer zu schuften (»Wenn sie sich wenigstens mal was anderes von dir besorgen ließe«, witzelte er). Einmal, Gregorio wußte nicht warum, störte ihn dieser Witz, er war böse auf Julián und verschwand aus der Bar, nachdem er für sich, aber nicht für ihn bezahlt hatte; bevor er aber noch auf das Fahrrad steigen konnte, war der andere schon bei ihm und nahm ihn bei den Schultern. Er sagte: »Warum bist du mir böse? Merkst du nicht, daß ich das nur sage, weil ich dein Freund bin und dich mag?« Seine Augen glänzten im Mondlicht. Gregorio hatte Lust zu weinen, löste sich aber mit einem Stoß. Er stieg auf das Fahrrad und trat kräftig in die Pedale, und als er schon weit weg war, drehte er sich um und sah Juliáns Schatten, wie er unter dem runden Mond langsam bergaufwärts lief, und da weinte er dann. Er dachte, daß ihm noch niemand so etwas gesagt hatte, niemand, nicht einmal zu Hause, seine Geschwister, seine Mutter oder sein Vater. Er wollte zurück zu Julián, radelte aber weiter, und als er die Lampe im Lagerschuppen, wo er schlief, gelöscht hatte, lag er noch mit offenen Augen da, sah auf den Himmel, der sich leuchtend im Fenster spiegelte, das ein Lichtquadrat an die Decke warf, und spürte, wie die Tränen auf seinem Gesicht brannten, am Anfang mit dem Feuer der Verzweiflung, doch dann mit sanfter Glut, und so verbrachte er die Nacht, weinte still in dem kalten Raum und dachte nach.

Die ersten Tage begleitete Manuel Amado seinen Sohn bis zur Schule Divino Maestro in der Calle San Vicente Ferrer, und manchmal fragte er sich, ob er das machte, weil er befürchtete, Carmelo könne sich auf der Strecke verirren, oder nicht eher, weil es ihn bedrückte, den Sohn allein zwischen all den Menschen zu wissen, die sich über die Puerta del Sol, die Calle Preciados, die Gran Vía bewegten. Im übrigen war Carmelo vom zweiten Tag an, den sie gemeinsam die Strecke gelaufen waren, davon überzeugt, den Weg genauestens zu kennen, er war es, der den Vater führte und sagte: »Jetzt da lang, jetzt links ab, jetzt gehen wir über die Plaza, jetzt die Straße da hoch.« Manuel Amado fiel es schwer, den Jungen in dieser Menschenmenge allein zu lassen, inmitten all der vielen Autos, die sich rasant vorwärtsbewegten und ihn mit Mißtrauen und Schrecken erfüllten. Er empfand ein diffuses Schuldgefühl, weil er seine Frau und seinen Sohn in eine Stadt gebracht hatte, in der sich die Gefahren und die Ungewißheiten zu vervielfachen schienen. Er konnte es nicht ertragen, vom Balkon der Pension aus mitanzusehen, wie Rosa, die Einkaufskarre hinter sich herziehend, in Richtung Santa-Isabel-Markt verschwand, und mochte sie auch nicht allein in der Pension lassen, durch deren Gang Männer in Unterhemd zum Bad gingen, ein Handtuch über der Schulter, eine Seifenschachtel und eine Zahnbürste in der Hand. Die Geräusche und Gespräche aus den Zimmern, das Husten, der Tabakgeruch verdichteten die Atmosphäre auf eine Art und Weise, die ihn im eigenen Haus wachsam wie auf der Lauer bleiben ließen. Seitdem sie Fiz verlassen hatten, hatte sich alles verändert. So vieles hatten sie verloren. In seiner grauen Jacke lange Stunden untätig dasitzend, obwohl er sich ständig Beschäftigungen suchte – einen Hahn reparieren, einen Türriegel oder einen Lichtschalter auswechseln –, obwohl ihm die Buchführung mangels Übung viel Zeit nahm, hatte er selbst das Gefühl, einen Teil seines Körpers, seiner Festigkeit verloren zu haben. Manchmal meinte er, daß Rosa und er einfach alles verloren hatten, weil sie all die Jahre lang immer nur starrköpfig auf einer Landstraße vorangeschritten waren, die sich als Sackgasse erwiesen hatte, und nun, in der Mitte ihres Lebens, hatten sie (wie in dem mexikanischen Lied) kehrtmachen und noch einmal von vorne beginnen müssen, zu einem Zeitpunkt, da er kaum noch über Lust und Kraft verfügte. Manuel trug neuerdings eine Brille, um Rechnungen durchzusehen und die Zeitung zu lesen, und er atmete jetzt die stickige Luft der Pension und die Auspuffgase der Autos. Lolo schrieb ihnen regelmäßig. Er wohnte in den Lagerhallen der Firma Coviles, die für die letzten Nachbesserungen am Bau und für die Instandhaltung des Staudamms zuständig war, und hoffte, bald in das Elternhaus seiner Braut, die er in Kürze zu heiraten gedachte, umziehen zu können. Neben seiner Arbeit als Maurer half er seinem Schwiegervater, der selbst keine Söhne hatte, in der Landwirtschaft. Von Eloísa wußten sie nur das wenige, was ihnen die Leute aus der Gegend, die regelmäßig nach Madrid kamen oder sich endgültig in der Hauptstadt niederließen, erzählten. So hatten sie erfahren, daß Martín Pulido in ein

Dorf bei Córdoba versetzt worden war und daß sie nun dort, in Montilla, mit ihrem Sohn lebten, den sie wohl erst vor kurzem bekommen hatten. Weder hatte Manuel versucht, ihnen die neue Adresse der Familie zukommen zu lassen, noch hatte Eloísa besonderes Interesse gezeigt, diese herauszufinden. In jenen ersten Tagen in Madrid, als er Carmelo in die Schule begleitete, ließ ihn der Junge nie bis zur Schulpforte gehen, ja er durfte sich nicht einmal der Ecke Calle San Vicente Ferrer nähern. Die ganze Strecke über lief er ein paar Schritte voraus. Die Vorstellung, die anderen Kinder könnten merken, daß sein Vater ihn nicht alleine gehen ließ, war ihm peinlich. Seine neuen Schulkameraden waren Jungen aus der Hauptstadt, die sich in den Pausen oder nach Schulschluß mit einer enormen Geschicklichkeit zwischen den Autos bewegten, sich über sie lustig machten, im Zickzack zwischen ihnen hindurch liefen, tollkühn über die Calle San Bernardo rannten, wo die Autos ziemlich schnell fuhren, und sie kannten nicht nur Lage und Führung der Straßen auswendig, sondern auch die Geschäfte, die es dort gab, und deren Besonderheiten sowie die Bars und sogar die meisten der Besitzer, von denen sie oft auch die Namen und seltsame Gewohnheiten kannten, die sie mit Spitznamen bedachten und auf deren Kosten sie derbe Witze machten. Nach einiger Zeit, als sein Vater ihn nicht mehr begleitete, nahm Carmelo selbst diese Gewohnheiten an und spürte, wie sich das Heimweh nach seinem Dorf und seinen Kinderfreunden, vor allem nach Fernando, mit dem er so viele Geheimnisse geteilt hatte, allmählich verlor. Selbst an Tante Eloísa dachte er nur noch sporadisch. Madrids Maßlosigkeit und all das Neue blendeten ihn. Morgens ging er frühzeitig aus der Pension, damit er sich auf seinem Weg die Schaufenster der Sport- und Spielwarengeschäfte und der Buchläden anschauen konnte, und inzwischen wußte er auch schon, was in jedem Schaufenster ausgestellt war, und bemerkte sofort, wenn irgendeine Ware verschwand und durch eine andere ersetzt wurde. Vor den gigantischen Plakaten der Kinos auf der Gran Vía pflegte er lange zu stehen, er versuchte, die Gründe für die Posen dieser gemalten Figuren, die einen Großteil der Fassaden einnahmen, zu erraten, auch die der Menschen auf den Fotos in den Glasvitrinen unter den Markisen, und bemühte sich, die neugierig machenden Titel der angekündigten Filme zu deuten. Am meisten sehnte er den Montag herbei, weil dann das Programm geändert wurde. Und obwohl er diese Strecke gern allein ablief und die Anonymität, die ihm die Menge gewährte, genoß, auch das vage Gefühl hatte, es könnte ihm unter so vielen Leuten auf den Gehsteigen etwas Interessantes widerfahren, ging er auf dem Rückweg, sowohl mittags (wenn er schnell lief, weil ihm kaum genug Zeit blieb, hastig zu essen, bevor er wieder in die Schule mußte) als auch am Nachmittag (wo er sich Zeit für zusätzliche Ausflüge und Umwege ließ) mit einem Schüler aus seiner Klasse zusammen, der nicht weit von der Pension, nahe der Calle Antón Martín wohnte. Luis Coronado Rejón war ein dünner Junge, etwas größer als Carmelo, der zwar fast genauso alt wie Carmelo war, aber zweifellos reifer wirkte. Luis Coronado kannte die Stadt wie seine Hosentasche. Er wußte, wie man zu ein und derselben Stelle auf verschiedenen Wegen kam und auch wie man mit verschiedenen Leuten reden mußte. Er wußte nicht nur, welche Worte man wählen, sondern auch in welchem Ton man sie aussprechen mußte, welche Geschwindigkeit und welche Satzmelodie angebracht waren. Diese Fähigkeit war es, die Carmelo am meisten an Luis faszinierte, denn er selbst sprach mit galicischem Akzent, und die anderen Schüler vom Divino Maestro äfften ihn manchmal nach und machten sich über seinen Singsang lustig. In der Klasse gab es eine klare Trennung, bei der die Madrider besser abschnitten. Sie sprachen schleppend, wie aus einer weisen, schamlosen Ermattung heraus, die außerhalb Geborenen, die beim Sprechen sangen (wie Carmelo) oder übertrieben lispelten oder die Münder in Grotten verwandelten und die Nase in einen Resonanzboden, in dem das Echo der Worte nachklang (auf solch merkwürdige Weise sprach ein Junge aus Reus), wirkten dagegen ungeschickt, minderwertig. Luis Coronado trug eine graue Jacke und eine marineblaue Krawatte mit einem winzigen Knoten (ein zusätzliches Zeichen für Kühnheit und Eleganz) und machte Carmelo jedesmal darauf aufmerksam, wenn ihnen eine gut aussehende Frau über den Weg lief (Luis sagte »Klasseweib«), und hatte keine Bedenken, den gleichaltrigen Mädchen hinterherzurufen, die Schuluniformen trugen, Hefte und Ordner schleppten und mit eiligem Schritt voranstrebten. Da sie einen gemeinsamen Weg hatten und morgens auf der Plaza de Canalejas und nachmittags am Fuß der Treppe zum Portal des Divino Maestro aufeinander warteten, freundete sich Carmelo mit Luis an. Eigentlich war das nicht der Freund, den er sich gewünscht hätte, aber es war derjenige, den Madrid ihm in den ersten Monaten schenkte, und so blieb er ihm treu. Sie verabredeten sich nun an den Wochenenden und durchstreiften an Samstag- und Sonntagnachmittagen die Straßen der Innenstadt, eine Handvoll gerösteter Kastanien in der Manteltasche, die ihnen als Naschwerk dienten, vor allem aber ihre Hände warmhielten. Sie liefen die Calle Atocha entlang, zur Calle Antón Martín, Calle Tirso de Molina, Puerta del Sol, Calle Carretas, Gran Vía, bis ihnen die Füße vor Kälte und Müdigkeit weh taten. Begleitet von Luis betrat Carmelo (für die Vier-Uhr-Vorstellung am Samstag, die am billigsten war) eines der mächtigen Kinos auf der Gran Vía, bestieg zum ersten Mal in seinem Leben einen Aufzug, hinauf zu den letzten Reihen im Rang, der Decke sehr nah, und konnte von dort das Schauspiel des riesigen mit Menschen gefüllten Saales beobachten, die, sobald die Lichter erloschen, repektvolles Schweigen wahrten. Es war das Callao-Kino, und an dem Nachmittag gab es ›Bis zum letzten Mann‹ von John Ford. Carmelo sollte nie die Empfindungen vergessen, die dieser luxuriöse Ort in ihm auslöste, ein solcher Gegensatz zu dem bescheidenen Saal in seinem Dorf, der eigentlich nur ein Schuppen an der Rückwand des Gemeindehauses von Fiz gewesen war. Die Freundschaft mit Luis Coronado öffnete ihm bescheidene Türen, doch durch ihn konnte er nun die Erfahrung machen, wie Madrid ihn nach und nach einhüllte und aufhörte, diese schöne, doch eisige Bühnendekoration zu sein, die man mit einer Mischung aus Faszination und Respekt betrachtete, ohne jedoch der Rolle des Zuschauers zu entkommen; wie sich die Stadt für ihn in ein Nest verwandelte, in dem man sein Eckchen fand, auch wenn dieses nicht immer bequem war. Manchmal gingen Luis und Carmelo am Sonntagnachmittag auch in eine heruntergekommene Wohnung, wo sie sich mit anderen Mitschülern trafen. Dort versammelten sich ausschließlich Jungs, aber man sprach über Frauen, machte Witze, trank und rauchte, hörte Musik, und wenn es spät und langsam Zeit wurde, wieder nach Hause zu gehen, dann tanzten sie miteinander, sprangen nach den Regeln des Rock 'n' Roll herum oder faßten sich sogar um die Taille. Einmal brachte ein Schüler im Abschlußjahr, der auch zu diesen Treffen kam, ein Mädchen mit, das sie betrunken machten, später tanzte sie mit einigen, küßte sich mit Luis und noch einem anderen und ließ sich auf dem Sofa liegend die Titten anfassen und sich mit der Hand unter den Rock fahren, bis sie plötzlich zu weinen anfing und schrie, man solle sie in Ruhe lassen, die Jungen von sich wegstieß und, die Tür hinter sich zuschmetternd, die Wohnung verließ. Als sie gegangen war, onanierten beide, und Carmelo lag reglos auf dem Sofa, auf dem eben noch das Mädchen gelegen hatte, und sah ihnen zu. Am nächsten Sonntag ging er mit Luis in einen Tanzsaal, sie lungerten den Nachmittag über an der Tanzfläche herum und forderten alle Mädchen, die allein dort waren, auf. Luis tanzte drei oder vier schnelle Tänze (eng zu tanzen, hielten die Mädchen für kompromittierend), aber jedesmal mit einer anderen (zweimal hintereinander mit demselben zu tanzen, kam schon einer Verpflichtung gleich). Carmelo tanzte nur einmal. Ein paar Sonntage später gingen sie wieder in denselben Tanzsaal, und Luis verbrachte den halben Nachmittag mit einem Mädchen und tanzte mit ihr auch Stücke, bei denen sich die Paare kaum von der Stelle bewegten, so langsam und aneinandergedrückt tanzten sie, und Luis legte die Arme um den Rücken des Mädchens und zog sie an sich heran, bis er sie mit dem ganzen Körper – Gesicht, Brust, Schenkel berührte. Die meisten Lichter waren gelöscht, und an der Decke kreiste das Kaleidoskop, streute farbige Lichtstückchen auf die Tanzfläche und die Gesichter und Körper der Paare. Als Luis mit dem Mädchen den Tanzsaal verließ, um sie zum Bus zu begleiten, hielten sich beide an der Hand und waren sehr ernst. Luis beschränkte sich darauf, Carmelo komplizenhaft zuzunicken, der noch eine Weile blieb und verzweifelt nach einer Chance Ausschau hielt. An diesem Abend ging er allein nach Hause, angesteckt von der Tristesse, die von sonntäglichen Abenddämmerungen ausgeht. Am nächsten Morgen wartete Luis ungeduldig an der Plaza de Canalejas auf ihn und fing gleich an zu erzählen, daß sie Ja gesagt habe, daß sie sich in ihn verlieben könnte, weil er ihr gefiele, und daß sie sich in der Dunkelheit einer Bank auf der Plaza de España hatte küssen und berühren lassen, und dann, ohne jeden Übergang, schoß er ab: »Klar, ist doch logisch, einer allein kommt besser zum Zug. Viel leichter, als wenn zwei dastehen und der eine den Anstandswauwau macht. Und außerdem, wie soll man mit dir eine anmachen, deine von Mami gestrickten Pullis riechen doch meilenweit nach Provinz.« Carmelo antwortete ihm mit einer verächtlichen Geste: Er zog die Schultern hoch und schnaubte mit geblähten Lippen kurz und trocken die Luft aus; als Luis mittags wieder an der Schultreppe auf ihn wartete, sagte er, nein, er ginge nicht zum Essen heim, und dann nahm er einen anderen Weg – inzwischen kannte auch er sich aus – zur Pension zurück. Von da an vermied er es, mit Luis auf dem Schulweg zusammenzutreffen. Er machte komplizierte Umwege, um auf dem Hinweg nicht auf ihn zu stoßen, und auf dem Rückweg rannte er los, bevor der andere an der Treppe auf ihn warten konnte. Sie sahen sich nicht einmal mehr an Samstagen oder Sonntagen. Carmelo wanderte allein durch die Stadt (am Anfang wollte er nicht daheim bleiben, damit die Eltern nicht fragten, was mit ihm los sei) und suchte die Gebäude und Skulpturen auf, die er aus dem Kunstbuch kannte. Er ging allein ins Kino und begann, vormittags Museen zu besuchen. Jetzt gefiel er sich in der Rolle eines einsamen und traurigen Individuums. Er fühlte sich wohl, wenn er durch den Regen lief oder auf einer Bank im Retiro-Park saß und lärmende Gruppen oder Pärchen vorübergehen sah oder wenn er sich die Namen der Künstler und der Bilder, die an den Wänden des Prado hingen, einprägte. Die Pärchen, die spät am Sonntag an den Bushaltestellen lachten und sich herumschubsten, fand er primitiv, wie auch die Cliquen, die schreiend über die Gehsteige jagten, oder aber jene, die vor den Tanzsälen Schlange standen; er dagegen grübelte über das Leben nach, das die Bettler hinter sich hatten, nun knieten sie auf den Bürgersteigen oder auf den Kirchentreppen und breiteten vor sich ein Tuch aus, auf das die Menschen ein paar Münzen warfen; oder die Männer, die schwere mit Kartons beladene Handkarren über die Calle Atocha zogen, die einsamen Emigranten, die, einen Pappkoffer bei sich, einen Happen an den Bartresen in der Bahnhofsgegend aßen, und auch die Frauen, die an den Türen der Freudenhäuser in der Calle Ballesta auf Kunden warteten. »All the lonely people«, hieß es in einem Song der Beatles, der einige Zeit später herauskam. An manchen Tagen lief er bis zur Universitätsstadt, sah das moderne Gebäude der Casa del Brasil, das sich zwischen Bäumen auf dem Rasen erhob, und sah in der Umgebung der Calle Princesa die Studenten, die sich in lebhaften Grüppchen an den Theken und leise an den Tischen unterhielten, und auch diese Welt schien etwas für ihn bereitzuhalten, das auf ihn zukommen und seinem Leben einen Sinn geben würde. Schon vier oder fünf Mal war er zu einem Filmklub der Universität gegangen (er hatte dort ›Viva Zapata‹, ›Die Jungfernquelle‹ und ›Verbotene Spiele‹ gesehen) und hatte voller Überraschung festgestellt, daß es dort niemanden kümmerte, daß er noch nicht zur Uni ging, daß keiner darauf achtete, was er für Pullover trug, daß er nach wie vor Woche um Woche in eine Schule ging, in der die einzige Zerstreuung darin bestand, einen Ball zu treten oder die Pinkelnden gegen die schmutzige Wand des Pissoirs zu schubsen. Für ihn gehörte das alles, auch wenn es noch nicht der Form nach beendet war, der Vergangenheit an, und es kümmerte ihn auch nicht mehr, was seine Eltern dachten, wenn er beschloß, sonntags nicht auszugehen. Im Gegenteil, es war ein gutes Gefühl, am Küchentisch sitzen zu bleiben und dort Romane und die von den Gästen liegengelassenen Zeitungen zu lesen. Die Gedichte und Betrachtungen, die er zu schreiben begonnen hatte, bewahrte er sich für die Einsamkeit seines Zimmers auf. Nach dem Abendessen ging er in sein Schlafzimmer und schrieb, strich durch und schrieb von neuem, bis spät in die Nacht. Manchmal steckte seine Mutter den Kopf zur Tür herein und sagte, er solle das Licht ausmachen. Luis Coronado hatte er schon fast vergessen, auch das mit dem Anstandswauwau und wie er sich über seine Pullover lustig gemacht hatte, tat ihm nicht mehr weh, weil auch er sich entfernt hatte. Da bekam er einen Anruf von Luis, er bat darum, ihm die Aufgaben vorbeizubringen, die sie die Woche über, die er nun schon krank war, in der Schule gemacht hatten. Der Anruf war für Carmelo eine Überraschung, die noch wuchs, als er zu der Adresse kam, die ihm Luis am Telefon gesagt hatte, und durch eine brüchige Pforte in der Calle Cervantes trat und vier Stockwerke die Treppe hochlief, deren Stufen erst aus Granit und zuletzt aus knarrendem Holz waren, und dann drückte er die Klingel an einer Tür, durch die er, obwohl er nicht übermäßig groß war, kaum, ohne den Kopf einzuziehen, gehen konnte, eine schlanke, in einen Schal gewickelte Frau öffnete ihm und sagte, sie sei die Mutter von Luis. Es gab kaum Möbel in dem Zimmer, das als Diele, Eß- und Wohnzimmer diente und in dem vier Türen die Lage der Küche und der winzigen Schlafzimmer anzeigte. In einem davon wartete Luis auf ihn, halb sitzend in einem Bett mit eisernem Kopfteil. Zu seinem Empfang hatte er sich die graue Mütze und Jacke eines Guardia Civil angezogen. »Das ist die Uniform von meinem Bruder, der hat sich bei der Polizei beworben«, erklärte er seine Aufmachung. »Was sagst du nun? Stell dir vor, was man mit so einer Uniform alles aufreißen kann.« Doch Carmelo bemerkte, daß das Zimmer nicht gelüftet war und nach Schweiß und Medikamenten roch, und auch, daß man durch die Trennwand nicht nur das Geräusch des Fernsehers, sondern auch das Husten und Atmen eines Mannes hörte. »Mein Vater, chronische Bronchitis; hat zu viel geraucht«, sagte Luis, als er bemerkte, wie sich Carmelos Kopf der Trennwand zuwandte. Das mit dem Rauchen sagte er mit genießerischer Bewunderung, als sei auch der Husten ein unerläßliches Teil irgendeiner Uniform.

Es war schön, jeden Nachmittag mit Gloria ins Laurel de Baco zu gehen und dort ihre neuen Freunde um einen Tisch versammelt zu sehen, wie sie über alle möglichen Themen diskutierten und Bücher von ausländischen Autoren austauschten, die sie beide, geleitet von Ignacio Mendieta, dann auch entdeckten und die jetzt die in der Schule empfohlene Lektüre von Lope und Calderón ersetzten, ja sogar die Bücher von Pio Baroja, Antonio Machado und Unamuno, die in der Bibliothek ihres Vaters standen, und schön war es auch zu bemerken, wie plötzlich in der Gruppe die Gespräche verstummten, um sie zu empfangen, und wie alle mit ihren Stühlen zusammenrückten, um ihnen Platz zu machen. Neben diesen Leuten, die sie vor ein paar Monaten kennengelernt hatte, meinte Helena zu reifen, sich mit rasanter Geschwindigkeit von ihren Klassenkameradinnen des Abschlußjahrs zu entfernen, die noch die dummen Schlager des Sommers auswendig lernten und sie im Chor auf dem Pausenhof sangen, schrill wie Zikaden, und den Tag damit verbrachten, die Jungen, die ihnen gefielen, zu beobachten, und für die alles davon abhing, ob die sie anschauten oder nicht, ob sie glattes oder gelocktes Haar, lange oder kurze Koteletten hatten, ob sie mit ihnen zu ›Tombe la neige‹ getanzt hatten und ob sie ihre nach Varón Dandy oder Old Spice duftenden Gesichter den ihren genähert hatten. Gloria und Helena waren plötzlich in die Welt der Erwachsenen eingetreten, junge Männer aus »technischen Hochschulen« und aus »Fakultäten«, die dennoch respektvoll schwiegen, wenn sie ihre Meinungen vorbrachten, diese absolut ernst nahmen und darüber diskutierten. Die Tanzparty in der Wohnung einer Klassenkameradin, die belegten Brötchen, das Gekicher und die Intrigen und kleinen Menschenjagden, aus all dem waren sie plötzlich herausgewachsen. Ignacio Mendieta studierte Architektur, war ein Freund von Roberto, Glorias in Rom lebendem Vetter, und die drei, Gloria, Ignacio und Roberto, hatten sich dort im Sommer getroffen, weil Ignacio die Ferien über bei Francisco Miravitlles, einem Bruder seiner Mutter, der spanischer Konsul in Rom war, wohnte. Don Francisco war Junggeselle und hatte seinen Neffen gern bei sich, um ihm die künstlerischen Wunderwerke der Stadt zu zeigen, und Ignacio wußte als künftiger Architekt über jeden Portikus, über die Säulen, Architrave, Voluten und Gewölbe in Rom Bescheid, auch über die Malerei. Er kannte die Brunnen und die Plätze, wo sich die Touristen nachts versammelten, die stillen Winkel, wo man allein sein und eine vom Mond oder von einer melancholischen Straßenlaterne beleuchtete Barockfassade betrachten konnte. Er war im letzten Sommer ihr Führer gewesen, kundiger noch als Roberto, der dort lebte, der dafür aber andere, weit weniger romantische Seiten der ewigen Stadt kannte. Und Gloria und er hatten sich so angefreundet, daß Ignacio jetzt in Madrid ihr Vertrauter war, mit dem sie jeden Abend endlose Telefonate führte, zur großen Aufregung ihres Vaters, der sich beklagte: »Ich versteh das nicht, wenn er nicht dein Freund ist, was zum Teufel ist er dann.« Ignacio diente ihr als Briefkasten, denn die Briefe, die Roberto nicht an die Adresse der Giners schicken durfte, bekam er auf seinen Namen an seine

Adresse geschickt. Trotz dieser Verbindungen hatte es die beiden Freundinnen am Anfang gewundert, daß Ignacio, der schließlich älter als sie war und anspruchsvollere Neigungen hatte, so interessiert gewesen war, sie seiner Clique vorzustellen, und daß die Gruppe sie so schnell akzeptiert hatte. Ignacio war so etwas wie ein großherziger Beschützer der beiden Freundinnen geworden. Wenn sie über die Straße liefen, ging er in der Mitte und breitete sogar seine Arme leicht hinter ihnen aus, ohne sie zu berühren, wie eine Henne, die ihre Küken beschützt, oder als befürchte er, eines der Mädchen könne fallen und als wolle er ein solches Malheur verhindern. Die Gruppe traf sich die Woche über täglich (samstags und sonntags führte jeder sein eigenes Leben), und jeden Nachmittag gingen im schnellen Austausch Bücher und Zeitschriften über den Tisch, und es war nicht ganz klar, wem sie gehörten, da, was man einmal ins Laurel mitgenommen hatte, zum Gruppenbesitz wurde, und jeder durfte die Seiten umknicken, um etwas zu markieren, oder Unterstreichungen machen und Kommentare an den Rand kritzeln. Es wurde wild diskutiert, man wechselte von einem Thema zum anderen, so wie man auch ohne System las. »Es waren Zeiten von einer enormen Vitalität. Wir mixten Kafka mit Freud und Marx und Hegel mit Baudelaire, Miguel Hernández und Hermann Hesse, und alle hielten wir für Ziegelsteine in einem Gebäude der Auflehnung«, sagte Gloria Giner fünfundzwanzig Jahre später in einem Fernsehinterview. Damals aber waren diese Bücher nicht nur Ziegelsteine im Gebäude der Auflehnung, sondern verströmten auch einen intensiv animalischen Duft, den die jungen Frauen mit der betörenden Präsenz des Geistes verwechselten. Wenn

Gloria auch dem abwesenden Roberto, der weiter regelmäßig seine langen Briefe und Gedichte schickte, die von allen anerkannte und respektierte Treue hielt, kam für Helena die Entdeckung jener Welt, die sie für intellektuell hielt, zeitgleich mit einer intensiven Hinneigung zu einem der Habitués der Gruppe: einem jungen Mann, dessen kräftiges bäuerliches Aussehen sich von dem der anderen abzuheben schien, die, obwohl nachlässig gekleidet, sich doch als verfeinerte Stadtmenschen zu erkennen gaben, so daß man sogar den Verdacht nähren konnte, daß in ihrer Nachlässigkeit etwas Manieriertes lag. Vom ersten Tag an hatten Helena das Gesicht, die Gebärden – sparsam und entschieden – und die Hände – vor allem die kräftigen Hände mit den sehr kurzen, sich ans Fleisch anschmiegenden Nägeln – von Antonio Manchón gefallen, und dieses Bild wurde abgerundet, als sie, kaum ein paar Minuten, nachdem sie die ersten Blicke gewechselt hatten, erfuhr, daß er Landwirtschaft studierte. Kraft und Unschuld schienen in diesem Körper vereint und bei ihrem Zusammentreffen einen Funken gezündet zu haben, der auf Helena übersprang, ein stilles Feuer, kaum wahrnehmbar, dessen Wärme sie jedoch bemerken mußte, da sie sich, wer weiß wie, schon am ersten Tag neben ihm sitzen sah, sie sich in dem engen Raum um den Tisch unbemerkt berührten, und Helena den Geruch feuchter Wolle wahrnahm, der von seinem hochgeschlossenen Pullover ausging. Hätte sich der erste Kontakt mit der Gruppe nicht so abgespielt, wer weiß, ob sie auf dem Heimweg mit Gloria schwärmerisch ausgerufen hätte, diese Leute seien »einfach fantastisch«, und die Freundin war ganz ihrer Meinung. Also beschlossen sie, am nächsten Tag wieder hinzugeben, und auch da kam Helena, nach einigem Stühlerücken, um den Bertrand-Mädchen Platz zu machen, wieder – Schenkel an Schenkel – neben Antonio Manchón zu sitzen. Intellektualität und Rebellentum, von der Gruppe im Laurel geradezu exhibitionistisch ausgelebt, ruhten auf einem verschämten und unsichtbaren Liebesfundament, auf einem Konglomerat von geheimen Anziehungskräften, die sich in Zärtlichkeitsgefühlen für alle in der Gruppe äußerten, auch wenn sie, wie bei Helena, durch die Gegenwart einer Person ausgelöst wurden, die mit ihrer Gestalt, ihrem lebendigen und schreckhaften Blick, der, wenn er den ihren traf, sich hastig abwendete, mit den kräftigen Händen und den kurzen, anliegenden Fingernägeln ein geistiges Ideal verkörperte – denn ein menschlicher Leib in seinen Eigenheiten kann die vollkommenste Materialisierung all der großherzigen Träume darstellen, die ein Jugendlicher verworren verfolgt. Dennoch schien in den langen eineinhalb Jahren, die die Treffen im Laurel andauerten, niemand die Existenz dieses Zements des Verlangens wahrzunehmen. Daher empfanden in den ersten Monaten, immer wenn die Zuneigung zweier Mitglieder der Gruppe unübersehbar wurde, alle den Feuerblitz einer neuen Beziehung als zufälligen Unfall, wie den unerwarteten Einsturz einer Mauer, die zeitweise den Weg verbaut hatte. Sogar Gloria nährte sich von diesem animalischen Humus, weil sie in Ignacio Mendieta den Trost fand, den ein Mittelsmann spendet. Gloria kam jeden Tag mit der Hoffnung auf einen neuen Brief von Roberto ins Laurel, aber es war nicht nur die Hoffnung auf einen Brief, die sie in Erregung versetzte: Ignacio schien das gleiche Etwas wie Roberto zu haben, und sie sog es gierig auf. Er kannte Roberto, hatte mit ihm Unternehmungen und Geheimnisse geteilt, sogar gelegentlich in Robertos Zimmer geschlafen. Ignacio brachte Roberto zum Lachen oder erreichte, daß Roberto plötzlich sehr ernst wurde. Er konnte ihm ins Ohr flüstern oder horchen, was der andere ihm leise sagte, und wenn jemand dazukam und fragte, was los sei, sagte er: »Nichts, nur was unter uns.« Also mußte Gloria unbewußt spüren, daß Emanationen von Roberto sie durch ihn erreichten, ein bebender Hauch seines im römischen Exil verbannten Geistes, von jenseits der Hochebene und des Meeres, und deshalb öffneten sich ihre Poren jenen Emanationen wie in einem Dampfbad. Helenas Beziehung zu Antonio blieb über einen Monat lang geheim – ein Geheimnis, das beide umhüllte, die sie die Anziehung verspürten, sie sich aber nicht eingestanden – und kam eines Nachmittags heraus, als sie vor den anderen in das Bierlokal kamen und allein aufeinandertrafen und, statt sich einander gegenüber an den Tisch zu setzen, sich, wie gewohnt, so setzten, als bliebe ihnen nur eine enge Lücke, weil alle anderen schon auf ihren Plätzen saßen. Da stellten sie fest, daß die Wärme ihrer Schenkel ein Geschenk war, das nicht des Gedränges der anderen bedurfte, um sich bemerkbar zu machen. Und so ließ Antonio, wortlos, den Kopf auf ihre Schulter sinken und schob ihn allmählich in Helenas Haar. So blieben sie eine ganze Weile sitzen, bis er auf einmal den Arm ausstreckte, um auf die Uhr zu sehen, und sagte: »Laß uns gehen, bevor die anderen kommen.« An diesem Nachmittag fehlte Helenas Meinung über das Sein bei Hegel, und beide verpaßten die Erklärung für den Unterschied zwischen Arbeit und Arbeitskraft nach Marx, den Ignacio brillant darlegte. Er war damals noch der einzige, der ein paar marxistische Texte gelesen hatte und ein soziologisches Seminar besuchte, bei dem über Marcuse gesprochen wurde. Erst drei Monate später zog er aus seiner Tasche ein dünnes Bändchen, das in Weihnachtspapier eingeschlagen war und mit einer Mischung aus Verehrung und Furcht von der Runde betrachtet wurde: das ›Kommunistische Manifest‹. Alle hatten davon gehört, aber niemand hatte es je in der Hand gehalten. Bei der Berührung schien man sich zu verbrennen. An jenem Nachmittag aber, bevor die anderen kamen, begann mit Antonios »Komm, laß uns gehen« Helenas Liebesleben, und sie gingen an jenem Nachmittag in den nahen Rosales-Park, langsam, schon Hand in Hand, als ob die Monate, in denen sie sich schweigend begehrt hatten, eine Alltäglichkeit zwischen ihnen hergestellt hätten, eine stumme Lehrzeit, deren Früchte jetzt plötzlich keimten, so daß nach den endlosen Tagen der Kälte und des Nebels nun plötzlich die Sonne durchbrach (eine metaphorische Sonne, denn als sie sich langsam auf den Park zubewegten, war es dunkel geworden, und um die Laternen des Paseo de Moret hatte sich ein Kältehof gebildet). Sie redeten, fielen einander ins Wort, entdeckten, daß sie beide in der ganzen Zeit das gleiche gedacht hatten, das vieles von dem, was sie in der Gruppe gesagt hatten, für den anderen bestimmte private Botschaften gewesen waren. Und jede Entdeckung neuer Komplizenschaft führte zu neuem Gelächter, Händedrücken, und neuerlicher Annäherung der Gesichter. Als sie dann im Park waren, setzten sie sich trotz der Kälte auf eine Bank, die von einer schattigen Hecke geschützt war, und redeten weiter, bis sie plötzlich still wurden, traurig, und eine ganze Weile stumm dasaßen, eingehüllt in die Schatten der Allee. Später merkte Helena, ohne daß das Schweigen gebrochen worden wäre, daß er seinen Körper drehte und seitlich gegen den ihren lehnte, während sie weiter nach vorne blickte, als merke sie nichts von den Bewegungen des anderen, und dann spürte sie wieder Antonios feuchten Atem an ihrem Hals und dann, wie dieser feuchte Atem sich in Bewegung setzte und mit einem Umweg die Entfernung zwischen ihrem Hals und ihren Lippen durchmaß. Er passierte das Ohr, die Schläfe, wanderte zum Kinn hinab und hielt dort (sie hatte die Augen geschlossen, um nichts zu sehen, um nur diesen Atem zu spüren) bei ihren Lippen inne, die dann allmählich einen Druck spürten (er schob ihre Lippen mit den seinen auf und versuchte sich mit der Zunge einen Weg in ihren Mund zu bahnen). Da wandte Helena das Gesicht ab und flüsterte »Nein, nein«, und er löste sich hastig, entschuldigte sich, und seine verschreckten Worte gaben ihm die Hilflosigkeit zurück, die sie so sehr an ihm mochte; ihn nun neben sich atmen zu hören, so gefügig, war fast noch genußreicher, als der Kuß gewesen wäre. Helena hatte noch nie jemanden auf den Mund geküßt, und es kam dazu erst, als sie sich bereits wie ein Paar benahmen und bei den Runden im Laurel Hand in Hand dasaßen. Es war der Nachmittag, als Elsa Morán erzählte, daß ihr Vater nach Kriegsende im Gefängnis war. Alle hörten ihr schweigend zu. An dem Tag nahm auch Helena all ihren Mut zusammen und sagte: »Meiner war auch Republikaner und auch im Gefängnis.«

Es waren kaum zwei Monate seit José Luis' Ankunft in León vergangen, als eines Nachmittags Don Manuel, der Studienleiter, ihn, der gerade die Treppe zu den Klassenzimmern hochging, anherrschte: »Del Moral. Jetzt schwätzen Sie schon wieder und kaspern herum. Kommen Sie her.« Und obwohl José Luis geschwiegen und den vorgeschriebenen Abstand in der Reihe eingehalten hatte, gab Don Manuel ihm vor allen anderen eine Ohrfeige und führte ihn als Beispiel für ungehöriges Verhalten vor. Außerdem mußte er an den darauf folgenden zwei Sonntagen, einsam im Gang stehend, dem Ton der Filmvorführung zuhören. Bis dahin waren die Strafen, die er bekommen hatte, obgleich manchmal unverhältnismäßig hart, eine vorhersehbare Folge seines Handelns gewesen, aber die Ohrfeige an jenem Nachmittag gehorchte einer Willkür, die ihn verstörte. Die ganze Mathematikstunde über konnte er durch die Tränen kaum die Zahlen erkennen, die der Lehrer an die Tafel schrieb, und hinter den Tränen wuchs in ihm die Wut wie eine Kletterpflanze, die ihm ebenfalls die Sicht nahm. Amador, sein Banknachbar, sagte in kurzen Abständen zu ihm: »Reg dich nicht auf. Dieser Kerl ist ein Idiot«, und glaubte ihn damit zu trösten, erreichte jedoch das Gegenteil, da bei seinen Worten die Empörung in José Luis noch anwuchs. Er hatte schon mehrmals gemeint, daß Don Manuel all seine Bewegungen aufmerksam wie ein Raubvogel verfolgte, der sich auf sein Opfer herabstürzen will; seit jenem

Nachmittag aber wurde ihm das, was er zuvor nur für einen kaum gerechtfertigten Verdacht gehalten hatte, zur bedrängenden Gewißheit. Wenn er sich im Hof aufstellte, wenn er die Treppe hinaufstieg, wenn er in der Reihe Richtung Klassenzimmer durch den Gang ging, wußte José Luis, daß hinter diesen dunklen Gläsern im Goldgestell und zu beiden Seiten dieser Adlernase, die wie ein bedrohlicher Schnabel zwischen Don Manuels roten Pausbacken herausragte, sich dessen Augen wie Nadelspitzen in seinen Rücken bohrten und nur darauf warteten, irgend etwas Arhythmisches in seinen Bewegungen zu entdecken. Er lief, die Hände auf der Schulter des Vordermanns, wie das Reglement es vorschrieb, hielt den Kopf gesenkt, und dennoch wußte er, daß Don Manuel nur auf eine Gelegenheit wartete. »Der hat es auf dich abgesehen«, sagte Amador, »kümmer dich nicht drum.« Doch er mußte sich darum kümmern, weil Don Manuels Augen überall waren: in jedem Winkel der Kapelle, in einer Biegung des Ganges, auf dem Podium, das die Tische im Eßsaal überblickte, in einem fernen Fenster zum Hof im zweiten Stock, hinter einem der Tore des Fußballplatzes. Sogar nachts konnte José Luis manchmal im Schein des rötlichen Nachtlichts, das im Schlafsaal brannte, die Brillengläser von Don Manuel blitzen sehen, wenn dieser langsam zwischen den beiden Bettreihen entlangging. Eines Tages rief er José Luis in sein Büro und sagte zu ihm: »Ich glaube, du hast noch nicht gemerkt, daß du nicht mehr in Salamanca mit den Straßenjungen unterwegs bist. Ich werde schon dafür sorgen, daß dir das klar wird.« Sie waren allein. Don Manuel blieb hinter dem Schreibtisch unter dem Kruzifix und den Bildern von Franco und José Antonio sitzen. Der Tisch glänzte, war breit und fast leer. Aber der Schülerbogen von José Luis lag dort, oben links das Foto. Er war voller handschriftlicher Eintragungen mit rotem Kugelschreiber. José Luis schaute aus den Augenwinkeln darauf, während Don Manuel mit ihm sprach, und erschrak, als der Studienleiter die Akte in die Hand nahm und dann mit beiden Händen faßte, um sie ihm zu zeigen. »Weißt du, was hier steht? Weißt du das?« Er meinte die Anmerkungen mit Kugelschreiber. José Luis schüttelte den Kopf und sagte: »Nein.« Don Manuel korrigierte ihn, bevor er weitersprach: »Es heißt: Nein, Señor.« Und dann: »Er weiß es nicht. Der Arme kann nicht ›Nein, Señor‹ sagen. Und hat auch nicht mitbekommen, daß in seinem Schülerbogen steht, daß er kein Mensch ist, sondern ein kleines Tier, wer weiß in welchem Urwald aufgewachsen. Ein kleines Tier, das Brot mit den Zähnen bricht. Das sich die Bratkartoffeln mit den Händen greift. Das den Finger anleckt, um eine Buchseite umzublättern. Das steht auf dem Schülerbogen. Einer, der nicht den Katechismus lernt, die Liturgie nicht kennt, der nicht merkt, daß er niederknien muß, weil man ihm das Heilige Sakrament vorhält, das Größte, was ein Mensch erblicken kann, der noch immer nicht gelernt hat, das Vaterunser zu beten oder das Salve, das Glaubensbekenntnis oder ›Cara al Sol‹ zu singen, und das, obwohl er der Sohn eines alten Kämpfers ist, und der, nachdem er hier schon Monate verbracht hat, nicht einmal weiß, daß Gott nur deshalb sein Vater ist, weil dem Armen gar nichts anderes übrig bleibt, als Vater von allem, was da kreucht und fleucht, zu sein. Das steht auf dem Schülerbogen dieses armen Negerleins aus Afrika, das offensichtlich nach nichts anderem strebt, als Schuhwichse auf anderer Leute Schuhe zu schmieren. O Herr, wie kann jemand diesen Bogen lesen, ohne daß ihm die Tränen kommen und ein unendliches Gefühl des Erbarmens?« So sagte er das. Im Galopp. Mit dem Rücken der rechten Hand auf den Bogen klopfend, den er jetzt in der linken hielt. »Ich kann das Vaterunser und das Salve und das Glaubensbekenntnis, und ich bekomme gute Noten«, erwiderte José Luis und versuchte die Tränen zurückzuhalten. Er wollte nicht, daß der Studienleiter ihn weinen sähe, deshalb hatte er geredet, denn in Wirklichkeit verspürte er keinerlei Bedürfnis, ihm zu erklären, was er konnte und was nicht; das einzige, was er ihm mitteilen wollte, war, daß er meinte, sich korrekt benommen zu haben, daß er sich in allem bemüht hatte; daß er außer in Umgangsformen und Religion (was ihm nie jemand beigebracht hatte) die besten Noten bekam und daß er sich deshalb nicht vorstellen konnte, daß jemand all diese Sachen auf das Papier geschrieben hatte. Nein, er konnte sich nicht vorstellen, daß der Studienleiter soviel über ihn wußte. Deshalb hatte er geredet. Er hatte geredet, um nicht an das Wort Schuhwichse zu denken, das der Studienleiter gerade ausgesprochen hatte. Er wollte nicht, daß dieses Wort sich wieder in seinem Kopf festsetzte, denn er wußte, daß ihm dann etwas Seltsames widerfahren würde, das er niemandem hätte erklären können, denn wenn er auch noch eine Minute, bevor der Studienleiter es aussprach, seine ganze Existenz im Internat wie eine angenehme Dusche empfunden hatte, die ihn mit lauwarmem Wasser von diesem Wort reinigte, seine Haut streichelte und ihm die Lungen öffnete, so verspürte er von dem Augenblick an, als der Studienleiter es ausgesprochen hatte, das Verlangen, sich von Kopf bis Fuß damit vollzuschmieren. Als gehöre der Schuhwichse seine ganze Liebe, als sei sie sein Anzug, seine Uniform, die Flüche, die sein Vater in den Nächten ausstieß, in denen er betrunken heimkam und es nicht schaffte, die Hosen, deren Beine auf Schenkelhöhe mit Sicherheitsnadeln befestigt waren, auszuziehen, und ihn um Hilfe bat; oder wenn er morgens pfiff, während er sich in seinem Rollstuhl sitzend vor dem kleinen Spiegelchen rasierte und den Rasierpinsel in das weiße Schälchen mit dem roten Rand tunkte, in dem José Luis ihm heißes Wasser gebracht hatte. »Laß mich, ich seif dich ein«, bat José Luis, und sein Vater zückte überraschend den Pinsel, mit einer schnellen Bewegung, tupfte ihm Seifenschaum auf die Nasenspitze und lachte, während er den Arm ausstreckte, diesmal um dem Sohn den Pinsel zu übergeben, dann legte er den Kopf in den Nacken, damit der Junge ihn einseifte. Er merkte, daß diese Internatsordnung, die ihn allmählich bestrickt hatte, eine Spiegelung gewesen war, die Vorführung eines Films in der Dunkelheit, der verblaßte und sich in nichts auflöste, sobald im Saal die Lichter angeschaltet wurden. Eine Zeitlang hatte er mit dieser scheinbaren Ordnung gespielt, sich ihr angepaßt, wie man sich den Spielen anpaßt, der Rolle des Indianers oder des Cowboys, dann wie ein Indianer oder ein Cowboy im Film spricht und entsprechend die Stimme verstellt. Doch das Spiel war zu Ende, im Saal waren die Lichter angegangen, und er entdeckte, daß die Stücke, mit denen er sich verkleidet hatte, nicht ihm gehörten und er sie auch nicht haben wollte: Er wollte nicht den Pyjama, nicht die Decke, nicht das Besteck und auch nicht die gedeckten Teller, einer für die Suppe, einer für den Hauptgang, einer für den Nachtisch; auch nicht die nach Blumen und Weihrauch duftende Kirche und die Disziplin der in Reihen aufgestellten Schüler, die vor dem Betreten des Klassenzimmers ›Cara al sol‹ sangen. Jetzt hatte es geläutet, die Pause war vorbei; und er war wieder José Luis. Er beschloß das so. Er war er selbst, und er wollte wieder er selbst sein an seinen Orten, in seinem Haus. Das war das Viertel, in dem sich Pappkartons und Blechbüchsen häuften, am Ufer jenes Flusses, der nach der Schneeschmelze in den Bergen kräftig gegen die Wellenbrecher der Brücke schlug, darüber flogen die Vögel zwischen den steinernen Türmen hindurch in einer Luft, die regelmäßig beim Klang der Glocken bebte. Doch er beging einen Fehler. Er hätte darauf kommen müssen, bevor er noch am Nachmittag einen Brief an seinen Vater schrieb, bevor er Spucke auf die Briefmarke und den Umschlagverschluß schmierte und alles in den Briefkasten im überdachten Hof steckte; er hätte es sich denken können, daß Don Manuel seinen Brief lesen würde, daß er den Umschlag öffnen und das Papier herausziehen würde. Daß er mit Rotstift folgende Worte unterstreichen würde: »Vater, ich will zurück, ich halte es hier nicht mehr aus«, »laß mich nicht hier«, »ich will mit dir zusammen arbeiten, Geld verdienen«. Und er hätte sich denken können, daß Don Manuel, nachdem er diesen Brief in seinem Arbeitszimmer gelesen hatte, ihn, José Luis, zu sich auf das Podium holen würde, dort wo die Post verteilt und die härtesten Strafen ausgesprochen wurden, und ihm den abgefangenen Brief entgegenstrecken würde, den er geöffnet, gelesen und unterstrichen hatte, und José Luis zwingen würde, ihn allen Schülern laut durch das Mikrophon auf dem Podium vorzulesen. Und daß er dieses »Lieber Vater« würde vorlesen müssen, mit dem er den Brief begonnen hatte, und alles, was danach kam, »ich halte weder die Kinder noch die Lehrer aus und erst recht nicht den Studienleiter«. »Stop, einen Augenblick, bitte, Señor del Moral«, wies der Studienleiter ihn nach jedem Satz an und wandte sich dann an die Zuhörer, und er brüllte, daß die Fenster klirrten: »Seht euch dieses kleine Tier an, mit dem Lasso hat man es in Salamanca eingefangen und zu uns geschickt, es erträgt uns nicht, es erträgt nicht, daß wir sauber und gut erzogen sind.« Er hätte es wissen müssen. Vorsichtiger sein müssen. Was er nicht hatte voraussehen können, war, daß, als er am nächsten Morgen aufstand, alle anfingen, über ihn zu lachen, und mit dem Finger auf ihn zeigten, ohne daß er begriff, was vorgefallen war, daß alle Jungen im Schlafsaal sich um ihn scharten, ihn schubsten und lachten, bis der Aufseher kam und mit Schlägen diese Runde auflöste und ihn zum Waschen schickte, und als er dann vor dem Spiegel stand, entdeckte er, daß ihm, während er schlief, Schuhwichse ins Gesicht geschmiert worden war. Er hatte auch nicht ahnen können, daß ihn ein paar Nächte später mehrere Jungen aus dem Bett und zu den Aborten zerren würden, wo sie ihn auszogen und versuchten, ihn erneut vollzuschmieren, während er um sich schlug und trat. In dieser Nacht löste nicht der Aufseher die Gruppe auf, sondern ein Junge, der Raúl Vidal hieß und plötzlich ins Dämmerlicht der Toiletten trat und drohte: »Wer den Burschen anrührt, dem polier ich die Fresse«, und ihm befahl: »Und du, zieh dich endlich an, oder gefällt es dir etwa, wenn man deinen Arsch sieht«, und plötzlich war er mit ihm allein gewesen. Und als José Luis die Pyjamajacke fertig zugeknöpft hatte, legte Raúl Vidal ihm die Hand auf den Nacken, er solle sich keine Sorgen machen, wenn noch einmal jemand ihm etwas antun wolle, solle er es ihm sagen, und dann nahm er die Hand vom Nacken und streckte sie ihm hin, und José Luis nahm sie und drückte sie. Am nächsten Tag kam Raúl wieder zu ihm. Es war auf dem Hof, in einem Augenblick, als der Fußball aus dem Feld geschlagen war und das Spiel ruhte, bis der Junge, der den Ball holte, zurück war. Diesen Moment nutzend, immer weiter auf der Stelle springend, kam er zu ihm und fragte: »Hat dir einer von denen was getan?« José Luis schüttelte den Kopf und blieb still stehen, sah, wie Raúl hinter dem Ball, der wieder im Spiel war, herlief und mit ihm auf das Tor zurannte. Mit aller Kraft wünschte er, Raúl möge den Ball ins Tor schießen. José Luis begriff lange Zeit nicht, warum der andere das getan hatte, schließlich war er nicht sein Freund, konnte sich als starker Fußball- und Handballspieler seine Leute unter den Älteren aussuchen; er hatte auch in den Pausen nie wieder seine Gesellschaft gesucht, höchstens mal für einen Augenblick und um ihn zu fragen, ob ihm jemand etwas getan habe, daß er nicht zögern solle, es ihm zu sagen; warum, wenn er doch nicht wie José Luis gern über Filme sprach, auch keines der Bücher las, die José Luis sich aus der Bibliothek zu holen pflegte. Sonntagvormittags setzte sich José Luis auf eine Treppenstufe und sah Raúl Fußball spielen und wünschte sich, daß er ein Tor schösse, und ärgerte sich, wenn jemand ihn anrempelte, und für ihn bat er den Vater um ein weiteres Foto von Ángel (diesmal mit einer Widmung für Raúl Vidal); es dauerte fast einen Monat, bis er es bekam, aber kaum war es da, gab er es seinem seltsamen Beschützer, fast überfallartig, mitten auf dem Hof »Nimm«, sagte er und legte ihm das Foto in die Hand, das der andere verwundert betrachtete, es zeigte Ángel in Boxerkleidung, in kurzer Hose und mit erhobenen Fäusten, und die

Widmung darunter lautete: »Für Raúl Vidal in Freundschaft. Der Engel von Tejares«, und Raúl steckte das Foto ein, ohne ihn etwas zu fragen, und das wunderte José Luis, tat ihm auch weh, denn er hatte ihm erklären wollen, daß dieser Mann sein Bruder sei und daß er ein wenig ihm, Raúl, ähnele, daß er aber, obwohl er sein starker Bruder sei, ihn nicht verteidigt hätte, im Gegensatz zu ihm, der nichts mit ihm zu tun habe, nicht einmal sein Freund sei. Doch er konnte ihm nichts erklären, weil Raúl das Foto schnell in die Tasche steckte, ohne etwas zu sagen. Jeden Morgen wartete er nun darauf, daß Raúl käme und ihn fragte, wer dieser Boxer sei und warum er ihm das Foto gewidmet habe. So verging über eine Woche. Und als José Luis es nicht mehr aushielt, ging er in einer Pause zu ihm und fragte selbst, ob ihm das Foto und die Widmung gefallen habe. Da erwiderte Raúl, daß er ein Bild von Kim Novak oder Natalie Wood vorgezogen hätte, mit dem Foto eines Kerls in Unterhose könne er nichts anfangen. Und da sagte ihm José Luis: »Das ist mein Bruder.« Und Raúl: »Donnerwetter, er hätte ja ein paar Muskeln für dich übriglassen können, denn du kannst einem ja nur leid tun, Kleiner.« Und doch erfuhr José Luis bald, daß Raúl das Bild all seinen Freunden zeigte, sogar erzählte, daß Ángel und er sich kannten und daß Ángel ihm aufgetragen habe, auf seinen Bruder aufzupassen, und daß er sich die Namen jener in ein Heft notiert habe, die José Luis das Gesicht mit Schuhwichse eingeschmiert hatten, und derjenigen, die ihn in der Toilette ausgezogen hatten, und daß er die Liste bei Gelegenheit dem Boxer übergeben werde. Raúl sagte, daß auf dieser Liste auch der Name von Don Manuel stünde. Und das schien zu stimmen, weil Don Manuel José Luis nun anders behandelte. Doch außer José Luis wußte keiner, wann sich die Behandlung geändert hatte, und nicht einmal José Luis wußte, warum. Nachdem er ihn gezwungen hatte, den Brief öffentlich vorzulegen, hatte er ihn zur Strafe mehrere Tage lang vor seinem Arbeitszimmer stehen lassen. Er zwang ihn, den ganzen Tag lang dort neben der Säule zu stehen. José Luis ging nicht einmal zum Unterricht und durfte nicht ins Bett, bis der Studienleiter es ihm befahl. Das ging, bis Don Manuel eines Abends noch spät sein Arbeitszimmer aufsuchte und ihn nach einer Weile rief, er solle hereinkommen. Als er im Raum stand, fragte Don Manuel wie aus der Pistole geschossen: »José Luis, hast du mir gar nichts zu sagen?« José Luis sagte, nein, er habe ihm nichts zu sagen. Woraufhin Don Manuel die Brille absetzte, sich mit einer kraftlosen Gebärde über die Stirn fuhr und ihn bat: »Komm mal her«, ohne sich aus seinem Sessel hinter dem geschnitzten Holzschreibtisch zu erheben. Als er ihn neben sich stehen hatte, streckte er die Arme aus und zog ihn an sich. Er zog José Luis' Kopf an seinen Hals und wimmerte – ja, es war ein Wimmern: »Warum hast du mich nicht um Verzeihung gebeten, warum willst du mich nie um Verzeihung bitten?« Der Junge spürte den Druck dieser Arme, die ihn gegen den massigen Körper drückten, und roch das Parfum an seiner Jacke (Jahre später zog es ihm eines Tages in Madrid durch die Nase, es hieß Álvarez Gómez) und den Geruch von Schweiß und Tabakrauch am Hals jenes Mannes, der das Wort Verzeihung wiederholte.

Als er nach einer Weile aufstand und das Fahrrad zum Schuppen schob, aus dem er es jeden Abend holte, stieß er beim Rückgebäude auf Doña Sole, die auf ihn wartete. Sie stellte sich zwischen den Fahrradlenker und die Schuppentür und fragte: »Wo kommst du her?« Und bevor er antworten konnte, fuhr sie fort: »Wo gehst du abends hin? Seit wann nimmst du dir einfach ein Fahrrad, das dir nicht gehört? Wer hat dir das erlaubt?« Er senkte den Kopf, merkte, daß ihm das Sprechen schwerfiel, und fing an zu lachen, ein Lachen, das absurd klingen mußte, denn Doña Sole wurde laut: »Wie kannst du nur darüber lachen, du Tropf, du solltest dich schämen, weil du betrunken bist, ich weiß schon, daß du abends in die Taverne gehst und trinkst, aber jetzt ist es Tag, und du bist immer noch betrunken«, und er, Gregorio, wußte nicht, was er antworten sollte, dachte an das, was Julián gesagt hatte – »Warum spielst du für die alte Jungfer das Dienstmädchen?« –, und verspürte große Lust, einfach er selbst, der Bäckerling, zu sein, und er gab sich einen Ruck und sagte: »Lassen Sie mich in Ruhe«, und stieß sie mit dem Ellbogen beiseite, und dann bekam er es mit der Angst zu tun; er sah die Augen von Doña Sole, die in der der leuchtenden Morgenröte funkelten, und dann ging er in die Ecke des Schuppens, wo er sein Schlaflager hatte, und griff sich das bißchen Kleidung, das er von zu Hause mitgebracht hatte, die Schuhe, die Stiefel und die Gummistiefel, und die Sonne war noch nicht aufgegangen, als er durch die

Hintertür verschwand, und die Ziegeldächer des Guts waren Schatten, die sich gegen das Licht des anbrechenden Tages abzeichneten, Schatten wie er selbst, der sich mit einem Sack auf dem Buckel voranbewegte, mit einem Beutel, in den er Schuhe und Stiefel gesteckt hatte, und einem alten Pappkoffer seiner Mutter. Das erste Morgenlicht stieg allmählich hinter dem Weg empor, wo rechter Hand noch die Birne glühte, die auf die Bar verwies. Doch die Wolken wischten schon bald das Leuchten am Himmel fort und besetzten den Horizont: dunkle Wolken, Gewitterwolken, die sich, von einem feuchtkalten Wind angeschoben, schnell ausbreiteten. Ein ganzes Stück vor der Bar noch fielen die ersten dicken Tropfen, und Gregorio fühlte sich verlassen unter dem Regen, der nun weich und friedlich zu fallen begann, ihn aber durchnäßte. Er betrat die Kneipe, die zu dieser Stunde noch leer war, und wußte nicht, was tun. Er hatte sich an einen Tisch gesetzt, hatte den Sack, den Koffer und den Beutel hingestellt und einen Kaffee mit einem Schuß Schnaps bestellt; und dann, indes der Vormittag voranschritt, hatte er noch das eine oder andere Glas bestellt, und die Bar, die kalt und frisch gescheuert gewesen war, als er gekommen war, die Gegenstände nicht mit dem Weichzeichner des Rauches zeigte und unangenehm nach kaltem Tabaksqualm, nach saurem Wein und Lauge roch, hüllte dann langsam wieder seine Gedanken ein; es waren keine eigentlichen Gedanken, sondern eher Obsessionen, Bilder, die ihm in den Kopf kamen und die er nicht loswerden konnte, einzelne Worte, die sich in seinem Hirn wiederholten, immer dieselben und nicht mehr als ein halbes Dutzend kurzer Sätze, die hinter den Augen zusammenrückten, oder lose Enden, die sich fest ineinander verknoteten. Er empfand eine diffuse Mischung aus Angst und Zorn, und er hatte Mitleid, nicht nur mit sich selbst, sondern auch mit den Gästen, die hereinkamen und ihren Kaffee, ihr Glas bestellten, schweigend austranken und wieder einen Tag lang arbeiten gingen. Sie standen still da oder unterhielten sich ein wenig mit heiserer Stimme. Morgens waren die Unterhaltungen kürzer, die Worte schneidender, die Witze nicht so komisch. Die Männer kamen herein, blieben ein Weilchen da und gingen dann schnell. Ein paar blieben ein wenig länger und schauten jedes Mal auf, wenn sich die Tür öffnete. Sie warteten auf etwas oder auf jemanden – auf einen Lieferwagen, den Bus oder einen Arbeitskollegen, und er wartete auf nichts, auf niemanden, was also suchte er hier? Doch, ja, er wartete. Er wartete auf mehrere Dinge zugleich, Dinge, die sich nach und nach einstellten, die behutsam kamen: Er wartete darauf, daß der Ofen die Kneipe erwärmte, daß der frischgewischte Boden trocknete und sich mit Kippen bedeckte, daß der Rauch der Zigaretten den Dunst im Lokal fütterte und die Regale mit den Flaschen etwas ferner rückte. Einige Flaschen waren alt und hatten schon die Ferne, die ihnen der Staub verlieh, andere aber schmerzten ihn mit ihrem blitzenden Glas. Gregorio wußte, daß die Wärme das mildern würde, es bereits milderte, in die Ferne trug, und der Tag erwies sich dabei als hilfreich, denn es war dunstig vom Regen, und das Licht mußte die Wassertropfen, die am Fensterglas herabliefen, durchdringen. Einige sagten: »Schenk dem Bäckerling einen aus«, und der Wirt füllte erneut das Glas auf seinem Tisch und ließ ihn damit noch mehr allein, denn seine Geste bestätigte den von Doña Sole ausgesprochenen Verdacht, daß er schon am Morgen trank, und auch seine eigene Verzweiflung, die auf keine

Medizin ansprach. Der Mann, der mit dem Fahrrad den Hang hinauffuhr, ein Schatten im Mondlicht, Männer, die sich an der Glastür der Bar gesammelt hatten, zwischen Kartons und großen Netzen, und die den Regen fallen sahen, während sie auf den Linienbus warteten und einen Milchkaffee bestellten. Sie gingen durch die Kneipe zur Toilette und stellten sich dann wieder an die Tür. Der Bus war grün und gelb, und durch die Glasscheibe konnte Gregorio sehen, wie ein Junge die Leiter hochstieg, die zur Dachladefläche führte. Er hatte eine blaue Jacke an, wie der Fahrer, der an den Tresen und dann zur Toilette gegangen war. Oben auf dem Dach zog der Junge die nasse Plane beiseite und zurecht, damit das Gepäck der zusteigenden Passagiere geschützt würde. Seine Armbewegung fiel mit dem Geräusch der Tolettenspülung zusammen, die Tür öffnete sich erneut für den Fahrer, der mit einem Schluck das Glas hinunterkippte, das ihm der Wirt hingestellt hatte. Jetzt erkannte Gregorio durch die Scheiben an den Busfenstern ein paar der Gesichter, die er zuvor hatte einsteigen und ungeduldig ins Innere drängen sehen. Und kaum eine Minute später entfernten sich die Gesichter, und hinter den Scheiben blieb nur der Regen, und drinnen wusch der Wirt Gläser und Tassen, und Gregorio nahm noch einen Schluck aus seinem Glas. Jetzt roch es wieder nach Waschlauge, und auf dem Boden war eine Pfütze zurückgeblieben, und schlammige Fußspuren führten von der Tür zum Tresen und vom Tresen zur Toilette. Draußen hörte es nicht auf zu regnen. Der Tag verging, und der Rauch nahm das Lokal allmählich in Besitz, die Tische füllten sich mit Dominospielern, und Mattigkeit bemächtigte sich seiner; er lehnte sich gegen den Tisch, weil es ihm Mühe machte, aufrecht zu sitzen.

Er war betrunken, und an diesem Tag hatte Doña Sole wirklich recht, weil er schon am Morgen trank, und Trunkenheit war der Trost derer, die ohne Ziel durch fremdes Land zogen; sein kleiner Himmel, die Kneipe, die Watte aus Rauch und Stimmen, das Klicken der Dominosteine auf den marmornen Platten. Sein Kopf lag auf seinen gekreuzten Armen auf dem Tisch und er vermutete, daß er auf Julián wartete. Der ganze Tag ging vorüber. Wintertage sind sehr kurz. Er war müde und wartete auf Julián, der sollte den Sack schultern und ihn nachts auf dem schlammigen Weg führen, zwischen den Baumstämmen hindurch, die ihn säumten. Doch er wachte auf, und Julián war nicht da. Viele der Gäste hatten das Lokal schon verlassen, und die Zurückgebliebenen waren lauter geworden und machten mehr Krach mit den Steinen auf dem Marmor. Jetzt sah man nichts mehr durch die Glastür. Dahinter war alles dunkel, obgleich noch das Geräusch des Regens auf den Scheiben und auf dem Dach zu hören war. Dann wußte er nichts mehr, nur daß er aufgewacht war und in einem warmen Bett gelegen hatte und daß Julián bei ihm war und ihm die Hand auf die Stirn legte und dann das Kinn. Sonst nichts. Die Wolken hatten sich aufgelöst. Das Mondlicht netzte den Boden und das Bett und die Gegenstände im Zimmer. Es regnete nicht mehr. Als er daher wieder die Augen öffnete, drang der Morgen in ein unbekanntes Zimmer und vergoldete es. Es duftete nach Kaffee, und irgendwo bellten Hunde. Gregorio richtete sich auf und merkte, daß er nackt war und nicht wußte, wo seine Kleidung war, noch weshalb er hier lag und wie er hergekommen war. Er wußte, daß er schon einmal, früher, das Gebell dieser Hunde gehört hatte, vielleicht im Traum.

Elvira Rejón versteckte ihrem Mann die Zigaretten, aber das half nichts, weil Luis daraufhin die Schachteln unter der Matratze verbarg, und wenn Elvira sie dort entdeckte, dann legte er sie auf den Wassertank in der Toilette oder in die Schublade des Kleiderschranks, zwischen die gefaltete Bettwäsche. »Wenn ich sie verwahre und du jedes Mal danach fragen mußt, dann rauchst du doch weniger, merkst du das nicht?« sagte sie, und er gab ihr recht, wie man Verrückten recht gibt, und danach tat er, was er wollte. Was nützte es schon, ihm zu Hause die Schachteln zu verstecken, wenn er dann rausging und sich an den Süßwarenständen die Zigaretten einzeln kaufte oder Freunde anbettelte oder Zigaretten gegen ein Glas Wein tauschte. »Du bringst dich um«, sagte sie, wenn sie hörte, wie er morgens über dem Waschbecken hustete, spuckte, und dann antwortete er, daß er schon seit über einer Woche nicht rauche. »Das ist der Dreck, der schon seit wer weiß wie lange in mir steckt und den ich noch nicht los bin«, sagte er, und Elvira wußte, daß er auch hier log, so wie er sie sechs Monate lang angelogen hatte, als er auf der Straße arbeitete und nicht zum Essen kam, weil er sagte, das Geschäft zöge am frühen Nachmittag an, und sie dann erfahren mußte, daß er sich mit einer Frau aus der Calle del Amparo der Siesta widmete. Der rasselnde Atem war das erste, was Elvira hörte, wenn Luis die Treppe hinaufgestiegen kam. Sie hörte ihn bei geschlossener Tür, wenn er beim Treppenabsatz des dritten

Stockes angelangt war. Sie hörte das Knarren der Holzstiege und auch den Blasebalg dieser kranken Lunge. Von dem Augenblick an, da er die Wohnung betrat, verließ dieses zermürbende Geräusch sie nicht mehr: Sie hörte es von der Küche aus, es übertönte die Musik und die Stimmen aus dem Fernseher, wenn sie die Töpfe in der Küche scheuerte; sie hörte es von ihrem Sessel im kleinen Wohnzimmer aus und jedes Mal, wenn die Nähmaschine, an der sie arbeitete, aussetzte. Vor allem hörte sie es nachts; nachts hörte sie es neben sich im Bett, und dieser erschöpfte Atem schlug monoton wie eine Welle gegen sie an und ließ sie oft nicht schlafen. Doch er hörte nicht auf zu rauchen, obwohl es ihm immer schwerer fallen mußte, seine Arbeit als Hauskassierer für die Almacenes San Mateo und vier, fünf kleinere Geschäfte, die auf seiner Route lagen, zu erledigen. Seine Arbeit verlangte von ihm, täglich Hunderte von Stufen hinaufzusteigen, und abends kam er immer mit kaputten Füßen heim und bat Elvira, ihm die Schüssel mit warmem Wasser für das Fußbad zu bringen. Er streckte sich in den Sessel, zog Schuhe und Socken aus, lehnte den Kopf mit einem Seufzer der Erleichterung zurück, der von all diesen Stufen, den Fußmärschen, den Strecken, die er in der Metro gestanden hatte, kündete. Er war sehr dünn, aß wenig, rauchte zu jeder Tageszeit und trank bedächtig große Gläser Kaffee, wobei es ihn nicht störte, wenn dieser kalt wurde. Das Haus hatte sich sehr verändert, seit er den Straßenverkauf aufgegeben hatte und sie und ihre Schwägerin Lolita für die Nachbarschaft nähten, statt Puppenkleider herzustellen. Alltagskleidung, aber auch Fest- und Brautkleider. Jetzt ging es ihnen nicht schlecht, sie hatten den Eisschrank und den Fernseher gekauft, hatten Matratzen und Polster ausgewechselt, und überdies war Jesús, der älteste Sohn, bei der Polizei angenommen worden und gab ihnen, obwohl er kaum zu Hause war, einen guten Teil seines Soldes. Nicht einmal Luisito hielt sich häufig daheim auf, er lernte nicht in seinem Zimmer, weil er lieber in der Unversitätsbibliothek arbeitete, wo es, wie er sagte, leiser war und er mehr Ruhe zur Arbeit fand. Elvira hatte den Verdacht, daß er nicht so lange in der Bibliothek saß, wie er behauptete, denn nachts, wenn er zurückkam, roch seine Kleidung wie die des Vaters nach Rauch und sein Atem nach Alkohol, und sie schimpfte mit ihm, allerdings mit wenig Hoffnung und geringer Wirkung, da sie den Rauchgestank nie loswurde. Auch wenn sie ihm das Geld abgezählt gab, schaffte Luisito es trotzdem, sich ein Päckchen Camel oder Bisontes zu kaufen, die sie jedesmal, wenn sie seine Jacke ausbürstete, in der Tasche entdeckte. Elvira war davon überzeugt, daß er viele Stunden damit vertrödelte, von einem Ort zum anderen zu wandern, und daß es ihre Schwägerin Lolita war, die ihm das nötige Geld gab. Sie hatte in beidem recht: Lolita gab ihm wöchentlich Geld, und es stimmte auch, daß er kaum je die Fakultätsbibliothek betrat, wenn er abends in der Universitätsstadt blieb. Diesen ersten Herbst seines Philosophie- und Literaturstudiums pflegte er in der Cafeteria zu verbringen und im Garten davor, wo sich die sonnigen Herbstnachmittage Madrids genießen ließen. Die Sonne vergoldete Bänke und Hecken, und es duftete noch nach Rosen. In den ersten Studientagen, wenn die Prüfungen noch fern lagen, waren Tischchen und Garten der Lieblingsplatz eines Großteils der Studenten, sie verbrachten ihre Zeit mit Unterhaltungen vor einer Tasse Kaffee, einem Bier, oder lagen auf dem Rasen, den die Herbstsonne sanft erwärmte. Seitdem sie in die Philosophische Fakultät eingeschrieben waren, sahen sich Luis und Carmelo wieder täglich, unterhielten sich ab und zu und trafen sich manchmal in der Metro oder in der Straßenbahn. Nicht daß sie die enge Freundschaft aus den ersten Zeiten am Divino Maestro wieder aufgenommen hätten, aber die Tatsache, daß sie sich von früher her kannten, führte sie inmitten dieser Masse von Unbekannten zusammen, die sich an den Pulten der riesigen Hörsäle, in den belebten Gängen und der großen Aula, bei den fast täglichen Kulturveranstaltungen, versammelten. Die Atmosphäre in der Fakultät war ganz anders als in der Schule. Luis hatte den Unterschied sofort erfaßt und bei einer der ersten Begegnungen, als die Kurse noch nicht begonnen hatten und sie vor den Immatrikulationsschaltern Schlange standen, zu Carmelo gesagt: »Hör mal, Carmelo, für diese Leute bist du noch nie bei mir zu Hause gewesen, ja? Und du weißt auch nicht, wo ich wohne.« Carmelo fragte sich, warum Luis sich derart in Geheimnisse hüllte, so wie er seinen Rumpf mit einem nagelneuen blauen Sakko umhüllte und den Hals mit einer frisch eingeweihten roten Krawatte, deren Knoten wie immer, als Zeichen für Distinktion, winzig war. Aber er tat Luis den Gefallen. Nach über einem Monat Lehrbetrieb, als die lebendige Atmosphäre aus den ersten Tagen angespannt wurde und in der Eingangshalle der Fakultät täglich Versammlungen für die Freiheit des vietnamesischen, die Selbstbestimmung des baskischen Volkes und gegen die Francodiktatur stattfanden und unter dem Applaus der aufgeregten, staunenden Studenten brennende spanische und amerikanische Flaggen vom obersten Stockwerk des Gebäudes hinuntergeworfen wurden, kam Luis, der wie Carmelo zu den Treffen des geheimen Studentensyndikats ging, mit einer weiteren Bitte, die Carmelo angesichts der in der Fakultät herrschenden Stimmung ganz logisch erschien: »Du wirst doch keinem erzählen, daß mein Bruder bei der Polizei ist.« Carmelo wollte Luis beruhigen, indem er sich als Komplize gab und gestand: »Ich habe auch eine Tante, die einen von der Guardia Civil geheiratet hat.« Aber als er das gesagt hatte, war ihm, als hätte er dem andern ein unverdientes Geschenk gemacht. Allerdings ein ziemlich wertloses und unwichtiges Geschenk, wie er dann fand, denn nach den ersten Tagen, in denen ihre Verlorenheit sie einander nähergebracht hatte, bewegten sie sich bald in unterschiedlichen Kreisen und grüßten sich, wenn überhaupt, von weitem. Während Luis sich in Cafeteria und Garten aufhielt, verbrachte Carmelo einen Teil des Nachmittags in der Bibliothek und pflegte dann nach Moncloa zu gehen, wo er sich im Laurel de Baco mit ein paar Studenten traf, die er im Filmklub der Casa del Brasil kennengelernt hatte und die mit zwei seiner neuen Kommilitoninnen, Gloria Giner und Helena Tabarca, befreundet waren, mit denen er wenige Tage nach Unibeginn Wahlaufrufe des Demokratischen Studentensyndikats verteilt hatte. Die Wahlen waren von den Universitätsbehörden und auch von der Regierung verboten worden, im November wurde dennoch aktiv in allen Hörsälen gewählt, es ging hoch her, es kam zu Streiks und zu einem Boykott jener Professoren, die sich weigerten, die Wahlversammlungen während ihrer Vorlesungen abhalten zu lassen. Carmelo hatte Helena Tabarca schon im vergangenen Jahr mehrmals gesehen. Sie war ihm in der Bar der Casa del Brasil aufgefallen, als er auf den Beginn der Vorführung von ›Panzerkreuzer Potemkin‹ wartete und dann auch bei einem Vortrag von Miret Magdalena über die gesellschaftliche und politische Verantwortung des Christen in der Schule des Heiligen Evangelisten Johannes. Sie wunderte sich über sein gutes Gedächtnis und sah wirklich sehr gut aus, das Haar fiel ihr auf die Schultern, und sie trug einen kreidefarbenen Pullover mit Rollkragen und ein Männerjackett mit kleinen grauen Karos und einem Schlitz auf dem Rücken, dazu einen Minirock. Carmelo hätte sich ihr jedoch wahrscheinlich nie genähert, wenn er sie nicht zusammen mit Gloria gesehen hätte, wie sie beide in einer der ersten Bankreihen saßen, im Gang standen und sich unterhielten, während sie auf den Professor warteten, wie sie auf dem Rasen im Garten lagen und lachten, wie sie Hefte und Bücher auf den Marmortisch in der Cafeteria stapelten. Carmelo fand Helena sehr hübsch, doch leider interessierte er sich nur für Gloria, die ihn wie von fern begrüßte, als Helena sie einander vorstellte, und die überdies gemeint hatte, daß sie das Buch von Fromm nicht besonders interessiert habe. Carmelo hatte ihr ›Die Furcht vor der Freiheit‹ geliehen und sich viel davon versprochen. Danach wollte er ihr das andere Buch von Fromm geben, dessen Titel, ›Die Kunst zu lieben‹, schon alles sagte. Aber Gloria vergaß sogar, ihm das Buch zurückzugeben, und kam auch nicht darauf zurück. »Ich bin Marxistin« hatte sie bei einer Diskussion im Laurel gesagt, »und alles, was mit Privatleben zu tun hat, interessiert mich nicht besonders«, Worte, die Carmelo so weh taten, als wären sie gegen ihn gerichtet gewesen. Daher bot er ihr in einem neuerlichen Vorstoß eine Anthologie mit Gedichten von Miguel Hernández an, die er an einem Bücherstand gekauft hatte, wo man solche Bücher verborgen hielt und nur für vertrauenswürdige Kunden hervorholte. Doch Gloria lehnte dankend ab, sie hätte das Buch schon gelesen, und sie hätte auch ›Tercera Residencia‹ gelesen, in dem Neruda Franco, Sanjurjo und Mola zur Hölle schicke, und Gloria bot sich sogar an, ihm verbotene Literatur zu beschaffen: einen Band Alberti-Gedichte, den sie aus Italien mitgebracht hatte. Carmelo war begeistert, aber dann vergaß sie, ihm das versprochene Buch zu bringen. Dann erfuhr er, sie sei in einen Vetter verliebt, der in Rom lebte, und er war froh, daß sie ihm das Buch nicht gebracht hatte, das sie bestimmt mit ihrem Freund zusammen gelesen hatte, am Ende war es sogar ein Geschenk von ihm. Fortan schwor er sich jeden Tag, wenn er aus der Fakultät kam, keinen Fuß mehr in das Laurel de Baco zu setzen, und jeden Nachmittag wurde er seinem Vorsatz unter irgendeinem Vorwand untreu. Im letzten Moment, wenn er schon die Stufen zur U-Bahn hinunterging, fiel ihm ein, daß er Ignacio um etwas bitten oder Helena ein Flugblatt geben wollte, das er in der Eingangshalle vom Boden aufgesammelt hatte und das ihm sehr interessant erschien, weil es die Vietnam-Frage auf den Punkt brachte, und dann drehte er um und ging zum Laurel in der Absicht, dort nur ein paar Sekunden zu bleiben, gerade die nötige Zeit, um den Auftrag zu erledigen, den er sich – wenn er ehrlich war – selbst gegeben hatte. Dort sah er dann Gloria, die immer woanders hinschaute, unerreichbar, und er hätte weinen können, und ihre Haltung erschien ihm ein Faden mehr im großen Knäuel der Ungerechtigkeit. Er war verunsichert. Er konnte nicht begreifen, daß die Liebe eines Menschen nicht ausreichte, um zwei zu vereinen. Das große Knäuel der Ungerechtigkeit, das Kleines und Großes umwickelte: die Gefühle der Menschen, die Erwartungen der Gesellschaften und der Völker. In jenen Tagen sah er ›Irrlicht‹ mit Maurice Ronet (er wußte weder, daß es eine Romanverfilmung war, noch wer Drieu la Rochelle war), ein Film, der ihn tief beeindruckte und sogar an Selbstmord denken ließ. Zu Hause begann er sich unberechenbar zu verhalten. Ganze Tage lang betrat er die Pension nicht, während er an anderen Tagen nicht aus seinem Zimmer herauskam, manchmal nicht einmal aus dem Bett, was die Eltern zunehmend beunruhigte. Er gab vor, sich auf eine harte Zwischenprüfung vorzubereiten. Tatsächlich suchte er aber traurige Lieder im Radio, las Gedichte oder lag einfach auf dem Bett und beobachtete das Spiel des Lichts an der Zimmerdecke. Auch wenn sie ihm nichts davon sagten, machten Rosa und Manuel sich allmählich mehr Sorgen um diesen zunehmend nervösen, reizbaren Sohn, den sie bei sich hatten, als um jenen, der im fernen Galicien zurückgeblieben war. »Das macht die neue Umgebung, die Universität, die Verantwortung«, hatte Rosa immer wieder ihrem Mann erklärt. Eines Nachmittags hatte Manuel Amado zu seiner Frau gesagt: »Warum muß bei uns alles schiefgehen?« und sie hatte ihn getröstet: »Stimmt doch nicht. Wir können uns nicht beklagen. Wir haben unsere Pension, unser Haus, wir können leben.« Und Manuel hatte gesagt: »Glaubst du etwa, daß eine Pension ein Haus ist?« Er redete zum ersten Mal so, denn er hatte sich in all der Zeit weder beklagt noch irgend etwas angedeutet, bis sie einen ganzen Nachmittag lang über Carmelo sprachen. Und an dem Tag merkte Rosa, daß er nicht über den Sohn, sondern über sie, über sie beide sprach, daß er eingeschüchtert und eifersüchtig war, weil er sich zuvor als Herr über alles gefühlt hatte und jetzt fand, daß alles nur wie gemietet sei, von einem unsicheren Vertrag gehalten, und daß in Manuels Kopf sich dieser Mietvertrag auch auf sie, seine Frau, erstreckte, die in den Zimmern ein- und ausging, die Bettwäsche wechselte, den erkrankten Gästen schwarzen Tee oder Lindenblütentee brachte, ihnen notgedrungen nah war – Gästen im Unterhemd, im Pyjama, die sich über dem Waschbecken im Zimmer die Zähne putzten, während Rosa saubermachte –, eine Nähe, die ihr in Manuels Augen zwangsläufig etwas von ihrer Unschuld nehmen mußte. Rosa merkte, was ihr Mann dachte, und sagte: »Unser Haus ist da, wo wir sind.« Er nickte zustimmend. Er hatte die Unterarme auf den Küchentisch gestützt, und sie waren allein. Es war später Nachmittag. Die meisten Gäste waren ausgegangen, und die Pension lag still da. Manuel streckte die Arme aus und fing ihre Hände mit den seinen ein und drückte sie fest. »Wir. Dieses Wort meint doch immer weniger, Rosa. Wir. Früher meinte das den Großvater, Eloísa, Lolo, Carmelo, das Haus, den Garten, die Tiere, die Wiesen, jetzt sind wir nur noch du und ich. Und manchmal, wenn ich vom Balkon aus sehe, wie du mit dem Einkaufsbeutel zwischen den Leuten verschwindest, dann denke ich, daß wir, nur noch ich alleine bin, der Wirrwarr in meinem Kopf, was ich über alles denke, über das, was sich nicht mehr aufrecht halten kann, weil es nicht genügend Beine hat, die es tragen würden.« Rosa sagte: »Soll ich böse werden?« Er schüttelte den Kopf. Aber er fügte hinzu: »Merkst du denn nicht, daß Carmelo sich auch schon davonmacht? Was sollen wir beide hier allein in Madrid? Was wollten wir hier verteidigen?« Einige Zeit später mußte sie an diese Worte denken, besonders an dem Tag, als Carmelo ihr sagte, daß er Arbeit als Lehrer an einer Schule gefunden habe und daß er sich mit Studienfreunden eine Wohnung suchen wolle. Wohin brach er auf? Als sie die Schubladen in seinem Zimmer durchsah, hatte sie Propagandablätter gefunden, bedruckt mit Hammer und Sichel. Sie zog es vor, ihrem Mann nicht davon zu erzählen. An dem Tag, als Carmelo seine Sachen wegtrug, warnte sie ihn: »Sei vorsichtig, Sohn«, in einem Ton, an den er sich später erinnern sollte.

Als die anderen abgezogen waren und er ihn dort im Schatten liegen sah, nackt auf den kalten Fliesen der Toilette, wußte er nicht, was tun. Er befahl ihm, sich anzuziehen, da ihn der Anblick dieses weiblichen Fleisches störte, das von dem Licht der Notlampe wie von einer zweiten durchsichtigen Haut umgeben war, und dann berührte er seinen Kopf, weil er ihm etwas mitteilen wollte und nicht wußte wie, und dann streckte er ihm die Hand hin. Del Moral war zart. Raúl hatte ihn unzählige Male bewegungslos auf dem Hof gesehen, während die anderen Jungs hinter einem Ball herrannten oder einander verfolgten. Del Moral machte kaum mit bei den Spielen. Er bewegte sich nicht viel und suchte den Schutz der Arkaden am Eingang. Raúl sah ihn, die farblose, durchsichtige Haut, unter der winzige Adern von den Wangen aufwärts über die Stirn verliefen, seine Hände waren immer rot von der Kälte und hielten ein Buch, die Füße steckten in Stiefeln, die sicher die richtige Größe hatten, jedoch zu groß wirkten, weil aus ihnen zarte Beinchen voller Frostbeulen ragten, die, man wußte nicht wie, diese Stiefel heben sollten. Er erinnerte ihn an eines dieser eben aus der Schale geschlüpften Küken, die sein Vater in einen hölzernen Käfig gesetzt hatte, den er nachts in den Schuppen im Pferch und jeden Morgen hinaus in die Sonne stellte. Nachts brannte eine Glühbirne über den Küken, damit sie nicht froren, und Raúl hatte den Eindruck, daß auch del Moral eines Käfigs bedurfte, eines Strohnests und einer Birne, die ihn warm hielt, denn man hätte meinen können, daß er stets kurz vorm Erfrieren war, wenn er auf dem Hof erschien, die Augen weit aufgerissen, in alle Richtungen schauend, oder auch wenn er ihn an den Abenden nach jener Nacht, in der sie ihn auf der Toilette ausgezogen hatten, auf dem Weg zum Schlafsaal sah, wie er schweigend neben einer Säule vor der Tür zum Büro des Studienleiters stand. Seit jener Nacht (und ohne daß er wußte, warum, denn die Zerbrechlichkeit und Ungeschicklichkeit dieses Jungen hatten für ihn etwas Erschreckendes, ja, Abstoßendes) beobachtete er ihn mit noch größerer Aufmerksamkeit aus der Ferne. Er bemerkte, daß der Junge kaum aß: Sobald er den Diener mit der Suppenschüssel kommen sah, fuhr er mit der ausgestreckten Hand zwischen Teller und Schöpflöffel und sagte: »Ein Löffel reicht.« Er war anders als die anderen, die dem Diener den Schöpflöffel entrissen, um sich eine Zusatzportion aufzufüllen, und, wenn der Brotkorb vorüberging, sich mit den Ellbogen stießen, um mehrere Stücke abzubekommen, die sie dann in Hosen- und Jackentaschen verwahrten. Das Benehmen von del Moral, ja sogar sein Aussehen, stieß ihn ab, andererseits fesselte ihn der Junge. Ihn faszinierte die Unfähigkeit und Hilflosigkeit des anderen, als gehorchten diese einer Geringschätzung gegenüber allem, was meß- und wiegbar war, und als setzten sie auf die Existenz von etwas, das, immateriell und geheimnisvoll, nur von einem Ort aus, den Raúl nicht kannte, wahrnehmbar war. Er hörte ihn nachts husten – José Luis schlief drei oder vier Betten weiter –, und ihm schien, seine Zartheit, immer an der Grenze zum Kränklichen, sei auf ein Geheimnis bezogen, das er hütete. Es gab nichts, was sie verband, nichts, was sie hätten teilen können, denn ihr Geschmack und ihre Vorlieben waren ganz verschieden, und während del Moral sich in der Freizeit in die Bücher vertiefte, die er aus der Bibliothek holte, und sich in kleinen Heften, die er aus der Tasche zog, Notizen machte, blieb er selbst keinen Augenblick ruhig im Hof, spielte immer Fußball, Handball oder schloß mit den Älteren Wetten ab, wer am weitesten, am höchsten sprang oder einen Stein am weitesten warf. Es kam ihm nicht in den Sinn, sich einen Augenblick neben del Moral zu stellen, der immer hinter den Säulen oder in Ecken Schutz vor dem Wind suchte, das Revers des Mantels hochgeklappt, die Taschen ausgebeult von einem in Zeitungspapier eingeschlagenen Buch. Und dennoch bemerkte er aus einer gewissen Distanz seine Gegenwart: nah genug, daß sie nicht unbemerkt bleiben konnte und er sich darum hätte kümmern müssen. In Wahrheit war er einer der ersten gewesen, die es auf del Moral abgesehen hatten, ihm den Schal oder die Serviette versteckten, ihm sein Buch wegnahmen, um es auf ein Fenstersims zu legen, an das er nicht herankam. Es hatte ihm Spaß gemacht zu sehen, wie der andere nervös wurde, wie er die Schublade im Eßsaal durchsuchte, wie er sich auf einer Bank auf Zehenspitzen reckte, um das, was außerhalb seiner Reichweite geraten war, zu holen, oder wie er auf dem Boden suchte, zwischen den Stühlen herumkroch; doch dieser erste Spaß verwandelte sich in Mitleid, wenn er bemerkte, daß del Morals Augen feucht wurden und daß er sich Mühe geben mußte, nicht vor allen loszuweinen. Dann widerfuhr Raúl das, was zwischen Katz und Maus geschieht. Die Katze will weiter mit der Maus spielen, nachdem sie diese bereits mit einem Prankenschlag erledigt hat. Er suchte nach einer Form, den Spaß fortzusetzen, jetzt allerdings mit der klaren Absicht, der andere möge erkennen, daß er alles aus Sympathie, aus Zuneigung machte, aus der Lust heraus, ein Spiel gemeinsam zu spielen, aber er schaffte es nur, ihn noch mehr zu verletzen. Del Moral, seine Gegenwart, störte ihn und zog ihn gleichermaßen an. Und das noch mehr seit der Nacht, in der er ihm zur Hilfe gekommen war; er mußte ihn schützen, aber er ertrug es nicht, wenn sein dankbarer Blick ihn auf dem Hof verfolgte. Diese geröteten und stets fiebrigen Augen schienen ihn mit der gleichen Intensität zu verfolgen, wie er selbst den Ball verfolgte. Als del Moral sich ihm eines Morgens mit einem Stück Pappe in den Händen näherte (das, wie sich herausstellte, das Foto eines Boxers war) und es ihm hinhielt und, als er es genommen hatte, in eine Ecke des Hofes davonrannte, von der aus er ihn dann verstohlen beobachtete und auf eine Reaktion wartete, da hatte Raúl nicht übel Lust gehabt, sich auf ihn zu stürzen, denn es war so, als habe del Moral ihn mit dieser Gabe zum Komplizen seiner Schwäche gemacht. Seine kalte und dünne Hand hatte die seine gestreift, womöglich angesteckt. Außerdem hatte er dummerweise, ohne darüber nachzudenken, das eingesteckt, was diese Hand ihm gerade gegeben hatte, und konnte es die ganze Pause über durch den Stoff des Hemdes hindurch an seiner Brust spüren. Er hätte das Foto zerreißen sollen. Er war versucht gewesen, es zu tun, den Hof mit langen Schritten zu durcheilen, vor del Moral stehenzubleiben, mit einem Griff seine Wolltuchjacke zu packen, ihn mit einem Ruck hochzuheben, bis er sein Gesicht sehr nah vor dem eigenen hätte, und ihn anzuspucken und ihn dann von sich zu stoßen, das Foto herauszuziehen, es in tausend Stücke zu zerreißen und die auf den kümmerlichen Körper zu werfen, der ihn vom Boden aus anblicken würde. Statt dessen aber steckte er das Foto in seine Hemdtasche, zog es verstohlen heraus, als er zum Unterricht ging, und legte es zwischen die Seiten eines Buches, um es heimlich anzuschauen. Er verweilte dabei, die gespannten Muskeln zu betrachten – so sollten seine eines Tages aussehen –, die wachsamen Augen voller Mißtrauen und Stolz, die von dicken Handschuhen umgebenen Fäuste und, vor allem, die Widmung mit dem eigenen Vor- und Nachnamen (»Für Raúl Vidal in Freundschaft«), die in einer Ecke stand, geschrieben in einer derben Schrift, deren Züge jedoch die gefährliche Kraft dessen, was die Handschuhe verhüllten, die Stärke der kurvigen Arme, der mächtigen, leicht angewinkelten Beine ausdrückten. Die unregelmäßigen Buchstaben, von den Händen jenes Mannes als Emanation seiner Kraft dort niedergeschrieben, übten eine solche Anziehung auf ihn aus, daß er ein durchsichtiges Papier auf das Foto legte und die Schrift durchpauste, bis er sie in einer sehr angenäherten Form reproduzieren konnte. Auf dem Blatt stand dann die Unterschrift – Engel von Tejares – ganz viele Male, und er meinte schließlich, niemand könnte sie mehr von der echten unterscheiden. Außerdem glaubte er nach langem Anschauen des Fotos zu entdecken, daß vom Grunde dieser bewegungslosen, starken Gestalt – so wie Aladins Geist aus der Lampe – ihm die fiebrige und schwächliche Aufregung von del Moral entgegenschlug. Ein Assoziationsmechanismus lag dem zugrunde, der ihm unbegreiflich blieb, bis ihm eine Woche später das Stimmchen zuflüsterte: »Das ist mein Bruder«, und er dann tatsächlich sehen konnte, daß dieser Mann so war, als ob del Moral alles, was Raúl Unbehagen verursachte, statt nach innen nach außen gepackt hätte, denn die beiden, der Boxer, der in kurzer Hose drohte, und der Junge, der aus dem verschlissenen grauen Mantel schaute, hatten viele gemeinsame Züge. Es gab sogar eine umgekehrte Korrespondenz – fast mit bloßem Auge und in Millimetern oder Gramm meßbar – zwischen der Mächtigkeit des einen und der Zartheit des anderen. Von dem Tag an stand Raúl, der ihn in den Schulpausen oder bei den sonntäglichen Schulspaziergängen am Flußufer entlang oder über die stadtnahen Wiesen nicht bei sich haben wollte, des nachts auf und stellte sich neben das Bett von del Moral, um ihn beim Schlafen zu beobachten. Manchmal ließ er einen Kaugummi oder einen Bonbon auf sein Gesicht fallen, bei dessen Berührung del Moral aus dem Schlaf aufschreckte, wenn Raúl schon wieder zurück in seinem Bett war. Ihm gefiel die doppelte Reaktion, die seine Geste provozierte. Erst hörte er den Klagelaut des anderen, wenn er getroffen wurde, und dann, nach einer Weile, konnte er, wenn er aufpaßte, hören, wie das Papier, das die Süßigkeit umgab, zwischen del Morals Fingern knisterte, und konnte sich vorstellen, wie dieser den Bonbon in den Mund steckte und den süßen Geschmack genoß, bevor er wieder einschlief. Das waren die stammelnden Anfänge einer Freundschaft, die zu wachsen begann, als der andere ihn vor den Sommerferien um seine Adresse bat und sie in ein Notizbuch einschrieb. Wenige Tage nachdem er in Bovra angekommen war, überraschte ihn ein Brief, den er nur flüchtig las, über den er sich aber freute, so wie es ihn freute, weitere Briefe zu bekommen, auf die er schließlich mit einer knappen Postkarte antwortete. Als die Sommerferien vorbei waren und sie wieder in der Schule zusammentrafen, hatte sich zwischen ihnen eine Vertrautheit eingestellt, die sie mit den anderen Schülern nicht teilten. Als der Schulalltag wieder eingesetzt hatte, teilten sie weiterhin weder die Lust an den Hofspielen noch die anderen Neigungen, doch sie saßen auf einmal in der Aula nebeneinander, wo José Luis mit ihm während der Pausen über die Filme redete, ihm die Namen der Schauspieler wiederholte und ihm die Handlung erklärte, wenn sie ihm konfus erschienen war. Im Eßsaal setzten sie sich an denselben Tisch, und im Schlafsaal standen ihre Betten nebeneinander. Außerdem kam im März Raúls Schwester Ana mit ihrem Mann zu Besuch, und als sie gemeinsam in einer der Tavernen der Stadt essen gehen wollten, fragte sie: »Willst du nicht deinen Freund einladen?« Und Raúl ging ihn holen. José Luis lud Raúl nie nach Tejares ein, weil er meinte, er könne niemanden in dieses Haus mitbringen, obwohl der Hütte in der Zeit seines Aufenthalts in León zwei neue Zimmer hinzugewachsen waren und die Ausstattung sich um einen Kühlschrank und einen kleinen Fernseher vermehrt hatte. Er aber verbrachte zwei Sommer in Bovra, wo er zum ersten Mal das Meer sah und wo die beiden Freunde kleine Arbeiten fanden, mit denen sie sich ein Taschengeld und sogar noch etwas für die langen und monotonen Monate des Schuljahrs im Internat verdienen konnten. Dann bekam José Luis ein Stipendium und begann mit der gymnasialen Oberstufe, wozu er täglich zum Unterricht aus dem Internat in ein Institut mußte, während Raúl sich für den Elektrikerkurs entschied, der bei ihnen in der Schule von den Ausbildern abgehalten wurde. Jetzt war es anders herum, sie waren nicht beim Unterricht zusammen, auch nicht im Eß- oder Schlafsaal, und warteten doch im Hof aufeinander und zogen an den Ausgangstagen gemeinsam los, denn als Schüler der oberen Kurse durften sie ohne Aufsicht in die Stadt gehen. José Luis las die Filmzeitschriften, die ihm in die Hände kamen, auch Romane und begann sogar, sich ein paar Mal in der Woche eine Zeitung zu kaufen, aus der er die internationalen Nachrichten ausschnitt, und während des Unterrichts suchte er dann im Atlas nach den Ländern, über die er etwas gelesen hatte. Raúl begleitete ihn ins Kino, von den Zeitungen las er die Sportseiten, und in den Zeitschriften schaute er, was über Automodelle zu finden war. Es war das letzte Schuljahr, das sie gemeinsam in León verbrachten, denn im Jahr darauf bekam auch Raúl ein Stipendium, für eine Fachschule in Madrid, während José Luis im Herbst 1964 zurück zu seinem Vater nach Salamanca zog. Jahre später erinnerte er sich, daß er wenige Monate nach seiner Rückkehr von den Fenstern der Salesianer-Schule aus, wo er als Stipendiat das letzte Oberschuljahr besuchte, die Schreie der Studenten auf den Straßen und die Sirenen der sie verfolgenden Polizeiwagen gehört hatte. Pater Tomás, der Kunstlehrer, befahl, sofort die Fensterläden zu schließen, und versuchte vergeblich, den Unterricht fortzusetzen. Das Geschrei, das von draußen hereinkam, übertönte die Erläuterungen über seinen Lieblingsmaler Botticelli. Ab und zu waren Schläge gegen die Fensterläden zu hören, Steine vermutlich, die von den Demonstranten geworfen wurden. Durch die geschlossenen Fensterläden hindurch hörten sie auch ein paar Tage später ein schreckliches Geräusch, ein Schuß, wie jemand sagte. Zum ersten Mal war die ruhige Stadt, deren Straßenbild Priester, Studenten und Viehzüchter bestimmten, von Gewalt erschüttert worden; jedermann fragte sich, was vor sich ging, und Gerüchte liefen um. Offenbar waren einige Universitätsprofessoren wegen ihrer politischen Haltung entlassen worden, und die Studenten protestierten. Für José Luis, wie für den Rest der Stadt, waren es Tage großer Erschütterung, für ihn jedoch nicht nur wegen des Geschehens auf der Straße, das ihm lediglich als äußeres Abbild einer Unsicherheit erschien, die sich im Inneren seines Hauses eingenistet hatte und sein Leben veränderte. Während die Studenten auf den Straßen demonstrierten, begann er schon, sich nach seiner kurzfristigen Rückkehr endgültig von Salamanca zu verabschieden. Er hatte im Schrank neben dem Bett seines Vaters Frauenkleider entdeckt und auch Veränderungen beim schäbigen Mobiliar und in der Einrichtung des Hauses bemerkt (unter anderem war das Foto seiner Mutter von dem Tischchen in dem kleinen Zimmer des Vaters verschwunden und stand jetzt auf dem Möbelstück, das als Anrichte diente). Eines Tages lud der Vater ihn auf dem Heimweg in eine Bar ein, bestellte für jeden ein Glas Wein und verhedderte sich in einer endlose Erklärung darüber, warum er nicht allein leben könne, nicht wegen der Bedürfnisse, die er als männliches Wesen hätte (er sagte »männliches Wesen« mit dieser Vorliebe, die er für Wendungen gehobenen Stils hatte), sondern auch weil: »Was zum Teufel (hier ging er im Stil herunter) ist ein nutzloser Kerl wie ich ganz für sich allein? Eigentlich müßte ich den Boden küssen, auf den sie tritt, weil sie es auf sich genommen hat, sich mit einem halben Mann zu belasten.« So erfuhr José Luis del Moral, daß sein Vater schon seit drei Jahren mit einer Frau zusammenlebte und daß diese Frau es auf sich genommen hatte, immer dann, wenn José Luis in den Ferien nach Salamanca kam, vorübergehend wieder in ihr Haus im Viertel Pizarrales zurückzukehren, daß aber nun, falls er dableiben wolle, es besser sei zu akzeptieren, daß sie alle drei glücklich zusammen leben konnten. José Luis verstand ihn. »Und Ángel? Weiß er davon? Ist er einverstanden?« fragte er, um etwas zu sagen. Ángel wisse schon seit langem davon, sagte der Vater. Außerdem sei dem Bruder alles egal. Er verdiene sein Geld und gebe es aus, ohne an sie zu denken. José Luis fand, es wäre schön gewesen, seinen Bruder in dem Haus in Tejares zu treffen, wie in alten Zeiten, oder wenn Ángel ihn in seine Wohnung nah der Alamedilla eingeladen hätte, doch es kam nicht so. Er mußte mit ihm auf offener Straße zusammenstoßen, als Ángel aus einer Bar kam. Er hatte einen sehr eleganten blauen Mantel über die Schultern geworfen und war umgeben von Leuten, die sich von den anderen Passanten durch ihre protzige Kleidung unterschieden. Es sah aus, als kämen sie nicht aus einer Bar, sondern aus dem Inneren einer der Filmzeitschriften, die er sich kaufte, mit Fotos aus Cannes, Saint-Tropez, Venedig oder Paris. Ángel umarmte ihn und klopfte ihm auf die Schulter. »Mein Bruder«, erklärte er den anderen, und, auf eine mit falschem Schmuck behängte und aufdringlich geschminkte Frau deutend, sagte er zu José Luis: »Küß deine Schwägerin«. Dann nahm er aus seinem Portemonnaie zwei Zwanzig-Duro-Scheine und steckte sie ihm zu. Die Bewegung, mit der Ángel in seiner Börse fingerte, war die letzte Erinnerung, die dem Jüngeren für lange Zeit von seinem großen Bruder blieb. An jenem Abend lief José Luis, nachdem er sich mit ein paar halben Worten von seinem Bruder verabschiedet hatte, fast als fliehe er, zur Plaza Mayor, wo er seinen Vater auf dem Schemel sitzen und auf Kunden warten sah, nahm selbst den anderen Schemel, der neben den Kisten stand, und setzte sich zu ihm, eine Handbreit vom Boden, und sah die Beine der Leute unter den Kolonnaden entlanggehen. Während er zusah, wie sein Vater die Bürsten bewegte und Glanz auf die Schuhe eines Kunden brachte, fragte er sich, was er gewonnen und was er verloren hatte, dadurch daß er sich von dem ihm vorbestimmten Leben entfernt hatte. Er stellte sich vor, wie sein Leben an der Seite seines Vaters hätte aussehen können, einen Flanellappen in den Händen, wie er jeden Abend seine Kisten unter der Plane verstaut und auf dem Heimweg an irgendeiner Bar haltgemacht hätte, um ein Glas Wein zu trinken, und einen Umweg gemacht hätte, um in ein Freudenhaus zu gehen, und er stellte sich selbst besser oder glücklicher vor (wären aber, hätte er nicht im Internat gelebt, seine Wünsche von anderer Art gewesen? Nach wem sehnte er sich? Was suchte er?) und trauerte, weil er nie mehr so würde sein können. Er saß da, neben ihm, half ihm, die Büchsen mit Schuhcreme zu öffnen, reichte ihm Bürsten und Flanelltuch, bis hinter seinem Rücken die Lichter des Novelty angingen. Es war ihm egal, ob ihn seine Mitschüler dort sitzen sahen. Er sah, wie die Hände seines Vaters sich mit großer Geschwindigkeit bewegten und verspürte Lust, sie in die seinen zu nehmen. In derselben Nacht noch schrieb er an Raúl, daß er sich dafür beworben habe, an einer Madrider Schule das Vorbereitungsjahr für die Universität zu machen, weil er Philosophie und Literatur studieren wolle. »Ich mag Salamanca nicht«, schrieb er dem Freund, »mich hält hier nichts mehr.« Und als er das schrieb, meinte er sich selbst aufzugeben, sich von einem Ort wegtreiben zu lassen, an den er nicht mehr zurückkommen könnte, um sich dort wiederzufinden. Raúls Antwort ließ einige Zeit auf sich warten, und als sie kam, wunderte sich José Luis, daß er ihm nicht anbot, mit in die Wohnung zu ziehen, die er mit ein paar Studenten gemietet hatte.

Julián erzählte ihm, er habe ihn frühmorgens gefunden, vor dem Haus im Schlamm liegend; daß er von dem Gebell der Hunde aufgewacht sei; daß er ihn ausziehen und mit warmem Wasser habe waschen müssen; daß er ihm sogar Kaffee mit Cognac eingeflößt habe – doch Gregorio erinnerte sich an nichts. Julián hatte ihm etwas von seiner eigenen Wäsche hergerichtet, da Gregorios Kleidung durch und durch naß war. Den ganzen Vormittag lief Julián aus dem Haus und wieder hinein, er holte Brennholz, frische Wäsche, die nach Holz roch, weil er sie gern am Kamin trocknete, das erfuhr Gregorio allerdings erst im Laufe der Zeit, denn er blieb lange in dem Haus und lernte seine Gewohnheiten gut kennen. Sie bestellten den Gemüsegarten, melkten die Kühe und schafften dann die Metallkannen mit der Milch an die Landstraße, wo sie von einer Genossenschaft abgeholt wurden, und Julián brachte ihm bei, die Hunde zu versorgen. Er besaß eine Meute von Vorstehhunden, mit denen sie die Jäger aus der Stadt begleiteten, was Geld einbrachte. Es waren gute Zeiten. Er mochte es, wenn der Wirt in der Bar fragte: »Ihr geht schon?«, wenn er sich noch bis spät mit Julián unterhielt, und er mochte den Geruch des Hauses nach Tabak, Kaffee und Schnaps. Den Eichenhain, das Flußufer, das, was im Nutzgarten angebaut wurde, den Weg, der in einer Kurve aufstieg, das Gebell der Hunde, von dem er jetzt wußte, daß es immer etwas mitzuteilen hatte. Und dann Julián, der kaum sprach, sich aber mitteilte, indem er sich bückte, um einen Salatkopf abzuschneiden, oder pfeifend mit einem Arm voll Brennholz hereinkam. Manchmal dachte er, daß er sehr weit weg gegangen 'sei, dabei erblickte er, stieg er den Hügel empor, in der Ferne die Dächer von Doña Soles Gutshof, sah den Kirchturm und konnte sogar das etwas abseits gelegene Elternhaus erkennen. Vielleicht war es dieses Gefühl, schon gegangen zu sein, das Gefühl von Ferne, das ihn in das Netz geraten ließ, welches sein Onkel Martín Pulido für ihn geknüpft hatte. Eines Abends erschien dieser in der Bar an der Kreuzung. Man hörte einen Wagen vor der Tür bremsen und die Spieler, die an den Tischchen saßen, hoben die Köpfe. Es war nicht üblich, daß ein Wagen dort hielt, abgesehen von dem Autobus, der die Leute morgens nach Zafra und Mérida fuhr und sie gegen Abend wieder zurückbrachte. Gregorio erkannte ihn sofort, als er durch die Tür trat und zwischen den Tischen auf den Tresen zuschnitt. Er trug einen grauen Anzug, eine Krawatte, und ihm folgten seine Frau und, an deren Hand, der Sohn. Gregorio mußte den Onkel nicht heranrufen, denn auch der hatte ihn sogleich erkannt. »Du bist ja ein Mann geworden, Goyo«, begrüßte er ihn, umarmte ihn und schlug ihm auf die Schulter. »Du wirst es nicht glauben, aber ich komme, um dich zu sehen, man hat mir gesagt, daß du hier in der Gegend bist«, sagte er und ließ den Arm auf Gregorios Schulter liegen. Julián, der neben Gregorio gestanden hatte, als die Gruppe die Bar betrat, entfernte sich ein paar Schritte und wandte dem Kreis, der sich aus den beiden Männern, der Frau, die in der Bar Aufsehen erregte, und dem Kind gebildet hatte, alsbald den Rücken zu. In jener Nacht wurde Gregorio das Gift eingeflößt. Sein Onkel erzählte dem Neffen, daß er bei der Guardia Civil aufgehört habe, daß er jetzt als Vertreter für eine Firma reise, daß er viel Geld verdiene. Er ließ ihn nach draußen gehen, damit er sich das Auto ansah. Er erzählte ihm von Madrid, von den Chancen, die ein junger Mann wie er in der Hauptstadt hätte. Er schrieb seine Adresse auf ein Papier, gab es ihm mit der eindringlichen Versicherung, daß er dort, an jener Adresse, alles fände, was er bräuchte, sollte er sich dazu entschließen, »diese Scheiße« hinter sich zu lassen (so nannte er das Dorf, und es gab eine kaum wahrnehmbare Bewegung der Köpfe, die über die Karten gebeugt blieben). Eloísa, seine Frau, war mit Martín einer Meinung. Gregorio werde in Madrid Arbeit finden und Geld verdienen. Während sie mit ihm redete, sah sie ihn an mit sehr lebendigen Augen, die von der Müdigkeit ihrer welken Haut nichts wußten. So begann, von Julián gleich bemerkt, Gregorios Krankheit. Wenn sie auf Jagd gingen und Gregorio die Hunde plötzlich im Dickicht verschwinden sah, überkam ihn das Gefühl, daß nur er mit leeren Händen zurückkehrte. In der Bar hatten sie einen Fernsehapparat aufgestellt, und Gregorio sehnte sich jetzt nach jedem einzelnen Ort, der darauf zu sehen war. Er sehnte sich nach der Kirche auf dem Bildschirm, ihren wunderbaren Fenstern, hinter denen Orgelmusik und Kinderstimmen wie von Engeln erklangen. Er dachte: »Ich werde das nie sehen und nie so klare Stimmen hören.« Und er sah Strände, Palmen, Berge, die in einer Wolkenkrone verschwanden, und Julián sagte zu ihm: »Los, beweg deinen Stein«, und er machte einen Zug. »So freß ich dich«, und er wich zurück. »So freß ich drei Stück, Idiot. Du bist nicht bei der Sache.« Gregorio dachte, daß ihn die Partie tatsächlich nicht interessierte, daß er den großartigen Fluß mit dem dunklen

Wasser, den er im Fernsehen sah, befahren wollte, daß es dort eine Frau mit Augen wie die der Frau seines Onkels gab, daß er die Frau in der Nacht zudeckte, damit sie nicht von den Moskitos gestochen würde. Nachts merkte Julián, daß Gregorio sich schlaflos hin und her wälzte, daß er an etwas dachte, was er nicht sagte. Eines Nachts streckte er den Fuß hinüber, um den anderen zu berühren, wurde jedoch mit einem Fußtritt abgewiesen. Julián stand im Dunkeln auf, und Gregorio hörte ihn hinter der Zigarettenglut weinen. Nach einer Weile sagte Julián dann: »Du fühlst dich nicht wohl.« Und Gregorio erwiderte vom Bett aus: »Nein. Und ich weiß noch nicht mal, was ich will.« Aber etwas war mit ihm. Er aß einen Bissen Brot, der ihm nicht bekam. Julián stand auf, ging durch das Haus, und Gregorio stellte sich schlafend, um seinen Fragen aus dem Weg zu gehen. Morgens machten sie die Stallarbeit, melkten die Kühe, Gregorio führte die Hunde aus, und Julián ging in den Garten. Gregorio hörte das monotone Geräusch der Hacke, und es schien ihm etwas Besonderes, den Morgen zu spüren, wie die Sonne das Gras berührte, doch diese Strahlen wärmten ihn nicht mehr. Er ging etwas trinken mit der Absicht, bis spät allein in der Bar zu bleiben. Er wollte nicht nach Hause kommen und dort auf Julián treffen, der sich schlafend stellte, während er auf eine Geste lauerte. Er ging in die Bar, ohne ihm etwas zu sagen, und dachte, der andere müsse merken, daß er ihn nicht sehen wollte, aber wenn er in die Bar kam, saß Julián schon dort und wartete auf ihn und sagte zum Wirt: »Gib uns das Brett.« Der Wirt gab es ihm, und Julián bat Gregorio, die Steine zu wählen, als sei alles wie immer. Er wählte die weißen, hätte aber ebenso die schwarzen wählen können. Er schaute auf das Brett, um nicht Juliáns Gesicht sehen zu müssen, das der Schmerz veränderte und weiblich wirken ließ. Gregorio wollte weg, um nicht länger dieses Leiden zu sehen, das einen Zaun um ihn zog, so wie die schwarzen Steine hinter den weißen herrückten und sie in einer Ecke des Bretts einkreisten. Der Zaun des Schmerzes. Zerstreut bewegte er die Steine – »so freß ich dich«, sagte Julián –, und so war es, er spürte, wie dessen Schmerz ihn von innen zerfraß. Wohin nur, noch in dieser Nacht. Juliáns Steine sprangen über die seinen und ließen sie verschwinden. Noch Stunden blieben bis zum Morgengrauen: die Möbel im Haus, die Stille, von den Hunden gebrochen. Er sah auf das Damebrett und sah die Kommode im Zimmer, der Spiegel glänzte im Mondlicht, und der Mond glänzte durchs Fenster, und er sah die Schatten, die Schatten der Fotos, der Farbdrucke an den Wänden. Auf dem einen war eine kleine Brücke zu sehen, die sich über einen von herbstlichen Bäumen gesäumten Fluß spannte: ein Kalenderblatt; ein anderes zeigte den heiligen Joseph mit seinem Nardenzweig; und die Familienfotos: Juliáns Vater in Uniform neben einer Zwergpalme; seine Mutter, den Kopf mit einem Schleier bedeckt. All das sah Gregorio in das Damebrett eingeschrieben, und darüber wanderten Juliáns Hände. Nachdem die Partie zu Ende war und dann noch eine und eine dritte, sagte Julián: »Laß uns gehen, heute kriegst du nicht die Kurve«, und er schien fast guter Laune zu sein. Gregorio wich aus: »Geh du schon. Ich komme nach.« Und er blieb, vor einem Glas Anis, und betrachtete sich im Spiegel, während die Gäste allmählich das Lokal verließen und die meisten Tische schon leer waren. In dieser Nacht sagte er, daß er nach Madrid gehen werde, und die Augen des anderen wurden trüb. Er ging hinaus, und der andere folgte ihm, rief ihn von ferne: »Warum mußt du gehen?« fragte er, »was habe ich dir getan?« Die Hunde bellten, halb angstvoll, halb wütend, denn zum ersten Mal hatte Gregorio ihnen den ganzen Tag nichts zum Fressen hingeschüttet. Gegen Abend schenkte sich Julián Anis ein, trank und bot ihm ein Glas an. Und am nächsten Tag folgte er ihm bis zum Bahnhof, wie ein Hund, die Augen vom Alkohol entgleist, und er stützte sich mit den Armen auf den Tresen der Kantine und bestellte noch einen Kaffee mit Schuß und kam ihm nicht näher, sondern sah ihn eine ganze Weile von fern her an, die Zigarette am Lippenrand klebend. Und als der Zug anfuhr, kam er hinaus auf den Bahnsteig und blieb dort stehen, still, die Arme hingen am Körper herunter, der immer ferner rückte, bis er nicht mehr zu sehen war.

Die eine ist Milch, die andere Kaffee«, pflegte Luisa Montalbán zu sagen, wenn sie jemandem erklären wollte, wie unterschiedlich ihre beiden Töchter waren. Und es war nicht so, daß die eine ihrem Mann und die andere ihr nachgekommen wäre, nein, es stimmte zwar, daß Helena in ihrer nach innen gekehrten Art mehr nach dem Vater schlug, doch Alicia, die ältere, ähnelte nur in einigen wenigen Zügen der Mutter: Beide waren offen, extrovertiert, lachten gern und schienen sich vor nichts zu fürchten, aber Alicia war eher sarkastisch und hatte eine spitze Zunge. Sie hatte bereits das vierte Jahr Politologie mit Auszeichnung in fast allen Prüfungen bestanden und lachte dennoch über die Schwester, wenn die unter der Lampe saß und ihr Haar auf beiden Seiten des Gesichts herunterfiel und mit den Spitzen die Tischoberfläche berührte. »Wie die sich alles zu Herzen nimmt, du lieber Gott«, spottete sie, »wenn die Welt einmal in Ordnung gebracht wird, werden sie bestimmt nach dir rufen, damit du ihnen das Rezept gibst.« Sie fand, ihre Schwester lud sich, wie der anarchistische Denker Max Stirner, das Gewicht der Welt auf die Schultern. »Schau, Mama«, sagte Alicia zu ihrer Mutter, »ich will einen guten Beruf haben, meine Arbeit machen, Geld verdienen, und das alles findet deine Tochter Helena kleinlich. Sie gibt sich als Intellektuelle, aber siehst du, wie sie sich anzieht, in was für einem Ton sie redet, so als hätte sie die Weisheit gepachtet.« Ihr Vater hob den Blick von der Zeitung, klopfte die Zigarettenasche im Aschenbecher ab und intervenierte: »Laß mal deine Schwester in Ruhe.« – »Klar, die junge Dame muß sich keine Gedanken um ihre Zukunft machen, sie ist ja aus gutem Hause«, bemerkte Alicia, die bereits als Lehrkraft bei einer Akademie in der Calle Fuencarral arbeitete, sich Kleider, Parfums und Kosmetika selbst kaufte und ihre Sonntagsbummel mit Kommilitonen selbst zahlte und sogar begonnen hatte, auf einen Fiat 600 zu sparen. »Aber mir geht sie auf den Geist mit ihrem intellektuellen Getue, und kaum paß ich nicht auf, schnappt sie sich meine Blusen und das Shampoo und das Deodorant und die Gesichtscreme, und dann sagt Mama noch, ich soll sie unterstützen, etwas von dem, was ich verdiene, dieser ehrgeizlosen blöden Kuh abgeben, damit sie mir Nachhilfestunden in Moral gibt.« Don Vicente befahl ihr zu schweigen. Der Vater hätte es gerne gesehen, wenn Helena wie ihre Schwester gewesen wäre, die Fähigkeit der Älteren besessen hätte, zum Kern des Nützlichen und Opportunen vorzudringen und unbeirrt klare Ziele anzusteuern, doch zugleich war er stolz darauf, daß sie anders war. Er glaubte in ihr Reste des Anspruchs und des Rebellentums zu entdecken, die ihn selbst bewegt hatten. Und doch begann er sich langsam Sorgen zu machen. Es war, als ob die Logik der Gedankenfreiheit seine Tochter dazu verdammte, schließlich an Orte zu gelangen, die ihm angst machten. Er wußte nur zu gut, wie dieses System funktionierte, das die Patina der Jahre nur maskiert hatte; er wußte – und bemerkte es um ihn herum mit diesem feinen Spürsinn, den die Überlebenden ausgebildet hatten und der sie bis zu ihrem Tod nicht verlassen sollte –, daß die Maschinerie weiterhin unerbittlich funktionierte, daß die Informanten unermüdlich arbeiteten, daß die Sicherheitsbeamten ihre Berichte schickten und daß sich in den Kommissariaten die Ordner mit Daten aneinanderreihten und daß in den Kellern an der Puerta del Sol weiterhin Schläge und Schreie erklangen, die manchmal bis auf den Bürgersteig der Calle Carretas drangen. Er hätte seinen Töchtern gern auf genetischem Wege diesen Spürsinn vererbt, beiden Töchtern, aber kurioserweise war es ihm nur bei derjenigen gelungen, die ihn am wenigsten nötig hatte, denn Alicia sagte manchmal: »Du glaubst doch nicht etwa, daß ich mich von den Guardias für Leute zusammenschlagen lasse, die, wären sie an meiner Stelle, nicht für mich den Kopf hinhielten«, während Helena, die achtsamer hätte sein müssen, nichts von alldem zu merken schien; vielleicht war es auch seine Schuld, weil er ihr durch Lektüre und Gespräche dieses Freiheitsgefühl eingeimpft hatte, und nun verhielt sie sich so unbekümmert, daß es ihm angst machte. Er fühlte sich unbehaglich, wenn er seiner eigenen Tochter erklären mußte, daß man der Freiheit mißtrauen mußte, weil ihre Ausübung eine Gefahr für die ganze Familie bedeutete, doch es blieb ihm nichts anderes übrig. »Kindchen, trag die Bücher von Baroja doch nicht so offen herum«, sagte er ihr an einem Tag, als sie mit dem ›Priester von Mondragón‹ unter dem Arm aus dem Haus ging. Und Helena lachte ihn aus: »Aber, Papa, Baroja wird doch schon im Kindergarten der Nonnenschulen gelesen.« Sie sah alles als normal, als natürlich an. Einmal hatte sie drei, vier Freunde mitgebracht und sich mit ihnen in ihr Zimmer eingeschlossen, und er hatte sie durch die Tür laut diskutieren gehört und hatte Worte wie Revolution, Kommunismus, Klassenkampf gehört und auch wie sie sich untereinander Genossen nannten. An diesem Abend hatte er den ersten Streit mit seiner Tochter gehabt. Als die anderen gegangen waren, rief er sie erregt in sein Arbeitszimmer: »Bist du verrückt geworden? Weißt du denn nicht, daß deine Mutter und ich nach dem Krieg nur um ein Haar davongekommen sind? Weißt du etwa nicht, daß ich zum Tode verurteilt war? Weißt du nicht, was wir alles durchgemacht haben? Was willst du eigentlich? Willst du uns alles kaputt machen, nachdem wir gerade wieder ein wenig Boden unter den Füßen haben?« Sie antwortete ganz ruhig: »Eben darum, weil sie dir das alles angetan haben, was du sagst, bin ich gegen sie. Du kannst ja wohl nicht verlangen, daß ich Franquistin werde.« Und er schlug mit der Hand auf den Tisch und rief seine Frau: »Luisa, deine Tochter ist dumm, unheilbar schwachsinnig. Wir dachten, wir hätten eine Geistesgröße im Haus, und siehe da, wir haben eine Schwachsinnige.« Aber Helena wagte sich noch weiter: »Papa, Glorias Eltern sind Faschisten, und sie sagen nichts, wenn wir uns bei ihnen versammeln, und da mußt du kommen, ein Republikaner, und uns verbieten, uns hier zu treffen.« Der Vater begann zu schreien und lief rot an, so daß Luisa ihn bat, sich zu setzen, und Helena hinausschickte. »Wenn ihr euch beruhigt habt, könnt ihr weiterreden«, sagte sie. Aber Don Vicente beruhigte sich nicht. »Da sagt mir doch diese Schwachsinnige, daß sie sich bei den Faschisten treffen, also werden sie alle schon eine Akte haben, am Ende ist schon alles aufgezeichnet, was sie reden, und dann bringt sie mir die her, hier in mein Haus«, klagte er. Am nächsten Tag ging er in ihr Zimmer, durchsuchte die Schränke, die Mappen, die Schreibtischschubladen und den Nachttisch und sonderte die vervielfältigten Blätter aus, in denen von der bürgerlich-demokratischen Revolution, der Volksrevolution und der Diktatur des Proletariats die Rede war, sowie alle Bücher, die ihm gefährlich erschienen – da gab es welche von Marx, Engels, eins von einem gewissen Pulitzer, eine kleine ›Spanische Geschichte‹ von Pierre Vilar (die legte er nicht auf den Haufen zu den anderen, sondern schloß sie in eine Schublade seines eigenen Schreibtischs, mit dem Hintergedanken, sie selbst zu lesen) und sogar ein Bändchen Lenin und eins von Stalin. Er nahm die Blätter, überflog sie mit einem Blick und warf sie auf den Boden, als ob er sich die Finger daran verbrenne, als fürchte er, daß sich von einem Augenblick auf den anderen die Wohnungstür öffnen und die Polizei erscheinen könnte und als ob er, bevor das eintrat, davon Zeugnis ablegen wollte, daß er mit all dem Müll nichts zu tun hatte; daß er selbst es war, der das Haus davon säuberte. Das dachte er, Müll, und sein eigener Gedanke mißfiel ihm, denn als er auf die gelblichen Seiten der sowjetischen Ausgaben blickte, sah er sich selbst wieder, begegnete seiner Jugend an der Universität von Madrid, im Café Pombo, in der Nationalbibliothek, als er in Büchern wie diesen geblättert hatte, sie im Licht der Neonröhre in seinem Junggesellenzimmer in der Calle de la Bola gelesen hatte, und auch in Valencia, auf der Dachterrasse des Kriegshospitals, von wo aus man die Dächer der Altstadt von der Sonne vergoldet sah, das überwältigende Grün des Gartens und die blaue Linie des Meeres, und er bückte sich, um sie vom Boden aufzuheben, und las die Namen Stalin und Lenin auf den Umschlägen und öffnete eines der Bändchen, um einige Absätze wieder zu lesen, die ihm schwindelerregende Gerüche von damals brachten, Bilder, Schreie, Lichter: Sonnenlicht, das auf die Berge des Maestrazgo fiel, ein Morgen gegen Winterende 1938, als schon die Mandeln blühten und er, in seinen Militärmantel gewickelt, den Himmel betrachtete und dachte, daß der Krieg etwas Oberflächliches war, das den Gang der Jahreszeiten unberührt ließ und die Sanftheit dieser Blüten, die nach dem Schwarz der Schützengräben wie ein Wunder aufleuchteten; das Licht im Café Balanzá in Valencia, ein gelblich fahles Licht wegen der Strombeschränkung, das jedoch nicht die angeregte Laune all dieser Menschen eintrüben konnte, die da lachten und tranken, Männer in Uniform, Frauen in selbstgenähten Kleidern, sie vergaßen in der Zeit, die ihnen zwischen den Bombenangriffen blieb, den Krieg. Beim Lesen verspürte Don Vicente Groll über diese Sätze (»Der Imperialismus ist das Präludium der sozialen Revolution des Proletariats. Das ist seit 1917 im Weltmaßstab bewiesen worden«, las er in Lenins Vorwort zu seinem Werk), Groll auf die Worte der Hoffnung, die so viele Menschen dazu gebracht hatten, sich in rote Fahnen zu hüllen, in fünf Kontinenten vor Rührung zu weinen angesichts von Hammer und Sichel, die auf die Umschläge dieser sowjetischen Bücher gedruckt waren und als Zeichen einer Verkündigung gegolten hatten, die so viele Menschen von etwas träumen ließ, das nicht gekommen war, das nie kommen würde und dessen Ausbleiben überall Blut und Angst gebracht hatte. Er dachte, daß ein Teil der Asche jener Sätze, die dazu bestimmt schienen, die Welt in Flammen zu setzen, er selbst war, wie er da gebückt in Büchern und Blättern wühlte, die er auf den Boden geworfen hatte, er, der das alles aufhob, um es in die Küche zu bringen, weil er seine Tochter bewahren wollte vor dieser Bewußtlosigkeit, die sich als Bewußtsein verkleidete und die ihr nur schaden konnte; sie hatte das Mädchen bereits infiziert, das er mit solchem Eifer beschützt hatte und das so großzügig, so stark und gesund, so intelligent war. Er hatte sie nicht gehütet und genährt und gekleidet und erzogen, damit sie eines Tages das zweite Kapitel seiner Niederlage würde. Nein, er hatte es nicht getan, damit ihre Unschuld und ihre Gesundheit und ihre Schönheit in den Korridoren der Kommissariate verwelkten, in den Berichten über Feinde des Regimes, in den Schlangen vor den Schaltern, an denen Auskunftsblätter über Vorstrafen ausgegeben wurden. Er hatte es getan, damit sie das unversehrt erhalte, was in ihm zu Bruch gegangen war, und aus all diesen Papieren und Büchern konnte nichts anderes hervorgehen als jemand, der so schwach war wie er, so bedroht wie er, der seine Lebenschance in jener Hauspraxis vertan hatte und der sich jetzt als Allgemeinmediziner in einer schlecht zahlenden Privatklinik durchschlug. Um seine Tochter zu retten, wollte er jetzt noch einmal, zum ersten Mal seit Kriegsende, als Chirurg tätig werden, und als er die Papiere in tausend Fetzen riß, war es ihm, als setze er das Operationsmesser an. »Was hat deine Tochter nur gemacht? In was ist sie da hineingeraten, ohne daß wir davon wußten? Was für ein Unglück will sie uns bescheren?« sagte er zu seiner Frau, während diese schweigend die Papierfetzen aufhob. »Schau doch, lies, Kommunistische Partei Spaniens, Kommunistische Revolutionäre Liga, Volksbefreiungsfront, Revolutionäre Front zur Patriotischen Aktion (Marxisten-Leninisten), Föderation der Kommunisten, lies, lies diese Blätter. Auf diesen Papieren findest du mehr Sicheln als auf einem Weizenfeld im August«, sagte er und häufte sie auf dem Sparherd auf, den Luisa an diesem Tag nach langer Zeit wieder anzündete, nur um diese Papiere zu verbrennen. Don Vicente war wieder in das Zimmer seiner Tochter gegangen und blätterte Bücher durch, um zu sehen, ob dort noch irgendein belastendes Dokument geblieben war. Dieses Mädchen wußte nicht, daß ein einziges dieser Papiere ausreichte, um einen Menschen ins Gefängnis zu bringen, um ein Leben zu zerbrechen. Als er die erneute Durchsuchung ergebnislos abgeschlossen hatte, sperrte er sich in sein Arztzimmer ein und blieb dort den ganzen Nachmittag, den Kopf zwischen den Händen, sagte zu Luisa, als sie an die Tür klopfte, er brauche nichts, man möge ihn in Ruhe lassen. Er fühlte sich nicht wohl in seiner Haut. Er meinte, sich zunächst einmal vor einer Gefahr gerettet zu haben, zugleich aber war ihm, als er Helenas Schubladen, die er stets respektiert hatte, durchsucht und die Papiere ins Feuer geworfen hatte, als käme grinsend etwas Unwürdiges auf ihn zu und strecke ihm die Hand entgegen. Wieder war er in der Situation, das Überleben um den Preis der Würde wählen zu müssen. Aber hatten Luisa und er nicht bereits ihren Anteil an Schmerz gezahlt? Ja, aber Helena noch nicht, natürlich nicht, und er, durfte er akzeptieren, daß auch aus diesem Mädchen eine Überlebende wurde, bevor sie noch Gelegenheit gehabt hatte zu leben? Wie schwierig das alles war, lieber Gott. Wie verwirrend. Schon seit langem hatte er nachts nicht mehr Radio Pireneica gehört, und an jenem Abend, eingeschlossen in sein Arbeitszimmer, suchte er den Sender auf Kurzwelle und hörte die Stimmen, die nicht nur aus großer räumlicher, sondern auch aus zeitlicher Ferne zu kommen schienen, und er spürte keine Angst beim Hören. »Soll mit mir geschehen, was will«, sagte er sich leise, »aber ihnen, ihr darf nichts Böses widerfahren«, und mit diesem Gedanken, davon war er überzeugt, lieferte er sich aus, und das gab ihm seinen Mut wieder. »Die demokratischen Kräfte Spaniens bereiten sich auf einen großen Sieg über den Faschismus vor«, sagte der Rundfunksprecher und sprach die Worte mit einem Akzent, dessen Herkunft unmöglich zu bestimmen war, und Don Vicente lag mit dem Kopf auf dem Holz des Radiogeräts und schluchzte, leise, damit seine Frau ihn nicht hörte.

Carmelo Amado, mit dem er sich jetzt die Wohnung teilte, hatte er in der Casa del Brasil kennengelernt, als beide im Vorbereitungsjahr für die Universität waren. Nach einer Vorführung von ›Das Siebte Siegel‹ waren sie ins Gespräch gekommen und hatten endlos lange diskutiert, weil Carmelo den Film entsetzlich pessimistisch fand, während er darin einen heiteren Gesang auf das *carpe diem* sah, eine Einladung, jeden Tag des Lebens begierig zu trinken. Auf dem Weg in die Stadt redeten sie weiter, und es begegnete ihnen, so früh am Samstagmorgen, kaum eine Menschenseele, bis sie schließlich nach Moncloa gelangten, wo sie in einer Bar in der Calle Altamirano ein paar Gläser Wein tranken und darüber sprachen, wie sie beide im nächsten Jahr auf die philosophische Fakultät wollten, Carmelo, der Literaturwissenschaft studieren, und José Luis, weil er Filmregisseur werden wollte, ein Traum, kaum erreichbar, den er sicherlich durch den Journalismus würde ersetzen müssen. Im Augenblick plante er, Geschichte zu studieren, weil er meinte, dieses Fach werde ihm für beide Berufsziele am meisten bringen. Sie trafen sich damals häufig an Samstagen, weil beide Mitglieder des Filmklubs geworden waren und zu vielen Vorführungen gingen. José Luis hatte ein Stipendium bekommen, mit dem er kaum sein Pensionszimmer bezahlen konnte; die ersten Monate verbrachte er fast ohne Geld, weil sich die Erwartungen, mit denen er nach Madrid gegangen war, nicht erfüllten. Raúl hatte ihm in seinen Briefen nie angeboten, zu ihm in die Wohnung zu ziehen, und dabei war es auch geblieben. Er hätte es sich denken können, als er ihm einige Wochen vor seiner Abreise einen Brief mit dem Ankunftsdatum und der Bitte schrieb, ihm zu helfen, ein billiges Zimmer zu finden, und Raúl dann nach mehreren Tagen antwortete, daß er ihm eine Pension in der Calle Espoz y Mina beschafft habe, in der ein Cousin eines seiner Mitbewohner wohne. Diese Antwort war für José Luis eine große Enttäuschung, die jedoch zerstob, als er am Bahnhof Príncipe Pio ankam und auf dem Bahnsteig Raúl erblickte, der auf ihn wartete. Er empfing ihn mit einer kräftigen Umarmung, griff seine Koffer und ließ nicht zu, daß José Luis überhaupt etwas trug. »Jetzt bist du bei mir im Dorf«, scherzte er. Er hatte sich in der Zwischenzeit verändert. Sein Gesicht und sein Körper waren breiter geworden; er strahlte die Kraft eines gestandenen Mannes aus, der mit tiefer Stimme sprach und die mächtige Hand schützend vor das Streichholz hielt, als er sich eine Zigarette zu der großen Tasse Milchkaffee anzündete, zu der er José Luis in einer Bar am Paseo de la Florida eingeladen hatte. Es war Sonntag mittag, Raúl begleitete ihn zur Pension, und danach aßen sie zusammen in einem billigen Restaurant hinter dem Teatro Español. Nachmittags gingen sie dann zur Wohnung in der Calle Olivar, wo Raúl mit vier Kommilitonen wohnte. Zu dieser Uhrzeit war nur einer von ihnen da, der im Schein einer Neonröhre und mit einem elektrischen Heizöfchen zwischen den Füßen lernte. Hinter ihm, im Schatten, standen zwei Betten, von einem Nachttisch getrennt. »Das hier ist unser Zimmer, das von Paco und mir«, sagte Raúl und stellte ihm den Jungen vor, der sich zur Begrüßung erhoben hatte und ihm die Hand reichte. José Luis schien es, als sei etwas wie schneidender Stolz in Raúls Stimme gewesen, als er das Wort unser sagte, ohne ihn miteinzubeziehen. Und als er sie einander vorstellte, da schien José Luis in seinen Worten mehr Vertrautheit mit dem anderen als mit ihm zu schwingen. Er blieb noch eine ganze Weile bei ihnen, aber es gelang ihm nicht mehr, sich mit Raúl zu unterhalten, weil Paco eine Flasche Cognac hervorholte, und Raúl und er fingen an, sich über Leute zu unterhalten, die José Luis nicht kannte, über Gruppen, zu denen er nicht gehörte, und Geschichten, mit denen er nichts zu tun hatte. Er schwieg fast die ganze Zeit, und während er versuchte, über Scherze zu lächeln, deren Witz er nicht begriff, fand er, es sei nur logisch, daß Raúl die Gesellschaft dieses jungen Mannes vorzog, der ihn zum Lachen brachte, der ihm auf den Oberarm boxte, wenn er irgendeinen Satz unterstreichen wollte, den er besonders gelungen fand, der eine weitere Runde Cognac einschenkte, der mit Raúl die Fächer, die Handballspiele und das Zimmer teilte. José Luis hatte Kopfweh, doch er mochte die Zigaretten, die man ihm anbot, nicht ablehnen, auch nicht den Cognac, weil er fürchtete, das würde ihn noch mehr von den beiden entfernen, die in Madrid seine Freunde sein mußten, und ihm wurde auch bewußt, daß er bereits im Plural dachte, seine Freunde, denn er selbst hatte ihnen bereits die Kategorie unzertrennlich zugebilligt und konnte sich nicht recht vorstellen, was er gemeinsam mit ihnen unternehmen sollte, die von Elektronikprüfungen, Praktika in der Zentrale oder vom Handball sprachen, von den Toto-Ergebnissen (Raúl hatte auf die Uhr geschaut, das Radio angestellt und die Totozahlen auf einen Zettel geschrieben, während Paco jammerte, daß sie wieder daneben getippt hatten). José Luis merkte, daß es spät war und daß ihm kaum Zeit bleiben würde, an diesem Abend noch mit seinem Freund zu sprechen. »Ich geh dann«, sagte er deshalb in der Erwartung, daß Raúl anbieten würde, ihn zu begleiten. Der aber fragte nur: »Wirst du zurück zur Pension finden?« Und schon sah José Luis sich ungeschickt die Treppe hinuntergehen – der Cognac war ihm zu Kopf gestiegen – und im Dunkeln den Lichtschalter suchen, da die Beleuchtung auf der Hälfte der Strecke ausgegangen war. An der Eingangstür empfing ihn die kalte Nachtluft der zugigen Straße, auf der die Menschen es nach den sonntäglichen Vergnügungen eilig hatten heimzukommen. Als er zur Plaza Santa Ana kam, fiel ihm auf, daß Raúl und er nicht einmal etwas für den nächsten Tag ausgemacht hatten, und er schaute in die Bars, vollgestopft mit Menschen, die man hinter den beschlagenen Fenstern undeutlich sah. Wenn er an den Türen vorbeiging, schlug ihm das Gemurmel der Stimmen entgegen und auch der laue Atem der dampfenden Entlüfter. In dieser Stadt kannte er niemanden. Er lief, die Hände in die Taschen der Cordjacke vergraben, und schloß die Fäuste um die losen Münzen. Auf einmal fühlte er ein enormes Verlangen, in eine dieser Bars zu gehen und sich unter die Menschen zu mischen, die sich am Tresen unterhielten, zu irgendeiner der Gruppen zu gehören, aber er wagte es nicht, weil er Angst hatte, das wenige mitgebrachte Geld auszugeben, das er sich den Sommer über als Kellner in Salamanca verdient hatte. Er ging an all den beleuchteten Fenstern vorbei. Manche Kneipen waren heruntergekommen, andere elegant, aber überall brodelte das Leben, wie in den Körpern von Raúl und seinem Freund Paco. Die Stadt besaß eine exzessive Vitalität, die auch ihn einfangen zu wollen schien. Dieses ganze Viertel, das von nun an seines war, brodelte. Er beschleunigte den Schritt, bis er fast rannte, als flüchte er vor dem überschäumenden Leben, das in bunten Neonlichtern an den Fassaden leuchtete, und als er in der Pension war, ging er sofort auf sein Zimmer und legte sich ohne Abendessen ins Bett. Er sah Raúl wieder, doch nichts war mehr so wie früher. In jenem ersten Jahr verabredeten sie sich ein paar Male, gingen sogar zusammen spazieren, ins Kino und tanzen und hatten gute Augenblicke miteinander, die José Luis an die Internatszeit erinnerten, doch es war immer nur ein flüchtiges Aufblitzen. Kurz vor dem Sommer stellte ihm Raúl ein elegantes Mädchen vor, offenbar seine Freundin. Auch Raúl kam ihm an jenem Tag in seinem neuen blauen Anzug und einer rot-blau gestreiften Krawatte sehr elegant vor. Sie gingen zu dritt aus und ruderten auf dem See im Retiropark, die Verliebten auf der einen Bank des Bootes, er auf der anderen. Die nächste Begegnung fand erst wieder im Sommer statt. José Luis war in Madrid geblieben und verdiente Geld mit Gelegenheitsarbeiten. Er putzte Büros, er machte Umfragen von Haus zu Haus, er verteilte Reklame für Bars und Flamencosäle in der Altstadt Madrids an die Touristen, er arbeitete als Kellner in einem Restaurant in Chinchón, vor den Toren der Stadt. Kaum war Raúl wieder in der Stadt, rief er seinen alten Freund an, und beide verabredeten sich auf dem Jahrmarkt von La Paloma. Für José Luis war es ein lichter Nachmittag, an dem alles wie früher schien. Die beiden Freunde spazierten an den Ständen vorbei, bestiegen gemeinsam das Riesenrad, schossen an den Schießbuden, tranken Wein, Bier und Cognac. Erst nach zwei Uhr morgens machten sie sich auf den Heimweg. Es war eine schreckliche Hitze, doch die Nacht atmete die Vitalität der großen Stadt, die José Luis so beunruhigt hatte und die ihn jetzt zu berauschen begann. Schwindelig vom Alkohol und müde, den Arm um die Schulter des Freundes, lief er durch die Straßen. Vor Raúls Haustür begannen sie mit einem endlosen Abschied, den Raúl damit beendete, daß er ihn einlud, die Nacht bei ihm zu verbringen. Sie stiegen die Treppen hinauf, stolperten und lachten und ließen die Holzstiegen knarren. In der Wohnung lachten sie weiter und rauchten auf der Bettkante eine Zigarette. Raúl hatte den Kopf auf José Luis' Schulter gelehnt, und seine Euphorie hatte sich in Traurigkeit aufgelöst, und er begann über alles zu jammern, über das Leben, über seine Schwester und seine Mutter, die ihm einredeten, seine Freundin sei ein reiches Mädchen, mit dem er seine Zeit verlöre und die ihn irgendwann sowieso sitzen lasse. Er solle lieber schön fleißig sein und studieren. José Luis gab ihm einen Klaps auf den Kopf, fuhr ihm mit den Fingern durchs Haar. »Armer Kerl«, spottete er, »was für ein erbärmliches Leben.« Raúl wandte ihm sein Gesicht zu, als wolle er sein eigenes zusammenhangloses Gerede von José Luis' Lippen ablesen. Seine Augen waren vom Rauch und vom Alkohol gerötet. »Und du«, fragte er plötzlich, »was willst du eigentlich?« Er kam mit seinem Mund José Luis näher und blies ihm seinen Atem, untermischt mit dem Rauch der Zigarette, ins Gesicht, und dann biß er ihm plötzlich ein ums andere Mal in die Lippen und sagte: »Ist es das, was du willst? Ist es das?« Er warf ihn aufs Bett, riß ihm mit einem Schlag das Hemd vom Leib und zog ihn aus und dann sich selbst. Als alles vorbei war, sagte er: »Wir haben nicht den gleichen Weg. Du suchst etwas, was mich nicht interessiert. Komm besser nicht wieder.« Und José Luis zog sich mit linkischen Bewegungen an, ging über den Flur, ohne zurückzusehen, schlug die Tür hinter sich zu und stieg taumelnd die Treppe jenes Hauses in der Calle del Olivar hinunter, das er nie mehr betreten würde. In den folgenden Monaten rief Raúl ihn mehrmals in der Pension an, doch José Luis blieb kühl und ließ sich nicht auf eine Verabredung mit dem Freund ein. Er wollte weiter den Weg erforschen, von dem Raúl gesprochen hatte, wobei er nicht ganz begriff, warum er ihn unbedingt allein gehen mußte, doch er nahm hin, daß es so war. Als er die Pension verließ und in eine Wohnung mit Carmelo Amado und Ignacio Mendieta zog, rief er Raúl nicht einmal an, um ihm seine neue Adresse und Telefonnummer mitzuteilen. Nachts jedoch dachte er oft an ihn. Und wenn es um Gefühle ging, um Zärtlichkeit, um Verlangen, dann dachte er an niemanden als an ihn; gerade deshalb erschien ihm die eigene Heilung um so dringlicher und er bemühte sich, alles zu vergessen. Er wollte sich weder an Raúls Augen noch an seine Hände erinnern, wenn sie sich zusammenzogen, um ein Streichholz zu entzünden, und sich krümmten, um die Flamme zu schützen, noch an seine Art zu laufen, zu Sprechen, zu lachen. Er hatte die vier oder fünf Fotos, die er seit der Schulzeit von ihm aufbewahrte, zerrissen, und obwohl er manchmal versucht war, sie zu vermissen, bereute er es nicht.

Sie sprach seinen Namen wie den eines Unbekannten aus, als sie ihm die Tür öffnete. Die Stadt, die er sich so oft vorgestellt hatte und die keines der Glanzlichter aufwies, die ihm das Fernsehen gezeigt hatte, roch nach verbranntem Gummi. Die Straßen waren schlecht asphaltiert, die Häuser grau, und dann der Morast und die Pfützen und diese Häuserlandschaft, die immer flacher wurde, je näher der Bus dem ärmlichen Vorstadtviertel kam, wo sie wohnten. »Der Junge schläft schon, und Martín wollte gerade zu Bett gehen«, sagte sie, als wolle sie ihn loswerden. Doch sie hatte ihn erkannt, seinen Namen ausgesprochen, und ihre Gebärde schien den tadelnden Tonfall und den Sinn der Worte Lügen zu strafen, denn sie streckte den linken Arm zur Seite, um ihn hereinzubitten. Sein Onkel stand hinter dem Tisch und band mit seinen klobigen Händen das Band der Schlafanzughose zu. Er kam ihm entgegen, klopfte ihm auf die Schulter, sagte fast sogleich, man müsse das Kind in ein anderes Zimmer legen, ging in das andere Zimmer und kam mit dem schläfrigen Kind, das sich an seinem Hals festhielt, auf dem Arm zurück. Eloísa trat zu ihnen und strich ihm das Haar aus der Stirn, während sie zu Gregorio sagte: »Er sieht doch mir ähnlich, oder?« Das Kind öffnete die Augen, als es die Finger der Mutter auf der Stirn spürte, und Gregorio stellte fest, daß sie wirklich ebenso lebhaft wie die der Mutter waren und glänzten, als liege ein Ölfilm auf der Hornhaut. In dem Augenblick bemerkte er, daß sie ihn aufgenommen hatten und daß auch er beschlossen hatte, bei ihnen zu bleiben. Die Stadt wuchs schnell und in alle Richtungen, also war es für ihn ein leichtes, Arbeit als Maurer zu bekommen. Es mangelte nicht an Gelegenheiten in Madrid, wenngleich die Stadt mitnichten jener glich, die er sich vorgestellt hatte. Freie Felder, auf denen sich Gerüste erhoben, gepeitscht vom kalten Wind aus der Sierra, finstere Männer, deren Haut aussah, als habe irgendein darunter verborgener Parasit die Blutzufuhr unterbrochen, übelriechende Waggons, die, vollgestopft mit verschlafenen oder erschöpften Menschen, unter der Erde verkehrten, Morast, auf dem Hütten errichtet wurden, und immer wieder jener unbestimmbare Geruch wie nach verbranntem Gummi, der Gregorio in den ersten Wochen nicht verließ. Vom Autolärm bekam er Ohrensausen, das nicht einmal verschwand, wenn er todmüde ins Bett fiel. Wenn er sich die Nase schneuzte, hatte er Rußflecken im Taschentuch. Es dauerte über einen Monat, bis er die Gran Vía betrat und die eleganten Geschäfte sah und all die Neonlichter, die er im Fernsehen kennengelernt hatte. Das Wasserbecken im Retiro-Park, bedeckt mit Booten und von Alleen gesäumt, durch die in lärmenden Grüppchen Menschen wandelten, machte ihn traurig, wie die wilden Tiere im Käfig, die er am selben Tag nahebei im vernachlässigten Raubtierhaus gesehen hatte, wo es nicht nur nach verbranntem Gummi, sondern auch nach fauligem Fleisch roch und nach dem Kot all dieser in ihre verdreckten Käfige gesperrten Kreaturen. Auch er fühlte sich in der Stadt gefangen, obwohl sie ihm unermeßlich erschien, ohne feste Grenzen, hinter freien Feldern tauchten wieder Siedlungen auf, schäbige Neubauten, Hütten, Metallgerüste und Strommasten, die die Linie des Horizonts durchbrachen. Wenige Tage nach seiner Ankunft hatte er Julián geschrieben, doch die Antwort kam erst ein paar Monate später und kündigte eine bevorstehende Hochzeit an. Julián hatte ein Mädchen geschwängert. »Ich heirate nicht gezwungenermaßen, denn ich liebe sie«, hieß es in dem Brief, der ihm weh tat, auch wenn er nicht wußte, warum, hatte er doch nicht vorgehabt, je wieder in sein Dorf zurückzukehren. Seinen Eltern schrieb er nicht, obwohl Martín ihn mehrmals dazu drängte. Das Leben mit seiner neuen Familie gab ihm keinen Frieden, erfüllte ihn jedoch mit einer diffusen Erregung, deren Grund er sich nicht zu erforschen getraute. Nachdem er die ersten Monate als Hilfsarbeiter gearbeitet hatte, erlernte er den Beruf des Fliesenlegers, der ihm, wenn er den Arbeitstag um mehrere Überstunden verlängerte, einen stattlichen Lohn erbrachte, den er teilweise an Eloísa weitergab; dennoch konnte er noch eine kleine Summe zurücklegen, die wöchentlich auf die Bank kam. Zwar verbrachte er nur wenig Zeit zu Hause, doch diese Stunden linderten das Unbehagen, das ihm die große Stadt bereitete. Er hatte eine Familie gefunden. Nur abends, wenn Onkel und Tante sich in ihr Zimmer einschlossen und er das Quietschen der Federn hörte, ihre Stimmen und ihr unverständliches Flüstern, dann bemächtigte sich seiner wieder diese innere Unruhe. Oft blieb er nachts lange wach, obwohl er wußte, daß er früh aufstehen mußte und in wenigen Stunden der Wecker klingelte. Wenn es im Nebenzimmer still wurde, wuchs in ihm ein tristes Gefühl der Leere. Er kam gewöhnlich erst nach Einbruch der Dunkelheit heim, und dennoch war sein Onkel oft noch nicht zurück. Aus undurchsichtigen Gründen, die Gregorio nicht erklärt wurden, hatte er die Guardia Civil verlassen, und seine jetzige Arbeit als Vertreter verlangte offensichtlich ungewöhnliche Arbeitszeiten, die spät am Vormittag begannen und sich in Restaurants und an Bartheken bis nach Mitternacht und manchmal bis zum Morgengrauen ausdehnten. Gregorio half seiner Tante Eloísa, das Abendessen zu bereiten, und wenn sie den Jungen zu Bett gebracht hatten, blieben sie schweigend vor dem Fernseher sitzen. Irgendwann kam sein Onkel, meistens mit unsicherer Stimme und unsicherem Schritt und zittrigen Händen, zurück: Seine Arbeit, bei der die Kunden durch Alkohol und gute Worte ermuntert werden mußten, zwang ihn zu trinken. Eloísa bat Gregorio gelegentlich, sie zum Kaufladen oder zum nahen offenen Feld zu begleiten, um den Jungen abzuholen, der dort spielte. Dann sprach sie über ihre Sorgen, das Geld reiche nicht, und ihrem Mann gehe es nicht gut bei der Arbeit, und er tröstete sie, solange er Lohn heimbringen könne, hätten sie nichts zu befürchten. Ab und zu machten sie sonntags einen Ausflug. Sein Onkel saß am Steuer, und Gregorio hatte seine Freude daran, wenn Martín für das Geld, das er ihm gab, tankte oder wenn er alle zu einem Aperitif einlud, aus dem auch schon mal ein Essen in einem der Gasthäuser an der Landstraße wurde. Gregorio fühlte sich allmählich unentbehrlich. Sein Onkel erzählte ihm von den alten Zeiten in der Kaserne von Fiz, von seinem ersten Jahr als Vertreter, als der Markt noch in Bewegung gewesen war und er mehr verdient hatte und besser geachtet war. Während die Tante mit dem Kind draußen spielte, beschrieb er Gregorio, den Ellbogen auf die Bartheke gestützt, Fahrten in ferne Städte, Begegnungen mit Frauen, Abenteuer im Hotel oder auf der Landstraße,

Begebenheiten und Anekdoten, typisch für einen, der, wie er von sich selbst sagte, viel herumgekommen sei. Selbst wenn sie sonntags aufs Land fuhren, trug sein Onkel Jackett und Krawatte, seine zweite Haut, wie er sagte. Gregorio hingegen hatte das Gefühl, sich am Wochenende der zweiten Haut, die ihn an Arbeitstagen bedeckte, zu entledigen. Onkel Martín klopfte ihm auf die Schulter, während er seine Witze machte (auch die Witze waren so etwas wie eine zweite Haut). Gregorio spürte seine schwere Hand auf der Schulter, sah die andere Hand das Bierglas halten, und immer dann bemächtigte sich seiner diese unbestimmte Unruhe, weil er sich vorstellte, wie diese Hand des Nachts sich auf anderem Terrain bewegte. Der Anzug des Onkels verlor seine Fasson, während er an der Theke stand, der Krawattenknoten lockerte sich, und das Timbre der Stimme wurde unsicher, abwechselnd heiser und hoch, je mehr er trank. Er beklagte sich über sein Schicksal, das ärmliche Haus, das Wohnzimmer, in dem man sich zu viert um den Tisch klemmen mußte, die kleine Küche mit der Dusche hinter dem Wandschirm, die Schlafzimmer nur durch papierdünne Wände voneinander getrennt, die Lecks, die Feuchtigkeit an Regentagen. Die Abende, die sie gemeinsam verbrachten, die Köpfe aufwärts dem kümmerlichen Fernseher zugewandt, der höher als angemessen angebracht worden war, damit er dem Zimmer keinen zusätzlichen Raum nahm, hatten auch für Gregorio etwas Erstickendes. Er kam vom Land und war eine Armut gewöhnt, die sich in der Weiträumigkeit verlor, ganz anders als hier, wo sich Essensgerüche mit starken Parfums, Tabakqualm und ihrer aller Schweiß vermischten. Nie zuvor hatte er die Lebendigkeit seiner Nase so stark gespürt wie seit seiner Ankunft in Madrid. Im elterlichen Haus war ihm der Geruch nach Stall, Mist oder Körpern nie unangenehm gewesen, auch nicht in Juliáns Haus oder auf Doña Soles Gutshof, wo es zart nach poliertem Holz und Eichenfeuer geduftet hatte. In Madrid jedoch waren es künstliche Gerüche, die er sich im Metrotunnel auflud oder in den unbelüfteten Räumen, die nach parfümierten Reinigungsmitteln rochen. Hinzu kamen noch die verzagten Worte von Onkel und Tante, die alles noch enger wirken ließen und ihn mit ihrer unerträglichen Trostlosigkeit ansteckten. Wo war der Reichtum, den sie ihm versprochen hatten? Die sommerlich staubigen Weideplätze in seinem Dorf, die verdreckten Ställe, die Stoppelfelder, das übelriechende Pissoir am Bahnhof, all das konnte man aus der Perspektive des weiten Raums betrachten, und an Regennachmittagen rochen die Felder nach nasser Erde, und wenn der Tag anbrach, schlug einem die saubere Winterluft ins Gesicht mit dem stechenden Duft des Schnees aus der fernen Kordillere und einem Hauch von brennendem Holz, der im Inneren des Hauses, nah der Feuerstelle in der Küche, intensiver wurde. Das Dorf roch nach natürlichen Dingen, die wuchsen, naß wurden, vertrockneten oder verfaulten, Gerüche, die eine Verlängerung der fruchtbaren Erde waren, während die Gerüche von Madrid ihm fremd und krank vorkamen. Gregorio hörte seine Tante klagen und war ihr nah, wenn das Wasser aus der Dusche auf ihren Körper fiel, und dann stellte er sich vor, wie es sich seinen Weg zwischen ihren Gliedern bahnte. Er war auf der anderen Seite der Trennwand und hörte Eloísa und Martín flüstern und das Ächzen der Sprungfedern unter ihren Körpern. Es gab Nächte, in denen sein Onkel nicht zum Schlafen heimkam, und wenn Gregorio beim ersten Morgenlicht, das die Fensterscheibe traf, aufstand, saß sie immer noch im Eßzimmer, den Kopf zwischen den Händen, und er hatte sich schon das Gesicht gewaschen, den Kopf angefeuchtet und den Kaffee aufgestellt und sagte zu ihr: »Gehen Sie ins Bett, Tante.« Es begann für ihn unerträglich zu werden, daß sie auf einen anderen als ihn wartete, daß sie nicht für ihn wachblieb und daß sie nicht einmal seine Trostworte beachtete, die Tasse Kaffee, die er vor sie hinstellte, weil sie in Gedanken mit dem beschäftigt war, der sie wachen und leiden ließ. Ihm wurde klar, daß er sich in seine Tante Eloísa verliebt hatte und daß er bedauerte, nicht zehn, fünfzehn Jahre früher geboren worden zu sein und sie früher kennengelernt zu haben; so war er nur rechtzeitig gekommen, um an der Monotonie ihrer Tage und der Erschöpfung eines gemeinsamen Lebens teilzuhaben. Er sah sie dort gealtert neben dem Butanofen sitzen, der nicht einmal diesen winzigen Raum wärmte, und verspürte ein Mitleid mit ihr, das in Gegenwart seines Onkels noch wuchs. Die Stunden nach Mitternacht rückten die Stadt in die Ferne. Die Sterne standen noch am orangegestreiften Himmel und betrachteten ihn von oben, und das Haus schien an irgendeinem abgelegenen Ort zu stehen, sie aber war so nah und doch so leer. An solchen Morgenden fiel es Gregorio schwer, zur Arbeit zu gehen. Er fürchtete nicht die Kälte noch das Aufstehen vor Tagesanbruch nach den durchwachten Nächten, aber es schmerzte ihn, sich von ihr zu lösen, wenn sie allein war und nur er für sie verantwortlich zu sein schien. Sie war es dann, die immer wieder sagen mußte: »Jetzt geh, sonst kommst du zu spät«, denn er blieb bei ihr sitzen, entdeckte an ihr, während der Kaffee in ihrer

Tasse kalt wurde, die von der Nacht hinzugefügten Falten. Sie wirkte auf ihn wie ein zurückgelassener Gegenstand in einem Schaufenster. Er mußte aufstehen, die Tasse ins Spülbecken stellen, den Reißverschluß seiner Windjacke zuziehen und zur Metrostation gehen. Zu dieser Stunde brannten noch die Straßenlaternen, umschmiegt von einem dunstigen Hof An solchen Tagen waren alle drei schon da, wenn er von der Arbeit zurückkam – Onkel, Tante, Kind –, und Onkel Martín streichelte seine Frau, scherzte mit ihr, küßte sie und half sogar in der Küche beim Abendessen, während er selbst bei dem Kind saß, das tatsächlich die Augen der Mutter hatte. Er ertrug es nicht, sie zu hören, wenn sie sich im Nebenzimmer eingeschlossen hatten, und so blieb er bis spät nachts in den Bars des Viertels. Er stellte sich ihre geschlossenen Augen vor, wenn er sie stöhnen hörte, und daß sich diese Augen dann öffneten, um ihn anzusehen, und sah, wie sie sich, ihn erwartend, auf die Lippen biß, sich bog, um ihn zu empfangen. In der Mittagspause, wenn die Kollegen Witze machten, betrachtete er seine Hände und fand sie ungeschlacht, rauh, und er verglich sie mit den feisten Händen des Onkels, die aber gewohnt waren, für sich selbst zu sprechen. Diese Hände hatten sorgfältig geschnittene Nägel und rochen aus der Nähe nach Parfum und blondem Tabak, und es half nichts, er mußte sie sich in einer sanft auseinanderschiebenden Bewegung vorstellen.

Antonio Manchón kam fast jeden Nachmittag in die Fakultät, um sie abzuholen, saß dann in einer Ecke der Cafeteria, blätterte in einer Zeitung oder las ein Buch, bis die Versammlungen oder Besprechungen zu Ende waren. Manchmal half er ihr beim Abziehen von Flugblättern. Helena hatte immer im letzten Moment noch etwas zu tun, und er begleitete sie, rauchte schweigend eine Zigarette. An ihrer Seite nahm er als stummer Gast an einer Runde um die Marmorplatte eines Cafétischs teil oder an einem Chansonabend oder an einem Vortrag in der großen Aula. Wenn sie das Gebäude verließen, war es schon dunkel, sie liefen langsam die Avenida Séneca entlang und gingen dann rechter Hand in einen kleinen Pinienhain, und dort ließ er seinen Trenchcoat auf das Gras fallen, und beide legten sich auf dieses Stück, das die Feuchtigkeit des Bodens abhielt, und küßten sich, und Antonio preßte sich an Helenas Körper, rieb sich an ihr und bat sie, ihn doch wenigstens mit den Fingern unter ihren Slip zu lassen, und sie verlangte sehnlichst danach, biß ihn in die Lippen, fuhr ihm mit der Zunge in den Mund, sagte aber, nein, noch nicht, dazu müsse sie erst innerlich bereit sein. »Wenn du mich überall berührst, dann können wir nicht mehr aufhören. Wir müssen vernünftig sein.« Und Antonio antwortete, warum, wenn wir uns lieben, warum sollen wir aufhören oder vernünftig sein. Doch sie verweigerte sich, fragte ihn gar, ob er das schon mit anderen gemacht hätte, und er sagte nein und wurde mißmutig, wenn sie auf ihre kleine Armbanduhr schaute und sagte: »Es ist spät, laß uns gehn, ich muß noch kurz im Laurel vorbeischauen, bevor ich nach Hause gehe.« Während er das Hemd in die Hose stopfte, spürte Antonio eine Wut in sich wachsen, die dem Haß nicht mehr fern war. Er haßte Helenas stolze, kühle Art und sein eigenes Drängen. Er fühlte sich verschmäht, und das demütigte ihn, und er schwor sich, nicht wieder mit ihr auszugehen, denn diese Beziehung versetzte ihn in Erregung, ohne ihm die Ruhe zu geben, die auf die Erregung folgen soll. Sein Vorsatz löste sich in nichts auf, wenn er sich ein paar Stunden später ins Bett legte und sich in der Dunkelheit seines Zimmers nach ihr sehnte. Antonio Manchón erzählte José Luis Jahre später davon, als sie sich zufällig im Zug trafen. »Ich habe nie mit Helena geschlafen«, erzählte er ihm, »ich weiß nicht, was sie in mir gesucht hat und warum sie behauptete, mich zu lieben. Ich war verrückt nach ihr, und noch heute denke ich manchmal daran und finde, daß ich ein Trottel war. Dann habe ich Lust, ihre Telefonnummer herauszufinden, sie anzurufen und zu sagen: Schau, jetzt sind wir hübsch erwachsen und sollten uns endlich die Vögelei gönnen, die wir verpaßt haben, als wir jung waren, aber ich weiß, wenn ich das täte, würde ich mich womöglich wieder an sie hängen wie damals.« Und José Luis scherzte: »Sie war eben hin- und hergerissen zwischen Natur und Kultur. Und gab sich dann der Kultur hin. Du hast verloren, Antonio. Aber vielleicht hast du ja Glück gehabt.« In den Monaten ihres Zusammenseins war es, als ob Helena weder mit noch ohne Antonio leben konnte. Sie schleppte ihn ins Laurel, in die Filmklubs, zu den Fakultätsversammlungen und zu den Geheimtreffs. Sie wollte ihn bei sich haben, vermied es jedoch, mit ihm allein zu sein. Sie gingen schlecht gelaunt auseinander, und kurz darauf rief sie ihn schon wieder an. Und sobald Antonio von Trennung sprach, küßte sie ihn verzweifelt, ihre Tränen fielen auf sein kurzes Haar, hinter seine Ohren, und wieder umarmten und küßten sie einander, und wieder preßte sie die Beine zusammen, wenn sie spürte, daß seine Finger zwischen ihren Schenkeln hochwanderten. Doch Antonio hatte zu viel überschüssige Energie, um sich in einen platonischen Liebhaber zu verwandeln, und gewöhnte sich mit der Zeit daran, seine aus solchen Begegnungen rührende Erregung in die Tanzsäle von Moncloa zu tragen, wo sich Studenten und Arbeiterinnen, die sich als Studentinnen ausgaben, trafen. Er forderte eines der Mädchen auf, rieb sich an ihr, und wenn sie darauf einging, nahm er sie mit in den Rosales-Park, und dann konnte er endlich die Hände und sogar den Kopf zwischen die Schenkel einer Frau legen und ihre Beine heben, bis das Geschlecht auf Höhe seines Mundes war und auch von seinem Speichel feucht wurde, dann drang er dort hastig ein und war bei aller Lust traurig, weil es nicht Helena war, die unter ihm stöhnte, und weil dieses heiße Pochen, das seinen ganzen Körper spannte, bis ihm die Kräfte schwanden, nicht von Helenas Erregung kam. Eines Tages war plötzlich Roberto Seseña Muñiz nach Madrid gekommen. Er brachte aus Rom »für Helena, Glorias beste Freundin« ein Plakat mit einer Taube von Picasso mit, die ihren rechten Flügel schützend über ein kurzes Gedicht von Alberti spannte. Helena bekam es von Gloria und Roberto in einem Café überreicht, wo sie sich mit Ignacio Mendieta getroffen hatten. Während zunächst Roberto und sein Freund in römischen Erinnerungen schwelgten, vertieften sich später Ignacio und Gloria in ein endloses Gespräch über Versammlungen, Wahlen und Streikvorbereitungen, während Roberto Seseña und Helena Tabarca sich mit außerordentlichem Eifer dem gegenseitigem Kennenlernen widmeten, bis sie glaubten, sich schon immer gekannt zu haben. Helena war daher überhaupt nicht verwundert, als am nächsten Morgen das Telefon klingelte und Roberto ihr vorschlug, zusammen in den Prado zu gehen, ein Vorschlag, auf den sie ohne Zögern einging, und nur kurz schoß ihr durch den Kopf, sie müsse Antonio anrufen, um ihm zu sagen, es sei etwas dazwischengekommen, eine unvorhergesehene Familienangelegenheit. An der Pforte des Museums wußte sie schon, daß sie das Gebäude nicht betreten würde, sie ahnte voraus, was danach geschah, daß er sie um die Taille fassen würde und sie über eine enge und schlecht beleuchtete Treppe leiten würde, daß er klingeln würde an einer Tür, die eine weißhaarige Frau öffnete, die ihr ein Handtuch reichte, daß Roberto sie langsam unter Küssen entkleiden würde und daß sie sich öffnen und ihn empfangen würde, als sei dies das einzige, was man mit einem Mann wie ihm an einem solchen Morgen tun konnte. Als sie sich gegen drei Uhr nachmittags verabschiedeten, verspürte sie die Erschöpfung nach getaner Pflicht und fand, die Lust sei eine »cosa mentale«, wie Roberto sagen würde, denn sie hatte nicht viel gespürt, nur einen unangenehmen Stich, der in ein Brennen übergegangen war.

Gloria hatte nur einen Stich Eifersucht verspürt, die sie im übrigen als »ausschließlich rückwärtsgewandt« definierte, als sie nach ein paar Tagen erfuhr, daß ihre Freundin Helena und ihr Vetter Roberto ein (wie sollte man es nennen?) Verhältnis gehabt hatten. Diesem Roberto hatte sie monatelang leidenschaftliche Briefe geschrieben, sie hatte seine Briefe mit Ungeduld erwartet und sich in einem unvergeßlichen römischen Sommer in ihn verliebt, und dennoch war er nicht genau der, an den sie sich erinnerte oder den sie sich in ihrem Kopf erschaffen hatte. Hätte es sich nicht um einen Menschen, sondern um eine Maschine gehandelt, hätte Gloria gesagt, es sei daran ein Teil zu viel oder eines zu wenig. Als er ihr angekündigt hatte, daß er nach Madrid käme, war sie aufgeregt und von dem Verlangen erfüllt gewesen, ihn wiederzusehen. Sie wurde zu einem Gefühlsbündel, und es war fast eine Übung in Askese, eine religiöse Reinigung, der sie sich in den folgenden Tagen unterzog. Sie überlegte sich, was sie gemeinsam unternehmen würden, enthaarte ihre Beine, ging zum Friseur, ließ sich die Haare umtönen, eine Farbe, die ihr dann doch nicht gefiel und sie bei jedem Blick in den Spiegel entsetzlich kränkte, sie wechselte ihr Parfum, kaufte sich Kleider, die ihr nicht besonders gut standen und die sie im letzten Augenblick dann doch nicht anzog, als sie ihn zusammen mit Ignacio Mendieta am Flughafen abholte. Die Nächte, die seiner Ankunft vorausgingen, schlief sie schlecht, sie stand jeden Augenblick auf, drückte einen

Pickel aus, den sie unglücklicherweise am Kinn bekommen hatte, zog die hochhackigen Schuhe an, betrachtete im Spiegel ihre angespannten Beine und formte unzählige Male ihre Wimpern. Eine Stunde vor Landung des Flugzeugs wandelte sie schon durch die Ankunftshalle. Alles war sorgfältigst vorbereitet, konnte gar nicht anders als wunderbar werden. Und dennoch widerfuhr ihr etwas Unerwartetes, als sie Roberto mit einer blauen Reisetasche durch den langen Gang heranschlendern sah, als er sie an sich drückte und flüchtig auf den Mund küßte. Nicht, daß er ihr nicht mehr gefallen hätte. Keineswegs. Er sah sogar noch besser aus, als sie ihn in Erinnerung hatte. Doch sein Kuß war kühl, nichtssagend. Geradeso, als käme er von einem Schauspieler, der gut aussieht, aber nicht dazu da ist, sich richtig in ihn zu verlieben, sondern dazu, ihn auf der Leinwand zu bewundern, aus der Ferne für ihn zu schwärmen, weil er nicht zur Wirklichkeit gehört. So ging es ihr mit Roberto. Nach so langer Zeit kam er ihr nicht mehr real vor. Ihn nah bei sich zu haben, war plötzlich so, als hielte sie ein Farbfoto in der Hand und könne es nun ins Album einkleben. Ja, genau das hatte sie von dem Moment an, als sie ihn von Weitem erblickte, empfunden. Und sie konnte diesen Gedanken nicht mehr loswerden, also zog sie sich in sich zurück, ließ alles mit sich geschehen, da es ihr auch nicht richtig erschien, von der verdichteten Leidenschaft ihrer Briefe zu eisiger Kühle überzuwechseln, ihm zu sagen, nein, jetzt mag ich dich nicht mehr. Am selben Nachmittag noch traf sie sich mit ihm, nachdem sie zu Hause und er bei den Mendietas gegessen hatte, da er Onkel und Tante – Glorias Eltern – erst ein paar Tage später besuchen wollte. Und sie waren an diesem ersten Nachmittag beieinander, küßten sich im verschwiegenen Winkel eines Cafés und später im Retiro-Park. Sie ließ sich küssen, die Brüste berühren, und dennoch verspürte sie keinerlei Anzeichen von Erregung. Hundertmal fragte er sie, ob sie ihn noch liebe, und sie sagte ja, ohne allzu große Überzeugung, und Roberto erzählte ihr von Rom, daß sich nun auch in der italienischen Hauptstadt Stimmen gegen das Franco-Regime erhoben, daß er noch vor ein paar Tagen auf der Piazza Navona bei einer Solidaritätskundgebung für die verhafteten spanischen Kommunisten und Gewerkschafter gewesen sei. Er hatte Zeitungsausschnitte, ein paar Zeitschriften, Bücher und Flugblätter mitgebracht, die er ihr in einer Plastiktüte überreichte und die sie, nachdem sie sich getrennt hatten, noch in der Nacht las und dann am nächsten Morgen mit in die Fakultät nahm, damit sie dort fotokopiert und verteilt würden. Die Artikel, die ihr am interessantesten erschienen, pinnte sie sogar ans Schwarze Brett neben der Studentenvertretung; sie prophezeiten ein unvermeidliches, heftiges und schnelles Ende des Regimes. Sie trafen sich auch an den folgenden Tagen, Roberto holte sie ein paar Mal nachmittags von der Fakultät ab, und er kam auch zum Essen in das Haus in Viso, das er nicht kannte, von dem er aber seinen Vater oft hatte reden hören. Glorias Vater war nicht begeistert von der Anwesenheit des Neffen in Madrid und noch weniger nach dessen Bemerkungen über »Großvaters Haus«, von dem Roberto bei einem Rundgang einiges – den Garten, die Garage, das Arbeitszimmer – genau wiedererkannte, so als hätte er einst hier gelebt. Er plapperte nach, was er in Rom aus seines Vaters Mund über den nun umgebauten alten Familiensitz gehört hatte. »Der Eingang ist verändert, mein Vater spricht immer von alten korinthischen Säulen, über die Glyzinien wachsen. Und die gemauerte Pergola im

Rosengarten ist auch nicht mehr da«, verkündete er in Anwesenheit von Don Ramón Giner, der schlucken mußte, und Gloria, die zwar die Wechselfälle in den Besitzverhältnissen des Hauses nicht kannte, doch die Gesten des Unwillens bei ihrem Vater und die Unfähigkeit des jungen Mannes, diese wahrzunehmen, beobachtete, fand den Vetter ziemlich dreist. Roberto redete beim Essen, als habe er Besitzansprüche auf das Haus und es Don Ramón nur vorübergehend überlassen, und sie fand immer mehr Gründe für ihre anfängliche Irritation. Eines Tages führte Roberto sie zu einem Haus in der Calle Victoria, in eine schäbige Pension, auf ein Zimmer, dessen Tür er abschloß. Als sich dort beide gegenüberstanden und er sie fest in seine Arme nahm, erstarrte Gloria, während er sie küßte und mit seinen Lippen alle Flächen ihres Gesichts und ihres Halses bewanderte und sich gierig zu den Brüsten hinabbewegte. »Keine Angst, du wirst sehen, es geht ganz leicht«, wiederholte er heiser, dabei war es nicht gerade Angst, was Gloria verspürte. Sie hielt seinen Kopf zwischen ihren Händen, während er sich zu ihren Brüsten beugte, und sie wußte nicht recht, ob sie ihn in einer Gebärde vorgeblicher Leidenschaft an sich drücken oder wegschieben sollte. Er zog ihr die Bluse und den Büstenhalter und sich selbst das Hemd aus, doch nichts geschah selbstverständlich, schnell und geschmeidig, vielmehr ging alles schwerfällig und ungeschickt vonstatten, es gelang ihm nicht, den Clip des Büstenhalters zu öffnen, und es dauerte eine Ewigkeit, bis er sein Hemd aufgeknöpft hatte, er stolperte, als er die Hose auszog, und sie hatte Gelegenheit, ihn zu betrachten, denn sie schloß keinen Moment die Augen. Dieser Junge, hübsch wie aus einer Fotoserie in einer teuren Modezeitschrift, hatte nur noch eine vorn ausgebeulte

Unterhose an, von seinen Küssen aber waren Speichelspuren auf ihrem Gesicht, ihren Schultern und zwischen ihren Brüsten zurückgeblieben. Als Roberto, jetzt nur noch mit der Unterhose bekleidet, sein Gesicht wieder ihrem Körper näherte, hatte sie ihre Entscheidung getroffen, sie schob seinen Kopf weg, drückte ihre Handflächen gegen seine Schultern und lächelte, was ihn zunächst zu ärgern schien, da er die Lippen verzog und seine Augen aufblitzten, dann aber drängte er sogleich wieder zu ihr, die ihn weiter abwehrte, aber nur hinhaltend, unangestrengt, sie ließ sich anfassen und beobachtete mit der Neugier eines Insektenforschers und mit leichtem Widerwillen, wie der junge Mann sich an ihr zu schaffen machte, wie er bebte und stöhnte und dann schluchzend zusammenbrach, während sich etwas Lauwarmes und Klebriges unterhalb ihres Nabels ausbreitete und erkältend der Leiste zufloß. Da schloß sie dann doch die Augen, öffnete sie aber gleich wieder, und der hübsche Junge erschien ihr wie ein seltsames Tier, zusammengesetzt aus zwei ganz unterschiedlichen Körperteilen, wie eine männliche Seejungfrau oder ein Zentaur; die obere Hälfte gehörte zu einem Schauspieler mit vollkommenen Zügen, die wie aus Plastik gefertigt schienen, während die untere Hälfte zweifellos an ein Tier erinnerte – die feuchtglänzende Spitze des Glieds, die Schamhaarmatte –, an eine niedere Gattung, an einen Hund oder einen Schafbock oder etwas in der Richtung. Bei diesem Gedanken verspürte sie plötzlich Ekel, sie würgte und mußte zum Waschbecken laufen, um sich nicht mitten ins Zimmer zu erbrechen. Er hielt ihr die Stirn, während sie sich erbrach, bis sie ihn plötzlich mit einer schroffen Kopfbewegung abwies. Roberto wusch sich im Bidet in der Ecke, zog sich dann langsam an, setzte sich auf das

Bett und zündete eine Zigarette an. Von dem Augenblick an war er nichts mehr für sie. Jedesmal, wenn sie ihn wiedersah, mußte sie nun daran denken, daß unter dem Hemd aus Mailänder Seide ein klebriger Körper steckte, ein Körper, der hinter der Dunsthülle von *Aqua di Mare* nach Feuchtigkeit, nach Moder roch, ein Geruch, der sich ihr angeheftet hatte und den sie mehrere Tage lang an den Fingern spürte und den keine Seife zu lösen vermochte. Und so fragte sich Gloria, wie es dazu kommen konnte, daß eine Geste, eine falsch gelegte Haarsträhne, dazu führte, daß die Faszination, die eine Person lange ausgeübt hat, sich plötzlich in nichts auflöst, und dieser Gedanke, den sie zeitweilig auf ihren Egoismus zurückführte, ließ sie unsicher werden, und so blickte sie vorsorglich in den Spiegel, bevor sie aus dem Hause ging, und schloß sich mehrmals am Tag in einer Toilette der Fakultät ein, um ihre Frisur und ihre Kleidung zu überprüfen. Dieser Gedanke raubte ihr die Ruhe, so daß sie, immer wenn sie mit jemandem sprach, den Verdacht hatte, ihr Gesprächspartner könnte einen Makel an ihr entdecken, eine unverzeihliche Geste, etwas Unordentliches, einen üblen Geruch. Dann bemühte sie sich herauszubekommen, welchen Platz innerhalb der Skala körperlicher Anziehung und Abstoßung die Güte oder Intelligenz des anderen oder gar die eigene Vernunft einnahmen, und sie fand diesen Platz nicht; es mußte ein Ort so klein und so durchsichtig wie ein Nadelöhr sein. Aus was bestand die Solidarität, die sie auf den Versammlungen und bei den Treffen mit Kommilitonen forderte? Warum berührten einen die Worte des Dichters nur in der Einsamkeit und verloren ihre Faszination im Mund gewisser Menschen? Hatten sie keinen eigenen Wert? Sie entdeckte Züge an sich, die ihr gar nicht gefielen.

Nichts an Ignacio Mendieta verriet die primitiven Züge, die den Menschen ans Ende der tierischen Entwicklung stellen. Obgleich er kräftig war, schien er eher aus dem vorsätzlichen Zusammentreffen zweier Hirne als aus der Leidenschaft zweier Körper hervorgegangen zu sein. Hochgewachsen, mit kastanienbraunem Haar, das ihm in einer Welle über die Stirn fiel, die braunen Augen von zwei goldenen Ringen umrahmt, lief er mit elastischem Schritt durch die Gänge der Hochschule für Architektur und sprach in kurzen Sätzen, die manchmal bloße Sentenzen oder auch schlicht Befehle waren. Während die anderen redeten, machte er sich Notizen oder zeichnete mit schnellen Strichen verblüffende Porträts der Anwesenden, ohne sich deshalb aus dem Gespräch auszuklinken. Als erster der Gruppe hatte er sich als Kommunist bekannt, aus Überdruß am Egoismus und an der Stupidität seiner eigenen Klasse, wie er sagte, denn seine Familie, Reeder und Konservenfabrikanten in Vigo, Bauunternehmer, Architekten – gehörte zu den mächtigsten im Lande. Bis er mit Carmelo und José Luis in die Wohnung in der Calle Ventura de la Vega zog, hatte er im elterlichen Haus in Las Rozas gewohnt, einer Villa mit Garten, in die nicht nur die Freundinnen der Mutter kamen und nachmittags Whist spielten, sondern auch Legionen von Tanten, die, mit Schmuck und Trauerkleidung behängt, für ihn einen authentischen Katalog der Dekadenz des Regimes darstellten. »Spanien hat eine fleischlose Bourgeoisie, der es an Kurven und Volumen mangelt. Bei mir zu Hause, wie in den übrigen Häusern des spanischen Bürgertums, ist nur an den Dienstmädchen etwas dran. Ist das etwa nicht Grund genug, die Revolution voranzutreiben, damit die Macht in andere Hände, besser gesagt, zwischen andere Schenkel kommt?« Er war der erste, der Marx las, aber auch der erste, der Gedichte von Baudelaire und Cernuda auswendig rezitierte, und er besaß Platten von Ferrat, Ferré und Brassens. Den Scheinheiligen, die in sein Elternhaus kamen, setzte er das Bild des Gerechten entgegen – *droit sur ses hanches solides* –, und für die Idee der Gesundheit, die eine Revolution dem Lande bringen würde, stand eine Gesundheit nicht nur des Geistes, sondern auch des Fleisches, als Behältnis des Geistes. Es gab Körper, die vom Hunger und von der Krankheit des Jahrhunderts geschwächt waren (diese Baudelaireschen Körper, die in ihrer unterdrückten Zartheit auch Ignacio faszinierten), und Körper, die geschwächt waren von Exzessen und Frömmelei (jene, die nachmittags ins Haus kamen, in dem seine Mutter als Priesterin der Trauer und der Asthenie wartete). In der Welt der Gedanken herrschte Marx, ja, aber auch Nietzsche; und in der Welt des Handelns Lenin (diese kraftvollen Bolschewiken in den Filmen von Eisenstein) und Mao und Ho Chi Minh (die nervöse Kraft der elastischen, nur scheinbar zarten Körper der Orientalen, deren Leichtigkeit an sich schon eine Lektion in Ökonomie darstellte). Als Helena sich in Antonio Manchón verliebte, war Ignacio eifersüchtig, denn ihm schien dieser schweigsame Student der Agronomie, der nicht nur Biologie und Pflanzenkunde lernte, sondern daneben auch Hermann Hesse und Kafka las, im Übermaß jene Kraft zu besitzen, für die er,

Ignacio, eintrat. Die Festigkeit Antonios, nur gebrochen durch seine literarische Sensibilität und seine Liebe (zu Helena), machte ihn zum Modell jener neuen Klasse, die Ignacio am Horizont erspähte und die in der Geschichte Spaniens das Gleichgewicht zwischen Fleisch und Intelligenz herstellen sollte. Die ganze Zeit über, die Helenas und Antonios Freundschaft dauerte, kam es Ignacio so vor, als habe die Natur ihn bei einem Prozeß natürlicher Auslese, in dem die Besten zueinander kamen, ausgeschlossen: Er sah vor seinen Augen, wie sich Helenas feste Schenkel übereinander und wieder nebeneinander legten, sah Antonios kräftige Arme auf die Schultern dieser Frau sinken, und ihm schien es, als wohne er einer künstlerischen Komposition bei, der Herstellung eines klassischen Bildes, das die Herren der Zukunft darstellte, und das schmerzte ihn. Er hatte das Gefühl, die Natur sei bei ihm – obwohl er gut gewachsen und ebenfalls stark und beweglich war – fahrlässig gewesen, weil sie ihm eine Überdosis an intellektueller Lebhaftigkeit verabreicht hatte, und dieser monströse Zug führte dazu, daß die anderen Frauen, die zur Gruppe kamen, intimeren Kontakt mit ihm vermieden; sie fürchteten seine ironischen Bemerkungen, sein umwerfendes Gedächtnis und die Art, wie er sich zwischen Autoren und Themen zu bewegen verstand, als liefe er durch die Straßen einer Stadt, die er bestens kannte. Die Perfektion aber hat etwas Einschüchterndes, und die großen Meisterwerke bleiben im Dunkeln allein, wenn es Nacht wird und die Museen ihre Pforten schließen. Ignacio war eifersüchtig auf Antonio und Helena, und solange ihre Beziehung andauerte, war es ihm, als werde er von der Natur einer ständigen Prüfung unterzogen. Nachts im Bett sehnte er sich nach diesen Kindern, die sie bekommen würden, und manchmal marterte er sich auch damit, sich die beiden zusammen und nackt vorzustellen. Das war am Anfang. Später, als er entdeckte, daß es Antonio an der nötigen intellektuellen Kraft fehlte und daß für den Landwirtschaftsstudenten Intelligenz nicht ein Motor der Aktion war, sondern daß seine Neugier für Filme und Bücher nur die Neugier war, die man für ein Hemd im Schaufenster empfindet, weil man meint, daß die Farbe zum eigenen Teint oder zum Haar paßt, dehnte er seinen Verdacht sogar auf Helena aus und meinte, daß auch bei ihr das Fleisch schwerer wog als der Geist, und selbst dieser Körper, der ihn so sehr anzog, erschien ihm dann fast zu eindeutig. Er ertrug es nicht, sie neben Antonio sitzen zu sehen, der schwieg, unfähig, sich an irgendeinem der angeregten Streitgespräche im Laurel zu beteiligen, und sich darauf beschränkte, seine Hände auf sie zu legen, und sie ließ das mit einer Hingabe zu, die ihm an Erniedrigung zu grenzen schien. Dieses Gefühl verstärkte sich, als offensichtlich wurde, daß Antonio und Helena sich stritten, böse aufeinander waren, sich trennten und sich dann wieder suchten und versöhnten. Ignacio war davon überzeugt, daß Helena sich auf diese ständigen Versöhnungen nur einließ, weil sie Antonios Körper hörig war, und er meinte, daß Antonio sie erschöpfe, ihre Intelligenz aussauge, daß das alles zu einem Ritual gehöre, das sehr wenig Menschliches, dafür aber viel Tierisches verrate. Als Helena und Antonio sich trennten und er sich auf dem Spielbrett der Gefühle vorschob, sie abends in die Wohnung in der Calle Ventura de la Vega mitnahm, wo sie gemeinsam Theorie, Programme und Manifeste studierten und er ihr Gedichte vorlas, gestand ihm Helena, daß sie nie, niemals mit Antonio geschlafen hatte, und das hinterließ bei Ignacio einen Nachgeschmack, der ihm mißfiel, denn wenn es nicht Antonios Kraft gewesen war, die sie so lange gefesselt hatte, was hatte diese Frau dann gesucht? Es gab Dinge, die er nicht verstand. Sie weigerte sich, zu Hause auszuziehen, obwohl sie erzählte, daß die Diskussionen mit ihrem Vater immer heftiger wurden und sie nicht einmal mehr ein Flugblatt mit in ihr Zimmer nehmen konnte, weil der Vater es zerriß und ihr drohte. Während sie sich manchmal leicht zu fügen schien, bewies sie bei anderen Gelegenheiten betörende Willenskraft. An der Fakultät war Helena die aktivste, sie verbrachte mehr Stunden als andere damit, Flugblätter zu entwerfen und abzuziehen, leitete am häufigsten Versammlungen und Treffen, war die erste, die von einem Freund von Ignacio, der aus Paris eine minutiöse Gebrauchsanweisung mitgebracht hatte, die Herstellung von Molotowcocktails lernte. Ignacio ermunterte sie auszuziehen, die Revolution könne nur von freien Männern und Frauen gemacht werden, die Schluß mit allen Vorurteilen gemacht und sich selbst befreit hätten, und sei es um den Preis der Niederlage (und er redete von Karl Liebknecht und Rosa Luxemburg). Man müsse die unterdrückte Energie, die Sklaven schafft, freisetzen (er zitierte Reich), die patriarchalische Familie zerschlagen (er zitierte Morgan und Engels), bis zur Neige den Saft aus dem Hirn pressen (und jetzt kamen Baudelaire, Cocteau und Benjamin sowie ein Autor dran, dessen Buch kürzlich in Ignacios Hände gefallen war und der Bourroughs hieß). Abends schlossen sie sich in sein Zimmer ein und rauchten Blätter, die er von einem Freund bekam, der sie auf seiner Terrasse erntete, und hörten »Lucy in the Sky with Diamonds«, und er entzifferte ihr das Akrostichon im Titel des Liedes. Eines Nachts ging Helena nicht nach Hause, und als sie am nächsten Morgen dort auftauchte, erwartete sie ihr Vater und schrie, sie sei verrückt, keiner von ihnen habe ein Auge zumachen können, weil sie gedacht hätten, sie sei verhaftet worden, und er verlangte den Hausschlüssel von ihr zurück, schließlich sei dies kein Hotel, und wenn sie weiter bei ihnen wohnen wolle, dann habe sie vor zehn zu Hause zu sein, und ob sie, abgesehen davon, daß sie schon so der ganzen Familie das Leben schwer mache, sich nun auch noch als Nutte betätige, denn so werde hier im Haus wie im ganzen Land eine Frau, die sich die Nächte wer weiß mit wem um die Ohren schlage, nun einmal bezeichnet. Helena warf sich schluchzend auf ihr Bett, nachdem sie die Tür ihres Zimmers hinter sich zugeschlagen hatte. Doch nach einer Weile mußte sie sich zusammenreißen, weil man sie auf einer Kundgebung erwartete, die gewaltsam von der Polizei aufgelöst wurde. Am Nachmittag lag sie mit Ignacio im Gras, und der blaue Himmel über ihren Köpfen erschien ihnen als Provokation, als spotte ihrer die Ewigkeit, die zu zerstören sie angetreten waren, indem sie sich ihnen in all ihrer Herrlichkeit zeigte. Selbst die Hoffnungslosigkeit war für sie ein Teil der Revolution geworden, die wie eine Woge alles mit sich reißen und wie eine neue Sintflut die Erde überschwemmen würde. Sie fühlten sich als eines jener Paare, die Noah für seine Arche ausgewählt hatte, um das Ende des Unwetters abzuwarten, dazu bestimmt, eine neue, von monatelangem, vielleicht jahrelangem Regen gewaschene Erde zu besiedeln. Es gab andere Menschen, die wie sie auf dem Sprung waren, in anderen Winkeln der Welt, und die Gischt dieser Woge hatte längst die Bürgersteige von Saint Germain bespritzt, das Vulkangestein der Plaza de Tlatelolco, die Brücken von Prag, ja, vom Garten der Philosophischen Fakultät aus war es deutlich zu vernehmen, das anschwellende Rauschen der Flut. So schnell hatte sich in jenem Jahr die Welt – und ihrer beider Leben mit ihr – auf den Weg gemacht, und keiner wußte, woher das Geld kam für so viele Tassen Kaffee, so viele Gläser Wein, so viele Zigaretten und Zigarettenpapierchen, für so viele Taschenbücher, Zeitschriften und Zeitungen, und überall suchte man – in jeder Zeile eines Kommentars, eines auf der letzten Zeitungsseite verlorenen Artikels, im Kaffeesatz und in den Rauchkringeln – den Kurs zu bestimmen, den jene gigantische Woge nahm, und es wurden wissenschaftliche Berechnungen darüber angestellt, wie lange es dauern würde, bis sie Madrid erreicht hatte.

Eloísa telefonierte kurz vor Weihnachten 1969 mit ihrem Bruder und kündigte an, sie werde ihn ein paar Tage später besuchen. Sie kam alleine, ohne Martín, und nahm dieses erste Mal nicht einmal das Kind mit. Offensichtlich wollte sie ein Wiedersehen ohne Zeugen. Als Rosa die Türe öffnete, erblickte sie Eloísa mit einer Tasche über der Schulter, in der linken Hand ein kleines Tablett mit einem selbstgemachten Kuchen, den sie dann zusammen mit dem Milchkaffee, den Rosa einschenkte, am Küchentisch aßen. Es war zu sehen, daß Eloísa alles, was sie anhatte, zum ersten Mal trug: den hausgemachten Mantel, den marineblauen Rock mit der Seitenfalte, den Pullover mit dem spitzen Ausschnitt, die malvenfarbene Bluse und auch die Schuhe. Nicht die Tasche. Die war an den Ecken abgewetzt und hatte einen welken Glanz. Während Manuel bei ihnen war, sprachen sie von den alten Zeiten in Galicien. Über die Schwierigkeiten der letzten Jahre sprach sie später, als die beiden Frauen allein in der Küche zurückgeblieben waren. Da erzählte Eloísa ihrer Schwägerin, weshalb Martín aus seiner Einheit ausgestoßen worden war, Gründe, die keine der beiden Familien (weder die Pulidos noch die Amados) je zu hören bekamen, da Eloísa die Schwägerin bat, das Geheimnis zu hüten, sie solle Manuel nichts erzählen, und Rosa hielt ihr an diesem Nachmittag gegebenes Wort. »Ich liebe Martín, und Manuel würde das nicht verstehen«, sagte Eloísa, während sie von ihrem Mann sprach, so, als liege das alles weit hinter ihr. Ihrem Bruder wäre es schwergefallen, ihr zu verzeihen. »Ob du mich wohl noch sehen willst, Manuel?« hatte sie am Tag ihres Anrufs gefragt, und er hatte die Rührung überspielt, die ihn, als er nach so langer Zeit die Stimme seiner Schwester hörte, überkam, und hatte nur kühl gesagt: »Soviel ich weiß, ist zwischen uns nichts vorgefallen.« Ihr aber war die Rührung anzumerken, als sie antwortete: »Die Zeit ist vergangen.« An dem Tag wußte Manuel mit Gewißheit, was ihm Landsleute angedeutet hatten. Es stimmte also, daß Eloísa schon seit ein paar Jahren in Madrid lebte. »In einem Haus, in das ich euch nicht einladen konnte, denn Haus ist schon zuviel gesagt«, entschuldigte sie sich. Sie erzählte ihnen, daß sie in einem der niedrigen Häuschen auf dem Cerro del Tío Pio wohne (und verschwieg, daß es sich bei den meisten um einfache Hütten handelte). Manuel wußte nicht einmal, wo dieses Viertel lag. »Ein Schlammfeld, hinter Vallecas«, erklärte Eloísa abschließend und erzählte dann gleich, daß sie nun eine Wohnung bei der Brücke von Vallecas im Auge hätten. »Da müßt ihr aber dann zum Essen kommen. Diese Wohnung kann man vorzeigen«, und dabei wußte sie, daß Martín und ihr Bruder sich nie an einen Tisch setzen würden. An diesem ersten Nachmittag verabschiedete sich Manuel unter dem Vorwand, noch etwas erledigen zu müssen. »Du bist ganz der Alte«, sagte sie beim Abschied zu ihrem Bruder. »Lüg nicht«, erwiderte Manuel und strich sich mit der Hand die graue Strähne von der Stirn. Er gab zu verstehen, daß er das Kompliment nicht ernst nahm, als er aber ins Schlafzimmer ging, um sich Jacke und Mantel anzuziehen, sah er sich das Hochzeitsfoto an, das Rosa auf die Kommode gestellt hatte, und verglich die lächelnden

Gesichter des Brautpaars mit dem Bild, das der ovale Spiegel von seinem Gesicht zurückwarf. Obgleich das Foto im Lauf der Jahre vergilbt war, schien es ihm, daß sowohl sein wie Rosas Gesicht auf diesem Stück Pappe die lebhaften Farben der verlorenen Jugend hatten. Nichts war beim Alten. Eloísa hatte sich an diesem ersten Tag wohl nicht vorstellen können, daß sich ihre Hoffnungen auf ein besseres Leben so schnell verflüchtigen würden. Sonst hätte es ihr – wie zuvor – der Stolz verboten, die Beziehung zu ihrer Familie wieder aufzunehmen, sie hätte auch nicht ein paar Tage später den Jungen in einem neuen, grauen Anzug und mit Pomade glattgekämmtem Haar und sauber geschnittenen Fingernägeln und glänzendem Gesicht vorbeigebracht. Der Junge hatte den Teint der Amados, auch die blaugrauen Augen, und nicht die grünliche Haut und die gelblichen Augäpfel von Martín, wie Rosa später Manuel gegenüber bemerken würde (»er sieht wie ihr alle aus«, sagte sie). Zweifellos ging Eloísa ihren Bruder besuchen, weil sie dachte, das Schlimmste sei nun vorbei. In jenen Monaten hatte Martín jeden Samstag acht- oder zehntausend Peseten nach Hause gebracht, und er schien sogar mit dem Spiel oder was es sonst war, und auch mit dem Trinken aufgehört zu haben. Die beiden Frauen in der Küche hatten sich beim ersten Mal über das und vieles andere bis zehn Uhr abends unterhalten, das war die Abendessenszeit für die Gäste. Eloísa half ihrer Schwägerin, im Eßzimmer zu decken und das Gemüse aufzuwärmen und die Croquetten zu braten. »Du wirst dir die neuen Kleider ruinieren«, protestierte Rosa, doch Eloísa band sich eine Schürze um und hörte nicht auf die Einwände. Martín Pulido ging es in jenen Monaten so gut, daß sie glaubte, auf den Lohn ihres Neffen Gregorio verzichten zu können, und so bat sie ihn, höflich, aber unmißverständlich, auszuziehen. Er habe ja nun eine feste Arbeit und sich auch langsam an die Stadt gewöhnt, und so sei der Augenblick gekommen, sein Junggesellenleben zu genießen. Gregorio mußte – nach Martíns Worten – selbständig werden, hinausgehen und für sich etwas unternehmen. Eloísa gegenüber drückte sich Martín anders aus. Er sagte ihr schlicht und einfach, daß er den Neffen satt habe, nicht einmal am Wochenende würden sie ihn los, da er zu Hause bliebe und sich sonntagsnachmittags die Fußballspiele und am Samstag die Unterhaltungssendungen im Fernsehen anschaue, außerdem sei er ein Tölpel; ein Ehepaar habe Anspruch auf Intimität, müsse allein sein können, die Freiheit haben, sich etwas zu sagen, sich zu küssen, im Schlafanzug ins Wohnzimmer zu kommen oder sie im Büstenhalter, wenn es heiß sei, das alles sei unmöglich mit diesem Kindskopf, der rumsaß, alles verstohlen beobachtete, wie ein Bewacher, selbst im Bett war man eigentlich nicht allein, mit dem Kerl im Nebenzimmer. Und so war es Eloísa, die es dem Jungen beibringen mußte, unmißverständlich, nicht ihretwegen, denn Gregorio störte sie keineswegs, er hatte ihr oft Gesellschaft geleistet und war ihr in den Nächten, in denen Martín ausblieb, ein Trost gewesen, doch es blieb ihr nichts anderes übrig, hatte doch Martín darum gebeten, der schließlich mit ihm verwandt war, blutsverwandt, sie war ja nur die angeheiratete Tante. Sie mußte Gregorio sagen, daß die Wohnung, die sie nahe beim Kino gesehen hatten und in die sie demnächst ziehen würden, nur zwei Schlafzimmer habe, daß dort kein Platz für ihn sei und daß er sich deshalb nach einer anderen Bleibe umsehen solle. Und dann kam sie mit dem Vorschlag, er könne in die Pension ihres Bruders im Zentrum ziehen. Sanft und schweigsam ging Gregorio wie immer darauf ein. Und so kam es, daß Eloísa ein paar Monate nach ihrem ersten Besuch wieder in der Calle de la Cruz auftauchte, um ihrer Schwägerin Rosa mitzuteilen, daß sie ihr einen Gast schicken würde, einen Neffen von Martín, Gregorio heiße er, sei Maurer und sehr handsam. Rosa sagte zu, ihm einen Sonderpreis zu machen, da er zur Familie gehöre. Manuel aber blieb mißtrauisch. Es gefiel ihm nicht, daß der junge Mann ein Pulido war, und Rosa mußte ihn tadeln, weil Manuel so von ihm sprach, ohne ihn zu kennen, und sie behielt am Ende recht, weil Gregorio schüchtern, still und einsam war, so daß er ihr sogar leid tat, weil er gar keine Freunde hatte, und sie nahm sich vor, ihn Carmelo vorzustellen. »Was soll er mit den Freunden von Carmelo anfangen, die gehen doch alle auf die Universität. Du spinnst«, protestierte Manuel, worauf sie sagte, junge Leute kommen miteinander aus und haben weniger Vorurteile als Erwachsene. Außerdem setzte sich Gregorio oft zum Lesen an den Eßtisch und fuhr dann die Zeilen mit dem Zeigefinger nach und bewegte schweigend die Lippen. Er las die Zeitungen, die von den Gästen liegenblieben, und die Romane, die sie in den freigewordenen Zimmern einsammelte. In die Pension war Gregorio mit einem Pappkoffer und einer blauen Sporttasche gekommen, die er sich am Tag des Umzugs an einem Straßenstand in Vallecas gekauft hatte. Es war ein Sonntag gewesen. Sie gaben ihm ein Zimmer, das, obwohl klein, auf zwei Straßen hinausschaute, im übrigen kam ihm der Umzug gelegen, denn zu jener Zeit arbeitete seine Brigade am Umbau einer alten Wohnung ein paar Schritte von der Pension entfernt. Gregorio erhoffte sich von dem Wohnungswechsel eine Erholung, entfernte dieser ihn doch von seiner Tante, die ihm die Ruhe nahm und in deren Anwesenheit er litt; im übrigen war das Leben für ihn teuer gewesen, weil er immer etwas hatte zuschießen müssen, damit der Haushalt stimmte. Daran dachte er, als sie ihm, mit allerlei Ausreden versüßt, sagten, er müsse sich etwas suchen, später jedoch, als er Hemden und Socken in die eben gekaufte Tasche packte, sah er die Dinge anders. Er dachte daran, daß er ihr fern sein würde (was suchte er in dieser Frau?), und dieser Gedanke schmerzte ihn. Er wollte sie tatsächlich nicht mehr sehen, weder Eloísa noch seinen Onkel Martín. Er dachte, es habe ihn ausgehöhlt, sie so oft auf der anderen Seite der Trennwand reden zu hören, und er war sich sicher, daß er ihr Stöhnen nicht mehr hören und nicht mehr sehen wollte, wie sein Onkel Martín sie mit seinen fleischigen, gepflegten Händen von hinten griff, die Arme unter ihre Brust legte und sie an sich zog, um ihr, die Lippen an ihrem Ohr, etwas zuzuflüstern. Er war sich sicher, daß er das Geräusch des Wasserhahns nicht länger ertragen hätte, auch nicht das ihrer Tür, wenn die sich hinter ihnen schloß und sie dann allein waren, und dennoch überfiel ihn ein Gefühl großer Einsamkeit, als er an jenem Sonntagnachmittag in das Zimmer gezogen war, Koffer und Tasche geöffnet, die Tür abgeschlossen, die Decke vorsichtig aufgeschlagen und sich auf das Bett geworfen hatte und dann lange die Sonnenstriche in den halb herabgelassenen Jalousien beobachtete und sah, wie das Licht langsam schwächer wurde. Und als es erlosch, hörte er im Halbdunkel die Geräusche auf dem Gang und jene, die von der Straße hereindrangen und allmählich zum Echo eines Alptraums wurden. Da bekam er es mit der Angst zu tun, denn die ganze Nacht lag vor ihm, und er wußte, daß sich in den endlosen Stunden, die auf ihn zukamen, ihre Abwesenheit bei ihm einnisten würde und daß er ihre Stimme vermissen würde, das Geräusch der Bettfedern, wenn sie sich hinlegte, er hatte sich daran gewöhnt wie an eine Droge, ohne die er nicht mehr leben konnte. Er dachte an die lange Strecke, die die Sonne zurücklegen mußte, und die Nacht wurde ihm unerträglich, weil die Nacht eines einzelnen Mannes, der auf seinem Bett liegt und wartet, der Tag von Millionen anderen Menschen ist und weil an irgendeinem Ort, einem von denen, die man im Fernsehen sieht, Großes und Kleines, Runzeliges und Glattes vom Licht vergoldet wurde, und dieser Gedanke ließ seine Einsamkeit wachsen. Seit jenem Abend wartete er auf etwas Diffuses, das aber nicht mehr als ein Ersatz sein konnte. Er kam von der Arbeit, ging in die Pension und blieb dort auf dem Rücken liegen, hörte das batteriebetriebene Radio, das er sich gekauft hatte, und schreckte jedesmal hoch, wenn im Gang das Telefon klingelte. Manchmal wachte er von einem Klopfen an der Tür auf. Das war Rosa, die Wirtin, die darauf bestand, daß er ins Eßzimmer kam, weil das Abendessen schon aufgetragen war und kalt wurde. Dann war es wieder der Wecker, der ihn im Halbschlaf aufstörte. Zwischen den Lamellen der nicht richtig geschlossenen Jalousien drang graues Morgenlicht herein, und das hieß, es war Zeit aufzustehen und zur Arbeit zu gehen. Am Anfang hatte er etwas abseits von der Gruppe der anderen Maurer einen Happen gegessen, und wenn sie die Baustelle verließen, schloß er sich ihnen nicht an, um etwas zu trinken, sondern ging gleich zurück zur Pension, als erwarte er dort etwas. Weder Eloísa noch sein Onkel riefen ihn je an, nur einmal traf er die Tante in der Küche der Pension. Rosa hatte an seine Türe geklopft und gesagt: »Gregorio, deine Tante ist da«, und ließ ihn in die Küche kommen, wo es Milchkaffee gab und ein Stück Torte, von Eloísa gebacken, und diese fragte ihn, ob es ihm gut gehe, und lobte ihre Schwägerin: »Man merkt doch gleich, daß du besser kochst, Rosa, er ist dicker geworden.« In dieser Nacht dachte Gregorio, als er das Licht gelöscht hatte, daß er aus Madrid weg wollte, irgendwohin, nur weit weg, und führte sich noch einmal vor Augen, wie ungastlich diese Stadt war mit ihren langen, schlecht beleuchteten Metrogängen, den Menschenansammlungen, dem ranzigen Geruch nach Fritiertem, der aus den Tavernen drang, den lauten, überfüllten Bussen, die durch diese graue Landschaft kreuzten und in denen es nach feuchter Wolle und Schweiß roch. Er schloß die Augen und erinnerte sich an ihre billigen Kleider, die Farbe ihrer Röcke, die Form ihrer Schuhe, die Zartheit ihrer Unterwäsche, die er manchmal von der Leine hatte abnehmen und in der Schublade des Schrankes verwahren helfen dürfen; sie war zart und leicht und hatte ihren Körper berührt, und jetzt tat es ihm leid, nicht aufmerksamer darauf geachtet zu haben. Die Lichtstreifen von den Jalousien verschwanden, und er gedachte mit Wehmut der letzten Tage im Dorf, als morgens die Sonne auf Juliáns Gemüsegarten schien. Und er erinnerte sich auch an den Fernsehschirm in der Bar, auf den er so oft geschaut hatte, während er Dame spielte, und der Gesichter zeigte, die sprachen, ohne auf eine Antwort zu warten, und vor allem Seen, endlose Felder, Berge und wasserreiche Flüsse, die er in einem anderen Leben mit ihr hätte befahren können, um sie, wenn sie schlief, mit zartem Tüll zuzudecken, damit sie nicht von den Mücken gestochen wurde. Eloísa schlafend unter dem Moskitonetz, während der Mond Lichtflecken auf das Wasser warf. Aber das war am Anfang gewesen. Später heilte ihn nach und nach die Entfernung. Manchmal stellte er sich nun nach Verlassen der Baustelle mit den Kollegen an eine Bartheke. Dort redeten sie über Fußball und Frauen, über Unternehmer, Ganoven und Vorarbeiter, über Verträge und Akkordarbeit, aber auch über die Gegenden, die sie verlassen hatten, um sich in der Stadt niederzulassen. Gregorio erkannte an vielen dieser Männer einen Akzent, der dem seinen glich. Es waren Leute, die wie er aus dem Süden kamen, aus Badajoz, Cáceres, Córdoba, Jaén oder Ciudad Real. Wie er selbst wollten diese Männer nie wieder in ihr Dorf zurück, sehnten sich aber dennoch danach. Warum war alles im Leben ein Weglaufen und Dableiben zugleich? Warum schaute man immer in die Vergangenheit oder in die Zukunft? Warum war das, was man in den Händen hielt, nie etwas wert? An manchen Samstagen, wenn sie den Umschlag mit ihrem Lohn bekommen hatten, blieben die Maurer länger als sonst in der Bar, gingen sogar zu den Häusern in der Calle Ballesta und dann mit einer Nutte aufs Zimmer. Er begleitete sie manchmal, und auch die Umarmungen in diesen engen und schlecht gelüfteten Räumen halfen Gregorio, Distanz zu seiner Tante und zu der Erinnerung an sein Dorf zu gewinnen. Am Anfang diente ihm das alles zur Ablenkung, aber dann, ohne daß er den Übergang bemerkt hätte, hatte er es nicht mehr nötig, solche Vergnügungen zu suchen. Er trank, redete und aß mit allen seinen Kollegen von der Baustelle zusammen, sie saßen in einem Kreis rund ums Feuer und um die Weinflaschen, und er beteiligte sich sogar an den Diskussionen am Baugerüst, darüber, ob es sinnvoll sei, sich einem Streik anzuschließen, der damals nicht nur Lohnerhöhungen erreichen sollte, sondern auch aus Solidarität mit einigen Maurern stattfand, die von der Polizei in Granada getötet worden waren, und als Protest gegen die Verhaftung einer Gruppe von Gewerkschaftern bei einem Kongreß in Madrid. Zusammen mit anderen aus seiner Gruppe gehörte er zu einem der Streiktrupps, die in jenen Tagen die Baustellen am Rand von Madrid aufsuchten. Er lernte Stadtviertel kennen, von deren Existenz er nicht einmal etwas geahnt hatte, erlebte Zusammenstöße mit Streikbrechern und floh übers offene Feld, als Polizei und Guardia Civil nahten. Gregorio und seine Freunde verteilten in Carabanchel und Campamento, in Fuencarral, San Blas und dem Barrio del Pilar Zettel, die zum Streik aufriefen. Und eines frühen Morgens kamen sie nach Entrevias und legten in Cerro del Tío Pío Flugblätter aus. Mit den Streikaufrufen pflasterten sie die Strecke zwischen den Hütten und der Bushaltestelle, das »Schlammfeld«, von dem Eloísa ihrem Bruder gegenüber gesprochen hatte. Und an jenem Morgen erfüllte Gregorio der Stolz zu wissen, daß das alles hinter ihm lag, daß er sogar den einfältigen und zwanghaften jungen Mann seiner ersten Madrider Monate hinter sich gelassen hatte. Aus der Ferne schaute er auf das Häuschen, in dem er mit den Verwandten gewohnt hatte und in dem jetzt eine andere Familie leben mußte. Er brauchte nichts mehr von dort, und so erzählte er es ein paar Tage später Carmelo, zu dem er (genau wie Rosa vermutet hatte) ein vertrauensvolles Verhältnis gefunden hatte und mit dem er sich stundenlang unterhielt. Obwohl sich Gregorio nun eher selten in seinem Zimmer aufhielt, da er sogar sonntags die meiste Zeit außer Haus war, legte Carmelo es darauf an, ihn dort zu treffen, und sagte ihm im voraus Bescheid, an welchem Tag und zu welcher Stunde er seine Eltern besuchen käme, und die beiden gingen dann in eines der Lokale der Umgebung miteinander reden. Und da zeigte Carmelo ihm dann die ersten Broschüren, in denen von Gleichheit, von Revolution die Rede war, von einem Klassenkampf, der mit dem Sieg der Proletarier enden würde. Die Arbeiterklasse müsse – so sagte Carmelo zu Gregorio und wiederholte damit, was die vervielfältigten Blätter behaupteten – die Welt regieren. Nur sie könne die Verantwortung für diese Zukunft übernehmen, die unweigerlich kommen werde. Gregorio lachte über solche Sätze. »Stell dir vor, was passieren würde, wenn Leute wie ich das Sagen hätten. Wenn jetzt, wo gebildete Menschen, Rechtsanwälte, Professoren bestimmen, die Welt schon so ist, wie sie ist, wie würde sie erst aussehen, wenn man sie uns wie ein Eselsgespann lenken ließe. So etwas könnt nur ihr Studenten behaupten, weil ihr nicht wißt, was ein Arbeiter ist«. Aber Gregorio ahnte nicht, wie wichtig er für diesen Studenten geworden war, und fragte sich zuweilen, warum Carmelo seine Zeit damit vertat, mit ihm zu diskutieren. Für Carmelo jedoch war der Kontakt zu Gregorio ein Glücksfall. »Ein Wunder, Genossen. Der Beweis dafür, daß Gott sich auf die Seite der Revolution schlägt«, scherzte er während der Versammlungen einer Gruppe namens ›Alternativa Comunista‹ in denen er genauestens Rechenschaft über das ablegte, was er mit diesem bewußten Maurer besprach, der bei den Streikposten war, Propagandamaterial von den Comisiones Obreras bekam und Kontakt zu Gewerkschaftern hatte. Carmelo berichtete, wie sich Gregorios Ansichten nach Lektüre der Broschüren, die er ihm brachte, entwickelten, und auch, was dessen Kollegen dazu meinten, an die Gregorio alles weitergab. Nein, zu dieser Zeit konnte Gregorio nicht ahnen, daß die Gruppe ihn fest im Visier hatte, daß er ein Wassertropfen war, dazu bestimmt, sich mit anderen zu einem ungeheuren Meer zu vereinen. Noch konnte er ahnen, daß er kurz darauf wieder Eloísa nah sein würde, als diese ihre Schwägerin um Arbeit in der Pension bitten mußte, weil sie dringend Geld brauchte, um die Miete für die neubezogene Wohnung zu zahlen. Sie übernahm die Reinigung der Zimmer und einen Teil der Wasch- und Küchenarbeiten. Als er davon erfuhr, dachte Gregorio wieder einmal, daß das Leben einem stets das bietet, was man nicht mehr braucht, und daß, auf geheimnisvolle Weise, immer das, was man in Händen hält, wertlos ist. Trotz solcher Gedanken traf er nie mit ihr zusammen, denn wenn Eloísa zur Arbeit erschien, war er bereits seit einigen Stunden auf der Baustelle. Aber zu wissen, daß sie es war, die sein Bett machte, die, wie in alten Zeiten, die Gegenstände auf dem Wandbrett über dem Waschbecken (Zahnbürste und Zahnpasta, ein Glas, Rasierapparat und Pinsel) aufstellte, bereitete ihm eine erregende Genugtuung, als bedeute dies, daß Eloísa sich nie von ihm würde befreien können, während er sie schon nicht mehr brauchte. Nachts, wenn er sich in sein Zimmer einschloß, dachte er daran, daß sie ihm das Bett gemacht hatte, in das er sich legen würde, und daß ihre Hände all diese Dinge berührt hatten. Eines Morgens, als Gregorio erkältet im Bett geblieben war, brachte sie ihm eine Tasse Milchkaffee ins Zimmer. Er hörte ein leises Klopfen an der Tür, und dann sah er sie vor sich stehen und konnte plötzlich nur daran denken, daß zu dieser Zeit niemand in der Pension war. Dieser Gedanke war schuld daran, daß er, als Eloísa das Tablett auf dem Nachttisch abstellte, die Arme ausstreckte, sie um die Taille faßte und zu sich herunterzog. In einer Sekunde hatte er alles durchgespielt: sie beide allein in der Wohnung, die Möglichkeit, daß sie sich wehren und schreien würde, doch er war überrascht, als er bemerkte, daß sie zwar erschrak über die plötzliche Bewegung seiner Arme und die Kraft seiner Hände, doch kaum Widerstand leistete, nur wimmerte und ihn leise bat, sie doch in Ruhe zu lassen. Also warf er sie auf die Decke und wand sich aus den Laken, um sich auf sie zu legen. Und er sah, wie seine eigenen Hände diese hängenden Brüste berührten und wie sie dann das erschlaffte Fleisch der Schenkel auseinanderschoben und sich auf die Matte graudurchsträhnten Haares zubewegten.

Dreimal in der Woche gab Carmelo in einer Akademie im Viertel Unterricht in Sprache, Latein und Geschichte und zahlte davon seinen Anteil für die Wohnung; außerdem steuerte er die Proviantpakete bei, die ihm seine Mutter bei jedem Besuch in der Pension aufdrängte, und teilte sie dann mit José Luis, Gregorio und Ignacio, auch mit Helena, die fast täglich in die Wohnung kam. Sein Entschluß, der ›Alternativa Comunista‹ beizutreten, kam fast zwangsläufig. Seit seinen ersten Tagen an der Universität hatte er sich zu Helena hingezogen gefühlt, die so ernsthaft, so fleißig und zugleich so aktiv war, und er empfand sich als Mitglied seiner neuen Familie, einer Familie, die verständnisvoller und gebildeter als die eigene war. Dieses neu entstandene familiäre Gefühl hatte allerdings auch etwas mit der Freundschaft zwischen Helena und Gloria zu tun. Carmelo vertraute sich Helena an, zeigte ihr seine besten Seiten und hoffte, daß dieser Teil seines Wesens über Helena wie über eine Brücke zu Gloria gelangte, die ihm trotz des häufigen Umgangs und der politischen Kameraderie nicht die Aufmerksamkeit schenkte, die er sich so sehr wünschte. Gregorio und José Luis waren seine Freunde, auch Ignacio faszinierte ihn mit seiner wachen Intelligenz, seiner scharfen Zunge und seiner Unbekümmertheit. Er war der einzige, der reichlich Geld hatte und es ohne Aufhebens beisteuerte, so wie er auch die Bücher, Platten und Zeitschriften kaufte, an denen sich ihre Sensibilität schulte. Die ›Alternativa Comunista‹

war ein Fluidum, das sie alle umgab, daher war Carmelo, als er José Luis vorschlug, der Organisation beizutreten, sehr überrascht darüber, daß der Freund nichts Genaueres über ihre Aktivitäten wissen wollte, auch nicht, wer Mitglied war und wer nicht, er zog es vor, am Rande zu bleiben, auch wenn er sie, wo es nötig war, unterstützen wollte. »Ich möchte in keine Partei eintreten«, sagte er an dem Abend, als Carmelo davon anfing, »und für den Fall der Fälle möchte ich auch so wenig wie möglich über euch wissen. Ich will gar nichts wissen.« Carmelo war verstört, und diese Verstörung beschädigte das harmonische Bild, das er von der Organisation gehabt hatte. Als er eines Tages zu einem Treff in die Bar bei einem der Metroausgänge von Puente de Vallecas kam, stellte sich heraus, daß seine Kontaktperson, ein gewisser Genosse Carlos, dessen Erkennungszeichen er gemäß den erhaltenen Instruktionen sorgfältig memoriert hatte (die Kontaktperson sollte eine gefaltete Zeitung und eine Plastiktüte des Kaufhauses Corte Inglés bei sich haben), ausgerechnet Luis Coronado war, den er seit Monaten nicht mehr gesehen hatte und der Carmelo verstohlen, aber streng tadelte, weil er ihn mit seinem Namen begrüßt hatte, obwohl sie am Ende der Theke sowieso niemand hören konnte. »Wie kannst du so die Regeln der Klandestinität verletzen?« sagte er. »Schreib dir ins Hirn, daß dieser Coronado jemand anderes ist, der nichts mit mir zu tun hat. Schreib dir's ins Hirn. Deine Kontaktperson, nämlich ich, heißt Carlos und hat schon immer so geheißen.« Carmelo kannte die Instruktionen. Die Namen der Genossen zu vergessen war eine der ersten Sicherheitsregeln, um bei einem Polizeiverhör auch unter Schlägen nichts verraten zu können. Mißgestimmt dachte Carmelo, daß er mit diesem

Luis geschlagen war, ihn einfach nicht loswurde, und daß Luis seinerseits ihn sein Lebtag darum würde bitten müssen, Teile seiner Existenz geheim zu halten (die Mansarde in der Calle Cervantes, seine Familie, den Bruder bei der Guardia Civil und jetzt auch noch seinen Nachnamen), doch er besann sich, sein ehemaliger Freund hatte diesmal wirklich recht. Und, obwohl sich Carmelo wegen des »kleinbürgerlichen« Grolls, den Coronado in ihm weckte, sofort der Selbstkritik unterzog und sich fragte, was sein ehemaliger Freund in den Monaten, die sie sich nicht gesehen hatten, wohl unternommen hatte und auch, was für Veränderungen in ihm stattgefunden hatten und inwiefern gerade die politische Arbeit ihn verwandelt hatte, so verletzte es Carmelo doch, daß der andere ihm herablassend seine Ansichten über die Arbeit, die in diesem Viertel, dem er ab heute zugewiesen war, geleistet werden müßte, mitteilte und später, als es zur Ausführung kam, auch noch Carmelos Zurückhaltung und Schüchternheit kritisierte, als ob Coronado über die ihm gegebenen Informationen hinaus einfach besser Bescheid wisse. Dabei war er es gewesen, Carmelo, der mit Hilfe von Gregorio (der die ersten Kontakte im Viertel hergestellt hatte) und begleitet von seinem Freund José Luis, der von politischer Aktivität nichts wissen wollte, hier zu arbeiten begonnen und die von ihnen dreien geleistete Arbeit in die Organisation eingebracht hatte, die nun anscheinend der strenge Genosse Carlos repräsentierte; Mitglieder sollten geworben werden, und zwar schnell, weshalb er jetzt gleich das gesamte Material, das Coronado ihm an jenem Tag übergab, an die Arbeiter verteilen sollte, darunter auch Freunde von Gregorio, die zu den Alphabetisierungskursen kamen, die Carmelo und José Luis in den Räumen einer nahen Kirchengemeinde und im Arbeiter-Athenäum gaben. Es war schon dunkel geworden, und ein kalter Dunst legte sich um die Straßenlaternen des Viertels. Der Genosse Carlos übergab dem Genossen Pedro (alias Carmelo) das Material auf einem offenen Feld, von dem aus man fern die Stadt in einem orange zitternden Glanz sah, der die Kälte der Nacht noch betonte – zwei Unbekannte in sternloser Finsternis. Danach wurden die Treffs häufiger, und obwohl es nur um Angelegenheiten des Viertels ging – um die Kurse, den Filmklub –, fanden sie stets hinter dem Rücken von José Luis statt, der ja nicht beitreten wollte und deshalb auch nicht wissen durfte, daß diese Alphabetisierungskurse, denen er so viele Stunden seines Lebens widmete, und der Filmklub, der langsam in Gang kam, schon nicht mehr Sache der beiden waren, weil Carmelo-Pedro sie längst der Organisation übergeben hatte, die in Zukunft den Rhythmus bestimmte. Dieser Akt hatte – so sah Carmelo es nun – etwas von einem Verrat an seinem Freund; Coronado war aufgetaucht und hatte alles beschmutzt. Denn jetzt, nach der Übergabe an die Organisation, waren die Kurse und der Filmklub, in die sie beide so viel Arbeit gesteckt hatten, nur noch Teile eines Puzzles, das heimlich im ganzen Land zusammengesetzt wurde und das im Schatten ein paralleles Land nachzeichnete, dessen geheime Geografie eines Tages jene Geografie der offenen Felder und des Elends ersetzen würde, die der Polizeijeeps und der Militäruniformen, der abblätternden Klassenzimmer in der Schule der Arbeiterpriester, in die sie beide sich als Lehrer eingeschlichen hatten, der formlos sich ausdehnenden Hüttensiedlungen, die aus dem Schlamm tauchten wie eine Herde kranker Tiere. Carmelo sah, mit welcher Hingabe sich

José Luis um die Kurse kümmerte und um die Kontakte zu den Leuten, die ihnen den Projektor und die Filme leihen mußten, und gern hätte er dem Freund erklärt, daß sie beide in Wahrheit Athleten waren, robuste Athleten einer nahen Zukunft, daß alles, was sie machten, nicht mehr als Übungen waren – Übungen mit Expandern, Gummibällen, Hanteln und Trampolinen – und daß nichts davon an und für sich besonders wichtig war, sondern nur im Hinblick auf das, was es vorbereitete und ankündigte. Aber das konnte er ihm nicht sagen. Dieses Gefühl der Zuversicht mußte er mit Coronado teilen, denn da José Luis den Beitritt verweigert hatte, mußte er ihm gegenüber schweigen. Wenn die beiden Freunde spät am Abend in der Metro von Puente Vallecas zur Puerta del Sol fuhren, von wo aus sie zu ihrer gemeinsamen Wohnung liefen, dann waren die Metrowaggons, in denen sie von der Peripherie ins Zentrum zurückkehrten, fast leer. Beide unterhielten sich leise oder lasen Zeitung oder nickten vor Müdigkeit auf ihren Sitzen ein, einander gegenüber, für den unbeteiligten Blick einander gleich, und doch wußte Carmelo, daß jede seiner Bewegungen ein Ziel hatte, das jenseits dessen lag, was sie gerade beschäftigte. Es handelte sich um die Fäden eines riesigen Teppichs, während José Luis, der das gleiche tat wie er, wenn nicht mehr, der sich mehr anstrengte und diskutierte und mehr bewegte und öfter telefonierte, um dieses oder jenes zu bekommen, sich wie ein Blinder mit seinem Stock vorantastete, da es ihm an der Gewißheit fehlte, wohin seine Handlungen führten, denn seine Bewegungen waren taktischer, privater Natur verglichen mit der öffentlichen und strategischen Bedeutung, die die Parteiarbeit jeder Aktion gab, und er bedauerte diese zwangsläufige Ferne zu José

Luis, der kontrapunktisch die Nähe zu Coronado entsprach. Wenn einer hätte wissen sollen, daß die Mühen nicht vergeblich waren, dann hätte es gerade José Luis sein müssen, dessen Kopf unter dem spärlichen Licht im Metrowaggon hin- und herschlug, der sich den Schal eng um den Hals wickelte und sich in den Mantel verkroch, der immer noch drei Nummern zu groß wirkte, weil José Luis sich stets in sich selbst zurückzuziehen verstand; er verkroch sich sogar vor Carmelo, wenn dieser ihn um seine Meinung bat, und wagte nicht, gegen ihn anzudiskutieren, oder wenn er sich im gemeinsamen Zimmer auszog, die Wäsche gefaltet auf den Stuhl legte und ins Bett glitt und bei gelöschtem Licht hustete oder im Traum Unverständliches redete. An José Luis' Seite wirkte Madrid noch düsterer und kälter, dachte Carmelo, und das, obwohl der Junge keineswegs Mutlosigkeit vermittelte, eher im Gegenteil. José Luis gehörte nicht zur Organisation, half aber frühmorgens Flugblätter an Bushaltestellen in Arbeitervierteln zu verteilen, kam, wenn er ihn darum bat, in die Fakultät, um Plakate zu kleben, obwohl er die Universität kaum noch betrat, weil er die Versammlungen in der Cafeteria und den Intellektuellenstammtisch im Laurel verachtete und auch weil er einen Job bei einem Bekleidungsgeschäft gefunden hatte, der seine Zeit in Anspruch nahm. War er mit seiner Arbeit fertig, fuhr er nach Vallecas, wo er, beschäftigt mit den Kursen und dem Filmklub, auch einen Teil des Wochenendes verbrachte. Dennoch ließ er sich, wenn Carmelo ihn darum bat, Ausreden einfallen, um aus dem Geschäft wegzukommen. Carmelo fragte sich oft, warum José Luis das alles tat, da er doch kein politischer Aktivist war und ihn die Diskussionen zu langweilen schienen, bei denen erörtert wurde, ob Spanien zur Überwindung der Diktatur eine bürgerliche Revolution, eine Volksdemokratie oder die eiserne Diktatur des Proletariats bräuchte. Seine Antworten verunsicherten ihn, José Luis erwiderte nämlich auf seine Fragen, daß er kein Mitgliedsbuch brauche, um sich von irgendeiner Schuld reinzuwaschen, »ich hab kein schlechtes Gewissen, bin niemandem etwas schuldig, ich bin weniger als ein Proletarier«, sagte er und lachte, aber es war klar, daß er es ernst meinte. Und er lachte auch, wenn Carmelo ihn einen Existentialisten schalt. Es war wohl diese Haltung, die, jedesmal wenn Carmelo dem Genossen Carlos klagte, wie schade es sei, daß sein Freund nicht beitreten wolle, Coronado zu einer Antwort provozierte, die den Sinn von Carmelos Worten verdrehte: »Es ist eben nicht gut, daß er weiter bei euch wohnt.« Dann war Carmelo empört und ärgerte sich über sich selbst, weil er Coronado zu dieser Äußerung, die ihm andererseits vollkommen vernünftig schien, Anlaß gegeben hatte. Seine Empörung war allerdings noch größer, wenn Coronado ihm vorwarf, zu feige zu sein, den Arbeitern, die zu den Kursen kamen, die Notwendigkeit des Parteieintritts klarzumachen: »Eines deiner Probleme ist der mangelnde Ehrgeiz. Du tust viel, aber du ziehst nicht den nötigen Nutzen aus deiner politischen Arbeit. Du verhältst dich, als wärst du noch ein Christ, und das darf nicht sein. Wir politisieren die Arbeiter nicht fürs Jenseits, sondern damit sie hier und jetzt kämpfen. Ein Revolutionär muß einen gesunden Ehrgeiz haben, er muß die Erkenntnisse, die er für richtig hält, durchsetzen wollen, und das erreicht er nur, wenn er in der Organisation Verantwortung übernimmt, die Linie der Partei festlegt und umsetzt. Der Klassenkampf um die Herrschaft in der Gesellschaft spiegelt sich innerhalb der Organisation wider, wo der Kampf zwischen den verschiedenen Linien ausgefochten wird, und, denk dran, so wie zwei sich widersprechende Aussagen nicht wahr sein können, so kann es auch innerhalb einer Partei nicht zwei korrekte Linien geben. Eine von beiden wird sich gegen das Proletariat und gegen die Revolution wenden. Eine der beiden wird, selbst wenn ihre Verteidiger es nicht wissen und besten Willens sind, Verrat bedeuten.« So kam Carmelo nicht los von dem Widerspruch, der ihn ständig quälte: Seine Sympathie für die Aktionen und für die großherzigen Ideen der Gruppe schien sich nicht damit zu vertragen, daß Luis Coronado, als strenger Genosse Carlos, dazu gehörte; der Mann störte ihn und gab ihm wieder einmal das Gefühl der Minderwertigkeit. Er begriff nicht, wie eine Idee, die doch die Sehnsüchte der Enterbten aufgriff, ihren Ausdruck finden konnte im Hochmut Coronados, der von der hohen Warte des Klassenstandpunkts herab den »Subjektivismus« von José Luis del Moral und den »Ästhetizismus« von Ignacio Mendieta kritisierte. Carmelo meinte den Ton wiederzuerkennen, mit dem ihm Coronado Jahre zuvor die Naivität eines frisch nach Madrid gekommenen Provinzlers vorgeworfen hatte. Gegen Ende einer Versammlung sprach Genosse Carlos ihn eines Tages mit seinem Namen an (»Hör mal, Carmelo«, sagte er leise) und bat ihn in einer Ecke darum, ihm doch die Schlüssel der Wohnung zu geben und ihm diese ein paar Stunden lang für ein wichtiges Treffen zu überlassen, da, wie Carmelo gesagt hatte, José Luis und Ignacio für ein paar Tage wegfuhren. Carmelo brachte sie ihm am nächsten Tag und erfuhr, er könne ab acht Uhr abends wieder in die Wohnung und fände den Schlüssel im Briefkasten. Als Carmelo jedoch nach zehn heimkam, sah er schon von der Straße aus, daß noch Licht in der Wohnung brannte, und stellte dann fest, daß der Schlüssel nicht im Kasten lag; also ging er, um sich die Zeit zu vertreiben, in die Bar gegenüber. Als er kurz vor Mitternacht herauskam, war die Wohnung immer noch besetzt, wie an den Lichtstreifen zu erkennen war, die aus den angelehnten Fensterläden drangen, und er hatte kein Geld mehr für einen weiteren Kaffee. Also spazierte er erst die Straße auf und ab und machte dann eine Runde durch das Viertel. Er vermied die Calle de la Cruz, um nicht am Ende von seinen Eltern vom Fenster aus entdeckt zu werden. Es war eine kalte Herbstnacht (José Luis und Ignacio hatten das verlängerte Wochenende zu Allerheiligen genutzt um wegzufahren), und um diese Zeit waren kaum Menschen auf der Straße. Carmelo versuchte sich eine Weile vor den wenigen noch beleuchteten Schaufenstern abzulenken, doch schaute er jeden Augenblick auf die Uhr. Nicht einmal in der Felljacke blieben seine Hände warm. Ihm schmerzten die Gelenke an Fingern und Füßen; außerdem war er ein paar Mal einem Polizeiauto begegnet und es schien ihm, daß einer der Guardias sich nach ihm umgedreht hatte, was ihn noch nervöser machte. Es war nach eins, als er Coronado aus dem Portal kommen sah. Sein rechter Arm lag auf den Schultern einer Frau, die er trotz der Dunkelheit erkannte, und der Gedanke tat ihm weh, daß diese Augen, deren Aufmerksamkeit er so oft vergeblich hatte erregen wollen, im Licht seiner Nachttischlampe Coronado verlangend angesehen hatten. Als das Paar um die Ecke gebogen und verschwunden war, nahm Carmelo seinen nächtlichen Spaziergang wieder auf, denn nun fürchtete er die Spuren, die er im Haus entdecken könnte, mehr als die Kälte der Nacht.

Ignacio und Helena hatten vor ein paar Monaten diesen Godard-Film gesehen, der ihnen so gut gefallen hatte und in dem sie sich in den letzten Tagen des Jahres 1970 häufig wiedererkannten. ›Außer Atem‹ hieß der Film. Und wie Belmondo und Jean Seberg hatten sie das Gefühl, gehetzt zu leben, völlig außer Atem, und erschöpft zu sein, so daß sie ohne weiteres, wie die Heldin des Films, auf dem Asphalt einer einsamen Straße ein plötzliches Ende hätten finden können. Keiner von beiden konnte sich zu jener Zeit vorstellen, wie ihr Leben wohl mit vierzig aussehen würde. Sie rechneten überhaupt nicht damit, dieses Alter zu erreichen. Das Leben eines Revolutionärs flackert für einen Moment auf wie ein bengalisches Licht, und wie ein bengalisches Licht verlischt es wieder, sie aber waren viel zu sehr damit beschäftigt, intensiv zu leben, um sich solche Gedanken zu machen. Helena ging täglich vor Morgengrauen aus dem Haus (ihren Vater sah sie kaum noch) und stieg in Ignacios Auto, das zu dieser Uhrzeit ein paar Straßen weiter ohne Licht in der zweiten Reihe parkte. Im Wagen saß auch Carmelo und manchmal Gloria oder ein Verbindungsmann von Ignacio, der, obwohl er auch von der Fakultät kam, früher nicht bei der Gruppe gewesen war und Coronado hieß, auch wenn sie ihn nie so nennen durften, immer nur Genosse Carlos, eben weil er nicht zur Gruppe der Freunde gehörte. Sie hingegen nahmen es nicht so genau mit den Regeln. Ignacio brachte sie in die Außenbezirke, wo sie Bushaltestellen und Fabriktore mit Flugblättern besäten, tagaus, tagein im Morgengrauen, und dann ging es weiter in der Universität, mit Plakatkleben, mit Solidaritätsveranstaltungen und Demonstrationen, bis die Pferde und die Wasserwerfer der Polizei die Gruppen auflösten. Mittags und gegen Abend wurde in den Stoßzeiten des Verkehrs spontan eine Straße blockiert, Molotowcockails flogen in eine Bankfiliale, oder überraschend tauchte ein zwischen zwei Straßenlaternen oder zwei Akazien gespanntes Transparent auf. In jenen Tagen traf sich die Gruppe auch noch mit anderen linken Studenten, obwohl sie bei fremden Veranstaltungen, der eigenen Sicherheit wegen, extrem vorsichtig waren und nicht Gefahr laufen wollten, einem eingeschleusten Polizeispitzel auf den Leim zu gehen. Es gab sogar Gespräche mit Mitgliedern der Kommunistischen Partei, die ihnen zwar als revisionistisch verdächtig war, weil sie auf Gewalt verzichtet hatte, für einen friedlichen Nationalstreik eintrat, sich einer lähmenden Rhetorik bediente und die Versöhnung zwischen Siegern und Besiegten predigte. Dennoch und trotz allem waren die von der Partei, auch wenn sie irrten, meist aufrechte Revolutionäre, die in der Arbeiterbewegung den Ton angaben und über internationale Kontakte verfügten, die Druck auf die Franco-Regierung ausüben konnten, auch wenn der wirkliche Druck von den Massen auf der Straße kommen mußte. In jenen letzten Monaten des Jahres 1970 waren alle Bündnisse erlaubt. Wichtig allein war zu verhindern, daß sich das Regime stark genug fühlte, ein halbes Dutzend militanter Basken zu erschießen, die angeklagt waren, den Folterer Melitón Manzanas hingerichtet zu haben. Dies war der Kampf, dem sich die Gruppe täglich widmete. Auf einem der ersten Transparente, die sie in die Eingangshalle der Fakultät gehängt hatten, stand zu lesen: »Die Militärjustiz verhält sich zur Justiz wie die Militärmusik zur Musik.« Das fand Anklang bei den Studenten, sie lachten, aber in der Zelle tadelte Coronado, man dürfe über das Leben der baskischen Patrioten keine Witze machen, die Parolen müßten zur Aktion, zur Rebellion aufrufen und erbarmungslos von Blut und Gewehren sprechen. Das ging gegen Ignacio, den Autor des Transparents. Dem Genossen Carlos mißfielen die romantischen und geradezu anarchistischen Neigungen des anderen, der den Klang von Jimmy Hendrix' Gitarre mit schnellen Zungenbewegungen imitierte, Lieder von Janis Joplin und den Rolling Stones sang und Spaß an den Wortspielen der Dadaisten hatte. Ignacio las mit leidenschaftlichem Interesse Freud, die Surrealisten, Aragón, der zwar mit dem Surrealismus gebrochen hatte, aber für den Genossen Carlos ein Salonkommunist, ein Revisionist blieb. Doch für solche Zusammenstöße war nur wenig Zeit, gefordert war die politische Aktion, und die Organisation feierte es wie einen Sieg, als Franco, nachdem ein Todesurteil gegen baskische Patrioten gefällt worden war, die Männer im letzten Moment begnadigte. Zum ersten Mal hatte man das Gefühl, daß der Kampf etwas bewirkt hatte. Zur Feier des Tages hatten Carmelo und Gregorio ein paar Flaschen Wein gekauft, und gegen Abend stießen die Freunde auf die Freiheit des baskischen Volkes an und summten leise im Chor die Internationale. Als jedoch Ignacio Helena bat, über Nacht bei ihm zu bleiben, sagte Helena nein, sie wolle nicht gerade an diesem Tag Streit mit ihrem Vater haben, woraufhin Ignacio ihr vorwarf, sie gebe viel zu viel darauf, was der alte Spießer denke, und da begann

Helena plötzlich zu schreien, wie könne jemand wie Ignacio – »mit einer derartigen Familie und solchen Eltern« – es sich erlauben, so von Don Vicente zu sprechen, »der sein mag, wie man will, aber immerhin einmal zum Tode verurteilt war«. Die letzten Worte stieß Helena schluchzend hervor, danach rannte sie aus der Wohnung, schmetterte die Tür hinter sich zu und lief dann eine Weile ziellos durch die Stadt. Sie war müde und traurig. Ihre Stimmung wurde erst besser, als sie vor dem erleuchteten Schaufenster eines kleinen Ladens auf den Gedanken kam, eine Flasche Cidre zu kaufen, um daheim mit ihrem Vater auf die befreiende Nachricht anzustoßen. Zu Hause grüßte sie vom Gang aus ihre Mutter, die wie jeden Abend im kleinen Wohnzimmer vor dem Fernseher saß, und blieb dann vor der Tür zu Don Vicentes Arbeitszimmer stehen. Sie klopfte leise, erhielt jedoch keine Antwort, obwohl ihr Vater dort sein mußte, da er sich immer nach dem Abendessen zum Lesen zurückzog. Außerdem hörte man das Radio auf dem Gang. Sie öffnete so geräuschlos wie möglich die Tür und steckte den Kopf ins Zimmer. Da saß ihr Vater, er war im Sessel neben dem Radio eingeschlafen, das Nachrichten und Musik brachte. Auf seinen Knien lag eine ausgebreitete Zeitung, und sein Atem ging schwer. Sie sah ihm ein paar Augenblicke beim Schlafen zu, bevor sie vorsichtig die Tür wieder schloß. Leise ging sie ins Bad, entkorkte die Flasche, wobei sie das Geräusch des Pfropfens mit der Handfläche zu dämpfen versuchte, und goß dann den Inhalt ins Waschbecken.

José Luis lief keuchend durch die Straße, nachdem die Polizei das Kommando aufgelöst hatte, das über eine Stunde lang den Verkehr in der Calle Princesa blockiert hatte, als er auf eine Gruppe rechtsextremer Schläger stieß, die der Polizei (mit Hilfe von Eisenstangen, Ketten und Pistolen) bei der Verfolgung von Studenten half. Sie blockierten den Bürgersteig, auf dem er lief, und als er sie bemerkte, war es schon zu spät, um ohne Verdacht zu erwecken umzukehren, und einen Moment lang wußte er nicht, was er tun sollte. Also biß er die Zähne zusammen, merkte, daß er zu schwitzen begann, und beschloß weiterzugehen. In dem Moment hörte er seinen Namen, eine Stimme aus der Gruppe rief ihn »José Luis!«, und er erstarrte in Panik, als er sah, daß einer der Schläger, womöglich der kräftigste, auf ihn zukam und, die Eisenstange in der Hand, ihm zuwinkte. »José Luis, José Luis«, rief wieder der Typ, und plötzlich erkannte er seinen Bruder Ángel, der auf ihn zustürzte, um ihn zu umarmen. In wenigen Sekunden sah sich José Luis von diesen verhaßten Leuten umringt, während sein Bruder begann, ihn vorzustellen, und ihn zwang, jedem einzeln die Hand zu geben. »Mein Bruder«, sagte er, zu den übrigen gewandt, und stellte sie ihm dann vor: »José Luis, das hier sind Patrioten. Die halten den Schädel hin, um dich zu verteidigen«, und erklärte: »Er ist schon immer ein schmales Hemd gewesen. Aber im Kopf, da tickt er gut, allerdings hat er es mit Gedichten. Hör mal, Kleiner, du mischst dich doch nicht etwa unter die Roten?« Und bald darauf saß José Luis mit ihnen beim Bier in der Kneipe, in der er oft mit Carmelo gewesen war. Er wollte sich verabschieden und wußte nicht wie. Er schaute nach allen Seiten und dachte, es könnte ihn jemand inmitten all dieser Schläger mit Ray-Ban-Brillen und pomadisiertem Haar sehen, die ihre Keulen zur Schau stellten und Witze machten. Aber er konnte nicht gehen, ohne Ángel seine Adresse und Telefonnummer zu geben, und das durfte er nicht tun, weil er damit seine Wohnungsgenossen in Gefahr gebracht hätte, und so redete er weiter, die Zeit verging, und ihm war, als hätte jemand in eine Blase gestochen, die ihn von seiner Umgebung abgeschirmt und nicht hatte sehen lassen, an welchem Ort er sich befand, wie weit weg von allem und wie hoch im Augenblick des Fallens, denn ihm wurde klar, daß er keine einzige Adresse in Madrid angeben konnte, nicht eine unverdächtige Person, die für ihn hätte aussagen können, und dieser Gedanke ließ ihn erschauern, denn er erkannte, daß er in Madrid im Untergrund lebte, daß er bei einem Polizeiverhör weder hätte angeben können, wo er lebte noch mit was er seine Zeit nach der Arbeit verbrachte; daß er keinen einzigen seiner Freunde nennen konnte, ohne ihn zu gefährden, noch die Adresse eines einzigen Hauses angeben konnte, nicht einmal den Namen einer der Bars, in die er ging, weil alles, was er tat – mit Ausnahme der Stunden im Büro des Textilgeschäfts – außerhalb des Gesetzes geschah. Schließlich kam er darauf, dem Bruder, falls der nach einer Adresse fragen sollte, die in der Calle Olivar zu geben, es war die einzige, mit der er niemanden in Schwierigkeiten brachte. Aber das zwang ihn, dort anzurufen und es Raúl zu erklären, es zwang ihn, den ehemaligen Freund wiederzusehen und wieder zu leiden. Er stellte ihn sich an wer weiß welchem Ort in Madrid vor, vielleicht war er jetzt gerade im Unterricht oder stand an einem Bartresen, und José Luis sah ihn vor sich, wie er lachte, sich eine Zigarette anzündete und dabei die Flamme des Streichholzes mit der gekrümmten Handfläche schützte, einer Hand, in der die Linien des Lebens, des Geldes und der Liebe eingezeichnet waren und in der sich eine fremde und freie Kraft ausdrückte. Sein Bruder aber wollte gar nichts fragen. Statt dessen schleppte er ihn in seine Pension, nötigte ihn in sein Zimmer, wo eine eher traurige Unordnung herrschte: Brot, Käse für die Schnitten, das Rasiermesser und die Orangen auf dem Tisch, die halbleere Weinflasche und der Cognac, den Angel öffnete. Mit dem Glas in der Hand ließ er sich auf das Bett fallen. »Siehst du den Alten manchmal?« fragte er, und José Luis antwortete, er sei zu Allerheiligen bei ihm gewesen. »Glaubt er immer noch, daß ich reich bin?« fragte Ángel wieder. »Er sagt nichts. Er glaubt wohl auch nicht mehr an vieles.« Und Ángel sah weiter vor sich hin und trank von seinem Cognac. Er hob das Glas bis zum Mund und neigte es dann zum Trinken. Er neigte das Glas, nicht den Kopf, der unbewegt auf dem Kopfkissen lag, die Augen still auf den Schrankspiegel gerichtet. Ohne sich vom Bett zu bewegen bat er José Luis, der auf einem Stuhl neben ihm saß, ihm Cognac nachzuschenken, und fragte: »Bin ich etwa ein Scheißkerl, nur weil ich nichts bin?« Er stellte das Glas auf den Nachttisch und begann sich das Hemd aufzuknöpfen, dann auch die Hose. Unterhalb des Bauchs kam ein faustgroßer Wulst zum Vorschein. José Luis schaute weg. »Nur ein Bruch«, sagte sein Bruder und fragte, ob er vielleicht einen Freund habe, der ihn gratis operieren könne, und dann murmelte er etwas von Medizin und holte aus dem Geldbeutel einen kleinen Umschlag, dessen Inhalt er auf die Glasplatte des Nachttisches neben sein Glas fallen ließ. Es war ein weißes Pulver, das er mit den Fingern zurechtschob, bis es zwei schmale Streifen bildete. Dann rollte er einen Zwanzig-Duro-Schein zu einem Zylinder und neigte sich über das Pulver. Einer der Streifen verschwand vom Tisch. Er sah den Bruder auffordernd an, aber José Luis schüttelte den Kopf. »Nimm schon, verdammt«, drängte Ángel, »weißt du nicht mehr, was auf den Umschlägen der kleinen Büchlein stand, die du dir, als du klein warst, in Salamanca kauftest? Wissen nimmt keinen Platz weg. Wissen schadet nicht. Was dir schadet, ist die Aktion. Man schlägt auf etwas, macht es kaputt, und was kaputt ist, kann nicht mehr gerichtet werden. Die Aktion.« José Luis beugte sich hinunter und schnupfte durch den Zylinder den Streifen auf, den Ángel ihm zugedacht hatte, er nahm den bitteren Geschmack im Hals wahr und dann ein leises Klopfen in den Schläfen und hatte Lust auf noch ein Glas und zündete sich noch eine Zigarette an. »Die schlechten Aktionen«, fügte Ángel sehr leise hinzu. José Luis saß nun auf dem Bett neben seinem Bruder und sah auf seine Füße, die in abgewetzten Socken von zweifelhaftem Weiß steckten. Sogar seine Füße schienen abgenutzt, genau wie die Socken, genau wie die weibliche Haut, die aus dem Ausschnitt des Unterhemds schaute. José Luis betrachtete dieses Stück vom Körper seines Bruders und dachte an das Wissen und das Handeln, an Abnutzung und Abstumpfung. Er hätte ihm gerne gesagt: »Das einzige, was du getan hast, war wegzugehen.« Mit der Handfläche tastete er nach der Stirn des Bruders und hatte das Bedürfnis, ihn zu küssen, zu weinen, doch er stand auf, um die Zigarette im Aschenbecher auszudrücken. Ihm schien es, daß sein Bruder tatsächlich weinte, doch über Dinge, die nichts mit ihm, sondern mit der Ermüdung zu tun hatten, mit dem, was diese weibliche Haut wußte und erlebt hatte.

Als Carmelo dem Wunsch Luis Coronados gehorchte und José Luis mitteilte, daß er die Wohnung verlassen mußte, dachte dieser einen Augenblick lang, jemand habe ihn auf der Straße oder in der Bar gesehen, wo er mit seinem Bruder und dessen Freunden Bier getrunken hatte, und daß die Nachricht bis zu seinen Wohngenossen gelangt war, die ihn nun als Spitzel betrachteten. Fast hätte er Carmelo erklärt, was an jenem Morgen in der Nähe der Calle Princesa geschehen war, doch er traute sich nicht, womit er vermied, daß ein weiteres Mißverständnis die angespannte Situation verschärfte, in der sich sein Freund befand, denn Carmelo hätte es in Wahrheit lieber gehabt, wenn er geblieben wäre, und wußte nicht, wie er ihm sagen sollte, daß er gehen mußte; deshalb war er nervös und ärgerte sich über sich selbst, als er sagte: »José Luis, ich kann dir den Grund nicht sagen. Nur daß ich dein Freund bin, daß du mir vertrauen und wissen sollst, daß wenn ich dir zu sagen wage, daß du gehen sollst, es zu deinem Besten ist.« Nein, es schien nicht so, als ob irgendein Zusammenhang bestand zwischen der Begegnung mit Ángel und Carmelos Bitte. Es sei zu seinem Schutz, beharrte Carmelo und fühlte sich dabei so unwohl, so nervös, daß er sich im Eifer, ohne zu wissen warum, eine absurde Geschichte ausdachte: Eine gewisse Person aus dem Norden (aus dem Baskenland also) – habe ihm aufgetragen, Pistolen bei sich im Zimmer zu verwahren, und das könnte ihn, José Luis, in

Gefahr bringen, was er, Carmelo nicht zulassen könne, und während er diese Lüge vorbrachte, wurde ihm klar, daß er, um die Klandestinität der Gruppe zu wahren, sie in Wahrheit soeben in etwas viel Gefährlicheres verwickelt hatte, und daß, falls José Luis einmal verhaftet würde und dann von Pistolen aus dem Norden erzählte, das sehr viel schlimmer war, als wenn er einfach die Wahrheit gesagt hätte, aber dazu war es zu spät, jetzt konnte er nicht mehr zurück und ihm beichten, daß er gelogen hatte, daß er nur die Forderungen von Luis Coronado, der sich auf die Sicherheitsvorschriften der Gruppe berief, erfüllte und daß er, Carmelo, sich leider daran halten müsse, obwohl José Luis sein bester Freund war, aber jetzt war es zu spät und er konnte nicht um Verzeihung bitten und ihm erzählen, was wirklich vorging. Er sah den gesenkten Kopf seines Freundes, der schweigend dieser lächerlichen Geschichte zuhörte. Er sah ihn vor sich am Schreibtisch sitzen, wie er unvermittelt den Blick hob, um ihn schweigend anzusehen, und dann wieder den Kopf abwandte und auf die Tischfläche schaute, mit einem Feuerzeug herumspielte, das er über das Holz rutschen ließ, als erfordere diese sich wiederholende Bewegung seine ganze Aufmerksamkeit, als lenkten die Erklärungen seines Freundes ihn nur von dieser wichtigen Tätigkeit ab. Carmelo hätte gern Widerspruch gehört, ein verletzendes Wort, auf das er hätte antworten können. Er wollte, daß er sich beschwerte, daß er ihn beschimpfte, aber er tat es nicht, spielte nur schweigend mit dem Feuerzeug, und als Carmelo ihm am nächsten Tag vorschlug, für einige Zeit (»bis die Gefahr vorüber ist«) in die Pension seiner Eltern zu ziehen (»es kommt dich sogar billiger, weil du dort essen kannst«), da bekam er eine Antwort, die er sich nicht gewünscht hatte, denn sein Freund sagte mit leiser, aber eisiger Stimme: »Ich bin kein Koffer, den man von einem Ort zum anderen schafft.« Er zog in eine Mansarde und richtete sie nach und nach mit Trödelware vom Flohmarkt ein und mit Stücken, die er auf seinen nächtlichen Spaziergängen aus dem Sperrmüll klaubte: ein alter Nachttisch, ein Spiegel mit fleckigem Belag und ein Tisch, der nach einer gründlichen Politur wie neu aussah. Er gab keinem seiner Bekannten die Adresse, und plötzlich hatte er nicht einmal mehr das Gefühl, daß Carmelo ihn aus der Wohnung geworfen hatte, sondern es war ihm, als hätte er sich selbst in ein neues Abenteuer begeben und nun endlich die Bewegungsfreiheit erlangt, die er für seinen einsamen Weg brauchte. Er ging weiter zu den Alphabetisierungskursen und zum Filmklub, traf sich dort mit Carmelo und achtete darauf, daß ihre Entfremdung nicht von den Arbeitern, die zum Unterricht oder zu den Vorführungen kamen, bemerkt wurde. Er war ihm nicht böse, vor allem empfand er Trauer über das Ende der zweiten Etappe auf dem Weg, auf den ihn Raúl ein paar Jahre zuvor gebracht hatte. Jetzt entdeckte er, daß die Gefühle, die ihn mit Carmelo verbunden hatten, denen ähnelten, die er für Raúl gehegt hatte. Er vermißte das Klappern in der Küche, wenn Carmelo half, das Abendessen zu bereiten, er vermißte seinen Anblick, wenn er durch das Zimmer ging, um Wäsche aus dem Schrank zu holen, und er sollte noch lange nachts seinen regelmäßigen Atem vermissen, ein gemächlicher Rhythmus, der ihm eine Ruhe gab, die sich nun in der Einsamkeit der Mansarde auflöste, und so blieb er wach und starrte stundenlang an die Decke. In jener Zeit fiel ihm auf, wie ihn in der Metro nach Vallecas ein etwa vierzigjähriger Mann beobachtete, er trug über der Schulter eine Sporttasche wie die Maurer, die darin ihre Arbeitskleidung und Verpflegung transportieren. Er hielt diesem Blick stand, der auf ihn eine ähnliche Wirkung ausübte wie Carmelos gleichmäßiger Atem, dem er nachts so oft gelauscht hatte. Der Blick dieser Augen würde ihm die verlorene Ruhe wiedergeben, dachte er plötzlich, also blieb er, nachdem er ausgestiegen war, vor einem Schuhgeschäft bei der Metrostation stehen und beobachtete im Schaufenster die Bewegungen des Mannes, der ebenfalls stehengeblieben war. Dann ging José Luis langsam weiter, ließ es zu, daß der Mann ihm bis zu einem nahen Feld folgte, daß er sich dort in der Dunkelheit vor ihn hin stellte und ihn umarmte, ihm in den Hals biß und in seinen Mund atmete und seine Hände nahm und sie verlangend an seinen Körper führte. Als José Luis etwas sagen wollte, knöpfte sich der Mann schon wieder die Hose zu, stopfte hastig das Hemd hinein, schloß den Gürtel und entfernte sich mit schnellem Schritt, nachdem er ein paar Abschiedsworte gestammelt hatte. José Luis blieb zurück, setzte sich auf einen Stein und saß dort unter dem sternlosen Himmel der Stadt und dachte, seine Mühen seien umsonst gewesen, ja sogar schädlich, als ob er nicht sein Leben lebte, sondern eines, das seinem Wesen geradezu entgegengesetzt war. Er saß reglos da und fand nicht einmal die Kraft, sich eine Zigarette anzuzünden. Es störte ihn auch nicht der faulige Geruch des Feldes, das die Leute aus der Nachbarschaft offenbar als Müllhalde benutzten. Dieser süßliche, klebrige Geruch schien ihm eine Verlängerung des Geruchs, den die hechelnden Küsse des im Dunkel verschwundenen Mannes auf ihm hinterlassen hatten, ein Geruch nach Speichel, der erkaltet etwas Unzüchtiges hatte, wie auch die Erregung des Körpers, der ihn an sich gedrückt hatte, unzüchtig gewesen war. Als er später in den Raum trat, in dem er unterrichtete, sah er Carmelo etwas an die Tafel schreiben und spürte eine Mischung aus Hochmut und Leid, ein Hochmut, der von dieser Fähigkeit zu handeln herrührte, die sein Bruder Ángel gemeint hatte, etwas aufzubauen und zu zerstören (die guten, die schlechten Aktionen); und das Leid war mit dem Stolz verschwistert, denn es redete ihm ein, daß nicht er, sondern die anderen es waren, die Gefühle mit Füßen traten, und daß jemand zur Müllhalde gehen und sie hastig aufsammeln mußte, um zu verhindern, daß sie auf immer verloren gingen. José Luis wußte nicht, daß sein Platz in der Wohnung sein Schreibtisch, sein Zimmer, sein Bett – von Luis Coronado besetzt worden war und daß Carmelo nun widerwillig dessen Anwesenheit ertrug und, schlimmer noch, die von Gloria, die oft bei ihnen aß und die meisten Abende in der Wohnung verbrachte. Er bereitete das Abendessen für drei Personen – für die beiden und sich selbst; Ignacio kam meist etwas später, weil er Helena heimbegleitete, und Gregorio lag schon im Bett, weil er früh aufstehen mußte –, und beim Essen saßen sie ihm dann gegenüber, unterhielten sich und sahen sich wie in Ekstase lange und tief in die Augen, Coronados Kopf lag auf der Schulter von Gloria, die sein Haar streichelte. Carmelo setzte sich zum Lesen auf das Sofa oder arbeitete an dem Tisch im kleinen Wohnzimmer unter der Lampe und hörte sie im Schlafzimmer, vernahm ihre Stimmen, das Geräusch des Bettes, das gegen die Wand stieß, und konnte sich auf nichts konzentrieren. Dann ging er spazieren, aber auch das Geräusch der Straße und das Licht der Laternen auf den

Fassaden brachten ihn nicht auf andere Gedanken, und, schlimmer noch, er mochte vor niemandem, nicht einmal vor sich selbst zugeben, daß er eifersüchtig war, denn es hätte bedeutet, daß er noch einem kleinbürgerlichen Liebesbegriff anhing, den ein aktiver Kommunist durch Kameradschaft und Solidarität zu ersetzen hatte. Verächtlich betrachtete er sich nachts im Badezimmerspiegel, wenn Coronado ihn gebeten hatte, er möge doch bitte Gloria und ihm das Zimmer überlassen und auf dem Sofa schlafen, und das für ganz selbstverständlich hielt, denn während er noch darum bat, reichte er ihm schon die Decke heraus, unter der er schlafen sollte. Im Spiegel betrachtete Carmelo sein Gesicht und fühlte sich jämmerlich, er verglich die eigenen Gesichtszüge, Glieder, Kleidung mit den Gesichtszügen, den Gliedern und der Kleidung von Coronado und hätte sich am liebsten auseinandergebaut, um wie ein Mechaniker Teil um Teil zu ersetzen, die kurze Nase mit den hochstehenden Flügeln durch die schmale Adlernase von Coronado; seine Haut, bläßlich und glatt wie die einer Frau und bei jeder Berührung errötend, durch die olivfarbene und behaarte Haut von Coronados Brust, und er wollte die mandelförmigen Augen von Coronado statt der seinen haben, die fast rund und kindlich waren, wie in ständigem Staunen befangen. Er fand, jeder Teil seines Körpers sei das genaue Gegenteil von dem, was Gloria begehrte, und das schmerzte unerträglich, weil die geistige Brillanz, die er, waren sie zusammen, geradezu zwanghaft verschwendete, ihm nichts nutzte. Wenn er etwas vortrug, so hörte Gloria zwar aufmerksam zu, sie umarmte die Worte aber nicht, öffnete sich ihnen nicht, ließ sie auch nicht stöhnend in sich eindringen. Carmelo machte die schmerzliche Entdeckung, daß sie ihm mit einem Lächeln für das Abendessen dankte oder völlig damit einverstanden war, daß Körper wie Güter kollektiviert werden müßten, stimmte ihm zu, wenn es darum ging, daß die Liebe ein kleinbürgerliches Gefühl sei, das eines Tages durch Solidarität ersetzt werden müsse, so wie das Paar durch die Kommune, alle gehörten dann allen, und keinem gehörte etwas. Um egoistische Akkumulationsgefühle bei der Erbschaft zu vermeiden, sollten die Kinder nicht wissen, wer ihre Eltern, und die Eltern nicht, wer ihre Kinder waren, die Liebe wäre herrlich, vielgestaltig und frei. Solche Gespräche dauerten bis nach Mitternacht, das Zimmer füllte sich mit Rauch, der alles einhüllte, sogar die Sinne, die sich allmählich zu entspannen schienen. Aber dann schaute Coronado auf die Uhr, sagte »Himmel, wie spät« und machte eine Bewegung zu Gloria hin, und beide verschwanden im Schlafzimmer und vergnügten sich wieder eine Nacht lang in Erwartung der wünschenswerten Vielehe. »Carmelo hat das beste Händchen fürs Kochen, das ich je bei einem Mann gesehen habe«, sagte Gloria, während sie sich in den Arm des anderen schmiegte und sich von den Händen des anderen streicheln ließ, der weder die richtige Menge Salz, Essig oder Öl in den Salat tun konnte noch zum richtigen Zeitpunkt den Seehecht aus der Pfanne zu nehmen und den Speck in den Eintopf zu legen wußte. Coronados Hände waren unsolidarisch, gierig, aber es waren die Hände, die Gloria begehrte, und dagegen war kein Kraut gewachsen. An manchen Tagen ging Carmelo zu seinen Eltern in die Pension, und seine Mutter fand, er sei dünn, habe verquollene Augen. »Schläfst du nicht, Kind? Du siehst aus wie ein Büßer«, sagte sie, und wenn sie ihm manchmal von den Leiden seiner Tante Eloísa erzählte, konnte er sich mit dieser identifizieren, fühlte sich mit ihr solidarisch, er, Carmelo, was für eine Schande, ein kommunistischer Aktivist, der seine Gefühle mit denen der armen Gattin eines untreuen Ehemanns verglich, der bei der Guardia Civil gewesen war. Wenn er aber mit Tante Eloísa in der Pension zusammentraf, dann ließ er sich von ihr streicheln und verwöhnen – sie machte ihm eine Tasse Schokolade oder holte aus einem versteckten Winkel im Kühlschrank einen Karamelpudding und zog ihm den Hemdkragen aus dem Pullover, wenn sie ihm den Abschiedskuß gab –, und er erzählte ihr gerne Vertraulichkeiten und tat, als sei Gloria seine Freundin. Ja, er sei verliebt, das Mädchen hieße Gloria und sei sehr hübsch und gut und liebe ihn, er werde sie ihnen bald einmal vorstellen, und dann könnten sie zu dritt Sandwiches bei Rodilla essen gehen und ins Kino, einen Film ansehen, und Tante Eloísa war davon überzeugt, daß alles, was er sagte, stimmte. »Natürlich müssen sich die Mädchen in dich verlieben. Du bist immer schon so sanft gewesen«, sagte sie, »wir Frauen mögen das, Sanftheit, Zärtlichkeit, daß man uns wunderbare Geschichten erzählt, und du kannst so gut reden.« Carmelo genoß das, wenn er aber die Tür der Pension hinter sich schloß und die Treppe hinunterging, dann zerfiel er in widersprüchliche Teile. Er ging in eine Bar, bestellte einen Cognac, der ihm den Hals verbrannte und den Magen übersäuerte, und hatte Lust, mit jemandem an der Theke zu sprechen, doch die Leute waren mit sich selbst beschäftigt, unterhielten sich miteinander oder schauten auf den Fernseher, und der Cognac bekam ihm nicht, überhaupt nicht, er brachte ihm die Erinnerung an Glorias Lippen und Coronados Augen und wie ihre beiden

Körper leuchteten, als sie hastig den Schutz des Lakens suchten, nachdem er, der sie nicht daheim glaubte, die Tür geöffnet hatte und die beiden übereinander gesehen hatte; die Geste von Coronado, als er nackt mit noch erigiertem Glied durch den Gang Richtung Badezimmer ging. Nein, die Frauen wollten keinen, der Geschichten erzählte. Das war eine barmherzige Lüge seiner Tante Eloísa, denn auch sie hatte in dem Guardia Martín nicht den Erzähler gesucht; Frauen wollten rauhe Handwerker, die sie mit den Händen durchkneteten, sie öffneten, schlossen, penetrierten, schändeten, und er konnte nur von Gerechtigkeit und Solidarität reden, und das war gar nichts. »Frauen sind Scheiße, Gregorio«, wiederholte er seinem Freund gegenüber, und das sagte er so oft, daß der schließlich begriff, daß Carmelo noch keine gehabt hatte, und ihn in die Calle Ballesta mitnahm und einer Frau anvertraute, mit der er schon mehrmals aufs Zimmer gegangen war. Sie heiße Lola, sagte sie zu Carmelo, und als sie erfuhr, daß es das erste Mal war, wusch sie ihn sorgfältig mit lauwarmem Wasser im Bidet, wechselte die Bettwäsche und sagte, er solle sich auf den Rücken legen, und dann leckte sie ihn langsam, und dann setzte sie sich auf ihn und ließ sein Glied eine Landschaft besuchen, die der ähnelte, um die er Coronado so beneidete. Bis er kam, fühlte er sich so mächtig wie der andere, doch danach dachte er, es sei nicht dieses Terrain gewesen, das er hatte besuchen wollen, und es wurde noch schlimmer, als die Frau, die sich Lola nannte und eine Tochter in einem Internat in Navacerrada hatte, ihm die unbehaarte Brust streichelte und sagte: »Du bist sehr sanft, weißt du. Sehr zärtlich. Sobald du ein bißchen Erfahrung hast, wirst du ein sehr guter Liebhaber sein. Wir Frauen mögen Männer wie dich. Kommst du wieder?«, denn da schien es ihm, als ob diese Frau ein Teil der Verschwörung war; man umgarnte ihn, um ihn von seinem Weg – von Gloria – abzubringen, und daß Lola ihn wie die anderen, wie seine Tante Eloísa, belog, denn wenn sie eine Tochter in einem Internat in Navacerrada hatte, dann wohl nicht, weil ihr Geliebter sanft, liebevoll und zärtlich, sondern weil er brutal gewesen war, er hatte sie besessen, verachtet und verlassen, die Frucht all dieser Verachtung war die Tochter, wie das Leben immer eine Frucht der Verachtung, der Brutalität ist; und die Zärtlichkeit war so etwas wie in einen Karton verpacktes Spielzeug, Postkarten oder Kinoprogramme – unproduktive Lügen, Ablenkung und Zeitvertreib für die Zeit nach dem Leben, damit jene, die vom Leben besiegt und in den Graben gedrängt worden waren, sich daran erfreuten. Das alles erklärte er Gregorio, der ihm zuhörte, ohne der langen Rede ganz folgen zu können. Sie bestätigte ihm jedoch, was er schon lange vermutet hatte: »Das heißt also, du bist in Gloria verknallt und überläßt ihr dein Zimmer, damit sie mit einem anderen vögeln kann«, folgerte er, ohne die Argumente seines Freundes zu beachten, der über den freien Willen des Menschen sprach.

Gregorio war davon überzeugt, er habe etwas von einem Vorstehhund, er rieche das Unheil, bevor es eintrete. »Ich habe von Anfang an etwas Übles gerochen«, sagte er, und obwohl ihm Carmelo erklärte, das sei keine Hellseherei, sondern »nicht mehr und nicht weniger als die genetische Erinnerung an tausendjährige Niedertracht«, ging der Maurer doch in der Überzeugung zu Bett, daß bei ihm die Vorausahnungen funktionierten, und er dachte noch darüber nach, während von der Straße der Lärm drang, den die Müllmänner beim Aufnehmen der Kübel machten. Ja, er meinte, ein Hund zu sein, der seit einiger Zeit schon etwas Fremdartiges roch. Er erinnerte sich an den Schauer, den er die ersten Male beim Betreten des Hauses in Viso verspürt hatte. Durch die Metalltüre zu schreiten, die Gloria für ihn mit schmalen Händen öffnete, ihr durch den Garten zu folgen, zwischen Rosenstöcken hindurchzugehen, den Geruch des feuchten Grases und der Blumen zu atmen, die in den ersten Septembertagen zu welken begannen, dieser Landgeruch im Zentrum der Stadt, wie in einem Schmuckkästchen verwahrt, das nötigte ihm Respekt ab. Es hatte ihn wie einen Hund durchschauert, der das Unglück von weitem riecht. Das Gitter öffnete sich, und sie traten in dieses duftende Grün, das nach Land roch, aber nicht Land war, denn sogar der Geruch des Gartens war nur auf eine trügerische Weise ländlich, da auf dem Land sich das der Nase Angenehme mit dem Unangenehmen mischt, denn der Duft der Blumen, des feuchten Grases und der Haut der Tiere in der Sonne mischt sich mit dem der Exkremente oder dem des erkrankten und verendeten Maulesels, den jemand in eine Grube zwischen zwei steinernen Grenzrainen geworfen hat, damit er dort verwest. Etwas mehr als Respekt nötigte ihm die Granittreppe zur Eingangshalle ab, das seltsame Gefühl beim Betreten des Parketts erschien ihm dagegen normal, die Holzplatten knarrten unter den Schuhen, und das Wachs, mit dem sie poliert worden waren, quietschte, und Holz und Wachs brachten ihm Erinnerungen an ein fernes Revier, zivilisiert und künstlich; auf dem Weg ins Innere des Hauses betraten die Mitglieder der Gruppe die Teppiche, die auf ihre Schritte mit einer verwunderlichen Stille antworteten, es handelte sich dabei nicht um die Abwesenheit eines Geräuschs, sondern um dessen weiche Präsenz. Im Lauf der Zeit hatte Gewöhnung dieses Gefühl aufgelöst; als ihm daher an jenem Nachmittag mitten im Garten seine Vorahnungen bestätigt wurden, konnte er sich schon kaum noch an diese Schauder erinnern, die ihn anfangs wie Schüttelfrost bei Wechselfieber überkommen waren, da ihm inzwischen das spitze Schieferdach vertraut war, auch die Kamine, die Möbel aus glänzendem Holz, die Pappeln und Ulmen im Garten, die langsam ihre Blätter verloren und nun nackt hinter den Fenstern von Glorias Studierzimmer standen, wo sich acht oder zehn Personen in der Gewißheit versammelten, daß niemand vermutete, in dieser Villa am oberen Ende der Calle Serrano werde konspiriert; daher konnte man dort in Ruhe beisammen sein, gab es doch keinerlei Probleme mit Glorias Eltern, weil Glorias Vater nie da war, sondern immer im Büro oder auf Reisen, und ihre Mutter sich offen gab und sogar die Bücher las, die ihr die Tochter lieh, sie auch gelegentlich in die studentischen Filmklubs begleitete, kurzum, Glorias Mutter (die wesentlich jünger wirkte, als sie zweifellos sein mußte) war anzusehen, daß sie sehr angetan von diesem Leben war, vertraute ihr die Tochter doch genügend, um ihre Freunde frei und in aller Offenheit nach Hause einzuladen. Doña Gloria pflegte das Dienstmädchen mit Tabletts voller Aperitifs und Erfrischungsgetränke für die Freunde ihrer Tochter hineinzuschicken, und mitunter – stets nach einem höflichen Klopfen – unterbrach sie auch selbst die Versammlung, um nachzufragen, ob alles in Ordnung sei, ob sie noch irgend etwas brauchten, und sogar, um sich mit einer Bemerkung über etwas, das sie kürzlich in der Zeitung gelesen hatte, ins Gespräch zu mischen, oder über einen neu angelaufenen Film im Kino, vor allem aber – mit eintöniger Voraussehbarkeit – darüber, wie sehr sich das Land in den letzten Jahren verändert hatte, besonders was die Stellung der Frau anging, denn weder sie noch eine andere Frau ihrer Generation hatten davon träumen können, sich mit intelligenten Menschen zu umgeben und von Du zu Du mit den Männern über intellektuelle oder künstlerische Themen zu diskutieren, und sie hätten es sich auch nicht erlauben können, die Freunde nach Hause einzuladen, um mit ihnen eine gesunde und fruchtbare Freundschaft zu pflegen. Das von der gesunden Freundschaft sagte sie sehr vollmundig, und Ignacio und Coronado mußten sich Mühe geben, nicht zu lachen, bevor sich Doña Gloria verabschiedete und auf der anderen Seite der Tür verschwand. Gregorio dagegen nickte ernsthaft, als pflichte er ihr bei, in Wahrheit aber gab er ihr weder recht noch unrecht, sondern dachte nur daran, wie er seine Hände verstecken konnte. Hatte er etwa nicht gemerkt, was für ein Gesicht Doña Gloria gemacht hatte, als sie sich zum ersten Mal begrüßt hatten, er ihr die Hand gegeben und sie diese, die rauh und voller Schwielen war, gedrückt hatte? Da hatte es wohl wenig genützt, daß man ihr das Märchen erzählte, er sei ausgebildeter Landwirt und Kindheitsfreund Coronados aus einem Dorf, das sie sich kichernd auf dem Weg ausgedacht hatten. Als sie diese Hand drückte, wirkte eine Feder auf Doña Gloria ein, die sie dazu brachte, die Augen ein wenig mehr zu öffnen und mit einer Bewegung des Kopfes die menschliche Gestalt, die sie vor sich hatte, vom Scheitel bis zur Sohle zu mustern. Die anderen schienen diese Bewegung nicht wichtig zu nehmen, als hätten sie sie nicht bemerkt, doch Gregorio hatte einen Peitschenknall gehört, in einer Frequenz, die von den anderen nicht wahrgenommen werden konnte, er aber hatte ihn deutlich gehört, es heißt ja auch, daß Fledermäuse und Ratten Töne hören, die das menschliche Ohr nicht wahrnimmt. Er hatte ihn deutlich gehört und hörte ihn immer dann wieder, wenn Doña Gloria nach leisem Klopfen die Tür öffnete und ihren Blick über die Mitglieder der Gruppe, die auf den Stühlen, Sesseln und Sofas des Zimmers sitzen blieben, schweifen ließ. Es war wie ein Zahnrad, das sich gemächlich drehte, bis es zu der Stelle kam, wo ein Zahn fehlte, und an diesem Punkt knarrte es leicht. Gregorio grübelte darüber nach und kam zu dem Schluß, dieser fehlende Zahn müsse vererblich sein, die Erbkrankheit, die ihn verriet, wie das Wechselfieber jene verriet, die zur Reisernte auf der Insel gewesen waren; die Art, sich zu kleiden, war es jedenfalls nicht, da Ignacio zum Beispiel schmutzige und zerrissene Cordhosen trug, während er in sauberen, selbstgebügelten Sachen kam. Er achtete auch darauf, sich morgens, bevor er das Haus verließ, die Schuhe zu putzen, was keiner der anderen tat, und er kämmte sein kurzgeschnittenes Haar mit einem sauberen Scheitel. Nein, es war etwas anderes, kaum wahrnehmbares, das sicherlich mit dem zu tun hatte, was ihm manchmal unter vier Augen Coronado ins Gedächtnis rief. »Es ist die Klassenherkunft. So sehr sie sich auch bemühen, sie werden nie echte Proletarier sein. Sie sind bürgerlich, Weggefährten, mehr nicht.« Kurioserweise aber, trotz dieser im Kurs steigenden Aktie, die er nur aufgrund seines dunklen Ursprungs hielt, konnte er nicht umhin, sich stets, und zwar besonders an den Nachmittagen bei Gloria, darum zu bemühen, ihr Weggefährte zu werden, die Werte zu verkehren, den Blick auf das zu richten, was in den Worten des Genossen Carlos die Vergangenheit darstellte, und so achtete er darauf, nicht zu lange mit den Augen an den roten oder blauen Unterhöschen zu kleben, die jedesmal deutlich unter dem Minirock zu sehen waren, wenn Gloria die übereinandergeschlagenen Beine auseinander nahm, bemühte sich, die belegten Brötchen mit zwei Fingern statt mit der ganzen Hand zu greifen, nicht zu laut zu reden, nicht nur aus Gründen der Geheimhaltung, sondern auch aus einem Sinn für Eleganz, der sich bei ihm schärfte, wenn Doña Gloria dabei war und sich mit ihnen über irgend etwas unterhielt. Dann schwieg er meistens, verfolgte jedoch aufmerksam, was die anderen sagten, bemühte sich, ihre Worte aufzunehmen und zu lernen und sich zu merken, wie sie die Dinge benannten. Sie sagten: »Es gewinnt an Kraft, wenn das Sax einsetzt«, »da sind Macken im Drehbuch« oder »als Metapher hat das seine Wirkung«, Wendungen, von denen er nicht genau wußte, auf was sie sich bezogen; er achtete jedoch darauf, wann seine Freunde sie wieder verwendeten, um so auf ihre Bedeutung zu kommen. Wenn er aufstand, um einen Aschenbecher zu holen, oder durch das Zimmer spazierte, um die Beine zu lockern, statt still in einer Ecke zu kauern, wie er es in den ersten Tagen getan hatte, oder wenn er eine Platte auflegte (sie legten immer Hintergrundmusik auf, damit ihre Worte im Nebenzimmer nicht zu verstehen waren – eine der Sicherheitsregeln), dann spürte Gregorio, daß er zu einem der ihren wurde, nicht mehr zu unterscheiden war, und daß er sich daran gewöhnte, sich frei in dieser Welt zu bewegen, in der zum Sterben verurteilten bürgerlichen Vergangenheit, in der man sich aber in Erwartung des Zusammenbruchs einrichten mußte, so schien es ihm, wie die Eidechsen sich dem Gebiet, in dem sie leben, anpassen, bis sie darin nicht mehr auffallen, die Farbe der Haut verändern und diejenige der Erde oder des Grases annehmen, auf dem sie sich bewegen. Gregorio hatte sich an diese Teppiche gewöhnt, an den Arm des Plattenspielers, der mit einem Knistern aufzunehmen und dann vorsichtig auf die Platte zu senken war, damit die Nadel, wenn sie in Berührung mit der Platte kam, keinen lauten Mißton hervorrief, er hatte sich an die Häppchen gewöhnt, die aus einem Brot hergestellt wurden, das im Mund fast ohne Einsatz der Zähne zerging; an das von der goldenen Seide des Whiskys gedämpfte Klirren der Eiswürfel im Glas. Und er fühlte sich wie die Eidechse, die nun die Farbe der Erde angenommen hat und meint, der Feind werde vorbeigehen und sie nicht bemerken. Deshalb, weil sie ihn unvorbereitet traf, war diese Erscheinung für ihn noch mehr die Bestätigung einer Prophezeiung: das Bild der großen und schlanken Frau, die an dem Tag in der Vorhalle stand und Gloria mit einer Handbewegung begrüßte; die Frau erstarrte, und ihr Lächeln fror zur Grimasse, ihre funkelnden Augen fixierten scheinbar die Gruppe, in Wirklichkeit aber – wie Gregorio gleich merkte – ihn. Die Frau hatte noch immer den Arm erhoben, senkte ihn erst ein paar Augenblicke später, als sie zu gehen begann, die Vorhalle mit vier großen Schritten durchquerte und die Stufen hinabstieg, so als ob sie keinen eigenen Willen hätte, als sei sie ein aufgezogener Automat, der sich blind voranbewegt, weder Wünschen noch Befehlen gehorchend, sondern nur dem Schwung eines Räderwerks, das in Gang gesetzt worden ist. Mit diesem nicht zu stoppenden Schwung bahnte sie sich den Weg durch die Gruppe aus jugendlichen Körpern, schob sie mit den Händen beiseite, bis sie vor ihm, Gregorio innehielt, bis beide einander gegenüberstanden und sie ihn von oben bis unten ansah. Dann streckte sie den Arm aus, den Zeigefinger, und stieß damit gegen seine Brust, bevor sie mit heiserer Stimme sagte: »Dreckskerl. Was hast du hier zu suchen?« Gregorio verstummte vor der Erscheinung von Doña Sole Beleta. Er war damit beschäftigt, in sich hineinzuschauen, wo ein schwindelerregendes Kreisen eingesetzt hatte von frisch geernteten Reisfeldern, Eichenhainen bei hereinbrechender Nacht, von schlammigen Wegen, Ställen, die stechend nach Urin und Mist stanken, und auch von der lau und süßlich duftenden Bäckerei und dem glänzenden roten Stein am wurstigen Ringfinger des Bäckers von Montalto. Er konnte nicht sprechen. Er war verstummt, aber auch die anderen schwiegen, waren ein paar Schritte zurückgetreten, als wollten sie nichts mit der Szene zu tun haben, die sich vor ihnen abspielte und die sie sozusagen nichts anging. »Verschwinde!« brachte Doña Sole mit leiser, aber schneidender Stimme hervor, fuhr wieder den Arm aus und klopfte mit dem Zeigefinger gegen die Brust des jungen Mannes. Gregorio aber wurde von dieser Berührung aus seiner Erstarrung gelöst. Seine Brust schwoll, ein Blutschwall strömte in sein Gesicht, er öffnete den Mund und sagte: »Geh zum Teufel.« Gloria stellte sich zwischen die beiden, stammelte etwas, aber Doña Sole lief schon auf die Treppe zu, nahm mit unvermuteter Behendigkeit zwei Stufen auf einmal, verschwand im Haus und schloß die Tür mit einem trockenen Schlag. »Wir gehen alle«, sagte Ignacio, als riefe er zur Meuterei auf, doch Gloria protestierte mit unzusammenhängenden Worten, und überhaupt, woher er sie kenne; Gregorio aber antwortete nicht auf die ihm gestellte Frage, es war nicht einmal klar, ob er sie gehört hatte, weil er, als Gloria sprach, schon auf das schmiedeeiserne Tor zuschritt, dicht gefolgt von Carmelo. Helena zögerte einen Augenblick, rannte dann den beiden nach, die sich bereits auf der Calle Serrano entfernten.

Sole Beleta brach auf dem Sofa im Salon zusammen und begann zu heulen, ein nervöses Weinen, das sich anhörte, als würde es nie wieder aufhören. Vergeblich versuchte Gloria Seseña de Giner, sich dieses plötzliche Weinen von der Freundin erklären zu lassen. Sie hatte sie hereinstürzen sehen, sah, wie sie sich auf das Sofa warf und den Kopf in die Kissen vergrub. Die Tränen näßten die perlfabene Seide der Bezüge und bildeten dunkel verlaufende Flecken. »Um Himmels willen, Sole, was ist geschehen?« fragte Gloria vergeblich. Es verging eine ganze Weile, bis Sole Beleta sich aufrichtete und dann mit gesenktem Haupt dasaß und sich geräuschvoll die Nase in ein Taschentuch schneuzte, das sie aus ihrem Ausschnitt hervorgeholt hatte. Gloria kehrte aus der Küche mit einem Glas Wasser zurück. Und dann, als Doña Sole wieder logisch denken konnte, erzählte sie Gloria Seseña eine Geschichte, die dieser zunächst konfus vorkam, sie dann jedoch in Schrecken versetzte, denn die Geschichte gab ihrem Mann recht, der ihr mit einer Unglückslawine drohte, die durch ihre Leichtfertigkeit eines Tages auf sie und ihre Tochter zurollen würde. Was machte dieser Kerl, von dem Sole erzählte, in ihrem Haus? Während die Freundin redete, hatte es in ihrem Kopf zu arbeiten begonnen. In großer Geschwindigkeit ließ sie alles, was in den letzten Monaten in ihrem Haus geschehen war, an sich vorüberziehen. Sie überlegte, ob sie etwas Ungewöhnliches bemerkt oder etwas vermißt hatte. Verstohlen schaute sie zu der Truhe, zu den Vitrinen, zu der Kredenz und überprüfte in Gedanken, ob jedes Stück Silber oder Kristall an seinem Platz war. Eine Alarmsirene war in ihrem Kopf ausgelöst worden und machte sie verrückt. Sie war davon überzeugt, daß sie über kurz oder lang entdecken würde, daß wertvolle Dinge, an denen sie hing, verschwunden waren. Welche? Dieser Kerl, in ihrem Haus und ein Freund ihrer Tochter. In was für eine neue Person hatte sich ihre Tochter, ohne daß sie es bemerkt hatte, verwandelt? Sie sprachen wenig miteinander in letzter Zeit. Was machte ihre Tochter, daß sie Leute, wie Sole sie ihr beschrieb, ins Haus brachte? Von Ignacio Mendieta wußte sie, daß er aus einer vornehmen Familie kam. Mehr noch, sie mußte jetzt der Mutter des jungen Mannes recht geben, über deren bigotte Ängste und Zimperlichkeiten sie immer gelacht hatte. Letztlich hatte Ignacios Mutter sie mehrmals angerufen und auch stets, wenn sie sich irgendwo zufällig trafen, von den Sorgen gesprochen, die ihr die Kinder »in Zeiten so großer Verwirrung« machten (das waren ihre Worte gewesen). Natürlich war die Mendieta eine kränkliche, altmodische Frau, die nie so ganz ihr Stammhaus in Galicien verlassen zu haben schien, doch jetzt fragte sich Gloria Seseña, ob sie nicht recht gehabt hatte. Über die Eltern von Helena dagegen, die im Bertrand Klassenkameradin ihrer Tochter gewesen war, hatte Gloria nichts Gutes gehört. Und dann waren da noch diese beiden anderen Typen: dieser Luis mit seinen unmodernen Krawatten, die an die Zigeuner erinnerten, mit denen sich ihr Freund Suso Martín abgab, wenn sie sich mit ihm auf dem Rastro, dem großen Trödelmarkt von Madrid, alte Stücke anschaute. Und dann dieser andere Kerl mit dem gewöhnlichen Gesicht, der gegerbten

Haut und den schwieligen Händen, von dem ihr Sole nun derart Übles berichtete, daß sie am liebsten fortgelaufen wäre. Was war an der Universität los? Was war in ihrem eigenen Haus geschehen? Wieder durchlief sie ein Schauder. Ihr Mann hatte es oft gesagt, diese Sachen, die ihnen gefielen, ihr und der Tochter, seien nicht modern, sondern Müll, und hatte die abstrakten Bilder gemeint, die sie beide so schätzten und die überall im Ausland mehr als anerkannt waren. Nein. Da hatte er nicht recht. Es gab moderne Dinge, die kein Müll waren, allerdings war jetzt nicht der Augenblick, das zu diskutieren. Was würde er sagen, wenn er erfuhr, was für Leute seine Tochter ins Haus gebracht hatte, wie könnte sie erklären, daß auch sie mit diesen Leuten gescherzt hatte, die sich in ihr Haus geschlichen hatten und in einer Freiheit mit ihrer Tochter umgingen, die ihr jetzt die Haare sträubte? Sie tröstete Sole lustlos, hastig. Sie wollte nichts mehr wissen, besser gesagt, sie wollte anderes wissen. Sole hatte ihr ein paar lose Stücke des Puzzles gegeben und vertrieb sich jetzt die Zeit damit, diese auszuschmücken, ihnen nutzlose Details hinzuzufügen, dabei wußte Gloria schon, was das für Stücke waren. Sie wußte, es waren die Augen eines Tieres, und es interessierte sie nicht weiter, daß Sole ihr die Augenfarbe und den Glanz beschrieb. Jetzt wollte sie den Rest kennenlernen, die ganze Figur zusammensetzen, die Pfoten, den Schwanz, das Maul, ja, vor allem das bedrohliche Maul mit all seinen Zähnen. Herausbringen, welcher Gattung es zugehörte und wie wild es war. Sie bat Sole, niemandem von ihrer Entdeckung zu erzählen, und versuchte, sie schnell zu verabschieden. Sie wollte allein sein. »Morgen rufe ich dich an, dann reden wir weiter«, sagte sie, damit Sole endlich den Mund hielt und begriff, daß sie für diesen Tag genug hatte. Sobald sie die Tür geschlossen und festgestellt hatte, daß auch ihre Tochter und deren Freunde nicht mehr da waren, ging sie in das Studierzimmer, wo die Gruppe zu tagen pflegte, und begann die Schubladen zu durchsuchen, und tatsächlich mußte sie nur die beiden ersten öffnen, denn hier häuften sich die Beweise: kommunistische Bücher, Flugblätter, die zur Revolution aufriefen, zum bewaffneten Kampf, zur Sabotage, Zettel mit Anweisungen zur Herstellung eines Molotowcocktails und Dokumente, die Gewalt predigten. Sie wollte schreien, und ihr fielen die Bombenwarnungen ein, nachts im belagerten Madrid, und sie sah wieder die Horde von Bewaffneten vor sich, die nach Zigarettenrauch und Fusel rochen und Möbel und Vasen umwarfen und ihr die Ohrringe von den Ohrläppchen rissen. Doña Gloria Seseña de Giner weinte vor Kummer und vor Wut.

Sie wurden eine Woche lang überwacht und dann, an einem Sonntagnachmittag, als alle in der Wohnung versammelt waren, verhaftet. Das Klingeln überraschte sie inmitten einer wütenden, schon seit Stunden tobenden Diskussion. Es war etwas zwischen ihnen kaputt gegangen seit dem Zwischenfall im Hause Giner, und die Zelle stand vor ihrer Auflösung. Helena öffnete die Tür, man hörte Stimmen und Getrappel im Gang, und in das Wohnzimmer, in dem sie zusammen saßen, drängten Männer, die Pistolen und Knüppel gezückt hatten und die jungen Leute mit Fußtritten und Schlägen dazu brachten, sich mit gespreizten Beinen an die Wand zu stellen; sie durchsuchten die Taschen, tasteten sie ab – den Rumpf, die Leisten, den Hintern, die Beine und fingen an, die Wohnung zu durchwühlen, warfen die Schubladen voll Wäsche auf den Boden, kippten die Bücherregale um und hoben die Matratzen hoch. Sie schauten in den Wassertank des Klosetts, in das Kühlfach des Eisschranks, in Zuckerdosen und Büchsen mit Bohnen, Kichererbsen oder Kaffee. Sie klopften auf die Wände auf der Suche nach Hohlräumen, die als Versteck dienten, und gegen den Stuck an der Decke. Die sechs wurden mit Handschellen zu zwei Dreiergruppen zusammengeschlossen, und als sie die Treppe hinunterstiegen, hatte Gregorio bereits eine aufgeschlagene Braue, aus der das Blut floß und ihm das eine Auge verklebte. Vor dem Hauseingang hatte sich ein halbes Dutzend Menschen versammelt, die neugierig dabei zuschauten, wie die Aneinandergeketteten in den Einsatzwagen befördert wurden. Als der Zug sich in Bewegung setzte, kam ein Mann heran, schlug mit der Faust an das Wagenfenster und schrie: »Es lebe Franco, es lebe Spanien!«

Einen Monat lang hielt man sie isoliert in Zellen von knapp zwei Quadratmetern in den Kellern der Dirección General de Seguridad an der Puerta del Sol. Über der Metalltür der Zellen, durch deren Sehschlitz in kurzen Abständen die diensthabenden Wachen schauten, um die Gefangenen zu beobachten, brannte eine Glühbirne, die nie ausging. Obwohl kein Tageslicht in die Zellen fiel, wußte Carmelo, daß die Verhöre in den Stunden nach Mitternacht durchgeführt wurden, da sie ihn immer lang nach dem Abendessen aufweckten, wenn die Geräusche der von den Abendveranstaltungen heimkehrenden Passanten, die man durch die vergitterte Luke nah der Decke hörte, verstummt waren. Fast täglich wiederholte sich die gleiche Zeremonie. Zwei Wachen rüttelten an seinen Schultern, weckten ihn und führten ihn in Handschellen durch ein Labyrinth von Gängen und Treppen bis zu einem der Büros im oberen Teil des Gebäudes, wo sie ihn den Agenten der politisch-sozialen Brigade übergaben. Bei Carmelos ersten Verhören gab es abwechselnd Fragen und Schläge, später gingen sie dazu über, ihn zu schlagen, ohne ihn etwas zu fragen, und in den letzten Sitzungen boten sie ihm ein Glas Milch und Zigaretten an, damit er rauchte, bevor sie ihm eine Erklärung vorlegten, in der er sich selbst bezichtigte, Mitglied einer kommunistischen Organisation zu sein, und ihn mit plötzlicher Höflichkeit darum baten zu unterschreiben. Carmelo weigerte sich, wie er es gelernt hatte, Milch und Zigaretten verschwanden, und man begann erneut mit den Schlägen. Jedesmal, wenn man ihn wieder hinunter in die Zelle brachte, untersuchte Carmelo seine Arme, Beine und Rumpf nach neuen Blutergüssen und Schürfwunden. In den Kellern der Dirección General de Seguridad gab es keine Spiegel, in denen man sein Gesicht hätte sehen können, aber eines Nachts sah er durch den Sehschlitz Helena zwischen zwei Wachen vorbeigehen. Ihre Haare waren zerwühlt, sie hatte zwei blaue Flecken unter den Augen und Reste von trockenem Blut auf der Wange. Es war ein Bild, in dem er sich selbst erkennen konnte, und er war erschüttert. Während er leise die Internationale pfiff, um ihr Mut zu machen, spürte er, wie sich seine Augen mit Tränen füllten, die über sein Gesicht liefen. Jemand antwortete und begleitete sein Pfeifen mit Gesang. »Auf zum letzten Gefecht«, sagte diese Stimme, die von irgendwoher kam, doch die Wachen begannen wieder zu schreien und zu drohen, und man hörte laute Schritte auf dem Korridor und Schläge gegen die Metalltüren, und Carmelo schwieg, und der Klang der Stimme verstummte, und es herrschte wieder Stille. Ein paar Nächte später war es Gregorio, den er zwischen zwei Wächtern vorbeigehen sah. Er erkannte ihn an dem gelben Pullover, den der Freund am Tag der Festnahme getragen hatte, denn sein Gesicht konnte er nicht sehen: Die Wachen hielten ihn unter den Achseln, seine Beine schleiften über die Fliesen des Korridors, und sein Kopf war mit einem Verband umwickelt, auf der sich ein großer dunkler Fleck abhob. Wenige Stunden später war er an der Reihe, unter den Achseln von zwei Wachen durch den Korridor geschleift zu werden, doch von diesem Spaziergang erfuhr er nichts, denn als sie ihn zurückbrachten, war er bewußtlos. Das Letzte, an das er sich erinnerte, war das Gesicht eines Mannes, der sagte: »Steh auf, mach die Jungs nicht ärgerlich«, und er erinnerte sich auch daran, daß er, als er an einer halboffenen Tür vorbeigekommen war, jemanden hatte schluchzen hören: »Aber mein Bruder ist bei der Guardia Civil«, aber das waren wohl schon Delirien, denn als er aufwachte, waren durch die vergitterte Luke wieder die Schritte derer zu hören, die aus dem Kino kamen und sich unterhielten, und ihr Lachen fiel von der Decke der Zelle herab und hallte mit einem Echo wider, das mit der Hand zu greifen schien. Er hörte die Stimmen von der Straße wie durch einen Verstärker, ihn aber hätte, so sehr er auch schrie, niemand von außen hören können. Auf einem Zementsockel liegend, machte er sich klar, daß es gewiß Jahre dauern würde, bis seine Stimme sich wieder unter die der Menschen dort oben mischen könnte, die scherzten, lachten und auf dem Weg nach Hause waren oder in ein nahes Café, um noch ein Glas zu trinken. Das Lachen und die Stimmen, die das Echo in der Zelle so lebendig klingen ließ, waren von ihm jedoch Lichtjahre entfernt. Dies war der Augenblick, in dem er sich wünschte zurückzukehren, um eine Schonfrist bitten wollte, sie sollten die Zeiger der Uhr rückwärts gehen lassen. Er erinnerte sich an das Geräusch des Wildbachs hinter dem Haus in Fiz, an die Kamelien und die Jacarandás im Garten des Indiano und an den alten Lagerraum hinter der Kirche, in dem sonntags Filme vorgeführt wurden, und er wollte zurück, zu all dem, von dem er wußte, daß er es nie wieder sehen würde, weil es unter dem Wasser eines Stausees für immer begraben lag. Eine Schonfrist. Die Normalität. Sie war ein Augenblick in seinem Leben gewesen, der entschwunden war. Von diesen Gedanken lenkte ihn der Lärm eines Mülldeckels ab, der über den Boden rollte, und das Knurren der Hunde, die hinter der vergitterten Luke um die Abfälle kämpften. Jetzt waren keine Schritte oder Stimmen mehr zu hören, nur das Knurren und Hecheln der Hunde. Über der Metalltür leuchtete die Glühbirne. Drinnen herrschte die Ewigkeit, die nach dem Augenblick kam, der vergangen war.